PERDIDA EN EL TIEMPO

D1524129

PERDIDA EN EL TIEMPO

LORENA FRANCO

Los hechos y/o personajes de este libro son ficticios. Cualquier parecido con la realidad es mera coincidencia.

Título original: *Perdida en el tiempo*

Publicado por Kindle Direct Publishing, Amazon Media
Diseño cubierta: Sol Taylor
Marzo, 2018

SOBRE LA AUTORA

Nacida en Barcelona en 1983, Lorena Franco es actriz y escritora. Compagina su exitosa carrera interpretativa —en la que destacan sus actuaciones en series como *El secreto de Puente viejo* o *Gavilanes*, y largometrajes como *Paharganj*, la última película que ha protagonizado y que le ha abierto las puertas a Bollywood—, con una incipiente carrera literaria que la ha convertido en una de las autoras más leídas y mejor valoradas del momento.

Con doce títulos publicados, entre ellos *Ella lo sabe* (Ediciones B –Penguin Random House–, valorado el *thriller* favorito de los lectores, 2017), *Lo que el tiempo olvidó*, *La vida que no elegí*, *El fantasma de Marilyn*, *Las horas perdidas* o *Feliz vida*, Lorena Franco fue finalista del Concurso Indie 2016 de Amazon con *La viajera del tiempo* (Amazon Publishing), una de las novelas más vendidas de la plataforma en Estados Unidos, México y España que lleva siendo *best seller* durante más de dos años. *Perdida en el tiempo*, su decimotercer título, es la segunda historia de su proyecto más personal y especial que, junto a *La viajera del tiempo*, forma parte de *La trilogía del tiempo*.

PÁGINAS DE LA AUTORA

Página web:
www.lorenafranco.net
Blog:
www.lorenafranco.wordpress.com
Facebook:
www.facebook.com/lorenafranco.escritora
Twitter:
www.twitter.com/@enafp
Instagram:
www.instagram.com/enafp

A mis abuelas,
Teresa & Isabel

Y a mis hijos,
Marc & Pol

2016

«Los grandes cambios siempre vienen acompañados de
una fuerte sacudida.
No es el fin del mundo.
Es el inicio de uno nuevo».

ANÓNIMO

NOS VOLVEREMOS A ENCONTRAR

NORA

Noviembre, 2016

Un día leí que cuando ves morir a alguien a quien has querido, cuando ves que se debate entre esta vida y la siguiente, te resulta doblemente doloroso porque lo que pasa por delante de tus ojos no es una, sino dos vidas que recorrieron juntas una parte del camino.

Así es como me sentí el día que murió mi abuela, aunque sabía que se había ido mucho antes, así que no sé de dónde saqué el valor para que doliera un poco menos. Solo un poco. Creo que, inconscientemente, llevaba tiempo asumiéndolo y preparándome para el día de su partida.

En el momento en el que murió, el reloj se detuvo. Es un hecho misterioso, pero sorprendentemente común que no llamó mi atención y, sin embargo, es un detalle que recuerdo cada vez que pienso en aquel instante. Varios parapsicólogos creen que al morir se libera una energía psíquica capaz de detener las agujas que marcan el tiempo. No sabría explicar por qué miré hacia el reloj, colgado en la pared situada frente a mí, cuando la abuela cerró los ojos tras sus últimas palabras. Quizá estamos tan pendientes del tiempo, tanto para aprovecharlo como para perderlo, que la hora de nuestro final es importante para quien se queda.

La abuela se fue a las cuatro y diez minutos de una fría tarde de noviembre.

Todo empezó en el caluroso verano de 2013, cuando con ochenta y cuatro años le detectaron la enfermedad de Alzheimer. A lo largo de los últimos tres años vi cómo la abuela, la gran Beatrice Miller, hija de una inmigrante italiana y un neoyorquino que se conocieron de la manera más romántica del mundo, perdía la batalla contra los recuerdos y se quedaba sin nada. Sin anécdotas que contar, sin nombres que recordar y sin una larga vida repleta de momentos que ya no volverían a su memoria. Aferrada a su mano helada, me negaba a borrar nuestra historia mientras observaba cómo por el cristal de la ventana se deslizaba la lluvia de noviembre, que proyectaba sus cambiantes sombras sobre una habitación que ya no podía retener la luz. La luz de la abuela también se había ido para siempre. Ya ni siquiera era su cuerpo el que estaba tumbado en la cama. Nada te prepara para tocar la piel de una persona a quien has amado cuando ha perdido el calor. Es una desolación que no se parece a ninguna otra.

Me quedé allí sentada, en medio del silencio desangelado y vacío, mientras ella me miró con sus ojitos pequeños y arrugados de color miel que en otros tiempos habían sido grandes y brillantes. Siempre presumió de ellos; decía que eran su más preciada herencia italiana, así como de su melena negra, rizada y caprichosa que los años había blanqueado. Su cuerpo sin alma hizo un último esfuerzo para mirarme y sonreír. Para reconocerme en el último instante de su vida.

—Nos volveremos a encontrar, querida —me dijo bajito.

Me pareció ver, con la vista nublada por las lágrimas, cómo me guiñó un ojo, divertida. Divertida y fuerte hasta en su último aliento de vida, cuando se supone que debes sentir un miedo atroz. Tras esa promesa sin sentido cerró los ojos, emitió un último suspiro casi imperceptible y se fue, sin que yo llegase a entender el valor que tenían sus últimas palabras.

Dirigí la mirada hacia el reloj de pared. Su corazón ya no latía, pero yo seguía empeñada en seguir escuchando el tictac lento y armonioso con el que de pequeña me relajaba reposando mi cabeza sobre su pecho. Era reconfortante.

El dolor que sentí con la muerte de mi abuela fue diferente al que de pequeña experimenté con la desaparición de mis padres. Sucedió una noche, también de noviembre, mi mes maldito, en la que habían quedado con otro matrimonio para salir a cenar. Yo tenía siete años y me encantaba quedarme a dormir en casa de los abuelos. Me dejaban ver la tele hasta tarde y comer chucherías, chocolatinas o palomitas que guardaban en la despensa y reservaban para mí, para su única nieta. Cada vez que iba, además, me regalaban una muñeca o un peluche; en esa ocasión, sería un osito marrón al que llamaría *Tobby* y del que no me separaría desde ese día. A mis treinta años no me avergonzaba decir que, cuando tenía un mal día o me sentía sola y triste, dormía abrazada a él.

A las tres de la madrugada llamaron a la puerta. «Malas noticias», le oí murmurar al abuelo en la habitación contigua. Desde el dormitorio, levantada y con la oreja pegada a la pared, escuché los pasos lentos y temblorosos de la abuela bajando las escaleras hasta situarse frente a la puerta de entrada. Al abrirla, la saludaron dos policías. Supe que eran dos porque había corrido de un extremo al otro de la habitación y mi rostro infantil se quedó pegado al cristal de la ventana mirando hacia el exterior. Mis abuelos, al día siguiente y con los ojos anegados en lágrimas, me informaron de que mis padres habían sufrido un choque frontal contra otro coche y que se habían ido al cielo. Qué manera más tierna de decirle a una niña que han muerto y que no los podrá volver a ver más. La ausencia de mis padres supuso un cambio radical en mi todavía corta existencia. En casa de los abuelos desaparecieron las chucherías, las palomitas y las chocolatinas; los regalos en forma de peluches y muñecas ya no eran tan frecuentes salvo cuando venía Santa Claus, y pasaron de ser dos entrañables ancianos que me lo consentían todo a ser figuras paternas con el deber de educarme y encarrilarme tal y como habían hecho con la única hija a la que habían perdido demasiado pronto. Qué dolor. Al principio, mi cabecita infantil, que no veía a los abuelos como figuras paternas, no dejaba de preguntarse qué era lo que harían o dirían papá y mamá en según qué situaciones. Luego, las lágrimas fueron disminuyendo y el dolor, que siempre se dejaba ver como una punzada atravesando mi pequeño corazón, fue desapareciendo. Dejé de llorar. Con el tiempo, acepté la realidad, pero las cicatrices nunca desaparecieron, especialmente cuando fui consciente, años más tarde, de que el otro conductor iba borracho. La abuela no quiso decirme el nombre de quien terminó con la vida de mis padres por el error de coger el coche tras una noche de borrachera. Ese hombre también murió en el acto. Tras mucho insistir, fue el abuelo quien, a escondidas de la abuela, me dijo su nombre y me confesó la verdad. Una verdad por la que me enrabieté y estuve días sin hablarles, como si ellos tuvieran la culpa. Un nombre que no lograría olvidar jamás: Tom Valley. Podría ser cualquiera, pero fue mi desgracia y la de mis padres que, por un capricho o un error del destino, se cruzaron con él en las peores circunstancias.

Y es que, según la abuela, existía una maldición en su familia desde 1882. Es bien sabido que la muerte nos persigue a todos; antes o después nos tocará verla de cerca, y no tendremos otro remedio que recibirla, a poder ser, sin remordimientos ni tragedias. Pero cuando la cabeza de la abuela aún funcionaba con normalidad, contaba muy a menudo la historia de su bisabuelo, uno de los obreros fallecidos en la construcción del puente de Brooklyn. Ocurrió un año antes de su inauguración, en 1883. «Por un año», se lamentaba la abuela. Nadie recuerda, cuando ante nosotros se erige el gran puente de Brooklyn, a los seiscientos trabajadores que participaron en su construcción desde el tres de enero de 1870, y mucho menos los veintisiete que perecieron. Entre ellos, el bisabuelo de la abuela: Simon Allen.

El día en el que enterré a la abuela recorrí el cementerio de GreenWood en busca de la tumba de mi olvidado antepasado. No la encontré. Teniendo en cuenta que el camposanto, construido sobre una colina al sur del barrio Park Slope, tiene cuatrocientos setenta y ocho infinitos acres y que fue fundado en 1838, encontrar una tumba en concreto es como ir buscando una aguja en un pajar. Antes de abandonar el cementerio, volví hasta el panteón familiar a despedirme en soledad de la abuela, sin amigas octogenarias que me recordaran una y otra vez que Beatrice Miller lucía la mejor sonrisa de todo Brooklyn y que preparaba el mejor café. La tumba estaba rebosante de flores y coronas; mucha gente la quería, aunque la mayoría se habían marchado antes que ella, por lo que al funeral no vino mucha gente.

—Qué sola me habéis dejado —murmuré, alzando la vista al cielo como si esperase obtener algún tipo de respuesta.

La maldición de Simon Allen no se cumplió con la abuela aunque, por lo que sabía, sí con sus antecesores. La mayoría había fallecido a una edad temprana o, con un poco de suerte, la vida les había abandonado a los sesenta. Sin embargo, la fortaleza siempre formó parte del carácter de Beatrice. Le gustaba llevarle la contraria al mundo mientras yo me negaba a creer que existiese tal maldición.

«No escuches a nadie. No le hagas caso a nadie. Escúchate a ti, querida; haz lo que te dé la real gana», me aconsejó desde que cumplí los veintiséis. De habérmelo dicho a los trece, le hubiese esperado una adolescencia muy dura.

En aquellos momentos, frente a su tumba, me sentía agobiada por la misión que la abuela me había encomendado, ilusionada, desde mucho antes de padecer alzhéimer: heredar su cafetería en Brooklyn, situada en Front Street. Reabrirla y volver a otorgarle el encanto de antaño cuando ella ya no estuviera. Si bien era cierto que al acabar el colegio me pasaba las tardes allí y que todos sus clientes me conocían, aunque no estaba segura de cuántos de ellos seguían con vida, no sentía que mi misión fuera estar tras la barra de un café, por mucho que ella llevara tiempo insistiendo en que, tarde o temprano, debía ser así. Debía estar en mis manos, aunque yo me hubiese empeñado en evitarlo tras varios fracasos laborales. Todas las editoriales habían rechazado mis escritos y el periódico local en el que trabajaba hasta hacía dos meses había cerrado, así que me quedaban muy pocas opciones para sobrevivir y estaba cansada de ir dando tumbos sin estar centrada en nada. A los veinticinco no pasaba nada; a los treinta, la historia cambiaba. La abuela parecía saberlo antes de perder los recuerdos, como si hubiera tenido una bolita de cristal y el futuro ya estuviese escrito aunque el café llevase muchos años con las persianas bajadas esperando mi llegada.

¿Estaba a punto de cumplir un sueño o iba a vivir la vida que Beatrice siempre quiso para mí?

UNA CAFETERÍA EN BROOKLYN

NORA

Diciembre, 2016

Cuando con la ayuda de Bill, otro escritor fracasado como yo al que conocía desde tiempos inmemorables, volví a abrir la persiana de la cafetería después de casi veinte años cerrada, lo primero que hice fue coger con delicadeza el cartel arrugado que se había quedado enganchado al cristal mugriento de la puerta de entrada.

«Ha sido un placer estar con vosotros tantos años.
Os llevaré siempre en mi corazón.
Beatrice Miller, 1960-1997».

—Treinta y siete años, Bill. Y en todos esos años solamente cerró una semana, cuando murieron mis padres —murmuré, contemplando la letra alargada y elegante de la abuela—. No sé ni por dónde empezar.

—¿Por qué nunca la alquiló?

—Porque no podía quedársela cualquiera —respondí, recordando sus palabras y reprimiendo las ganas de llorar—. Siempre me hizo prometer que algún día volvería a abrirla. Y aquí estoy, sin saber qué hacer y decidida a trabajar en ella porque no tengo otra cosa. No tengo nada, Bill y, después de tantos años dando tumbos de un lado para otro, me apetece algo más estable, aunque no tenga ni idea de cómo se lleva un negocio así. Yo no soy como mi abuela.

«Deprimente», pareció pensar mi amigo por la cara que puso. Pero luego, como era habitual, sus palabras distaban mucho de sus pensamientos.

—Siempre puedes llamar a Gordon Ramsay para que te eche una mano —rio, para luego rectificar y tratar de darme ánimos—. Lo harás bien, Nora. Has heredado el carácter y la fuerza de tu abuela.

No pude hacer otra cosa que reír y negar con la cabeza, sobre todo porque Bill solo había visto a la abuela en dos ocasiones. Nada de eso era verdad. Yo siempre fui indecisa; una endeble a la que le costaba elegir entre té verde o té rojo, *carrot cake* o *cheesecake*, falda o pantalón, zapato plano o de tacón, pelo suelto o recogido, a la izquierda o a la derecha, sí o no. Sí o no. Debería haber dicho que no. Debería aprender a no hacer promesas o, al menos, a no sentir remordimientos por no cumplirlas.

—Por dentro parece que está bastante bien —comentó Bill, pegando su cara contra el cristal y colocando la mano derecha sobre la frente, a modo de visera, para ver mejor entre tanta oscuridad.

Suspiré. Fue un suspiro hondo, de esos en los que necesitas coger todo el aire y retenerlo en tus pulmones para poder seguir respirando.

—¿Sabes que los Beatles tomaron café aquí? —le conté a Bill para entretenernos un rato más en la calle. No encontraba el valor suficiente para entrar y que todo me recordase a la mujer que había acabado de perder para siempre.

—¡¿De verdad?! —reaccionó emocionado.

—Sí. La abuela explicaba que a la camarera que tenía le tembló el pulso y se le derramó el café encima de John Lennon. Sus pantalones quedaron hechos un desastre y la letra de la canción que estaban escribiendo sobre la servilleta se difuminó. Sin embargo, al grupo le debió hacer gracia porque las invitaron a un concierto que hicieron dos días después en el estadio Shea de Queens, un momento que la abuela siempre recordó como memorable porque, aparte de que fue increíble y el primero de su gira por Estados Unidos, revolucionó la forma de hacer conciertos. Era la primera vez que se utilizaba un estadio deportivo al aire libre para realizar un concierto de rock. Y ella estaba ahí. Siempre presumió de eso.

—Increíble —comentó Bill—. Lo que daría por vivir ese momento ahí, disfrutándolo al máximo. Aunque quizá, por culpa de la torpe camarera la letra de esa

21

canción de la servilleta no se llegó a escribir nunca —reflexionó—. Oye, quién sabe, puede que un día aparezca por la puerta Madonna o Lady Gaga. ¿Te imaginas? Al menos tienes esto, Nora. Y aquí ya ves que también te pueden pasar cosas increíbles como las que te contaba tu abuela. Y eso sin contar el apartamento que hay encima, no sé por qué no viniste a vivir aquí cuando lo dejaste con George. Tal y como está el tema laboral, algo es algo y solo tendrás que pagar los gastos. ¡Eres propietaria! ¿Quién, en Brooklyn y menor de treinta y cinco años, puede decir eso? —seguía animándome.

«Ni siquiera sé cómo funciona la cafetera», me lamenté en silencio, asintiendo como una autómata.

—Podrías venir a trabajar conmigo —le propuse.

—¿Yo sirviendo cafés? Sería peor que la camarera que tenía tu abuela. No, no. La semana que viene tengo un par de entrevistas en Nueva York. A ver si hay suerte.

—Seguro que sí —lo animé, envidiándolo un poquito. A mí también me hubiera gustado ser libre como él y que me entrevistaran para hablar sobre lo que de verdad me apasionaba: escribir. Pero había acabado ahí, enfrente de un café en el que no me atrevía a entrar, para llevar las riendas de lo que había sido la vida de la abuela. Como si, por suplirla, su ausencia doliera menos, aunque el motivo real fuese que no veía otra alternativa laboral para sobrevivir económicamente en esos momentos.

No había luz. Bill, que se consideraba a sí mismo un manitas, se ofreció a bajar al sótano y comprobar los fusibles.

—Lo más seguro es que esté cortada —le advertí.

—Voy a mirar.

A Bill le encantaban los sótanos. Hubiera podido vivir en un sótano y no salir durante años. Escribía novelas de terror y los principales acontecimientos terroríficos y trágicos para sus protagonistas solían tener como escenario común un sótano. Él decía que cuantos más sótanos visitaba, mejor documentado y más reales le quedaban las descripciones. Ninguna editorial había confiado todavía en él. Bill y yo éramos almas gemelas.

Miré a mi alrededor. Todo, aunque polvoriento y con necesidad de una buena capa de pintura, estaba en perfecto estado, pero el lugar parecía haberse quedado anclado en los años sesenta. Eso era lo de menos, «hoy en día es lo que se lleva», pensé. Los locales imitaban la decoración de otras épocas tratando de evocar tiempos pasados o adquirir su sello personal y yo tenía la suerte de tener el auténtico mobiliario de una década que aún podía contemplarse en algunas calles de Brooklyn. «¡Oh, los sesenta! —reía siempre la abuela—. Fueron mis mejores años, Nora». Con la enfermedad avanzada solía decir lo mismo, pero añadía cosas sin sentido: «¡Ya lo verás! Tiempo al tiempo, querida. Los años sesenta fueron los mejores. Sí, ya los vivirás. Te encantarán. ¡Qué bien te lo pasarás en los sesenta!». Minutos más tarde, para que la abuela no me viera, me encerraba en el cuarto de baño a llorar.

La cafetería era pequeña y estaba ubicada en un edificio de ladrillo rojo de tres pisos con una desvencijada escalera exterior en la parte de atrás. Si la mirabas desde fuera, parecía más grande de lo que en realidad era. Tenía cinco mesas: dos grandes para cuatro comensales y tres pequeñas para dos. Una de ellas estaba junto al ventanal. Frente a la barra había seis taburetes acolchados de color rosa pálido, tonalidad que contrastaba con el blanco de los muebles. Caminé a tientas, sin apenas ver nada, pendiente del crujir de las tablas de madera del suelo y terminé situándome al lado de la vieja cafetera. Entorné los ojos sin poder apartar la vista de ella. «No sé ni cómo se enciende», me dije, deprimida y nerviosa, recordando la agilidad con la que la manejaba la abuela. Tendría que cambiarla; estaba claro que, después de tantos años, era posible que ya no funcionara y habría que sustituirla por una cafetera más moderna. Me parecía estar percibiendo el aroma inconfundible del café. El papel que cubría las paredes, que años antes deslumbraba con sus mariposas de colores, se había vuelto amarillento.

«Aprenderás», pareció decirme una voz similar a la de la abuela.

—Aprenderé —repetí en voz alta, sonriendo.

Salí de detrás de la barra y, cuando mi intención era bajar al sótano por si a Bill lo había atacado algún psicópata, como ocurría en sus novelas, se hizo la luz.

—¡Bravo! —le oí exclamar desde abajo.

Y, de repente, tuve una alucinación maravillosa: vi a mi abuela detrás de la barra con su inseparable delantal puesto, los brazos cruzados como si estuviera posando para una fotografía y con una sonrisa que iluminaba la estancia. Así era como la recordaba cuando apenas levantaba un palmo del suelo: sirviendo humeantes cafés y deliciosas porciones de tartas de todos los sabores que preparaba antes de abrir la cafetería. Por muy cansada que estuviera, siempre tenía una sonrisa, incluso para el cliente más gruñón. Era paciente y positiva, fuerte y apasionada. Le encantaba ese lugar. Solo la recordaba llorando dos veces: la primera vez fue cuando murió su hija; la segunda, cuando el amor de su vida le deseó buenas noches con un beso y se durmió a su lado para siempre.

«Sonríe, niña. Sonríe siempre. Verás lo divertido que es llevarle la contraria al mundo».

El abuelo solía decir que no sabía por qué se habían cambiado de casa, que hubiese sido mejor seguir viviendo arriba pese al poco espacio del apartamento. La cafetería Beatrice era su vida y esa mirada fantasmagórica y a la vez tan real pareció querer decirme que en esos momentos era la mía. Mi vida.

El espejismo duró apenas dos segundos hasta que sentí la mano de Bill en mi hombro y un «ya te lo dije», referente a que era un manitas.

—Gracias.

—¿Qué te pasa? Estás pálida. Ni que hubieras visto un fantasma.

—Nada —reaccioné rápido—. Los recuerdos, ya sabes.

—¿Necesitas ayuda?

—Primero limpiaré. Tengo una lista de proveedores que ya me dijeron más o menos lo que necesitaba, pero…

—¿Qué?

—Mi abuela se levantaba todos los días, incluso los festivos, a las cinco de la mañana para preparar pasteles. Hacía tantas que, pese a vender muchísimo y tener siempre la cafetería llena, le duraban hasta la hora de cerrar.

—Siempre puedes comprar pasteles industriales, están igual de buenos —sugirió Bill, sin tomárselo muy en serio.

—No saben igual. Esto no va a ser lo mismo sin la abuela, es una locura —me compadecí, echándome las manos a la cabeza.

—¿Acaso, querida amiga, todo lo que termina siendo lo mejor de la vida no empieza como una locura? Lo leí en alguna parte.

—No me queda otra opción —seguí lamentándome—. Tengo treinta años, estoy en paro y prácticamente en la calle. El dinero de la abuela me sirve para poner esto en marcha y poco más; me lo gasté casi todo en la mensualidad de la residencia y en su medicación.

—Vivienda gratis —me recordó Bill, señalando el piso de arriba.

—Ni siquiera recuerdo cómo era el apartamento. Pequeño, creo. Minúsculo —reí—. Pero me las apañaré.

No quería seguir lamentándome y mucho menos delante de Bill, que me miraba por encima de sus ridículas gafas de pasta verdes con esos ojos pequeños y oscuros que me transmitían lo que le estaba haciendo sentir: lástima. Daba pena. Y si algo le hubiera disgustado a la gran Beatrice era que su nieta diera lástima a los demás.

—Tendrás cosas que hacer, Bill. —Lo que en realidad necesitaba en esos momentos era quedarme sola—. Me las apañaré.

—¿Seguro que estarás bien? ¿Vengo mañana y te ayudo a limpiar?

—Vale. Me levantaré temprano.

—Pues aquí estaré. Ahora me voy a una cita.

—Que tengas suerte —reí. Las citas de Bill siempre eran desastrosas, especialmente desde que empezó a dejarse llevar por Tinder. «Los tíos de Tinder están muy salidos», decía. Aun así, no parecía querer tirar la toalla con esa red social—. Bill, gracias por todo.

—Para eso están los amigos.

Y con un simpático guiño de ojo y un beso en la mejilla, vi salir de la cafetería a mi amigo vestido con unos tejanos excesivamente ajustados.

Puse los brazos en jarra mirando a mi alrededor, sin saber por dónde empezar. Ni siquiera sabía cuándo tendría los permisos necesarios para la reapertura ni cuándo iba a poder celebrar la inauguración. ¿En un par de semanas, quizá? ¿Era factible?

Fui en dirección a la mesa redonda que quedaba junto al ventanal. De pequeña, cuando no había mucho trabajo, era el lugar en el que me sentaba a hacer los deberes bajo la atenta mirada de la abuela y de alguna de sus dicharacheras camareras. Conocí un total de diez;

ninguna le duraba mucho tiempo. No era porque la abuela fuera mala jefa, insoportable o dura; pero era demasiado enérgica y quien trabajaba con ella era incapaz de seguirle el ritmo. Ninguna, tampoco yo, le llegaba a la suela de los zapatos y saberlo mermaba la confianza en una misma. Por eso, creo, se iban.

Por un momento me permití el lujo de imaginar esa otra vida que podría estar viviendo si la abuela no se hubiera puesto enferma. Si el alzhéimer, traicionero y egoísta, no se hubiese apoderado de la anciana Beatrice. A mis veintisiete años tenía una vida. Una vida mucho más adulta y establecida que la que poseía en esos momentos, tres años después. Por aquel entonces, estaba comprometida con George, un arquitecto de éxito al que le encantaba hablar del puente de Brooklyn con la abuela pese a los gestos irascibles de ella al oír mencionar el lugar donde se inició la ya conocida «maldición familiar». Junto a él, podía permitirme vivir en la zona de Clinton Hill, en una idílica casa de ladrillo de tres plantas con cuatro habitaciones y buhardilla. Un lujo demasiado grande para dos personas que, desde que George me dejó, no pude volver a permitirme. «¿Para qué es necesaria una pared cuando puedes tener la cama a dos pasos del fregadero? ¿A que es cómodo?», me decía Bill al acompañarme al cuchitril en el que me metí tras la ruptura. Lo mejor de todo, cuando estaba con él, era que podía dedicarme a escribir sin pensar en la economía ni buscar un trabajo normal. Me convertí, sin darme cuenta, en una mujer que dependía económicamente de su pareja hasta para ir a tomar un café con alguna amiga. Por eso, cuando me dejó, decidí que necesitaba espabilarme y llevar las riendas de mi vida, así que la posibilidad de volver a casa de los abuelos o al apartamento de Front Street no entraba en mis planes. A George, en cierto modo, le gustaba ejercer ese poder controlador sobre mí y no me daba cuenta de que, con el tiempo, podía ser contraproducente e ir en mi contra, tal como me sucedió. Gracias a los ánimos de George y a sus motivadoras frases diarias: «¡persigue tus sueños!»; «¡trabaja duro y lo conseguirás!»; «¡que nadie te corte las alas, Nora!», que crispaban mis nervios cuando las negativas editoriales iban siendo frecuentes, nunca me echó en cara que me quedase todo el día en casa «con mi próxima creación». Así era como él llamaba a mis novelas, algunas inacabadas, otras con un estúpido y apresurado final, según decían los expertos. Aun así y pese a todo lo que vino después, siempre me sentí en deuda con él, aunque al final resultase ser un capullo.

Ni los cinco años de relación con George salvaron los dos primeros meses que me pasé encerrada en la residencia con la abuela. Solo nos veíamos a la hora de cenar y estaba demasiado cansada y triste como para hacer otra cosa que no fuera dormir. Rompió conmigo en junio de 2013, sin recordar que *junio* era nuestro mes preferido en el calendario. Nos conocimos en un bar cercano a la universidad en junio del año 2008. Éramos muy diferentes y, al principio, no parecimos congeniar muy bien hasta que, una noche, nos dio por imaginar y soñar con una vida en común por lo mucho que nos gustábamos. Y qué bonito es tener sueños y esperanzas de que se lleven a cabo y se conviertan en una realidad. Y qué bonito es compartirlo con quien crees que se va a alegrar por ti. Yo me alegraba cada día de los éxitos de George y lo admiraba. A él parecía gustarle que nada de lo que yo me había propuesto me saliera bien. Me dejó en mi peor momento y tan fríamente como si estuviera prescindiendo de un contrato. Fue una gran conmoción. Como si me hubieran arrojado un cubo de agua fría a la cara. Creía que íbamos encaminados a casarnos y a tener hijos. Me partió el corazón.

—No es el mejor momento para estar juntos, Nora. Entiéndeme. Necesito una pareja que esté conmigo y ahora no estás ejerciendo como tal.

Fue cruel, pero no dije nada. ¿Por qué no dije nada?, me he llegado a preguntar cientos de veces, hablándole al espejo y ensayando las palabras que ya nunca le podría decir. ¿Por qué no me dolió? Me limité a asentir y, al contrario que él, empaticé con sus sentimientos. Estar con un enfermo es difícil; permanecer al lado de quien a su vez cuida de la persona que lo necesita debe ser terrible a razón de la perplejidad que expresaba su cara. Hice las maletas y me fui a casa de la abuela por unos días. Estaba tan insoportablemente vacía, me resultaba tan grande y no quería tenerlo fácil para espabilarme por mí misma sin necesidad de propiedades ajenas que cometí la estupidez de irme a vivir a un cuchitril de cuarenta metros cuadrados muy alejado de Clinton Hill y de la casa a la que cinco meses más tarde fue a vivir una tal Kimberly, heredera de uno de los estudios de arquitectura más importantes de la ciudad de Nueva York. Por suerte, encontré trabajo como redactora en el periódico local en el que trabajaba Bill, al que conozco desde que se nos ocurrió la locura de estudiar periodismo creyendo que terminaríamos como Oprah. ¡Cuántas veces había ensayado mi discurso frente al espejo del baño alzando un bote de champú tras recibir el Premio *Daytime Emmy* al mejor *Talk Show!* Cuando Bill me confesó que él hacía lo mismo con el mando a distancia imaginando un *Tony* me hizo sentir mejor, menos boba y, además, nos desternillamos de risa.

«Sentido del humor, querida. Siempre me gustó tu sentido del humor».

Parece que aún la esté escuchando. Ahí, detrás de la barra, el lugar que me tocará ocupar tras el cierre del periódico y mi mala suerte por no estar presentando el *Talk show* más visto y premiado de la televisión de América.

DOS DÍAS ANTES DE LA INAUGURACIÓN

NORA

Enero, 2017

Ya estaba casi todo listo para la apertura de la cafetería Beatrice, que coincidía con el día de mi treinta y un cumpleaños. El primer cumpleaños que había decidido no celebrar sin la abuela.

—¿Por qué la cafetería lleva tu nombre, abuela? —le pregunté una vez, en plena crisis adolescente, pensando que ponerle tu propio nombre a un negocio era egocéntrico y vanidoso.

—Porque es mi casa, porque me dio la gana y porque me recuerda a mis orígenes italianos, querida —contestó ella de manera espontánea—. ¿Quieres que te cuente cómo se conocieron mis padres?

—Bueno —asentí, encogiéndome de hombros sin demostrarle mucho interés, como hacía con casi todo cuando tenía quince años.

—Ocurrió el nueve de noviembre de 1927, un año muy significativo para la ciudad de Nueva York. Fue el año en el que llegó el cine sonoro, Charles Lindbergh realizó el primer vuelo transatlántico de la historia y, arquitectónicamente hablando, la ciudad experimentó lo que llamarían el *boom* de la construcción. Los ciudadanos se quedaban anonadados viendo cómo surgían los rascacielos que crecían por todas partes, sin prever que dos años más tarde se manifestaría en la bolsa de Wall Street el crack del 29, que antecedió a la crisis mundial con un aumento del desempleo y la pobreza rápido y desolador. En la historia, igual que la muerte de Simon Allen en la construcción del puente de Brooklyn, nadie recordará a Isabella y Martin. Ella, una italiana de orígenes humildes pero inteligente y fuerte, huyó de un pequeño pueblo de la Toscana en el que no tenía ningún futuro llamado San Gimignano para venir a la gran y despampanante ciudad de Nueva York a trabajar como costurera. ¡Oh, querida! Estoy deseando jubilarme para ir a conocer San Gimignano. Mi madre decía que era precioso, uno de los pueblos más antiguos de la región fundado en el 63 antes de Cristo, aunque jamás regresó ni de visita. Martin, por su parte, procedía de una familia de clase media sin apuros económicos; a sus veinticuatro años estaba a punto de echar su vida a perder con el contrabando de alcohol. Solía frecuentar los bajos fondos de Nueva York: algunos de los bares y clubes de Harlem, fumaderos de opio, calles de prostitutas y garitos de apuestas que, por aquel entonces, estaban controlados por las mafias judías e italianas. Siempre estaba metido en líos y no había día en el que no se fuera a dormir o bien con remordimientos de conciencia o con el ojo inflamado, cardenales por todo el cuerpo o la nariz casi rota.

»Eran las diez y media cuando Isabella, agotada y sin apenas ver nada debido a la lluvia y la espesa niebla de la noche, salió de una jornada laboral que se había alargado hasta lo que eran horas intempestivas para que una señorita recorriera las frías calles de Nueva York en soledad. Imagina la calle desierta y todo oscuro; a escasos metros había un par de bares abiertos con hombres que no tenían buen aspecto y, lo peor de todo era que, a buen ritmo, tardaría cuarenta minutos en llegar a su apartamento, un cuchitril ubicado en un callejón en el que si no fuera por el maullido de las gatos, cualquiera pensaría que había llegado el fin del mundo. Mi madre, empapada y temblando, no se percató de que uno de esos hombres ebrios del bar, que cubría su rostro con esos sombreros de ala ancha de la época, la estaba siguiendo. Fue el mismo Martin que, como cada noche, se disponía a hacer alguno de sus trapicheos en un tugurio de mala muerte no muy lejos de la zona cercana a Harlem en la que se encontraban, quien se abalanzó contra él impidiendo de esta forma que mi madre fuera violada, asesinada o sabe Dios qué. Isabella se quedó en *shock*. Luego, con los años, aprendió a reírse de la anécdota y dijo que la manera en la que se le presentó mi padre fue la más romántica del mundo. Después de golpear al borracho, se acercó a ella con esos ojos inmensos de color azul y, sin decir nada, le tendió su paraguas. Ella, con un gesto suave de cabeza asintió y sonrió, agradeciendo su osadía y amabilidad. «Podría haberte tumbado. Era mucho más grande que tú», le diría horas más tarde, cuando se quedaron hablando con el maullido de los gatos como sonido de fondo y las gotas de lluvia cayendo sobre los tejados en el callejón en el que vivía mi madre. Tres horas fueron suficientes para que, entre risas y confesiones, creyeran que se conocían desde hacía mucho tiempo. Mi padre le contó en todo momento la verdad, sin que ella se asustase; le habló de los negocios turbios en los que estaba implicado. Pero algo en él cambió esa noche. Por esos ojos oscuros y esa melena de color azabache rebelde y rizada, se prometió a sí mismo que cambiaría el rumbo de su vida y esa madrugada no se fue a dormir con remordimientos de conciencia, amoratado o golpeado, sino con la fuerte convicción de que el destino existe y que, cuando quiere, puede darte la señal que necesitas para que tú mismo sepas qué camino tomar. En su caso, fue estar en el momento y en el lugar adecuados para proteger a una aparentemente indefensa damisela que con solo sonreírle le robó el corazón. Hasta él reconocía que sonaba cursi, pero a veces pasa, aunque no todos los hombres sean como Martin y al día siguiente, a primera hora de la mañana y antes de que te vayas a trabajar, se presente frente a la portería de tu casa y te espere con un ramo enorme de rosas. Ese fue el momento en el que la italiana se enamoró del americano y no se separaron hasta al cabo de treinta años, cuando en 1957 mi madre se puso enferma y murió a los pocos meses, con solo cincuenta y dos años. De la pena, Martin, al que desaparecer de la mafia y el contrabando de la noche a la mañana le pasaron factura y finalmente sí terminó con la nariz rota y problemas en el tabique durante toda su vida, se fue con su amada solo tres años después, en 1960 y dejando a una hija desconsolada de treinta años demasiado vieja para vivir una historia de amor similar a la de sus padres.

Recordaba a menudo la historia, pero no qué fue lo que le dije. Alguna tontería, seguro. Sin embargo, siempre me acompañaría la historia de Isabella y Martin, lo que contaron y, sobre todo, lo que se callaron y se llevaron a la tumba, porque los instantes que marcan una vida solo les pertenecen a quienes los viven.

Coincidir. De eso se trata. De algo tan aparentemente sencillo como coincidir. Gracias a que Isabella salió tarde aquella noche y Martin pasó por allí y decidió protegerla pese a no conocerla, llegó a existir Beatrice: de la unión de ese amor entre una italiana y un americano a finales de los años veinte que, en el momento de nacer, tenían pocas posibilidades de encontrarse. De ahí la obsesión que tenía siempre la abuela por hacer lo que ella creía que debía hacer en el momento correcto. «Un solo minuto puede cambiar el transcurso de la historia», opinaba seriamente con el ceño fruncido, como si tuviera una gran responsabilidad. Yo creía que lo exageraba todo. Que qué más da si hoy descansas; el suelo seguirá en el mismo sitio mañana para que lo barras. Pero no. La abuela siempre me inculcó que todo debe estar casi milimetrado para poder conseguir el control del tiempo. De las horas. De toda una vida.

Por eso faltaban dos días exactos para que la cafetería Beatrice abriera de nuevo sus puertas tras veinte años en el olvido con las persianas bajadas. Un riesgo, teniendo en cuenta que no se trataba de una de las calles más transitadas de Brooklyn, especialmente en el pequeño tramo donde estaba situada. Aún no sabía qué sería de mí, como le sucede a todo el mundo. Bill se había encargado de la estrategia de *marketing*; creó una página en Facebook, perfiles en Twitter e Instagram e hizo mil fotografías del local y, sin que me diera cuenta, también me fotografió a mí preparándolo todo.

Los muebles de la cafetería relucían como antaño; la madera, aun siendo antigua, se veía como nueva y lo mejor de todo era que había aprendido, tras muchos cafés que parecían *aguachirri* y provocaban graves daños intestinales, a manejar perfectamente la nueva cafetera, que tenía muchos más botones que la de la abuela. Mi conejillo de indias fue, cómo no, Bill, aunque era cuidadoso con lo que ingería.

—¿A esto le llamas capuchino? Parece que le hayas escupido encima. Quita, quita inmediatamente eso de mi vista.

Miré a mi alrededor orgullosa por todo el trabajo que había costado dejar el local como nuevo y haber sido la responsable del cambio con la ayuda de Bill y de un par de pintores baratos. Aparte de utensilios de cocina, tazas, platos y cubiertos más actuales y una cantidad excesiva de tartas industriales de todos los tamaños y estilos amontonadas en el almacén además de bebidas, café y miles de bolsas de té, no había tenido que invertir todo el dinero que me quedaba de la abuela y de mis pocos ahorros, por lo que pude permitirme algún capricho. Así, me compré un sillón orejero de piel de quinientos dólares para mi recién estrenado nidito de cuarenta y cinco metros cuadrados en el que me había instalado hacía unos días. Ahí, por lo que sabía entonces, vivió la abuela desde que abrió el café en 1960 hasta que se mudó con el abuelo a un apartamento más grande para formar una familia. Esperaba poder alquilar pronto la casa familiar de los abuelos en la que me crie para obtener ingresos y así poder mantener la cafetería en el caso de que no fuera bien. «¡No, no! Irá bien. Claro que irá bien», me decía unas cien veces al día, intentando convencerme.

Cuántas historias había entre las paredes donde me encontraba. Cuántas… «¿Qué pasa aquí?», me pregunté, poniéndome de cuclillas a comprobar por qué la tabla de madera que acababa de pisar se movía. Con miedo a estropear el suelo a solo dos días de la inauguración, levanté la tabla y ahí estaba, como si me estuviera esperando desde hacía años, una caja de latón antigua y polvorienta con forma rectangular y el dibujo de una mujer sonriente alzando la mano con una taza de café. Con la curiosidad de un niño y la emoción de una mujer probándose el vestido de novia definitivo, abrí lentamente la caja sin saber qué me iba a encontrar en su interior. Cogí una pieza de madera tallada a mano en forma de taza de café como tantas otras del abuelo que había colocadas en una vitrina del salón de su casa y también aparecieron ante mí cinco rostros sonrientes y felices y uno desconcertado. Ninguno de ellos miraba al objetivo de la cámara, como si les hubiera pillado desprevenidos. En el centro estaba la abuela de joven y a su lado…

—No puede ser.

Tuve que cerrar la tapa para volver a abrirla y comprobar que mi vista no me estaba traicionando. Me froté los ojos y me pellizqué por si estaba teniendo una ensoñación o algo similar. La fotografía estaba enmarcada, pero tenía la necesidad vital de quitarle el marco para saber si había escrito algo detrás. La abuela siempre escribía los nombres de las personas que aparecían y, a veces, hasta el lugar y la fecha en la que se hizo la fotografía, como si ya presintiera que algún día necesitaría saber cómo se llamaban esos rostros que el alzhéimer borraría en su vejez. Puse a un lado el marco dorado y, tal y como esperaba, la abuela había escrito de su puño y letra en la parte de atrás:

«Yo en medio y a mi lado Kate, mi mejor amiga.
Noviembre, 1965».

—¿Y las otras tres personas que aparecen, abuela? ¿Por qué no escribiste sus nombres? ¿Por qué solo escribiste el de la mujer que no puedo dejar de mirar? Esto es una locura.

Las preguntas, dudas y la ausencia de respuestas se amontonaron en mi cabeza. Sostenía la foto impactada porque la «mejor amiga» de la que la abuela jamás me habló era idéntica a mí. Empecé a imaginar cosas descabelladas y absurdas con la única finalidad de encontrar una lógica a la existencia de ese clon mío. «¿Y si la abuela no era mi abuela y en realidad esa Kate que aparece a su lado era mi abuela de verdad? ¿Y si tuvo un lío con el abuelo, era madre de mi madre y luego se marchó, dejando a Beatrice a su cargo?». Podría tener sentido. Esa tal Kate, con la que compartía un parecido asombroso, podría ser mi abuela.

—No, no puede ser. La abuela me lo hubiese contado.

Comencé a hablar sola, nerviosa, recorriendo de un lado a otro la cafetería sin poder dejar de mirar un solo segundo la fotografía en blanco y negro que había estado enterrada en el interior de esa caja de latón, ¿cincuenta y dos años? Junto a la abuela y su amiga, ambas abrazadas y con las caras muy cerca la una de la otra, había tres personas más en las que reparé por curiosidad. Solamente dos me sonaban vagamente: una mujer corpulenta de sonrisa afable que debía rondar los cuarenta años y un hombre trajeado, alto y apuesto que, riéndose, miraba de reojo los pasteles de la vitrina. La otra mujer, entradita en carnes con un vestido que dejaba entrever sus voluptuosas curvas, rubia y muy guapa, posaba divertida sujetando una tacita de café de porcelana. Llegué a la conclusión de que se trataba de tres clientes habituales y que a dos de ellos los debí conocer con canas y unas cuantas arrugas más.

Me fijé en la mirada de la tal Kate. Aunque sonreía, sus ojos denotaban inseguridad, como si no supiera hacia dónde mirar. La sorpresa se veía reflejada en sus cejas alzadas y posaba con una expresión facial forzada, como si no le gustaran las fotografías. Había algo extraño en ella que no percibí en ningún otro de los presentes, que posaron con naturalidad y gracia para una fotografía que la abuela enmarcó cuidadosamente para luego esconder.

—¿Por eso la tenías escondida, abuela? ¿Por vivir una vida de mentiras y haber engañado a todas las personas que tenías a tu alrededor, que te querían y confiaban en ti?

No quise odiar a la abuela, no podía, era algo físicamente imposible. Sin embargo, en el caso de que estuviera en lo cierto y el increíble parecido no fuese fruto de una curiosa coincidencia, lo que había hecho la abuela no tenía perdón.

«Si algo te duele, querida, es mejor guardarlo bajo tierra. O en una cajita de latón. Esconderlo para que nadie lo encuentre. Para que ni siquiera tú recuerdes dónde lo escondiste».

UN DÍA ANTES DE LA INAUGURACIÓN

NORA

Enero, 2017

—¿Estás nerviosa? —preguntó Bill al otro lado de la línea telefónica.

—Estoy nerviosa —asentí, acomodándome en mi recién estrenado sillón orejero.

—¿Necesitas algo?

—Ya está todo listo.

—La gente está respondiendo muy bien en internet. Puedes entrar en la página, verás que ya hay más de doscientas personas confirmadas.

—¿Doscientas? Bill, hay aforo limitado. No caben más de veinte personas.

—¡Pues habrá que hacer espacio! Y contratar a una camarera. Mi prima Eve, por ejemplo —sugirió, como si ya tuviera el guion ensayado—. ¿Te acuerdas de ella? Tiene experiencia como camarera y hace dos días la despidieron del bar donde trabajaba; recorte de personal. Si quieres, le digo que venga mañana a echarte una mano y la pones a prueba para que se quede contigo. La necesitarás.

—No sé si podré pagar bien. Puede que sola me apañe.

—Lo hablas con ella mañana, te aseguro que para la inauguración necesitarás ayuda y seguro que lo hará encantada sin pedirte una fortuna. La pobre está acostumbrada a cobrar una miseria. Bueno, te dejo que tengo una cita.

—¿Con algún psicópata de Tinder? —reí.

—No, amiga. Con un cachas de Meetic. Ayer me inscribí en Meetic —aclaró, muerto de risa—. ¡Te dan un mes de prueba gratis!

Poniendo los ojos en blanco y sin ningún tipo de interés en concertar citas con desconocidos por internet, le deseé suerte y colgué. Estuve unos pocos minutos pensando en si me faltaba algo para la inauguración del día siguiente. Bill me había aliviado con la repentina idea de que Eve, su prima, viniese a echarme una mano y, quién sabe, podría quedarse. Podría necesitarla. Él estaba descartado para servir cafés, me lo había advertido desde el principio pese a su ayuda y apoyo antes de la apertura del café Beatrice. ¿Qué sería del mundo sin los amigos? ¿Qué sería de mi vida sin Bill? Cuando me dijo que lo habían cogido como redactor en una de las entrevistas que hizo en Nueva York me alegré muchísimo por él, aunque luego tratase de evitar la cara de chasco al confesar que era el nuevo redactor de esquelas.

Me levanté y fui hasta el cajón que me había prometido no volver a abrir. En él guardé la caja de latón de la abuela con la fotografía enmarcada que no quise volver a mirar. Pero ahí seguía, queriendo captar toda mi atención con la confusión que supone ver tu misma cara, aunque claramente en el cuerpo de otra persona y en una fotografía hecha cincuenta y dos años atrás, mucho antes de que viniera al mundo. Cuanto más la miraba, más extraño me parecía el rostro de la mujer. Como si cada vez su gesto fuera distinto o quisiera hablarme a través de esa incomodidad que parecía estar sintiendo delante del objetivo. Negué para mí misma, convenciéndome de que era imposible que esa mujer fuese mi abuela. Los parecidos son habituales. De entre las incontables personas que han existido a lo largo del tiempo, es posible tal coincidencia, aunque no se trate de ningún familiar. Aun así, la abuela podría haberme comentado algo. «¡Cuánto te pareces a una amiga mía de la juventud! Se llamaba Kate». Hubiera sido normal; era de las que nunca se callaba nada hasta que la enfermedad, que tan rápido se llevó su esencia, apareció sin avisar una mañana en la que preparaba un zumo de naranja. Se dio la vuelta, me miró confusa y empezó a chillar.

—¿Quién eres tú? ¡Fuera de mi casa! ¡Aquí no hay dinero! ¡Fuera!

El alzhéimer golpeó fuerte desde el principio, o puede que yo no lo supiera ver cuando creía que el hecho de no saber dónde había dejado las llaves, a qué hora tenía cita con el médico o cualquier otro despiste fueran simples achaques de la edad. Tres años cuidando a alguien que me había olvidado. Tres años en los que, a veces, por un segundo, me miraba demostrándome una mínima lucidez y decía:

—Tengo tantas cosas que contarte…

Pero sus ojos, que apenas pestañeaban, volvían fijos y ausentes a la pared de color amarillo. Sus manos, más huesudas que antaño, solían estar colocadas sobre las rodillas, y su cuerpo, enfundado en camisones de flores, inmóvil como una momia. La sentía lejana cuando le leía libros de Charles Dickens. Me gustaba leerle *Historia de dos ciudades* pese a saber que su preferido era *Grandes esperanzas*. Del primero solía repetirle un párrafo porque comprobé que la hacía volver un momentito al mundo, a mirarme y a sonreír, aunque nunca supe por qué:

«Era el mejor de los tiempos, era el peor de los tiempos, la edad de la sabiduría, y también de la locura; la época de las creencias y de la incredulidad; la era de la luz y de las tinieblas; la primavera de la esperanza y el invierno de la desesperación».

Aparté de mis pensamientos esas tardes oscuras con más decepciones que alegrías, más lágrimas que sonrisas y, sobre todo, más fracasos que esperanza, y volví a centrarme en la fotografía tratando de encontrar las diferencias entre Kate y yo.

—Ella estaba un poquito más gruesa —pensé en voz alta—. Y su cabello era diferente. Yo nunca llevaría una diadema tan enorme ni iría vestida de rosa. No me gusta el rosa.

Hice lo posible por convencerme de que no era más que una curiosa casualidad y opté por no darle más importancia. El pasado, pasado está. Esa mujer, al igual que la abuela, probablemente estaría muerta y de nada servía calentarme la cabeza si no estaban ahí para responder a mis preguntas. Era sorprendente que algo así me sucediera a mí; no estaba preparada para un secreto familiar de tales dimensiones, cuyos protagonistas ya estaban muertos ni para creer que, la que había considerado mi abuela, la persona a la que más había querido en el mundo y por la que tanto sufrí en los últimos tres años de su vida, era en realidad una desconocida. Y, lo peor, una mentirosa.

Cogí la fotografía enmarcada y la diminuta taza de café de madera y bajé hasta la cafetería preguntándome por qué esa pieza tallada por el abuelo no estaba en casa junto a las demás. Encendí la luz y, colocando la taza de madera sobre la cafetera a modo de reliquia, lugar en el que se quedaría, estuve un rato pensando en cuál sería el mejor lugar para mostrar a esas personas que tan lejos quedaban en el tiempo, pero que un día estuvieron en el mismo lugar que yo. Me decanté por colgarla en la pared de detrás de la barra, justo en el centro, encima de la cafetera nueva que tantos quebraderos de cabeza me había dado y que estaba al lado de la antigua. No había podido deshacerme de ella por su valor sentimental.

—Aquí te quedarás —le dije, subida a una silla, como si estuviera hablando con la abuela—. Por los viejos tiempos, dirías tú, querida.

Les guiñé un ojo, como si todas esas personas que ya no existían me estuvieran mirando a mí en vez de estar distraídas frente al objetivo de una cámara para la que posaron divertidas y espontáneas. Me emocioné un poco, contuve las lágrimas y emití un largo suspiro. Volví a subir al apartamento para intentar escribir, aunque solo fuera para relajarme, sin intención alguna de tentar a otra negativa editorial y sabiendo que, a partir del día siguiente, mi vida daría un giro de ciento ochenta grados. Mi vida ahora sería la de la abuela Beatrice. Su cafetería volvería a cobrar vida mientras mis sueños, considerados ya imposibles, se quedaban atrás. Al fin y al cabo, se trataba de una promesa poco antes de que se pusiera enferma, aunque nunca creí que yo, una mujer con otro tipo de aspiraciones, me convertiría en la indecisa e insegura propietaria de una cafetería en Brooklyn llamada Beatrice.

2017

«Te miraré así, sin decirte nada.
Hablándote con los ojos exhaustos
de palabras. Como si todo estuviera dicho,
como si la intención fuera clara.
Como si el hambre viviera encarnada en la mirada.
Te miraré así, diciéndote todo sin decirte nada».

BRANDO. CARTAS AL TIEMPO
Mind of Brando

EL VIAJERO DE LAS 23 H

Febrero, 2017

Como si ya formase parte del paisaje desde hacía unos días, oculto en la oscuridad de la noche en el tramo de la calle Front menos transitado, apenas una callejuela en comparación con el majestuoso Brooklyn de edificios de ladrillo y donde solo destacaba a esas horas la luz de la cafetería Beatrice, observaba todos y cada uno de sus movimientos. La cafetería, que volvió a abrir hacía un mes después de tantos años cerrada y olvidada, se había ganado a la clientela gracias a la sonrisa y amabilidad de su nueva propietaria: Nora Harris, la nieta de la inolvidable Beatrice Miller.

«Qué joven y guapa está —pensó el viajero de las once de la noche—. Es increíble volver a verla».

No la recordaba tan activa; no en sus últimos años. La espalda erguida, caminaba por el café con paso

49

firme y decidido pendiente de que los pocos clientes que quedaban estuvieran satisfechos. Su rostro carecía de la menor arruga y su piel, clara y tersa, se extendía sobre una frente grande que cubría con un flequillo de medio lado que le llegaba a los ojos. Esos ojos inmensos, redondos y de un color verde imponente que, según cómo le diera la luz del sol, era casi amarillo, incandescente. Eran unos ojos que te fascinaban cuando se clavaban en los tuyos, hechizándote por completo, recordó el viajero sin dejar de contemplarla. La nariz y la boca de Nora, minúsculas y carnosas al mismo tiempo, aportaban carácter a un mentón de muñeca y su melena, por debajo de los hombros, era del incierto color al que llaman «rubio veneciano», con reflejos rojizos que se desvanecen de la raíz a la punta aclarando aún más su rostro, como rindiendo homenaje a su belleza luminosa y turbadora con un encanto atípico e insolente.

Nora era rápida sirviendo a los clientes de la noche; solo había tres antes del cierre. Les sonreía a todos; parecían apreciarla por cómo la miraban cuando se acercaba a ellos para entregarles las tazas humeantes.

«La hora del chocolate calentito».

Casi las once de la noche.

El viajero miró la hora en su reloj y, seguidamente, miró hacia el callejón, pese a estar fuera del alcance de su campo de visión. Desde ese callejón había llegado hasta ahí, tal y como ella le indicó. Frunció el ceño y sonrió sin poder evitar mover la pierna izquierda como si tuviera un repentino tic. Estaba nervioso e impaciente por entrar y decirle, después de tanto tiempo: «Hola». Que lo volviera a mirar. Lo único que deseaba era que Nora Harris lo volviera a mirar.

Nora, en el interior de la cafetería, limpiaba la barra para cerrar en cuanto los tres clientes que quedaban se fueran a sus casas. Le dijo a Eve que ya podía irse. Eve se dirigió al cuartito que utilizaban como vestidor, dejó el delantal en el perchero, las zapatillas blancas en un rincón y se subió a los cinco centímetros de sus botas negras para salir del local despidiéndose con aires de *femme fatale,* contoneando las caderas en dirección a la parada de autobús. Pero antes de que la puerta del café se cerrase del todo, Eve se detuvo en el bordillo observando al hombre que se encontraba en la acera de enfrente, a pocos metros, pero al que no podía ver con claridad porque las farolas anaranjadas y poco potentes no iluminaban el punto donde se encontraba. Eve se estremeció. Le pareció ver que el tipo sonreía. «Oh, no». Dudosa, miró hacia atrás cruzándose de brazos y agarrando con fuerza el bolso. Nora estaba distraída cobrando a los clientes.

«¿Debo entrar y advertirle a Nora que tenga cuidado? ¿Que hay un tipo extraño aquí fuera?», pensó la camarera que,

al dirigir la mirada hacia donde estaba el hombre, ya no lo vio.

«¿Pasa algo?», parecía preguntarle Nora desde dentro, encogiéndose de hombros y alzando las manos. Eve negó sonriendo; últimamente, por influencia de su primo Bill, veía y leía demasiado *thriller* en el que las tramas principales eran secuestros y asesinatos de mujeres. Hombres extraños en las sombras al acecho de su próxima víctima, como el que había acabado de ver. Se prometió ver más películas de Rachel McAdams y leer más a Jojo Moyes o a Marian Keyes.

Miró a ambos lados de la calle y, al no verlo, decidió seguir su trayecto en dirección a casa. Carmen, la colombiana que vivía en el edificio junto a la cafetería y que era adicta al chocolate caliente de Nora casi tanto como a su cita de cada lunes en la peluquería, esperaría a que bajara la persiana mientras le hablaba de la última discusión con su exmarido. Nora, después de despedirse, únicamente debía dar dos pasos para estar a salvo, entrar en el portal, subir un tramo de escaleras y abrir la puerta de su refugio. No había nada que temer.

Cuando el reloj marcó las once en punto vio salir a los últimos clientes del café. Tembloroso y, al mismo tiempo, esperanzado, con gotas de sudor cayéndole por la frente por los nervios, el viajero dio un paso al frente. No debería haberse colocado en la acera de enfrente; las ganas de volver a verla le habían jugado una mala pasada.

Despacio, como si temiera el momento de volver a estar junto a ella, caminó arrimado a la pared hasta llegar a la puerta. A través del cristal la vio de espaldas, sola, extrayendo un interminable tique de la máquina registradora. Observó su melena recogida en un moño alto ya deshecho por el ajetreo de todo el día y el lunar de la nuca que tan bien conocía. Respiró hondo, en un intento de controlar el temblor que su cuerpo, traicionero, seguía experimentando. La campanita de la puerta sonó cuando la abrió; se asustó casi tanto como Nora, que se dio la vuelta emitiendo un sonido gutural del que ni siquiera ella fue consciente, mientras la registradora seguía haciendo su trabajo con un ruido ensordecedor. Sus rostros, silenciosos y cansados, se encontraron en un momento en el que ella ya no deseaba más visitas. El día había sido muy largo; quería subir a su apartamento, ducharse, escribir un poco y dormir. Al día siguiente, el despertador volvería a sonar a las seis de la mañana.

El viajero no pensaba en dormir sino en llevar a cabo la misión que se le había encomendado. Era como si hubiera estado demasiado tiempo durmiendo y, en ese momento, cuando tenía la oportunidad de despertar y verla, no podía hacer otra cosa que mirar fijamente sus ojos. Esos ojos que tantas veces, sin que ella lo supiera todavía, lo habían mirado con todo el amor del mundo. Cuánto los había echado de menos. Qué sensación tan rara y a la vez tan emocionante volver a encontrarla, aunque todavía con otra mirada. Una mirada en esos momentos indecisa y desconfiada que nada tenía que ver con la que él recordaba.

—Ya he cerrado —informó Nora, incómoda, pasándose un mechón suelto por detrás de la oreja.

Debía decir algo. «Venga, di algo. Dilo ya», le decía una vocecilla interior. Pero no podía. No le salía la voz. Seguía mirándola fijamente, como hipnotizado por la juventud que irradiaba, por lo cambiada que estaba, por cómo lo miraba. La estaba empezando a asustar.

—Hola —saludó por fin—. Lo siento, solo quería un chocolate caliente. He venido desde muy lejos porque me han hablado genial del chocolate de aquí.

—¿De verdad? —se emocionó ella, pensando en la buena inversión que había resultado ser la compra del dispensador de chocolate.

—De verdad.

Creyó que pondría cara de fastidio, pero las indicaciones parecían haber surtido efecto. Al fin y al cabo, ¿quién mejor que ella misma para saber qué le gustaría escuchar?

—Ahora mismo te lo preparo. Toma asiento, por favor. Donde quieras —le sonrió, dándose la vuelta para volver a poner en marcha el dispensador de chocolate que había apagado hacía escasos minutos.

A Nora le extrañó que, en vez de la mesa que había junto al ventanal, que era la más solicitada, el hombre eligiera un taburete. Eran demasiado altos e incómodos y no tenían respaldo, pero desde ahí gozaba de unas vistas privilegiadas de Nora. Eso le bastaba.

—¿De dónde vienes? —quiso saber.

—De Nueva Jersey —mintió.

—¿Has recorrido ciento treinta kilómetros solo para venir a mi cafetería?

—Sí —rio, sin pensar que Nora, por influencia de Bill, creía en esos momentos que debía ser un crítico o un *influencer* tan de moda con esas fotos perfectas de Instagram. Se esmeró en elegir la taza más bonita para el supuesto *influencer*; vigiló que no hubiera grumos y que estéticamente fuera agradable a la vista con un par de nubes encima estratégicamente colocadas.

—Que lo disfrutes.

Le guiñó un ojo, divertida, y volvió a concentrarse en la caja casi tanto como en escuchar el disparo de un sofisticado iPhone fotografiando su local y, en especial, su famoso chocolate caliente. Pero nada de eso ocurrió. Tardó diez segundos en mirarlo de reojo disimuladamente y sentirse decepcionada al ver que las nubes habían desaparecido y la taza, pese a sus dimensiones, casi estaba terminada.

—Me llamo Jacob.

Jacob no tenía iPhone ni ningún otro teléfono móvil sobre la barra. No había hecho fotos; no era un *influencer* y mucho menos un crítico. Pero si Nora hubiese sabido que su chocolate caliente provocó los mejores recuerdos de Jacob, quizá se hubiese tomado de otra manera el hecho de que ese «perfecto» chocolate caliente nocturno no diera la vuelta al mundo con miles de *likes* en una red social. Aun así, a la propietaria del café no le pasó desapercibida la mirada que Jacob le echó a la taza de chocolate y la sonrisa que esbozó cuando su paladar saboreó un fantasma, el recuerdo de otro tiempo más feliz.

«El sabor de la infancia, de la felicidad. De su sonrisa, de su mirada y sus caricias, del brillo que poseían todos y cada uno de los momentos que pasábamos juntos. De los inviernos abrazados frente al calor de la chimenea, de la seguridad del hogar. De cuando dormíamos juntos y las pesadillas no te atemorizaban porque nos hacíamos más fuertes. Juntos. Siempre juntos».

Pero nada de eso había ocurrido. Para él, sí. Para ella, todavía no.

—Nora —se presentó ella, ladeando la cabeza y forzando una media sonrisa que le venía a decir que ya era muy tarde.

—Me he fijado en la foto que tienes ahí encima —tanteó él—. Esa mujer es increíblemente parecida a ti, pero parece estar hecha hace años, ¿no? ¿De qué año es? —se interesó, curioso e intrépido.

Nora miró hacia arriba y contempló, como hacía cada día, la fotografía que tanto la seguía atormentando porque ninguno de sus pensamientos lógicos daba explicación alguna al parecido físico de esa tal Kate con ella. Se encogió de hombros recogiendo la taza vacía y la lavó enérgicamente en el pequeño fregadero que había junto a la cafetera. Demasiadas explicaciones; no le apetecía dárselas a un extraño.

—Era mi abuela.

«¿A mí me vas a engañar?», disimuló Jacob.

—Era muy guapa.

—Gracias.

—¿Cuánto te debo?

—Nada. Has venido desde muy lejos a probar el chocolate, así que te invito yo. Además, ya he cerrado la caja.

«No quiero despedirme de ti. No quiero».

—Muchas gracias, Nora. Prometo volver pronto.

—Cuando quieras, aquí estaremos.

Jacob asintió, saliendo de la cafetería sin poder dejar de mirarla. Ella, secándose las manos con un trapo, se sorprendió al darse cuenta de que su corazón latía desbocado como si de un momento a otro fuera a desprenderse de su cuerpo y a perseguir con prisa al desconocido que la había visitado desde Nueva Jersey solo para probar su chocolate caliente a las once de la noche. Sentía que lo conocía. Como sentía, cada vez que miraba la antigua fotografía, que conocía más a esa mujer con la que compartía un rostro idéntico que a la abuela con la que había convivido toda su vida.

UNA SEMANA MÁS TARDE

Febrero, 2017

BILL LEWIS
20 de febrero a las 11:50
Hola, amigos de Facebook, estoy desesperado. ¿Alguien sabe algo de Nora? Hoy no ha abierto el café y no está en casa. No responde a mis llamadas ni a mis wasaps; su teléfono está apagado. Si alguien tiene alguna idea de cómo encontrarla que me lo diga, por favor. Siempre responde a mis wasaps. Nunca apaga el móvil.

KARL ¡Tranquilo! Igual se ha quedado dormida en casa de algún tío.
20 de febrero a las 11:53

BILL Eso es algo impropio de Nora y menos ahora. Está muy centrada en su cafetería.

20 de febrero a las 11:54

LESLIE Espera veinticuatro horas y si no aparece, llama a la policía.

20 de febrero a las 12:01

EVE Si te enteras de algo, dímelo, Bill. Tampoco me contesta a mí, estoy preocupada.

20 de febrero a las 12:10

BILL Estamos en contacto, Eve.

20 de febrero a las 12:11

KARL Insisto. No le des más vueltas. Puede que esté de resaca.

20 de febrero a las 12:30

ANNA ¿Quién es Nora?

20 de febrero a las 12:32

CARMEN Bill, yo también estoy preocupada. Necesito chocolate, espero que aparezca y abra el café esta tarde.

20 de febrero a las 14:00

CADA DÍA ES UNA PÁGINA EN BLANCO

NORA

Febrero, 2017

—¿Todo bien? —preguntó Eve, anudándose el delantal.

—Genial. ¿Sabes que anoche vino un tipo desde Nueva Jersey para probar mi chocolate? —le comenté entusiasmada, obviando la estupidez de haber creído que era un *influencer* que me daría la fama cibernética mundial. Bill había hecho que me obsesionase con el tema.

—¡Qué buena fama! Aquí todos son adictos a tu chocolate.

—En los tiempos de la abuela eran adictos a su café. Y a sus tartas. Yo no vendo muchas tartas —musité, más para mí misma que para Eve, que parecía no saber qué hacer, si quedarse a escuchar los lamentos de la jefa o ponerse en marcha con la sonrisa preparada para cuando entrara el primer cliente del día—. Debería probar con la repostería. A los clientes les gusta que todo sea casero, ¿no? ¿Sabes de algún curso? Bueno, miraré los tutoriales de Youtube. ¿Conoces algún canal de repostería que esté bien?

—Ni idea… Solo miro tutoriales de *Make up* y últimamente me he enganchado al canal de *Zoella*.

No me dio tiempo a preguntar quién era *Zoella*. El tintineo de la campanita de la entrada, tan encantador como chirriante, sonó cuando entró el primer cliente. Aurelius era un hombre malhumorado, de ochenta y tres años, que no fallaba a su cita de las siete y media para tomar su primer café con leche calentito y una magdalena en la mesa del ventanal. Repetía el ritual a las cuatro en punto de la tarde. Cuando vino a la inauguración, agradeció que el café volviera a abrirse después de tantos años siendo un local inservible con la persiana bajada.

—Era deprimente —comentó—. Pensar en caminar tres calles para tomar mi desayuno era agotador. No sabes cuánto hemos echado de menos a Beatrice, muchacha.

Se enteró de que yo era su nieta dos semanas más tarde, pese a habérselo dicho desde el principio. A partir de entonces, me trataba bien. Para él era «muchacha» o «jovencita», aunque su sonrisa continuase brillando por su ausencia. El señor Aurelius era un cascarrabias que solo quería que lo atendiera yo. A Eve le ponía malas caras y le gruñía como si fuese un perro guardián.

La campanita de la puerta de la entrada no dejó de tintinear en todo el día. La cafetería estaba resultando un negocio más rentable de lo que esperaba; la gente se sentía a gusto, como si estuviera en su propia casa e incluso, en muchas ocasiones, en la consulta del psicólogo. Nunca en mi vida me había enterado de tantas historias, alegrías y desgracias como en esos momentos, siendo la propietaria del pequeño café Beatrice. Me preguntaba si mi abuela era conocedora de tantos chismes y secretos y, si era así, si se permitía a sí misma involucrarse o no. Cada mañana era una página en blanco que me disponía a escribir, sin esperanzas de que algo maravilloso pudiera sucederme. Me conformaba con las sonrisas de los clientes y las ideas que muchos, sin ser conscientes, me aportaban para mis escritos nocturnos. Dormía poco, pero me sentía satisfecha por avanzar, no solo económicamente gracias al negocio, sino también como escritora. No abandonar tus sueños implica renunciar a placeres tan necesarios como dormir, pero ¿para qué cerrar los ojos si al mantenerlos abiertos tienes la posibilidad de que sucedan cosas?

Estaba inquieta. El tipo de Nueva Jersey era el culpable. Pensaba en sus ojos color aceituna ante cualquier cliente que se sentaba en el taburete. No sabía por qué. Su melena despeinada de color negro y sus manos, grandes y cuidadas, agarrando con fuerza la taza de chocolate caliente, como si se le fuera a escurrir, mientras su sonrisa amigable me demostraba que el sabor lo estaba transportando a otra época más feliz. Parecía triste. Quería conversación. Miró la fotografía, la misma que yo estaba observando en ese momento en que todos los clientes estaban servidos, y preguntó por la mujer que se parecía a mí. Nadie en el café había reparado en la fotografía de 1965, ni siquiera Eve, acostumbrada a convivir con ella todos los días. Nadie me había preguntado de qué fecha era. Nadie me había comentado qué bonita estaba Beatrice, porque algunos de sus clientes, incluido el viejo cascarrabias de Aurelius, la habían conocido y venían a diario cuando la abuela regentaba la cafetería. Al mirar detenidamente a Aurelius, me pregunté si era el mismo hombre divertido de la fotografía de noviembre de 1965, pero debido a su carácter huraño no me atreví a corroborarlo. En el caso de que fuera él, había cambiado demasiado.

—¿Cómo se llamaba? —me pregunté en un murmullo con los ojos cerrados, tratando de recordar mientras esperaba que saliera el café para una estudiante con prisas.

—¿Quién? ¿Cómo se llamaba quién? —curioseó Eve, apoyando los codos en la barra—. Un chocolate para Carmen, cuando puedas.

«Jacob. Se llamaba Jacob. Bonito nombre», pensé sonriendo, mientras le servía el café a la estudiante.

—¡Buenas tardes, Aurelius! ¿Su cafetito y un trozo de tarta? —saludó Eve, acompañando al hombre, que iba aferrado a su bastón, hasta la mesa del ventanal. Se la teníamos reservada desde hacía media hora para no tener problemas.

—¡Quítame las manos de encima! Beatrice, por favor, mi merienda —ordenó fatigado, sentándose con dificultad.

Vi cómo Eve se sonrojó y puede que hasta tuviera que contener las lágrimas por el mal trato, mientras yo me encogí de hombros y le sonreí para apaciguarla y no hacerla sentir violenta. Aurelius me había llamado Beatrice. Era la primera vez que lo hacía y, aunque nunca había tratado bien a Eve, tampoco le había gritado de esa manera ante la atenta mirada de los clientes que había en ese momento: los Collins, mis vecinos de arriba, que solían armar mucho escándalo cuando hacían el amor a la una y media de la madrugada, una mujer mayor que leía a Danielle Steel y un ejecutivo que se había adueñado de la mesa del fondo y la había convertido en su improvisado despacho diario.

—¿Se encuentra bien, Aurelius? —me interesé, sirviéndole el café y un trozo de tarta de manzana.

No dijo nada, pero la mirada que me dirigió me recordó a la de la abuela tres años atrás. Sus gritos y su furia también, así como el desconcierto de no reconocer ni sus propias manos que, automáticamente, le echaban azúcar al café.

—Que aproveche.

Cuando el reloj marcaba casi las once de la noche y en el café no quedaba un solo cliente, le dije a Eve que ya se podía marchar. La página en blanco del día estaba a punto de llegar a su fin. Qué satisfacción es, para un escritor, escribir la palabra «Fin». Pero el «Fin», en la vida real, también implica otras emociones como el miedo y la inseguridad. La palabra «Fin», salvo para la historia ficticia plasmada en el papel de un escritor, casi nunca augura nada bueno. «Fin» es tristeza y soledad, ruptura y despedidas, oscuridad y lágrimas al caer la noche aunque, de vez en cuando, supone un alivio cuando la situación no era feliz. Es cuando se termina todo, sonrisas y lágrimas, lo bueno y lo malo. Siempre he sido de las que ha preferido escribir, al final de la página en blanco de la realidad del día a día, un punto y aparte en lugar de «Fin» porque todo, incluido el sufrimiento, es un aprendizaje de vida. Y darlo por concluido significaría, en esos momentos, que la maldición de Simon Allen era real y no quería verme salpicada por ella. Si la abuela la había evitado, pese a la temprana muerte de sus padres y de su propia hija, yo también podía conseguirlo. La amenaza de que iba a morir joven me había acompañado desde que Beatrice me contó por primera vez sus suposiciones para nada justificadas. Siempre que caminaba por el puente de Brooklyn sufría unos repentinos sudores fríos y me daba por pensar cuál era la manera de morir que prefería.

Había sido un día más, normal, si no fuera por un pequeño incidente relacionado con el señor Aurelius. No era por su ya conocido mal humor y sus gritos hacia Eve; había algo más. El hombre, antes de levantarse, siempre pagaba religiosamente la cuenta; pero esa tarde, al terminar el café y la tarta de manzana con la mirada fija en la calle, se marchó sin dejar un solo dólar. Eve y yo nos miramos, pero volvimos al trabajo sin hablar del tema. Que no hubiese pagado la cuenta era lo de menos, por supuesto. Podían ser achaques de la edad o un simple mal día, pero ese detalle no se me pasó por alto y no quería que me sucediese como con la abuela. Si tenía la misma enfermedad que ella, cuanto antes se la diagnosticaran antes la tendrían controlada y menor sería el sufrimiento del anciano.

—Debe tener familia —murmuré, mirando la fotografía. Seguía pensando que el joven que miraba divertido la vitrina con los pasteles era Aurelius, pero solo se trataba de una posibilidad—. No sé, vivir, vive solo, pero nunca cuenta nada sobre su vida. Puede que algún hijo lo venga a ver de vez en cuando o…

—¿Siempre hablas sola? —me silenció una voz detrás de mí, acomodándose sonriente encima del taburete. Un mechón rebelde le caía sobre la frente; los ojos, entornados, me miraban con curiosidad, y esa familiaridad que seguía teniendo su sonrisa y que tan intrigada me tenía desde la noche anterior, en la que recordaba perfectamente cómo mi corazón empezó a latir con tanta fuerza cuando él se fue que creía que se me iba a salir del pecho.

—Jacob —sonreí.

—Nora.

—¿Hoy también has conducido una hora y media para venir a por un chocolate caliente?

—También. Y viajaré lo que haga falta para tomarme ese chocolate caliente.

—¿Por qué a las once? —le pregunté, directa.

—Es la hora del chocolate caliente.

—Muy tarde, ¿no?

—Este es el único café que abre hasta tan tarde —se excusó.

—Aquí los clientes vienen a todas horas, ya sabes. Son un poco trasnochadores —confesé, pensando en los vecinos de arriba y en mi decisión de quedarme hasta más tarde de las nueve, hora en la que cerraba la abuela cuando era la propietaria del Beatrice. No obstante, esa noche me había entretenido más de la cuenta por si el hombre que tenía delante volvía y, por suerte, no andaba desencaminada.

Esa noche no coloqué las nubes sobre el chocolate con tanta gracia ni busqué la taza más bonita, sino la que más a mano tenía. A mi desilusión al comprobar que Jacob no sacaba ningún teléfono móvil del bolsillo del pantalón, le sucedió la alegría de que fuera una de las pocas personas en el mundo sin deseos de inmortalizar algo tan simple como un chocolate que, al igual que el sushi, queda tan bien en las fotos de Instagram. No esperó ni un solo segundo para disfrutar del chocolate, indicándome con un gesto que yo también me preparase uno.

—No me apetece —reí, viendo cómo retiraba el chocolate que se le había quedado en el labio—. Creo que veo tanto chocolate a diario que le he cogido un poco de manía. Mi abuela era quien llevaba el negocio muchos años atrás y ahora entiendo por qué no le gustaba el café.

—Aborrecemos lo que tenemos a mano —entendió él.

—Exacto —asentí, limpiando la encimera mientras observaba la oscuridad de la calle a través del cristal—. ¿Por qué somos así, Jacob? ¿Por qué no valoramos lo que tenemos hasta que lo perdemos?

No dijo nada. Me fijé en sus ojeras. Me pregunté qué edad tendría; parecía ser del tipo de personas que aparentan más años de los que en realidad tienen debido a su piel bronceada y curtida, pero debía rondar los cuarenta. ¿Trabajaba Jacob al aire libre? Se me formó un nudo en la garganta al verlo tenso, con la mandíbula apretada y haciendo un esfuerzo enorme para no llorar. ¿Quién era ese hombre?

—¿Cuál es tu historia, Jacob?

Abrió mucho los ojos. Destensó la mandíbula y trató de relajarse, pero seguía sin hablar. Terminó el chocolate, me acercó la taza y rebuscó en el bolsillo del pantalón hasta sacar cinco dólares que dejó sobre la barra. Yo negué, sonriendo; volvía a invitar yo.

—No, ni hablar. Ya me invitaste ayer.

—Déjalo.

Me molestó un poco que no respondiera a mi pregunta, pero pensé que no siempre es fácil contarle tu historia a una desconocida, aunque muchos creyeran que el café era una consulta psicológica y me hicieran creer que tenía el derecho de profundizar en sus sentimientos.

—No era tu abuela.

—¿Qué?

—La mujer de la fotografía. —Alzó la cabeza y señaló a Kate—. La mujer que hay a su lado era tu abuela, no la que se parece tanto a ti.

—¿Cómo lo sabes?

Me guiñó un ojo manteniendo el misterio, hizo una especie de reverencia y se dio la vuelta dispuesto a marcharse.

—Volveré —prometió. Se detuvo y se quedó mirándome en el umbral de la puerta.

«¿Por qué a las once?», hubiese querido volver a preguntar.

De nuevo, tuve la sensación de que el corazón latía tan deprisa que era probable que pudiera ser víctima de un infarto inesperado. En realidad, lo que quería era irme con él y averiguar quién era y por qué había vuelto a la misma hora y en el momento en el que sabía que no había clientes, para tomar un chocolate caliente. Un chocolate que parecía transportarlo a otro mundo. Un mundo que yo no llegaba a alcanzar.

HISTORIA DE UN VIAJERO

Febrero, 2017

Ella lo sabía todo, aunque aún no tenía respuestas ni se encontraba en la época adecuada para conocerlas. Toda resolución a lo que nos inquieta necesita un tiempo de reposo para fortalecerse y así poder llegar a atar cabos sueltos.

Jacob no pudo responder a la pregunta de Nora. ¿Que cuál era su historia? Su historia le pertenecía a ella, pero aún no lo sabía. El motivo por el que había venido desde tan lejos a visitarla, sin poder ofrecerle una conversación normal y la oportunidad de conocerlo, era que la historia, su historia en común, siguiera su curso y ningún desvío por el camino diera pie a cambios inoportunos que podían poner en peligro su propia existencia. Ambos desaparecerían, como si nunca hubieran existido. Y debían existir. Nora tenía una gran responsabilidad y todavía no era consciente. Puede que, aparentemente, fuesen dos almas insignificantes en un ínfimo punto del universo, pero los necesitaban. El mundo los necesitaba. Jacob aún no podía explicar el motivo, pero así era como lo tenía escrito en la carta que conservaba en el bolsillo y que tanto se había deteriorado a causa de los viajes: «una semana». Faltaban cinco días para que Nora viajara a la misma calle y a la misma cafetería, pero a una época en la que su abuela vivía, era joven y presumía de buena memoria. Una época en la que Aurelius reía y los clientes del Beatrice que en ese momento ya no existían, todavía vivían.

Jacob se detuvo en la acera frente a la cafetería, cuya persiana ya estaba cerrada. La había observado con detenimiento: cómo le dolía la espalda al bajar la pesada persiana del café, la manera en la que suspiró y se metió las llaves en el bolsillo para sacar las del portal y subir lentamente las escaleras que la llevaban hasta su apartamento… A través de las dos ventanas que daban a la calle, Jacob supo el momento exacto en el que Nora entró. A las once y cuarenta minutos de la noche las luces se encendieron y la sombra bajita y delgada de Nora se deslizó hasta el ínfimo espacio de la cocina.

Al abrir la nevera, Nora hizo un gesto de desagrado al comprobar que apenas había nada que tuviera buen aspecto. La cafetería la absorbía tanto que casi no comía ni tenía tiempo para salir a hacer la compra. Cogió con los dedos en forma de pinza el queso con moho y lo lanzó a la basura, decidiendo darle una oportunidad al trozo de pollo reseco, que calentó en el microondas para, seguidamente, comérselo a disgusto de pie, apoyada en la encimera junto al fregadero. Se permitió pensar, por una milésima de segundo, cuán diferente sería su vida si George no la hubiese dejado en el peor momento. «Menudo cabrón», murmuró, imaginándolo, aburrido como él era, mirando una película subtitulada con la mujer que consideró suficientemente buena para él. Se limpió las manos, grasientas por el trozo de pollo, y fue hacia el cuarto de baño, en el que ducharse era una odisea porque tenía que hacerlo con un pie fuera del plato de la ducha. No cabía. Y, en cierto modo, tenía su gracia porque era como una metáfora. Nora sentía, en esos momentos, que no cabía en ningún lugar a pesar de saber que no estaba haciéndolo tan mal. Puede que Beatrice, desde algún lugar, pudiera verla y se sintiera orgullosa de cómo estaba llevando el café. Ojalá.

La silueta de Nora, enfundada en un pijama ancho que también le servía de chándal, aunque Jacob no lo pudiera distinguir desde la calle, se movió hacia una de las ventanas. Se acomodó y abrió el portátil, que reposaba en el escritorio.

Jacob sonrió desde abajo.

Debería escribir algo. No sabía el qué: si continuar con el drama que había estado escribiendo cada noche y cuyas veinte páginas la estaban esperando para avanzar en la trama, o empezar algo nuevo, quizá más comercial, que la motivase completamente sin pensar en lo que pudiera pensar una editorial. Estaba tan cansada…

«Escribe para ti. Lo que a ti te gustaría leer, da igual que no salga del cajón, tú hazlo y termina lo que empieces. Es importante que termines. Busca y experimenta, pero, sobre todo, disfruta mientras lo haces. Seguro que es bueno. Confía, querida. Confía».

Nora cometió el error de no centrarse en escribir y entrar en Facebook. Tenía un par de mensajes privados que ignoró y fue directamente hasta el buscador. Se rio al escribir «Jacob».

—Solo Jacob.

Probó, buscando en Nueva Jersey. El problema fue que aparecieron cientos de *Jacob's* con todas las combinaciones de apellidos posibles y diversas fotografías de perfil que no encajaban con el que estaba buscando.

Era la hora de irse, de marcharse a su tiempo y regresar la noche siguiente a la misma hora para que ella sintiera la suficiente curiosidad como para querer seguirlo dentro de unos días.

Faltaba menos para conocer la historia y, sobre todo, para situarla en su lugar. «La historia es la que es y para seguir su curso y no cambiarla hay que alterar el presente», escribió Nora Harris en su carta.

DOS SEMANAS DESAPARECIDA

BILL

Marzo, 2017

—Dios mío, agentes, llevo una semana diciendo lo mismo y aún no tenéis ni puñetera idea de hacia dónde encaminar la investigación de la desaparición de mi amiga. La última vez que vi a Nora fue la tarde anterior, cuando quedé en su cafetería con un hombretón de Meetic, red social que estoy probando gratis un mes. Justo ese día, cuando llegué, estaba pletórica y llena de energía. Lo normal era verla un poco seria. Porque ella es seria, la vida que ha tenido no ha sido fácil. Demasiadas pérdidas... —se lamentó—. Nora siempre estaba pendiente del trabajo aunque, al principio, no le entusiasmara llevar la cafetería de su abuela. No tenía otra cosa, así que no le quedó otro remedio. Nunca salía, vivía en el cuchitril que hay arriba, en el que entrasteis. Ese día se preocupó por el pobre viejo, por lo visto padecía demencia senil. Se puso a gritar como un loco y a tirar cosas. Su abuela tuvo alzhéimer y supongo que le vinieron recuerdos de la época en la que la cuidó. Fue muy duro, murió en noviembre del año pasado. Me sorprendió mucho que se sobrepusiera tan rápido.

—Entonces, Nora Harris sufría una depresión —afirmó el agente García, el más joven, anotándolo en una libreta—. ¿Lo ves, Bill? Ese detalle se te escapó en la denuncia y es muy importante, aunque por la nota que dejó en el ordenador pensamos que lo más seguro es que se fuera por voluntad propia.

—¡No! —estalló Bill, dando un golpe en el escritorio que no alarmó lo más mínimo a los dos hombres que tenía delante—. Ni estaba deprimida ni ha desaparecido voluntariamente, García. Nora no es de las mujeres que se tiran de un puente o se matan, si es eso lo que insinuáis. Tampoco es de las que se van sin decir nada.

—No insinuamos eso, Bill, tranquilo. Como te digo, lo que dejó escrito nos hace pensar que quizá necesitase unas vacaciones y en un momento de arrebato y locura cogiera un avión hacia… No sé, Backer, ¿tú dónde te irías? —le preguntó al compañero, sonriendo.

—A las Bahamas, García. Yo me iría a las Bahamas.

—Que haya cogido un vuelo a las Bahamas —prosiguió— y tú estés haciendo un circo de todo esto cuando ella lo que quiere en realidad es que ni la busquen ni la encuentren. Deberías, permíteme que te lo diga, usar menos las redes sociales para tratar el tema. Cuando tu amiga vuelva no le gustará ver todo el espectáculo.

El agente gordinflón, Backer, le dio un disimulado codazo a García que Bill, tan absorto en sus divagaciones, no vio. «Te estás tomando demasiadas confianzas con el pobre hombre. No seas cruel y no te rías de él, está sufriendo», pareció querer decirle sin palabras, poniendo los ojos en blanco y negando con la cabeza. Bill había nacido con el don de caer bien a todo el mundo, pero tenía un defecto: nadie lo tomaba en serio, incluso en algo tan preocupante como era la desaparición de una persona sin dejar rastro. Los gestos de su característico rostro angulado eran exagerados; la voz aguda nunca le había ayudado a conseguir cargos más importantes en su carrera y, por cómo hablaba, parecía que en cualquier momento fuera a contar un chiste.

En Estados Unidos desaparecen una media de dos mil personas al día y dicen que, cada noventa segundos, un niño se esfuma. Hay finales trágicos y otros felices; es un tema delicado, pero los experimentados agentes que Bill tenía delante habían visto tantos casos que el de la señorita Harris lo etiquetaron desde el principio como de «poco importante» debido a lo que dejó escrito en su ordenador. Backer y García, presionados por los recortes de presupuesto, habían indagado en la vida de Harris y nada indicaba que hubiera sido víctima de un secuestro, que su cuerpo pudiera aparecer descuartizado en la buhardilla de un loco psicópata, o flotando en el río Este. Temían que, en el caso de que eso ocurriera, *el gracioso* de

Bill tomara medidas contra ellos por la incompetencia demostrada.

—No. No llevaba ni un mes con la cafetería abierta, no necesitaba vacaciones, era feliz ahí. Conozco a Nora. Conozco a mi amiga. Ella nunca desaparecería sin avisarme y menos ahora, cuando estamos más unidos que nunca —insistió Bill, seguro de sí mismo.

—Pero ya no tenía familia tras la muerte de su abuela —continuó García, queriendo dirigir la conversación al tema de la supuesta depresión de la desaparecida para convencerlo de que tenía que ser un caso de desaparición voluntaria.

—Eso es cierto —asintió Bill, rápidamente—. Ya no le quedaba familia, pero si hubiera necesitado algo me lo hubiese dicho. ¡Soy su mejor amigo! ¡Me tiene a mí! Al principio, no confiaba mucho en ella misma, ni siquiera sabía cómo funcionaba la cafetera, pero parecía tenerlo todo bajo control y llevaba muy bien el negocio. Iba bien, tenía clientes satisfechos y fieles. Hasta me comentó, entusiasmada, que estaba mirando vídeos en *Youtube* sobre repostería para dejar de comprar pasteles industriales y hacerlos ella misma, que a los clientes les gusta la comida casera.

—Qué gran verdad —dijo Backer, acariciando su abultado vientre adicto a *Dunkin' Donuts*.

—Estamos estancados, Bill —reconoció García, tratando de borrar la estúpida sonrisa burlona de su cara.

—Tenéis que encontrarla. ¿Y si la han secuestrado? —Era una posibilidad. Pero no. Backer y García seguían pensando que no era el caso—. ¿Tenéis videntes? Como Patricia Arquette en *Médium*, de esas que tienen visiones y que al ver una foto de Nora o palpar un objeto suyo visualizan dónde está.

—Bill, esto es no es una serie de la Fox.

Bill, con las manos cubriéndose la cara, se echó a llorar y, por primera vez, los agentes intuyeron que la situación podía ser más grave de lo que habían supuesto al principio. Hubo un momento, entre los gemidos y respiraciones rápidas y sonoras que Bill hacía al llorar, en el que Backer y García se miraron arrepentidos por haber comentado en más de una ocasión: «Nora Harris se ha ido lejos para no tener que aguantar al tormento de su amigo. ¡Joder, cómo habla! No se callaría ni debajo del agua».

Ahora todo eso sonaba ridículo al ver de cerca el sufrimiento de Bill. Era un hombre desesperado y abatido por no saber dónde se había metido su amiga. No tenía sentido que se hubiera marchado por su propio pie y dejase la cafetería abandonada si, por lo visto, era un lugar importante para ella.

—Bill, escúchame. Bill, aparta las manos de la cara, hijo. —Backer se levantó y, pacientemente, posó la mano sobre el hombro del joven para tranquilizarlo—. Te prometo que haremos lo posible por encontrar a la señorita Harris.

UNA NOCHE ANTES DEL VIAJE

NORA

Febrero, 2017

Cuando el mundo desaparecía para refugiarse y descansar en sus cálidos hogares, Jacob aparecía, puntual, a las once de la noche. Ni un minuto antes ni un minuto después. La hora en la que el local se quedaba tan desierto como la calle y yo me disponía a cerrar cuando el resto de locales ya llevaban horas con las persianas bajadas. La tercera noche en la que «el tipo de Nueva Jersey» vino no me cogió por sorpresa y no apagué el dispensador de chocolate. Cuando Jacob entró, su taza de chocolate humeante, que tan bien sentaba para combatir el frío de febrero y la lluvia torrencial de ese día, ya estaba servida sobre la barra.

La noche anterior no pude sonsacarle cómo era posible que hubiera descubierto por sí mismo que le había mentido con respecto a la fotografía y sobre quién era de verdad mi abuela, aunque se mostró más abierto y me contó parte de su historia. Lo que más le había marcado, hacía once años, fue la muerte de su madre. Lo sentí mucho, muchísimo por él. Le hablé de Beatrice, de los durísimos tres últimos años y de cómo me convertí, de la noche a la mañana, en una desconocida para ella, a la que gritaba y maltrataba.

—Lo último que me dijo mi madre fue: «Prométeme que seguirás buscando tesoros en forma de momentos, lugares y personas». Se lo prometí, por supuesto, y estoy a punto de cumplirlo.

Le brillaban los ojos al hablarme de ella. Seguía agarrando con fuerza la taza de chocolate caliente que yo le preparaba como si fuera uno de los tesoros que le había prometido a su madre que seguiría buscando.

—¿Y no crees que los tesoros, al menos los mejores, aparecen sin necesidad de buscarlos? —rebatí.

Al principio se quedó callado. No sabía qué responder a eso, pero, tras pensarlo un momento, asintió.

—Es posible, pero lo de buscar era algo especial entre nosotros.

—¿Me lo quieres contar?

No tenía sentido que le explicara las batallitas de mi amigo Bill. Él buscaba hasta la saciedad el amor en todas las redes sociales y páginas casamenteras, incluso las que salían en los anuncios de televisión, con ofertas tan codiciadas como disponer de un mes gratis de prueba. Su último descubrimiento, que consistía en una aplicación para el móvil, lo tenía entusiasmado. Si se cruzaba con algún chico que le gustase y, por vergüenza, no se había atrevido a hablar con él, podía ver si estaba en esa aplicación de «¡Contacta con la persona con la que te acabas de cruzar y dejad de ser dos desconocidos para vivir vuestra gran historia de amor!». Y de tanto buscar, lo único que encontraba era una decepción tras otra, sin pensar en la posibilidad de que, cuando dejase de esperar que el amor de su vida apareciera de una manera forzada, poco romántica y desesperada, ese hombre perfecto que tanto ansiaba llegaría. Y con el tiempo ni siquiera sabría cómo fue, pero era posible que dijese, con su toque de humor característico y una carantoña: «No lo busqué. No era a él a quien buscaba en ese momento».

—Mi madre tenía un baúl antiguo enorme—empezó a contarme, tras unos segundos de silencio en los que había fijado la mirada, pensativo, en el poco chocolate espeso que le quedaba. Yo lo escuchaba atentamente; me transmitía paz y su manera de hablar era sosegada y suave—. Guardaba álbumes de fotos, mantas, sábanas…, lo que cualquier persona guardaría en un armario. Pero a ella le gustaban los baúles, cuanto más viejos, mejor. Ese era especial porque, según le había dicho la dependienta de la tienda *vintage* donde lo compró, tenía más de doscientos años y yo imaginaba que era de un pirata por los rebordes dorados y su madera maltratada por los años que no barnizaron porque eso, según mi madre, le haría perder su encanto. Yo tenía cinco años y cada tarde, al volver del colegio, me dedicaba a desordenarle el baúl y a extraer todo lo que tenía guardado para dejarlo tirado de cualquier manera en el suelo y buscar «mis tesoros» ahí dentro. No sé qué era lo que imaginaba, pero en mi mente existían tesoros auténticos escondidos en las profundidades de ese baúl.

»Una tarde, al abrirlo, no había nada. Al día siguiente, ignoré el baúl y mi madre me dijo: «¿Hoy no vas a abrirlo?». «No hay nada», contesté, ofendido, sin mirarla. Ella sonrió, me dio un beso en la frente y me ofreció la mano para que fuera con ella hasta situarnos frente al baúl. Se agachó junto a mí y, poco a poco, sin prisa, acompañó mi mano para que pudiésemos abrirlo y cuando vi lo que había en el interior recuerdo que abrí tanto la boca que creí que se me iba a desencajar la mandíbula: monedas de chocolate, una espada de pirata y muchos collares, piedras preciosas y anillos que a mí, en esos momentos, me parecieron auténticos y valiosos, cuando en realidad provenían del bazar de al lado de casa —rio—. Desde entonces, nos prometimos mutuamente que seguiríamos buscando tesoros en forma de momentos, como la ilusión de aquel día; de lugares, tratando de encontrar tiempo para viajar y conocer mundo, y de personas. Sobre todo de personas, recalcaba siempre mi madre. Porque si seguía compartiendo esos tesoros en forma de momentos y lugares con personas especiales, me esperaría una gran vida.

Estuve a punto de echarme a llorar. De nuevo, sentí ese nudo en la garganta y el latir acelerado de mi corazón. Los ojos de Jacob también se humedecieron; mi mano fue sola, como por instinto, hacia la suya, apoyada en la barra, para acariciarla y ahuyentar su dolor. Podía entenderlo, pero yo no recordaba ningún instante así con mi madre ni que ella me dijera cosas tan profundas. No hubo tiempo. Mis abuelos, pese a la cantidad de consejos vitales que me ofrecieron, nunca me habían regalado una metáfora en forma de juego que me hiciese sentir especial.

—Tu madre debía ser maravillosa.

—La mejor —suspiró, mirando hacia arriba—. Fue la mejor.

—¿Y tu padre? —me atreví a preguntar, al ver que parecía necesitar abrirse dejando atrás el inquietante misterio de las noches anteriores en las que parecía disfrutar dejándome con la palabra en la boca sin responder a mis sencillas preguntas, o yéndose en el momento en el que creía que se iba a quedar un poco más para contarme cuál era su historia. Y cualquier persona podría pensar: «¿Qué te importa la vida de un desconocido?». Y la abuela me diría: «¿Acaso quieres ser una cotilla? ¿Una metomentodo? Es feo, querida. No hagas demasiadas preguntas, no quieras saber lo que la persona que tienes delante no quiere explicar. No insistas. Nunca». Pero en esa ocasión, cuando creí que se iba a levantar del taburete para marcharse sonriendo, volvió a hablar.

—Mi padre es genial. Aún vive y no pasa un solo día sin que eche de menos al amor de su vida. Verás, Nora, creo que todos, en cierto modo, le pertenecemos a alguien. Que aunque venimos completos, si por destino nos toca compartir la vida con una persona en concreto lo haremos, sean cuales sean las dificultades o la distancia. Tiene que ser así y ellos tuvieron suerte al encontrarse.

—Esas son las historias más bonitas, ¿no? Las difíciles e imposibles —comenté, pensando en mis bisabuelos. En cómo un contrabandista neoyorquino se encontró por casualidad con una italiana procedente de la otra punta del mundo que había acabado tarde de trabajar. Esa noche. Una única noche. Sus vidas cambiaron y sus caminos se cruzaron para no separarse hasta el final de sus días.

No sabía muy bien qué decir. No estaba acostumbrada a un pensamiento tan profundo ni a tanta sensibilidad como la que me estaba demostrando Jacob. Había dejado de creer en las promesas y en los «Hasta luego» desde hacía mucho tiempo. La muerte de mis padres había tenido mucho que ver. Nunca podías saber qué era lo que la vida te deparaba a la vuelta de la esquina, si esa promesa la ibas a poder cumplir, o en vez de decir «Hasta luego» hubiera sido más real un «Adiós». Nadie, jamás, me había hablado así y sus teorías me parecieron de lo más entrañables. Prefería a ese hombre filósofo y hablador sin reparo en contarme parte de su historia, al enigmático, del que llegué a pensar, justo la noche anterior, que era un maleducado.

—Y tú, Nora, ¿qué harías por amor? —dijo de repente.

Bajé la mirada y, tal y como había hecho él otras veces, no contesté. No al momento. Me limité a esbozar una sonrisa y a mirar distraída por el ventanal hacia la calle oscura y solitaria, con un remolino de pensamientos que se centraban en el único hombre con el que había estado: George. En ese momento, pensé si había luchado lo suficiente para que nuestra relación funcionase. Si me esforcé en algún momento por recuperarlo o que no se sintiera tan solo cuando pasaba tantas horas fuera de casa ocupándome de la abuela. También me pregunté si fue sencillo echarle las culpas a él cuando lo que hizo fue feo, no por el hecho, sino por el momento. En realidad, lo que estaba claro era que no debía darle más vueltas porque el innombrable nunca me había pertenecido. No había sido un amor de verdad.

—Nunca me he hecho esa pregunta, Jacob. Y ahora mismo no sé qué responderte.

—Algún día podrás responder sin titubear, Nora.

Me guiñó un ojo, se levantó y se marchó. Me quedé mirándolo y pensando en sus palabras. Habían sonado a advertencia. Vi cómo salía por la puerta encogido, como si así sintiera que podía resguardarse de las finas gotas de lluvia que caían en ese momento, y giraba hacia la izquierda. Era la quinta noche que lo veía y siempre que se iba lo hacía con una frase impactante que me dejaba durante un rato pensando y con el corazón latiendo desbocado. Cuando lo perdí de vista dejé de pensar en lo último que me había dicho. También ignoré a mi corazón turbado, latiendo a una velocidad pasmosa y me centré en su ropa. Llevaba cinco días viniendo a las once de la noche a por una taza de chocolate caliente a la que yo le invitaba y siempre llevaba la misma ropa.

SEIS HORAS ANTES DEL VIAJE

Febrero, 2017

El viejo Aurelius, completamente ausente pero tranquilo como si se hubiera tomado un Valium, degustaba un trozo de tarta de manzana acompañada de una taza de café con leche. Carmen, que nos había sorprendido con su nuevo corte de pelo con el que ya no podría hacerse coletas de caballo, le pedía a Eve, en la barra, una taza bien grande de chocolate con cinco nubes. En la mesa del fondo estaba sentado Samuel Beckett, cliente habitual y un autónomo sin oficina fija que encontraba la paz en la cafetería, aunque escondiese su rostro cansado detrás de la pantalla del ordenador portátil. Su timidez le impedía reconocer que, en realidad, iba para ver a Eve, mujer de curvas poderosas que contoneaba con gracia y un rostro bonito.

Eran las cinco de la tarde. Bill entró en el café junto a un tipo grande y musculado que llevaba sobre su hombro una mochila de gimnasio.

—¡Buenas tardes! —saludó Bill, con su escandalosa voz de pito que lo convertía, por unos segundos, en el protagonista único del local y en el centro de atención de algunas miradas, incluida la del perdido Aurelius.

—Hola, Bill.

Nora, con una sonrisa, salió de la pequeña cocina en la que trataba de preparar una tarta de zanahoria con la ayuda de un tutorial de Youtube. Aún no había tenido mucho éxito; el bizcocho no le quedaba esponjoso como ella quería y no se le acababa de hacer por dentro. Se daba cuenta cuando lo sacaba del horno. Todavía llevaba el teléfono móvil encima cuando Bill hizo las presentaciones.

—Charles, estas son mi prima Eve y Nora, la propietaria de esta cafetería y mi mejor amiga— manifestó, orgulloso.

Charles era guapísimo. Alto y fuerte, mandíbula marcada y unos ojos verdes de mirada intensa que, según cómo le diera la luz, parecían transparentes. Pero al sonreír y mostrar sus dientes, Bill, que no parecía haberlo visto antes con la boca abierta, no pudo evitar reflejar una mueca de asco y una mirada de socorro hacia su amiga y su prima, que disimularon mejor la decepción. Charles, efectivamente, era guapísimo con la boca cerrada. Si solo enfocabas su boca, parecía un hombre de noventa años con los dientes negros y graves problemas de diastemas.

Parecía que fumara cinco cajetillas de Marlboro al día y no supiera qué era un dentífrico desde principios de los noventa.

—Hola, chicas.

Su voz tampoco se ajustaba a su cuerpo grande y atlético ni a su semblante circunspecto. Nora nunca creyó que podría escuchar un tono más agudo que el de Bill e hizo lo que pudo, al igual que Eve, para no echarse a reír.

—Encantada. ¿Qué os pongo?

—A mí ponme un café solo —respondió Bill con disgusto, evitando mirar a su nueva conquista de Meetic—. Solo —repitió, marcando cada sílaba y mirando, esta vez de reojo, a Charles. Pobre Charles.

—Yo querría un capuchino, guapa. Gracias. Oh… pasteles… Y también… ¿Ese de qué es?

—Tarta de manzana —respondió Nora.

—¿Y ese?

—De queso.

—¡Sí! —afirmó entusiasmado, como si hubiera ganado una partida de ajedrez—. Una porción de tarta de queso. Bueno, mejor dos. Yo antes estaba gordo, ¿sabéis?

Los tres se miraron sin saber si reír o llorar por la cita que le esperaba al pobre Bill.

—Marchando.

Eve les guiñó un ojo y se dio la vuelta para preparar los cafés. Nora, con una alegría desmesurada en la que Bill reparó, volvió a la cocina para seguir experimentando con la repostería. Dejó el móvil cargando para no quedarse sin batería al tratar de seguir cada uno de los pasos del *Youtuber* experto en pasteles, que aparecía resuelto, dinámico y dicharachero, y prometía que era tan fácil como un juego de niños.

Media hora más tarde, Bill y el culturista estaban enfrascados en una conversación sobre el supuesto viaje a la luna de 1969. El cuchicheo habitual del café se vio interrumpido cuando Aurelius, fuera de sí y sin poder contener una rabia descomunal, empezó a gritar como si lo estuviesen atacando y todo lo que tenía encima de la mesa terminó hecho añicos en el suelo del manotazo que dio. Nora salió rápidamente de la cocina, dejando un bizcocho en el horno; Eve, temblando, no fue capaz de salir de detrás de la barra, mientras que el resto de clientes hicieron un amago de levantarse, pero no llegaron a hacerlo cuando vieron que el pobre anciano, llorando entre los brazos de la propietaria del café, parecía calmarse.

—Se ha ido. Se ha ido —repetía.

—Aurelius, lo llevo a casa. Tranquilícese, no corre ningún peligro. Aquí nadie quiere hacerle daño.

«Las mismas palabras que calmaban a la abuela», pensó.

Nora miró a Eve y le pidió, autoritaria, que recogiera los restos de la taza y del plato desperdigados por el suelo. Sonrió a los clientes y salió al exterior con Aurelius, sujetándolo por la espalda mientras este le pedía perdón llamándola Beatrice.

—Yo no soy así, Beatrice. Nunca he sido violento.

Cruzaron la calle lentamente; siempre había muy poco tráfico y se detuvieron en el portal del anciano, justo enfrente de la cafetería.

—Hay un hombre que viene siempre a verte, ¿verdad, Beatrice?

—¿Dónde tiene las llaves, Aurelius?

—¿Qué llaves?

—Las llaves de casa.

—Cuidado con ese hombre, Beatrice.

—Aurelius, no hay ningún hombre. Busque en los bolsillos del pantalón o en la chaqueta —se impacientó Nora.

—Aquí están —musitó, sacando las llaves del bolsillo izquierdo de su chaqueta de lana y esbozando, por primera vez, una sonrisa triunfal. Nora advirtió, entonces, que el anciano que tenía delante era el mismo hombre joven y feliz que aparecía en la fotografía que tenía colgada en el café.

—Aurelius —empezó a decir Nora, introduciendo con dificultad la llave en el cerrojo de la diminuta puerta negra del portal, sabiendo que no era el mejor momento para interrogar a su fiel cliente—. ¿Recuerda a Kate?

—Tu mejor amiga, Kate —afirmó—. ¿Y quién no la recuerda, Beatrice? La echas de menos, ¿a que sí? Es eso. Desapareció y la echas de menos. Nunca la has podido olvidar.

Una vez dentro de la estrecha portería subieron tres tramos de escaleras hasta llegar al pequeño y oscuro apartamento de Aurelius. Nora decidió fingir que era su abuela y se quedó un rato más a hacerle compañía.

El apartamento desprendía un hedor insoportable. Las ventanas estaban completamente cerradas, las cortinas tupidas no dejaban pasar la luz del sol, aunque a esas horas la calle tampoco presumía de estar muy iluminada. Había bolsas de basura amontonadas en la cocina que, a su vez, acumulaba platos, vasos y cubiertos con restos de comida y moscas revoloteando a su alrededor. Nora reprimió la primera arcada, pero a la segunda tuvo que abrir las tres puertas hasta encontrar el baño y encerrarse en él para vomitar.

—Beatrice, ¿estás bien?

Tenía que llamar a alguien para que viniera a limpiar esa casa. Lo haría en cuanto bajase de nuevo al café.

—Aurelius, ¿quién era Kate?

—Tu camarera. Era encantadora. La recuerdo bien. Una chica especial.

Por un momento, se coló en su mirada un atisbo de lo que mostraba en la inolvidable fotografía. El brillo del recuerdo de la juventud y de una época mejor.

—¿Y no cree… no cree que se parece a mí?

—Beatrice, sois muy distintas —rio, como si acabase de decir una estupidez.

¿Era posible que no la llamara Beatrice por confusión, sino porque su mente seguía viendo a la anterior propietaria y no a ella? ¿Era eso posible? ¿Su rostro, para Aurelius, era el de su abuela cuando era joven?

—Aurelius, ¿tiene hijos?

—No.

El hombre fijó la vista en el suelo y, aunque Nora le hizo un par de preguntas más, no volvió a contestar. Tampoco le dio tiempo a preguntarle con qué hombre debía ir con cuidado y por qué, aunque era posible que ni siquiera él supiera lo que había dicho.

—Ahora me tengo que ir, pero le prometo que lo ayudaré. Llamaré a alguien para que venga a limpiar su casa —le avisó, mirando con una mueca de asco a su alrededor—, y me da igual que se enfade, Aurelius. No puede vivir así. Nadie puede vivir así.

Había chicle pegado en la moqueta verde. ¿Cuándo fue la última vez que había pintado la pared? Un escalofrío recorrió su cuerpo cuando le pareció ver un ratón correteando cerca de la ventana; el anciano convivía en el mismo espacio con un polizón. Sintió una infinita lástima por el hombre arrugado, viejo, de ojos claros y huecos que en ese momento estaba tranquilo, abatido por la vida sentado en su sillón. Un sillón de tela sucio y raído con parches. Antes de irse, fue hasta la cocina dando pequeños saltitos para esquivar las bolsas de basura. Volvieron las arcadas al abrir la nevera. Carne podrida, yogures caducados y lo que en otros tiempos debían ser piezas de fruta, ahora se habían convertido en una gelatina pegajosa y rancia que le provocó otro vómito que se apresuró en limpiar. Vio un segundo juego de llaves que cogió con disimulo y tocó al timbre de la puerta de enfrente, pero no le abrió nadie. De los primeros apartamentos tampoco contestaron. Nora no sabía que Aurelius no tenía ningún vecino que pudiera quejarse del mal olor que desprendía su apartamento y, lo peor, que no tenía a nadie que pudiera ayudarlo.

Al regresar a la cafetería, todo estaba en orden. Eve estaba concertando disimuladamente una cita con Samuel, siempre oculto tras la pantalla del portátil; Bill se aburría con Charles, que ya no hablaba de la luna, sino de su menú diario y sus vitaminas; Carmen, absorta en su mundo con la enorme taza de chocolate caliente y una *cheesecake* industrial sobre la mesa frente al ventanal en la que hacía unos minutos estaba Aurelius, y dos universitarias miraban sus móviles y comían sus respectivas magdalenas acompañadas de un refresco.

Cuando Nora fue corriendo hacia la cocina, donde se había dejado el horno encendido, Eve la detuvo tranquilizándola. Acababa de sacar el bizcocho del horno. Tenía muy buen aspecto.

—¿Cómo está Aurelius?

—Peor de lo que pensaba. Su apartamento está hecho un asco, voy a pedir ayuda.

—Un gran gesto por tu parte, Nora —intervino Samuel, algo más animado tras el «sí» de Eve a su propuesta de ir a cenar a su italiano preferido esa noche.

Nora miró de soslayo la foto de 1965. En esa ocasión, no miró con extrañeza a la amiga de su abuela, sino que se fijó bien en el que en otros tiempos había sido el hombre al que había dejado con un ratón corriendo a sus anchas y un olor a putrefacción, abandono y olvido al que nadie debería estar expuesto nunca.

—¿Todo bien? —le preguntó Bill, acercándose a ella y agarrándola por el brazo—. Sácame de aquí —le susurró al oído.

—¿Qué tal la cita?

—Es horrible. Sácame de aquí —repitió.

Charles salió del baño en ese momento, agarró la mochila del gimnasio y, sonriendo con cuidado de no mostrar los dientes, comentó cuánto había admirado el gesto de Nora.

—Yo no sé qué habría hecho en tu lugar.

—Es un hombre mayor que está solo y necesita ayuda. Hace unos días estaba bien; cascarrabias, pero bien. No entiendo cómo la enfermedad puede ir tan rápido —comentó Nora, lamentándose y guardándose para sí misma el horrible pensamiento de cómo podría haber acabado su abuela si no la hubiera tenido a ella.

—Bill, voy al metro, ¿vienes? Podríamos ir a cenar —le propuso, guiñándole un ojo.

—¡Qué va, imposible! —se excusó Bill que, en unos segundos, se pondría a tartamudear.

Tardó más de diez minutos en excusarse con la mentira de que se quedaba un rato con Nora porque tenían que organizar una fiesta de cumpleaños para una amiga, una tal Sally que llevaba fatal eso de cumplir años, salvo que hubiera *daiquiris* por doquier, en una terraza de algún ático de Brooklyn con globos, música y mucha gente. Daba igual que fuesen conocidos o figurantes a los que se les paga por hacer bulto. Que aún tenía que pensar en el *Dj*, que si conocía a alguno bueno y barato que se lo dijese, y que ya se añadirían en Facebook para seguir en contacto o que, bueno, ¿por qué no? El destino es caprichoso y pueden tropezarse por Brooklyn, Nueva York..., en cualquier momento y en cualquier calle. «Y si no, fíjate en la película *Serendipity*, ¿eh? ¿La has visto? *Serendipity*. Qué bonita. Cómo juega el destino».

Charles sonrió, decepcionado, sin creerse la excusa de Bill. No había que ser muy listo para saber que todo era mentira.

—¿Me das tu teléfono? —probó suerte.

—¡Claro!

Bill le dictó un número falso, rezando para que en ese momento no le dijera que le iba a hacer una llamada perdida o quisiera enviarle un wasap para que él también tuviera el suyo. Afortunadamente, balanceó el móvil al mismo tiempo que le dijo, más cercano a la amenaza que a una despedida con humor:

—Ya eres mío.

Se acercó peligrosamente, le dio un beso en la mejilla a Bill y dijo adiós.

—Eres malo —rio Nora.

—Nada, ni con Meetic, hija. Creo que voy a dejar esto de las citas por internet y que sea el viento el que me traiga a un hombre.

—¿El viento?

—¿Ves? Ya ni sé lo que me digo. ¿Tú estás bien? Antes de lo ocurrido con el cliente te he visto muy feliz. Extrañamente feliz.

—Sí, estaba contenta.

—¿Puedo saber por qué?

La sonrisa de Nora desapareció antes de que pudiera contestarle y hablarle de Jacob, cuando vio quién hacía sonar la campanita de la puerta de la entrada.

DIECISIETE DÍAS DESAPARECIDA

Marzo, 2017

BILL: Y dale. Lo que dejó escrito en el ordenador no significa que ella se fuera por su propio pie, agentes. ¡Es escritora! Ya no sé qué más decir ni qué hacer. Solo que sois unos inútiles. Eso es lo que os quiero decir.

EVE: Vi al hombre enfrente del café dos noches, incluida la última en la que me despedí de Nora. ¿Podría haber sido él? Ya le dije a Nora que fuera con cuidado al salir, pero se rio. ¿Por qué se rio?

AGENTE BACKER: ¿Es posible que conociera al hombre que viste?

EVE: No creo, no. Siento no recordar su cara; la calle, de noche, está muy oscura. Las farolas apenas alumbran nada y ese hombre se colocaba en un punto donde no había luz. ¿Puedo irme ya? Llego tarde al trabajo. Sí, he encontrado otro trabajo, no puedo esperar a que Nora vuelva.

BILL: Mi prima es idiota, tendría que haberse quedado con ella si vio a un hombre extraño. Mierda. No se entera de nada desde que sale con un ejecutivo que ni siquiera tiene despacho propio y va de cafetería en cafetería para colocar su portátil y trabajar. O hacer ver que trabaja, porque no sé a qué se dedica.

EVE: Recuerdo lo angustiada que se quedó por el pobre viejo. Una lástima todo… Cuando vuelva y se entere se disgustará. Por lo poco que la conozco, es una mujer muy sensible que se preocupa por los demás e intenta ayudar. De hecho, ¿quién tiene la paciencia necesaria como para aguantar a mi primo Bill? A eso me refiero. Una buena mujer. A ver, no creo que ese hombre le haya hecho nada, no sé. No, no creo, es imposible. Puede que estuviera esperando a alguien, aunque cuando me fui ya no quedaba nada y, bueno, de todas maneras, cuando miré hacia él la segunda vez ya no estaba. A lo mejor era un fantasma. Agentes, ¿creéis en los fantasmas?

BILL: Pero ¿no podéis contratar a alguna médium tal y como os dije? Tengo muchos objetos de Nora sin necesidad de volver a entrar en el apartamento o en el café. Me dejó un libro muy chulo, es de ella. Igual si la médium lo toca sabe dónde la tienen secuestrada.

NADA QUE DECIR

NORA

Febrero, 2017

Bill estaba tan sorprendido como yo. Incrédulos, vimos cómo George se acercaba a nosotros, sonriente, mirando con curiosidad a su alrededor. Como siempre, tan seguro de sí mismo y altivo hasta en la manera de mirar. Nunca me di cuenta de ese rasgo tan suyo hasta el día en el que me dejó.

«¿Qué hace aquí? ¿Viene a reírse de mí? ¿Por qué salir de la comodidad de Clinton Hill para venir hasta un barrio que jamás pisaría de no ser porque yo tengo la cafetería?».

—Vi las fotos en Facebook, te ha quedado muy bonito —comentó, a modo de saludo.

—Gracias, George.

Al menos me salió la voz. No lo creía posible, después de todo. Ni una sola llamada para saber cómo me encontraba a lo largo de estos tres últimos años. Ni un solo mensaje para darme el pésame tras la muerte de la abuela aunque, seguramente, era algo que desconocía; no teníamos amigos en común. Los que teníamos lo habían elegido a él. Era como un fantasma que regresaba para sacar los demonios que creía olvidados. Cuántas veces pensé en lo que le podría haber dicho en el momento en el que, frente a mí y seriamente, me dijo que me dejaba. Y le dio igual cómo me pudiera sentir. Le dio todo igual porque no era lo suficientemente buena para él.

—Bueno, me tengo que ir —intervino Bill, descolocado y mirando de reojo a George, que se había acomodado en el mismo taburete en el que Jacob se sentaba desde hacía seis noches. «¿Vendrá también hoy?», me pregunté, mirando fijamente a mi ex con indiferencia—. Tendréis muchas cosas que contaros.

—En realidad, no —dije, sincera.

—A mí me gustaría —sonrió George, con cara de no haber roto nunca un plato.

—Vendré mañana —se despidió Bill, dándome un beso en la mejilla y frunciendo el ceño para mirar a George, sin decirle nada, pero diciéndoselo todo. «Cabrón» era la palabra preferida de mi amigo para referirse al que yo había considerado el hombre más importante de mi vida hacía algo más de tres años. Cómo pasa el tiempo.

—¿Café? —pregunté.

—Descafeinado, por favor.

—Claro.

Le di la espalda un momento, sintiendo la mirada inquisidora de George detrás de mí. Me estaba observando sin perder ni un solo detalle de mis movimientos. Al darme la vuelta y servirle su café, volvió a sonreír. No lo recordaba tan atractivo, con esos ojos suyos casi transparentes. Se había dejado barba, no iba bien afeitado como cuando estábamos juntos, y pensé que, probablemente, se debía a los gustos de su novia.

—Hemos roto —confesó, adivinando mis pensamientos—. Nunca dejé de pensar en ti, Nora, y en lo capullo que fui.

—Mi abuela murió en noviembre. ¿Lo sabías?

—Lo siento —se lamentó, negando con la cabeza.

«A la abuela nunca le caíste bien», me callé.

—Me dejaste cuando más te necesitaba, George.

—Sé que no fui bueno contigo, pero he cambiado.

—Eso es lo que dicen todos —reí—. Pero si has venido con la intención de conseguir algo más que un café, olvídalo. Hace tiempo que pasé página. Nuestra historia fue bonita mientras duró, pero no eres para mí. Nunca lo has sido.

«Y tú, Nora, ¿qué harías por amor?».

La voz suave y enigmática de Jacob apareció, horadando mi pensamiento. No pude hacer otra cosa que entretenerme mirando hacia un punto lejano a George y sonreír.

—¿En qué piensas?

—En que lo mejor que pudo pasarme fue que me dejases para ver cómo eras realmente y saber que no merecías la pena para mí.

Cuánto tiempo llevaba pensándolo. Ojalá le hubiera dicho esa frase mucho antes; tenía la necesidad de desahogarme sin entrar en conflictos ni discusiones. En ese momento, entró una pareja, mientras Eve seguía entretenida con el asiduo cliente al que veía, por primera vez, sin la mirada clavada en la pantalla del ordenador.

—Eve, por favor, atiende a los clientes.

Eve se sonrojó, le susurró algo a Samuel, tomó el pedido a la pareja y pasó por detrás de mí para preparar un par de tazas de chocolate caliente.

A George no pareció afectarle en exceso lo que le había dicho. Siempre fue de esos tipos que, cuando se quedan solos, tienen la necesidad de sustituir a la persona que tenían como pareja por otra, aunque la conozcan poco. Me reemplazó por una mujer que, en apariencia, pegaba más con él; tenían en común su profesión y ese carácter déspota y egoísta con el que nunca llegué a sentirme identificada. En esos momentos había perdido a la mujer con la que llevaba tres años y quería reemplazarla por mí, por el deshecho al que dejó en una mala época de su vida.

—Estás con alguien —dio por sentado.

«Me gustaría decirte que sí, pero ¿para qué mentir?».

—Algunos tenemos capacidad para poder estar solos.

«Qué a gusto me he quedado».

—No lo creerás, pero a lo largo de estos años he estado mirando tus redes. He visto todo lo que publicabas, que no ha sido mucho, y siento que lo de los libros no haya funcionado.

—¿Lo de los libros?

—Por eso te has quedado con esto, ¿no?

Me pareció ver un ápice de desprecio en su mirada.

—Estoy muy bien aquí. Sigo escribiendo de noche, pero no tengo por qué contarte qué hago con mi vida. No te importa.

—Me importa más de lo que crees —declaró seriamente.

Lo único que deseaba en ese momento era que las agujas del reloj, que parecían haberse ralentizado, marcaran las once para ver a Jacob.

—Siento que hace tres años tendría que haberte dado alguna explicación y que no bastó con decirte que te necesitaba a mi lado cuando tú, en realidad, tenías que estar cuidando de tu abuela. Sé que era lo que tenías que hacer, pero me imaginé solo mientras tú estabas con ella durante vete a saber cuánto tiempo y no pude soportarlo. Fui egoísta y lo siento.

«¿En qué momento has aprendido a pedir perdón?».

—George, tú no me querías.

Su silencio me lo confirmó. En otro momento de mi vida hubiera tenido que reprimir las lágrimas para que no me viese llorar. En ese momento, no. Puede que ese café, tan especial y con tantas historias que desconocía, me otorgara la fuerza necesaria para enfrentarme incluso a lo que me pareció doloroso tiempo atrás. Dicen que los lugares siguen poseyendo la energía de quienes los pisaron y ahí sentía, con mucha fuerza, la de la abuela. Ella era indestructible, al menos en apariencia. ¿Quién no tiene sus debilidades? La *kryptonita* es capaz de acabar con el mismísimo Superman. ¿Qué era lo que podía acabar conmigo? Y, al mirar más detenidamente a George, entendí que no era él quien tenía el poder de debilitarme.

—En el fondo, George, yo tampoco te quise. No como hay que querer a la persona con la que te imaginas toda la vida —confesé escribiendo, por fin, un punto final a nuestra historia.

LÍNEAS LEY
VIAJES EN EL TIEMPO

Febrero, 2017

En el año del que procedía Jacob nadie te tachaba de loco con la intención de internarte en un manicomio si habías experimentado un viaje temporal, aunque aún existía gente que no creía en ellos o se mostraba reacia a vivir algo así. Brujería, lo llamaban algunos, cuando en realidad lo que sentían era miedo a no poder regresar, lo cual era probable porque existían portales que, tal y como aparecían, podían cerrarse imprevisiblemente.

Cualquiera podía explicar con normalidad que había estado en la batalla de Normandía o en el reinado de Catalina de Aragón en el siglo XVI; te harían caso si les explicabas, con todo tipo de detalles, que viste con tus propios ojos la primera edición de *El Quijote* en 1605 o que acudiste al estreno, el cuatro de febrero de 1927, de la que se consideró la primera película sonora de la historia producida por Warner Bros Pictures, *The Jazz Singer*. A los afortunados que se habían encontrado con un portal del tiempo les gustaba dejar su huella en la historia apareciendo con sus ropajes habituales en fotografías históricas que volverían locos a los que, por vivir en una época anterior, creían que no existía tal fenómeno. Otros viajeros, la mayoría, preferían pasar desapercibidos.

El científico Stephen Hawking fue quien, a principios del siglo XXI, desarrolló cálculos para exponer las características de los agujeros negros existentes en el espacio. Zonas con una densidad tan grande que son capaces de absorber sistemas solares enteros doblegando la malla espacio-temporal donde reposa el planeta Tierra. Se sabía que todo estaba relacionado con la teoría de la relatividad de Einstein, que prueba que tiempo y espacio son curvos y variables, no fijos y absolutos tal y como sostenía Isaac Newton. De hecho, pese a los riesgos, algunas personas del futuro, viajeros que habían dado con uno o varios portales a los que acudían con frecuencia, se convertían en seres eternos por la posibilidad de tener treinta años en el siglo XVIII o vivir durante un tiempo en los años veinte. Qué sabían ellos dónde irían cuando se les presentaba la ocasión de viajar o cuando habían viajado de manera totalmente accidental. Un solo paso hacia atrás o la mirada fija en otro lado, y nunca hubiesen descubierto qué había más allá de la corriente que desprendía la pared, las ondas extrañas del agua o del metal fundido de una barandilla en un puente cualquiera. El tiempo había dejado de ser un problema siempre y cuando, tal y como nos han enseñado en las películas y los libros, no lo desvelaran en épocas pasadas ni cambiasen el transcurso de la historia, ni siquiera de la suya propia, puesto que la intención de muchos que buscaban con desesperación los portales era evitar la muerte de seres queridos en el pasado, aunque no tuvieran la suerte de encontrarse con el viaje en el tiempo deseado. No todos están destinados a encontrarlo.

Todo viaje en el tiempo tiene sus normas y también sus consecuencias. Estaba demostrado que nadie regresaba tal y como se había marchado y, en caso de abuso, los viajeros podían sufrir graves lesiones cerebrales que padecerían de por vida. Para mantener el control de la situación se pedía cordura y evitar, en la medida de lo posible, coincidir con tu «yo» del pasado o del futuro a no ser que fuera necesario. «Ateneos a las consecuencias», habían advertido los expertos a sabiendas de la magnitud de tal descubrimiento en ciudades de todo el mundo, si a alguien se le ocurría romper con algunas de estas normas, salvo excepciones muy puntuales. Cuántas aventuras vivían los seres que conocían lo que en otros tiempos había sido un secreto, un imposible o una locura únicamente existente en la ficción, cuando no querían conformarse con sus vidas monótonas en la época que les había tocado vivir. Sin embargo, el número de personas desaparecidas había aumentado considerablemente. Había personas que jamás regresaban de su viaje y la policía archivaba a las pocas semanas la denuncia por desaparición. Y no se sabía por qué tanta gente prefería quedarse en otro tiempo, aunque también cabía la posibilidad de que el portal por el que habían aparecido se esfumara y no encontraran la manera de regresar. Los familiares, que no querían concebir esa triste posibilidad, se consolaban pensando que habían encontrado su lugar en épocas pasadas. «Nunca llegó a sentirse de aquí», solían murmurar entre lágrimas, esperanzados al creer que volverían a verlos algún día.

Infinitas eran las líneas Ley, también conocidas como líneas de energía, de luz, espirituales, o el nombre preferido de los más jóvenes, Sendas del Dragón, descubiertas en algunos puntos del mundo. Algo tan sencillo como estar en el momento y en el lugar adecuado para que se abriera ante ti la posibilidad de atravesar un portal, sabiendo que te llevaría al mismo lugar en el que te encontrabas, pero en un año distinto. Las líneas Ley son campos magnéticos terrestres existentes en el subsuelo; unas alineaciones de energía localizadas en vórtices magnéticos que no solo están situadas en lugares sagrados como monumentos megalíticos, iglesias, cementerios o círculos de piedras como al principio, con lógica, creyeron los investigadores, sino que se percataron de que pueden encontrarse en cualquier lugar como, por ejemplo, en el callejón de al lado de una cafetería cualquiera de Brooklyn llamada Beatrice. Front Street, una calle que vivió tiempos mejores entre los años cuarenta y setenta, era un lugar con campos magnéticos muy potentes y varios puntos donde pasado, presente y futuro se unían de forma excepcional a unas horas determinadas de la noche y durante escasos minutos.

Al principio, sobre todo desde que se conocieron las conexiones con diferentes periodos de tiempo del punto más popular, que siempre ha sido el de Bold Street, en el centro de Liverpool, existieron muchas teorías, pero se llegó a la conclusión de que estos puntos focales eran de origen natural, producidos por corrientes subterráneas; líneas de acceso y de salida para todo tipo de manifestaciones paranormales que empezaron en Gran Bretaña, donde hay ubicadas más de cuatrocientas líneas Ley con miles de conexiones, cuando los druidas pensaban que esta energía se deslizaba cual serpiente a través del suelo como las corrientes telúricas, que son las vías espirituales que recubren todo el planeta.

A los portales les gusta jugar con el tiempo. Los hay que van del presente a un único pasado; otros poseen hasta tres líneas temporales y algunos se cierran indefinidamente mientras otros permanecen con el paso de los años. Nada es seguro, no existe una ciencia exacta y cada portal es distinto. Lo decía Platón en la antigua Grecia cuando definió el tiempo como «la imagen móvil de lo eterno». Tenía razón.

22:50 horas

Por fin, había llegado el momento: la séptima noche. Para Jacob, después de todo, era como si hubiese tenido que esperar una eternidad, lo cual le había demostrado que tenía mucha más paciencia de la que imaginaba. Nada podía fallar. Todo debía ser perfecto según sus cálculos y las órdenes recibidas. Ansioso por verla una noche más, no pensó en el peligro que suponía que otra persona que no fuera Nora se percatase de su sombría presencia. Imprudente, esperó a que llegase la hora situado en la acera de enfrente de la cafetería por la que salió Eve, la camarera, que lo miró con la incertidumbre de no saber si se trataba de una persona de fiar o, por el contrario, estaba ahí con malas intenciones. Se miraron durante unos segundos, pero Jacob aprovechó para desaparecer cuando ella dirigió la vista hacia Nora, situada detrás de la barra del café. En esa ocasión, Eve volvió a entrar para advertirle que tuviera cuidado.

—Es la segunda noche que veo a ese hombre —le susurró, pese a no haber nadie en el café—. Lo vi por primera vez hace una semana, creo. No me gusta.

Nora rio despreocupada, sabiendo de quién podía tratarse. Era el tipo inofensivo de Nueva Jersey que venía, cuando ya no había clientes, a por su chocolate caliente. Le gustaba la soledad. También la noche. O estar con ella, quién sabe. Se habían caído bien. Habían conectado a pesar del halo de misterio que siempre envolvía a Jacob. Nora ya le había hablado de él a Eve, sin entrar en muchos detalles. Fue al día siguiente de la primera noche en la que lo conoció y solo le contó que un cliente había conducido desde Nueva Jersey hasta el café para probar su *famoso* chocolate caliente. No habían vuelto a hablar del tema.

—Vete tranquila, Eve. En esta calle nunca pasa nada.

Nora le guiñó un ojo y Eve, que había quedado con el ejecutivo para ir a un *pub* cercano, volvió a adentrarse en la oscuridad de la calle buscando al hombre entre las sombras, detrás de las farolas y en los portales. No lo vio.

NORA

A los cinco minutos de irse Eve, Jacob entró sonriente mirando la taza de chocolate caliente que reposaba en la barra.

—Mi camarera cree que eres un psicópata —bromeé—. ¿Eres un psicópata?

—No, ni hablar. Nada de eso —rio Jacob.

—¿Por qué vienes cada noche desde Nueva Jersey?

—No vengo desde Nueva Jersey.

—Me lo dijiste la primera noche —le dije, sin esconder mi turbación—. Que venías desde Nueva Jersey para...

No pude continuar. ¿Me había mentido? Jacob me miró fijamente. Parecía preocupado. Estaba diferente. Busqué algo en su mirada que me dijera la verdad. Nunca hubo, ni durante una milésima de segundo, un pensamiento romántico hacia él. Mi corazón latía más rápido de lo normal cuando entraba en el café, pero no entendía por qué. Y sabía que cuando se marchara, querría seguirle, descubrir adónde iba y quedarme un rato más con él. Su presencia me reconfortaba y supe, en ese momento, que lo de Nueva Jersey nunca me lo había creído.

—¿Algún día me contarás tu historia? —pregunté de nuevo, sin poder evitar el tono sarcástico que había salido de mi voz.

—Algún día conocerás nuestra historia, Nora. Pero, de momento, no puedo decirte nada.

«Nuestra historia. ¿A qué te refieres, Jacob?».

—¿De dónde vienes? ¿Por qué siempre llevas la misma ropa? —inquirí, sin ocultar lo nerviosa y desconcertada que me tenía.

—No puedo responderte a eso.

—¡No puedes responderme a nada! —grité.

El silencio cayó entre nosotros como una losa. Noté que Jacob me miraba con más intensidad mientras yo me sentía frustrada por ser incapaz de manejar la situación. No conocemos a nadie mejor que a nosotros mismos y aun así, resulta desconcertante cuando nos sorprendemos al reaccionar de una manera que no esperábamos. Con Jacob no funcionaban los nervios ni el enfado. Tampoco la curiosidad, formular miles de preguntas o la necesidad de saber y de que me dijera la verdad después de seis noches con explicaciones a medias que, para mí, no tenían sentido. Él se mantenía impasible y tranquilo.

—¿Nos conocemos de algo? —insistí—. Porque desde el principio, desde el primer día que viniste, hace una semana, me pareció que me conocías de algo y, perdóname que lo diga, pero es raro, Jacob.

—Sí, nos conocemos de algo.

—¿De qué? ¿He perdido la memoria en algún momento de mi vida y nadie me ha dicho nada?

—Tú aún no lo has vivido —murmuró, sin dejar de mirarme fijamente.

—¿El qué no he vivido?

—Lo nuestro. Tú aún no has vivido lo nuestro —aclaró, antes de irse sin darme siquiera tiempo a pestañear o a asimilar sus últimas palabras: «Tú aún no has vivido lo nuestro».

Me dolía la cabeza. Esa noche, Jacob solo le dio un sorbo a la taza de chocolate, que acabé desperdiciando por el desagüe. La noche se había enrarecido; un gato negro cruzó la calle en el momento en que apagué las luces y salí del café para bajar la persiana y subir a mi apartamento. Una vez dentro, en lugar de ir a la cocina sabiendo que no había nada comestible en la nevera o a darme una ducha, abrí el ordenador portátil y escribí las últimas palabras de Jacob. Necesitaba leer cada una de las letras, palabra por palabra, como si así tuvieran algún tipo de sentido o se convirtieran en algo real. Ensimismada en mis pensamientos, aparté la cortina y miré hacia el exterior, encontrándome con el rostro pálido y arrugado de Aurelius tras el cristal cochambroso de su ventana, que estaba frente a la mía en el edificio contiguo. Me levanté y, sin saber si me estaba mirando a mí o no, le pregunté con un gesto si necesitaba ayuda. El hombre, ausente como esa tarde en el café, parecía no estar viendo nada hasta que ladeó la cabeza, me señaló y, acto seguido, dirigió el dedo en dirección a la calle. Extrañada y sin entender nada, me asomé por encima del escritorio para lograr visualizar lo que me señalaba Aurelius, que había vuelto al interior de su apartamento cuyas cortinas de nuevo corridas no permitían ver nada. De no haber sido porque a quien reconocí a través de la silueta que parecía haber criado raíces en el asfalto de lo quieta que estaba era a Jacob, hubiera pensado que estaba viviendo en mis propias carnes la escena de una película de terror. Jacob pasó de mirar al frente a mirarme directamente a mí alzando la cabeza. Debió sentir que lo estaba observando. En un acto reflejo, me eché hacia atrás para que no me viera, pero al volver a asomarme seguía en la acera, quieto e imperturbable, sin que yo alcanzase a ver su rostro. Por mi mente pasó una multitud de pensamientos que no tenían nada que ver con lo que había conocido de Jacob. El amplio abanico de posibilidades se iba extendiendo a medida que miraba su sombra: podía ser un psicópata, un asesino en serie, un secuestrador, alguien que se había obsesionado conmigo o un loco fugado del manicomio, lo cual tenía sentido al leer y releer en la pantalla del ordenador lo último que me había dicho:

«Tú aún no has vivido lo nuestro».

VEINTE DÍAS DESAPARECIDA

Marzo, 2017

GEORGE: No tengo ni idea de lo que puede significar. ¿«Tú aún no has vivido lo nuestro»? Agentes, no tiene ningún sentido y no creo que lo escribiera pensando en mí. Me dejó claro que no me quería.

BILL: ¿Habéis llamado ya a la médium? Os he traído el libro.

GEORGE: Estuvimos juntos cinco años, sí. Cuando su abuela se puso enferma me asusté. Vale, lo reconozco, fui un gilipollas o, tal y como ella me dejó claro, no la quería. Y es cierto, no la quería. Porque no sé querer de verdad a una mujer, ¿qué queréis que os diga? Es un problema, sí, pero tengo la mala costumbre de pensar más en mí que en cualquier otra persona, aunque se trate de mi pareja. Mi madre está angustiada, dice que su sueño de ser abuela se está esfumando por momentos. Y no tengo ni idea de dónde puede estar Nora y lo que tuvimos no tiene nada que ver con todo esto. Lo juro. Que mi visita al café fuera la tarde anterior a su desaparición no creo que haya influido. Al menos, eso espero.

EVE: Escribía por las noches, no creo que esa nota signifique nada. Puede que fuera el título de lo que estaba escribiendo. Es un título bonito, yo compraría el libro. Leo mucho; ahora, en vez de *thrillers* que me tenían maniática perdida, leo novela romántica. Estoy leyendo *Antes de ti*, de Jojo Moyes. ¿La habéis leído?

CARMEN: El chocolate del McAdam's no está tan bueno como el de Nora. La echo de menos. ¿Se sabe algo? ¿Han avanzado en la investigación, agentes?

BILL: Por más vueltas que le doy a la frase creo que estáis equivocados, disculpad mi osadía, agentes de la ley. Si nos hubiera querido decir que se iba por voluntad propia, aparte de llamarme, habría escrito otra cosa y, además, no hay que ser muy listo para saber que no se habría dejado el teléfono móvil en casa. Vale que Nora no lo usaba tanto como lo uso yo, pero es un objeto de necesidad. Total, al grano, que me voy por las ramas y no me centro. Yo creo que hubiera dejado escrito algo así como: «Me voy a las Bahamas. No me busquéis». Pero

¿«Tú aún no has vivido lo nuestro»? Por primera vez estoy de acuerdo con el ex. No tiene sentido.

GEORGE: ¿La verdad? Sí, fui a verla porque necesitaba saber que la vida le iba peor que a mí. Apenas hay proyectos arquitectónicos que me apasionen y la que ha sido mi novia hasta hace un mes y medio me dejó por otro arquitecto que está trabajando en Hong Kong. Yo me tendré que conformar con la edificación de apartamentos de lujo sin innovación ni riesgo alguno en Upper East Side. Es una mierda.

sí

BILL: El ex era un imbécil, pero si Nora se ha ido no es por él. Ya ni se acordaba de George. Aunque le costó pasar página al principio, para ella estaba muerto y enterrado hasta que tuvo que venir a verla al café. Pero por lo que sé, pasó de él, ¿verdad? Y no, no salía con nadie. Si hubiera conocido a alguien, la primera persona en saberlo habría sido yo.

AURORA POLAR

NORA

Febrero, 2017

Cualquier otra persona en mis circunstancias se hubiera quedado encerrada en la seguridad de su apartamento. Habría mirado de vez en cuando por la ventana, por si el hombre que parecía vigilarla desde la calle, de noche, seguía ahí y ya está. Puede que hubiese llamado a la policía, no sé; que no le hubiera dado más vueltas al asunto y se hubiese metido en la cama. No sé qué es lo que hubiera hecho otra persona, lo que sí sé es lo que hice yo. No tenía que tener ningún miedo, ¡se trataba de Jacob, por favor! Jacob, cortés y, aunque reservado y misterioso, era un hombre agradable con el que había sentido una conexión especial desde el principio. A veces sucede, había escuchado cientos de veces que esas conexiones inesperadas surgen, aunque jamás hubiese pensado que me ocurriría a mí y de esa forma. Recordé una de las pocas cosas que me había contado abiertamente, la promesa que le había hecho a su madre: «Trata de buscar tesoros en forma de momentos, lugares y personas». Y, al repetirme a mí misma esas palabras, supe que con Jacob no podía sucederme nada malo. Así que volví a mirar por la ventana; se me erizó la piel, no sé si de frío o de nervios, al ver que seguía ahí. Aurelius no había vuelto a asomarse a la ventana y, sin pensármelo dos veces porque tiendo a ser impulsiva y a no escuchar la vocecilla interior que mira por mi seguridad, cogí la cazadora, las llaves de casa, bajé y me detuve en el minúsculo hueco de la portería. Seguía sin ver la cara de Jacob; estaba situado en un punto oscuro de la acera donde ninguna farola alumbraba, pero nuestras miradas se cruzaron y hasta me pareció ver que me sonreía. Comenzó a caminar y, rápidamente, pasó por delante de mí y se metió en el callejón que quedaba a mi izquierda. Yo, paralizada y confusa, me pregunté por qué no me había saludado. Pensé que había sido un momento extraño y una reacción impropia de Jacob, aun sabiendo que no lo conocía tan bien como para creer que sería incapaz de hacer algo así. Recordé su mirada, siempre cariñosa y amistosa; su voz suave y elegante, propia de quien ha tenido una buena educación; sus manos finas al tacto, que demostraban que nunca había trabajado duro con ellas en el campo o en la construcción, tal y como pensaba al principio debido a su piel bronceada y curtida, que lo hacía parecer mayor y su sonrisa, leal y franca, que transmitía confianza y seguridad.

Levanté la vista hacia el edificio de Aurelius. Se hallaba completamente a oscuras. El anciano ya se habría ido a dormir con el polizón con el que convivía correteando a sus anchas y el resto de apartamentos recordaría mejores tiempos con otras vidas en su interior. Exhalé vaho; la noche era fresca y el reloj estaba a punto de marcar las doce de la noche.

—Debería estar en la cama —dije en voz alta.

Y, sin embargo, Jacob estaría esperándome en el callejón. Miré disimuladamente hacia allí. No se escuchaba nada. Un callejón nunca augura nada bueno, ¿quién es la loca que se mete en un callejón oscuro cuando ha visto que ha entrado un hombre al que no conoce, pero en el que confía como si fuera de su propia sangre?

Respiré hondo. Era la curiosidad la que me impulsaba a actuar. Temblando, me acerqué poco a poco hacia donde había ido Jacob, pero ahí no había nadie y se trataba de un callejón sin salida. Me puse nerviosa y miré en todas las direcciones posibles. Volví a la acera, miré a ambos lados y solo vi que a lo lejos reían un par de borrachos y un gato negro, seguramente el que había cruzado la calle cuando cerré el café, corría con determinación hacia donde yo estaba, deteniéndose a mi lado. Levanté la tapa de los dos contenedores por si cabía la posibilidad de que Jacob durmiera en alguno de ellos, pero lo único que había eran bolsas de basura, incluidas las que yo había tirado a las nueve de la noche. ¿Qué había hecho? ¿Cómo demonios había desaparecido si yo, con mis propios ojos, lo había visto entrar ahí?

Con los brazos en jarra en medio del callejón, acompañada del gato negro y dándole la espalda a Front Street, me percaté de que la pared de ladrillo rojizo que tenía delante se movía y cambiaba de forma; desprendía una corriente de aire que no era normal. Me quedé expectante e inmóvil, creyendo que había perdido el control de mis sentidos por completo. Petrificada, observando cómo la pared iba desfigurándose, creí estar sufriendo una alucinación. En las alucinaciones pueden intervenir varios sentidos como el tacto, la vista y el oído y a mí, en ese momento, la vista me estaba jugando una mala pasada. Cuando una alucinación se apodera de ti, como pensaba que me estaba ocurriendo en ese momento en el que estaba centrada únicamente en la pared que, de su color rojizo natural había pasado al verde y al violeta, resulta prácticamente imposible distinguir lo imaginado de lo real. Un café sabrá a café y la seda tendrá tacto de seda. Lo que ahí estaba ocurriendo era un fenómeno extraño y especial que me atreví a comparar con la aurora boreal del cielo nocturno en zonas polares en el momento en el que la radiación cósmica choca con la magnetosfera de la Tierra. Y de eso se trataba, aunque con la diferencia de que la energía que irradiaba el lugar podía trasladarte a otro mundo tal y como sabía Jacob, que había desaparecido minutos antes, sin que me diera tiempo a verlo.

—Tú aún no has vivido lo nuestro —murmuré, dejándome llevar por Elvis y su movimiento de caderas al ritmo de *Stuck On You*.

stuck on you
ja' ja'

1965

«Siempre hace falta un golpe de locura
para desafiar un destino».

MARGUERITE YOURCENAR

Perfecto
essooo

PERDIDA EN EL TIEMPO

NORA

yo te voy a buscar nora

Agosto, 1965

Todo ocurrió muy deprisa. La sensación que tuvo mi cuerpo fue la de desaparecer y caer. Caer en las profundidades de un agujero oscuro y muy hondo con los brazos elevados por si podía volar. Por una milésima de segundo sentí que me había evaporado y que pedacitos de mí viajaban por el espacio a la velocidad de la luz.

Lo que vino a continuación fue inexplicable.

El hormigueo en cada extremidad de mi cuerpo no era comparable a la confusión de verme en el mismo lugar, aunque de día y percibiendo sonidos y olores distintos. El escenario era idéntico, pero al mismo tiempo no lo era, como si un pintor lo hubiera retocado ligeramente. Había dejado el callejón de Front Street

125

sumido en la oscuridad y el silencio de la noche cuando, en esos momentos, a plena luz del día, sonaba de cerca la melodía *Stuck On You*, de Elvis Presley, puede que desde el interior de algún apartamento, y también se escuchaban pasos frenéticos, voces muy por debajo del rugido de los coches y ruedas de bicicletas rodando con rapidez por el asfalto. Mis sentidos estaban más despiertos que nunca. Aún con la mirada dirigida a la pared de ladrillo rojizo sin atreverme a descubrir la vida que había detrás de mí, me percaté de que el gato negro seguía a mi lado y, al lanzarme una mirada, maulló como si yo fuera la responsable de todas las desgracias de su existencia animal callejera.

—¿Sabes dónde estamos? —le pregunté, tratando de ganarme su confianza acariciándolo.

Hubiese sido bonito que se quedara conmigo pero, por el contrario, más valiente y decidido, salió corriendo hacia la calle que yo tanto temí cuando vi de soslayo lo que me esperaba.

Olía a café recién hecho y a tostadas. Mi estómago rugió feroz. Aún sentada en el asfalto que, en vez de ser liso, ahora era empedrado, avancé lo que el hormigueo persistente en mis extremidades me permitió. Di un par de pasos fijándome en cómo iban vestidas dos mujeres que, indiferentes a mi presencia, pasaron hablando animadamente entre ellas por delante del callejón. Ambas llevaban gafas de sol con forma de ojos de gato y lucían un par de vestidos similares; el que mejor alcancé a ver fue el rojo con topos blancos por encima de las rodillas con cuello de barco. El peinado me recordó al de Olivia

Newton-John en *Grease:* puntas desfiladas hacia fuera, diademas anchas y un exceso de laca perjudicial para el medio ambiente.

—Oh, Dios.

«Estas mujeres no conocen todavía a Olivia Newton-John», pensé.

Me mareé. Hacía calor. Mi cabeza estaba abotargada y no podía pensar con claridad. Me encontraba en el mismo lugar, pero parecía haber cambiado de época.

—Te has quedado dormida delante del ordenador. No sería la primera vez —murmuré.

Pero, pese a mi empeño en creer que estaba inmersa en un sueño profundo, en ese instante hubiera asegurado que, en el momento en el que la pared de ladrillo empezó a moverse, había experimentado un salto temporal. Me pareció una locura y, como toda loca que se precie, me empecé a reír sola hasta que recordé a Jacob.

—Jacob también debe estar aquí —pensé en voz alta, levantándome y apoyando una mano en uno de los contenedores que, en vez de ser de plástico, eran de latón.

—¡Kate Rivers! —me gritó una mujer acompañada de una aureola que no era más que los rayos del sol cayendo por su espalda—. Te estaba esperando, querida. ¿Se puede saber por qué has tardado tanto? Llevo esperándote dos días. ¿Qué llevas puesto, mujer? Estamos en pleno agosto, ¡te vas a asar de calor! ¿En Oregón hace frío? No, no creo, en la Costa Oeste debe hacer más calor que en Brooklyn. Anda, ven conmigo, que tenemos mucho trabajo por hacer. Déjame que tire la basura y… ¡Kate! ¿Por qué me miras así? Perdona, no me he presentado, soy una maleducada, aunque por mi delantal ya lo supondrás, ¿verdad? Soy Beatrice Miller, la propietaria del café Beatrice, la amiga de tu prima Lucy. Venga, querida, entra conmigo.

No pude responder; creería que era muda o boba, quién sabe lo que pensó la abuela al verme por primera vez. Y entonces recordé sus últimas palabras, muchos años más tarde de donde por lo visto me encontraba:

«Nos volveremos a encontrar, querida».

Si no era un sueño, ¿qué era? Necesitaba saber en qué año estaba. Cómo la mujer que tenía delante, a la que siempre conocí con alguna arruga y canas, era en esos momentos joven, alta, enérgica y fuerte. Nunca, salvo en fotografías antiguas, había visto que sus ojos fueran tan grandes y brillantes, su melena tan rebelde y negra anudada en un moño alto y su nariz respingona cubierta de pecas. ¿Cuándo había tenido pecas la abuela?

No me di cuenta de que se me estaban saltando las lágrimas por el impacto de lo que estaba viviendo. Sentía mis mejillas ardiendo, no solo del calor que tenía, sino de la emoción del momento. Si no era un sueño, si eso era real y la abuela no era un fantasma metida en la piel de su «yo» joven, el responsable había sido Jacob y él lo sabía desde el principio. Mientras la miraba fijamente, pensé en que una de las primeras cosas que debía hacer era encontrarlo. Necesitaba una explicación.

—Querida, ¿te pasa algo? —me preguntó Beatrice, acercándose a mí y poniendo la mano sobre mi hombro. Me fijé en que no llevaba el anillo de casada; aún no salía con el abuelo. Puede que ni siquiera lo conociera—. He dejado la cafetería sola, venga, vamos. A ver si me van a entrar a robar —rio.

Pero no podía reírme. Solo quería llorar y advertirle que escribiera los nombres de las personas detrás de cada fotografía porque algún día lo olvidaría todo, incluido este momento. Cómo conoció a su mejor amiga, Kate. A mí. Yo era la mujer que estaba con ella en la fotografía que ocultó bajo las tablas de madera de la cafetería. No se trataba de una mentira o que el parecido fuese una coincidencia o una relación genética encubierta. Era yo. Yo, con esa cara de confusión y con un gesto que me parecía distinto cada vez que lo contemplaba por vivir algo que sabía que llegaría para que mi «yo» en el futuro, aunque ya lo hubiese vivido, la encontrase y desconfiara de la mujer que la crio. Era complicado de asimilar, pero de todas las hipótesis que había contemplado respecto a la mujer de la foto, ninguna era tan descabellada como la real. Viajar en el tiempo. Jacob, al fijarse en ella y comentarme el parecido, lo sabía. ¿Quién era Jacob?

—Ha debido pasarte algo en el viaje para que estés así, Kate. Si quieres, puedes subir a mi apartamento y ponerte… —me miró de arriba abajo, extrañada— …otra ropa, querida. ¿Qué clase de mujer viste con una cazadora de cuero en pleno agosto?

—¿Agosto?

—Trece de agosto de 1965. ¿Así es cómo visten las mujeres en la Costa Oeste? ¿Tan masculinas? —insistió, observando con detenimiento mis tejanos ajustados, las botas marrones y, por supuesto, la cazadora de cuero negra que cubría una sencilla camiseta de algodón blanca.

— No sabía cómo vestían las mujeres en Oregón en 1965. Imaginé que similar a la abuela. Según se entreveía bajo el delantal, llevaba un vestido verde con una bonita y elegante caída por debajo de las rodillas. Aun así, asentí con un nudo en la garganta persistente y los ojos anegados en lágrimas. La preocupación de Beatrice iba en aumento; ella tampoco parecía saber qué decir. Siempre le había costado enfrentarse al dolor ajeno y nunca daba el pésame porque sabía que no había palabras de consuelo en esos casos, ya que sabía lo que se siente al perder a un ser querido. Lo debería saber también en ese punto de su historia cuando, según mis cálculos, su madre llevaba muerta ocho años y su padre cinco. Pero yo tenía que fingir que no sabía nada de ella. Que no sabía, por ejemplo, que nació el cuatro de julio de 1930, en plena época de la Gran Depresión en Estados Unidos provocada por el Crac del 29, cuando el llamado «sueño americano» se convirtió en una triste pesadilla; la tierra de las promesas era entonces la de la desesperación, y la ilusión por la democracia, el capitalismo y el individualismo se evaporaba ante la realidad de un país inmerso en el desengaño, donde las largas colas de desocupados en busca de algo que llevarse a la boca o durmiendo en las calles, protegiéndose con trozos de cartón y de diarios, eran escenas comunes del día a día. Que tenía treinta y cinco años, cuatro más que yo cuando, en realidad, nuestra diferencia de edad era de cincuenta y siete y que, con los pocos ahorros que le dejaron sus padres, se había convertido en la propietaria de la cafetería Beatrice desde 1960 gracias a las facilidades que le puso su anterior propietaria, una anciana adorable amiga de la familia. Que le había puesto su propio nombre no por egocentrismo o vanidad, sino porque le recordaba sus raíces italianas maternas, de las que tan orgullosa se sentía. Que la manera en la que se conocieron sus progenitores le parecía la más romántica del mundo y que su padre se inventaba trucos de magia cuando era pequeña para evitarle el sufrimiento que desencadenó la segunda guerra mundial que les tocó vivir. La abuela, no muy dada a hablar de la guerra ni de los conflictos políticos, sí contaba cómo lloró su padre la mañana del domingo del siete de diciembre de 1941, cuando ella tenía solo once años y la base naval de los Estados Unidos en Pearl Harbor (Hawái), fue atacada por las fuerzas navales y aéreas del Imperio de Japón. Fue lo que llamarían El ataque a Pearl Harbor, en el que fallecieron más de dos mil estadounidenses.

Dejaría, si se terciaba, que me explicara por enésima vez la existencia de una maldición en su familia desde que su bisabuelo falleciera en 1882, cuando trabajaba en la construcción del puente de Brooklyn. Sabía que debía mantener las distancias y fingir que nos acabábamos de conocer y que mi nombre era Kate Rivers aunque, en realidad, sentía curiosidad por saber quién era la mujer de Oregón que tendría que haber llegado hacía dos días en mi lugar para trabajar como camarera en la cafetería y el porqué de su ausencia y falta de compromiso. En ese momento, la abuela no sabía que estaba frente a la mujer en la que se convertiría su nieta cincuenta y dos años más tarde y que procedía de un mundo en el que ella ya no existía desde hacía algo más de tres meses. Tampoco sabía que tendría una hija a la que perdería demasiado pronto y que sería ella la encargada de criarme a partir de los siete años. No sabía nada de eso y, sin embargo, antes de morir, me dio una pequeña pista de lo que me ocurriría. Incluso, durante su enfermedad, ya me avisó de que iba a conocer los años sesenta, pero creí que formaba parte de su delirio. Al final, era cierto que nos volveríamos a encontrar aunque ella, en su último aliento, ya lo hubiese vivido. Imagino que, como todo en la vida, formaba parte de un plan, si bien todavía no estaba preparada para entenderlo.

—Será mejor que me quite la cazadora, Beatrice —dije con toda la normalidad de la que fui capaz. Mi cabeza seguía en otro mundo y el nudo en la garganta escocía cada vez más.

Al quitarme la cazadora se me cayeron las llaves del apartamento y un billete de cinco dólares. No había cogido el teléfono móvil, por lo que no tendría que dar explicaciones sobre cómo era la comunicación en el futuro o, simplemente, qué era ese artilugio extraño. La lentitud con la que me agaché a recoger mis cosas provocó que la abuela se fijase en las llaves y me mirara con extrañeza al reconocer en el llavero con forma de trébol el suyo propio. El mío, por supuesto, estaba más gastado que el suyo y, en ese momento, lo sacó del bolsillo de su delantal. Cuando pensé que me iba a someter a un exhaustivo interrogatorio y que no saldría indemne de él, comentó risueña:

—¡Tú también tienes un trébol de la suerte! Ya me caes bien. Vamos, querida.

Enérgica, fue caminando hacia la cafetería, a cinco pasos del callejón mientras yo, detrás, iba secándome las lágrimas con el trébol aferrado a mi mano, observando con rapidez todo cuanto había a mi alrededor. Front Street, una vía larga, pero a la vez un espacio ínfimo en ese tramo en comparación con las dimensiones de otras calles cercanas a la zona, estaba mucho más transitada que en mi época. A mi alrededor, señoras agarradas del brazo, grupos de hombres con camisetas de tirantes hablando en la acera apoyados contra las paredes de ladrillo con un pitillo entre sus dedos, y niños despreocupados jugando y corriendo en la calle con sus bicicletas y un balón le daban una vida de la que carecía completamente en el siglo XXI. Los edificios parecían más viejos. La ropa tendida en las ventanas le otorgaba un aire distinto, más empobrecido, y el edificio en el que vivía el señor Aurelius en 2017 tenía vecinos. Un hombre fumaba en la ventana mientras le preguntaba a gritos a alguien oculto en el interior del apartamento qué había para comer y una señora, cogida de la mano de una niña pelirroja con trenzas, salía del portal. El edificio de al lado que yo había conocido desde siempre como un bloque de tres pisos con seis apartamentos y una pequeña inmobiliaria abajo estaba en obras; los cinco obreros, en vez de estar centrados en el trabajo, piropearon a una mujer que, sombría, miraba avergonzada el asfalto empedrado que, en 2017, al igual que el del callejón, era llano y más cómodo para andar con tacones. Me quedé anonadada con los coches que transitaban, lentos y sin prisas. Contemplé, maravillada, desde un Nash Cosmopolitan de color verde pastel combinado con el blanco en la capota, hasta un Chevrolet Bel Air descapotable ocupado por jóvenes universitarios que parecían sacados de cuando Marty McFly en *Back to the future* viaja a 1955 para conseguir que sus padres se conozcan y se casen. Pensar en eso me hizo sonreír y creer fervientemente que yo estaba en esa época para cumplir una misión. Elvis Presley me devolvió a la realidad con otra de sus canciones. *Can't Help Falling In Love* sonaba en el tocadiscos del interior de la cafetería que yo conocía tan bien.

—Gracias por vigilar el café, Aurelius —agradeció Beatrice a un joven a un joven de poco más de treinta años, alto y apuesto, sonriente y amigable, que estaba en la mesa que había frente al ventanal. Su mesa. Yo lo miré con los ojos muy abiertos, cuando en realidad a quien veía era al anciano al que acompañé, hacía solo unas horas, hasta su apartamento, preocupada por su estado y su salud mental—. Te presento a Kate Rivers, va a trabajar conmigo.

—Encantado, Kate. Un placer tener a una camarera tan guapa.

Presumido, me guiñó un ojo y, acto seguido, se levantó y fue corriendo hasta la acera de enfrente para ir al encuentro de una mujer entradita en carnes con una cara redonda preciosa y la melena de un rubio deslumbrante, que lo esperaba con una bolsa de cartón marrón entre los brazos de la que sobresalían espárragos y una barra de pan. En ella reconocí, a pesar de la distancia, a una de las mujeres que aparecían en la fotografía.

—Están tan enamorados… —suspiró con envidia la abuela, situándose detrás de la barra—. Kate, ¿no has traído ninguna maleta? Ya le dije a Lucy que los primeros días podías quedarte en mi apartamento. Es pequeño, pero pasaremos más tiempo aquí que allí, así que no habrá problema. Si quieres, puedes subir y elegir algo de mi armario; eres más bajita y delgada, pero creo que te servirá alguno de los vestidos que tengo. ¿Qué número calzas?

—Treinta y ocho —respondí automáticamente, sin poder dejar de mirarla.

—¡Como yo! Anda, ve. —Me lanzó sus llaves. Eran iguales a las mías—. Sube y ponte algún vestido bonito, ¿sí? ¿Qué pasa? ¿Tengo algo en la cara? ¿Se me ha corrido el pintalabios? —preguntó asustada, llevándose las manos a la boca.

—¿Eh? Lo siento, no…

—Perdona, no tienes ni idea de dónde está mi apartamento, claro. Ven, ven conmigo.

Más que acompañarme, me empujó con prisas hacia la salida del café y, con el dedo, señaló hacia la izquierda.

—Es esta primera portería que ves aquí. Esta llave es para la puerta de entrada y esta otra para la del apartamento. Solo tienes que subir las primeras escaleras, es el único apartamento del rellano. La puerta queda a la derecha.

Volvió corriendo a la barra a preparar un par de cafés para unas señoras mayores que se acababan de sentar en una de las mesas grandes. Yo sonreí y, antes de salir, miré con fascinación a mi alrededor. El café de 1965 no era muy distinto al que había dejado en 2017. Contemplé el papel de pared de mariposas que en 2017 había tenido que retirar con mucha pena por el mal estado en el que se encontraba. Era maravilloso volverlo a ver.

—Mariposas —comentó la abuela, al ver cómo me fijaba en la pared—. La mariposa no cuenta meses sino momentos, y tiene tiempo de sobra. [1]

Al salir, los poderes de invisibilidad que parecía poseer minutos antes habían desaparecido, porque muchas fueron las personas que se dieron la vuelta para mirarme con descaro y cuchichear entre ellas. Las mujeres de 1965 no llevaban tejanos y mucho menos tan ajustados como los míos, aunque su historia se remonte al año 1853, cuando el alemán Levi Strauss se instaló en San Francisco en plena fiebre del oro para llevar una sucursal del negocio de grandes mercerías que tenían sus hermanos en Nueva York. A la abuela no le había impactado tanto como a una anciana que se acercó peligrosamente a mí con la intención, creo, de

---

[1] Del poeta bengalí Rabindranath Tagore (1861-1941)

inspeccionar la costura del sofisticado pantalón. «Así visten las mujeres en Oregón», me convencí, introduciendo rápidamente la llave en el cerrojo de la puerta, cerrando de un portazo y adentrándome en el interior de la portería. El edificio tampoco había cambiado a lo largo de los años. Subí las escaleras y entré en el apartamento que me pertenecía a mí en 2017. Como no había cambiado los escasos muebles que la abuela tenía, era prácticamente el mismo, chiquitito y humilde, con la diferencia de que no disponía del sillón orejero del que me encapriché y las paredes, pintadas de blanco, estaban más nuevas, sin las grietas que en mi época habían aparecido como por arte de magia. Y magia fue cuando, nada más entrar, me entretuve un minuto mirando el mueble lleno de vinilos y un tocadiscos que decoraba el rincón de la ventana y que recordaba haber visto, desde siempre, en casa de los abuelos.

Sobre el mármol de la cocina, situada a la derecha y mucho más limpia y recogida que la mía, había una cantidad considerable de tarros de galletas y piezas de vajilla que en 2017 habían desaparecido. A la abuela nunca le había costado deshacerse de lo que ella consideraba antiguallas, por lo que todo lo que estaba viendo no perduraría en el tiempo.

Al entrar en el minúsculo dormitorio, decorado con un bonito papel de pared de flores y con la misma cama con cabezal de hierro forjado en la que yo dormía en el siglo XXI, abrí la puerta del armario empotrado que quedaba junto a la ventana. Eran incontables los vestidos que tenía la abuela amontonados debido al pequeño espacio y que yo jamás había visto. Cualquier apasionada de la moda *vintage* hubiera empezado a dar saltos de alegría al ver esos colores vivos y esas formas; los lunares, los cuadros y las flores, vestidos por encima de las rodillas y otros más recatados, zapatos de tacón bajo y manoletinas con suela de goma, bolsos que combinaban con toda la ropa que había ahí dentro y collares y pendientes que no recordaba que la abuela se hubiese puesto nunca, ni siquiera en las fotografías. El tacto de la tela era suave; daba gusto rozar con las yemas de los dedos cada uno de los vestidos, incluido el rosa que reconocí como el que yo llevaba puesto en la fotografía que aún no se había hecho pero que yo había visto. Ya me había dado cuenta de todo el desconcierto que suponía la experiencia; demasiado normal me sentía, dadas las circunstancias. El dolor de cabeza y el hormigueo habían desaparecido, como si me hubiese adaptado completamente a la locura, que por otro lado era muy real, de haber viajado en el tiempo.

Cuando elegí un vestido verde floreado combinado con unas manoletinas del mismo color, me fijé en una fotografía enmarcada que la abuela tenía sobre la mesita de noche. La cogí. En ella aparecía Beatrice abrazada a un hombre que miraba hacia el suelo riendo; parecían felices y despreocupados con las imponentes vistas del puente de Brooklyn al fondo. La foto, en blanco y negro, debía ser reciente porque a la abuela se la veía tal cual estaba en esos momentos y, respecto al hombre, no podía verle muy bien la cara por cómo posó para el objetivo, pero había algo en él que me resultaba familiar.

—¿Qué significa esto? ¿Dónde está el abuelo?

Traté de hacer memoria y recordar cuándo y cómo se conocieron, teniendo en cuenta que debería haber ocurrido ya porque mi madre nació en agosto de 1966, exactamente dentro de un año, y para ello debían concebirla en noviembre. Solo faltaban tres meses. La abuela presumía de cómo se habían conocido sus padres, pero con respecto al abuelo únicamente decía que había sido muy normal: «en un concierto nos presentó una amiga», punto final. ¿Había cambiado algo y por eso yo estaba ahí? ¿Por eso había viajado a 1965? Sentí de inmediato la presión de que tenía algún tipo de responsabilidad que se me escapaba de todo pensamiento racional. Si la abuela no estaba con el abuelo o no se conocían, mi madre no existiría y, por lo tanto, yo tampoco. Alarmante.

Mientras me desvestía para ponerme algo más adecuado a la década en la que me hallaba, la maliciosa que había en mí sabía que, si la abuela estaba con ese hombre guapo de la foto, debía hacer lo posible para provocar su ruptura. De no ser así, no habría conocido al abuelo o, si ya lo conocía, no se habría fijado en él por estar con el otro y puede que Jacob me trajera hasta aquí para cumplir esa misión. Aunque solo eran suposiciones mías.

La otra pregunta era: ¿Quién era Jacob? ¿Dónde estaba? Seguía obsesionándome.

—¿O me estoy volviendo loca?

El gato negro me asustó al aparecer maullando y arañando la ventana del dormitorio apoyado en el alfeizar que daba a la calle. Le dejé entrar y, sin hacerme el más mínimo caso, fue hasta la cocina como quien se siente en su propia casa y se tumbó encima de una alfombra de trapillo en la que me percaté de que ya había pelos negros de gato. Sus pelos.

—Tú ya habías estado aquí, ¿verdad? —le dije, sin obtener más respuesta que una mirada desafiante.

DOS MESES DESAPARECIDA

Abril, 2017

Los agentes Backer y García trataron de explicarle a Bill, lo más amistosamente posible, que habían archivado el caso de la desaparición de la señorita Nora Harris. En el café no encontraron indicios de violencia que hicieran pensar que se la habían llevado a la fuerza. El apartamento también estaba limpio y ordenado. Hallaron su teléfono móvil junto al ordenador en el que Nora dejó una última frase escrita que les hizo pensar que se había ido por voluntad propia. Una frase que nadie entendía, por supuesto; carecía de todo sentido y no parecía ser una carta de despedida dirigida a nadie, pero no tenían absolutamente nada más. Viniendo de la mente de una escritora, «Tú aún no has vivido lo nuestro» podía significar su manera de decir que había llegado el momento de arriesgar y vivir la vida que quería, lejos de lo que conocía y de la seguridad que le otorgaba el café y la ciudad de Brooklyn.

—¡No! —chilló Bill, enloquecido—. Os juro, agentes, que como algún día tenga que escribir en el periódico la esquela de mi amiga iré a por vosotros. Y sí, es una amenaza, podéis dejar constancia de ella. Porque como aparezca muerta por vuestra incompetencia os aniquilo. Os recuerdo que vuestro sueldo sale del bolsillo de los contribuyentes de los EE.UU.

Backer y García se miraron sin mostrar una pizca de asombro. Ya conocían el carácter de Bill y sus impulsos; las tonterías que decía eran fruto de la desesperación por la desaparición de su mejor amiga y lo entendían. El tipo les había caído bien.

—Te entendemos —quiso apaciguar Backer, respirando hondo—. Pero cuando aparezca, bronceada y relajada por unas merecidas vacaciones, vendrás a vernos y nos tomaremos un café en el Beatrice. Ya lo verás, amigo.

—¡No me llames amigo! ¡No me iría con vosotros ni a la vuelta de la esquina!

—Solo veníamos a informarte, Bill —se despidió García con una sonrisa forzada—. Cualquier cosa que necesites…

Al agente no le dio tiempo a terminar la frase. Bill les cerró la puerta en las narices y se llevó las manos a la cabeza, alzando la mirada hacia el techo y preguntándose, una vez más, cómo y por qué su amiga del alma se había esfumado del planeta Tierra.

ENCUENTROS ¿INESPERADOS?

NORA

Agosto, 1965

Y me presenté en la cafetería con el vestido verde de flores que parecía hecho a medida para mí. La abuela asintió a modo de aprobación y, sin decir nada, me puso el delantal blanco y rosa a juego con el mobiliario del local con Beatrice bordado en el centro en fucsia y un bolsillito a la izquierda sobre el pecho para guardar el lápiz y la libretita de las comandas.

—¿Sabes hacer café?

Asentí orgullosa, cuando lo que quería era formularle cientos de preguntas. ¿Y el abuelo? ¿Dónde estaba mi abuelo? ¿Quién era el hombre que aparecía en la foto abrazado a ella? ¿Su novio? Nunca me había hablado de ningún otro novio que no fuera el abuelo.

¿Sabía que tenía en casa un gato negro viajero del tiempo? Beatrice era de las mujeres que callaban muy poco pero nunca hablaban de más. Era una especie de don; ni muy reservada ni muy chismosa, lo justo y necesario para caer bien.

—Pues prepara un par de cafés para las hermanas Foster, están en la mesa cuatro, la última. Yo voy a acabar de hacer un pastel.

—¿De qué?

—¿Cómo?

—El pastel, ¿de qué es? —me interesé, contemplando lo bonita que quedaba la vitrina de la barra con las porciones perfectamente cortadas de sus esponjosos y deliciosos pasteles de varios sabores.

—Oh, de manzana. Se me ha acabado —rio, atusándose la melena negra.

Hipnotizada, la miraba desde la ventanita que había detrás de la cafetera. Era increíble volver a verla. Debería estar desconcertada y ausente en cierto modo, pero no podía. Me sentía más feliz que nunca por estar con la abuela y tener la asombrosa posibilidad de conocerla durante unos tiempos que ella recordaría como los más felices. Me fijé en cada detalle: cómo, con gracia y desenvoltura, se movía de un lado a otro cerca de donde se encontraba el horno, ojeando un enorme libro de recetas que ya no estaba en 2017. Tarareaba con su voz fuerte e imponente la canción que sonaba en esos momentos, la animada *It Won't Be Long,* compuesta por John Lennon. Y entonces, recordé algo que no podía tener más gracia mientras les servía los cafés a las hermanas Foster, que me miraban con curiosidad. ¿Era yo la camarera que le había derramado un café al mismísimo Lennon?

Trece de agosto de 1965. El histórico concierto al que la abuela y su camarera serían invitadas era dentro de dos días en el estadio Shea de Queens. Por lo tanto y según la historia, los Beatles entrarían ese mismo día en el local y yo, aunque no me temblase el pulso por estar delante de los míticos músicos, debía cumplir con dicha torpeza si no quería cambiar el transcurso de los acontecimientos. Yo, escondida en una identidad falsa para la que no tenía ni siquiera identificación en un año que no me pertenecía, debía derramar un café sobre los pantalones acampanados de John Lennon. Me embargaba la emoción.

Las horas transcurrían sin que los Beatles nos premiaran con su presencia. A las cinco de la tarde, la afluencia de gente en la calle aumentó aún más, dejándome sorprendida por toda la actividad que había y que era muy poco común en mis tiempos.

La música de Elvis Presley sonando en la cafetería, entremezclándose con la de los Beatles de algún otro local cercano y Aretha Franklin con su *Won't Be Long* desde algún apartamento de la acera de enfrente, daban vida a cada una de las historias personales que yo me limitaba a vivir en un segundo plano. Eran personas que habían vivido una guerra y una fuerte crisis económica, y los conflictos políticos seguían estando a la orden del día.

Pero, pese a todo, parecían felices y despreocupados. Blancos y negros se entremezclaban en ese pequeño tramo de Front Street que, para ellos, era su mundo. Una burbuja en la que se adentraban cuando volvían de sus trabajos y no tenían reparo en compartir anécdotas y momentos con vecinos y amigos en lugar de encerrarse en sus apartamentos. Algunos discutían. Incluso vi cómo dos hombres casi llegan a las manos, pero, por lo demás, el ambiente era festivo y animado. 2017 era un aburrimiento. Los sesenta parecían, desde la perspectiva de una simple figurante, una época mejor.

La abuela y yo, que supuestamente nos acabábamos de conocer, nos movíamos de un lado a otro como si tuviéramos la coreografía bien ensayada. Debido a una mágica sincronización, no tropezamos en ningún momento, algo que me ocurría siempre con Eve cuando estábamos hasta arriba de trabajo. Cafés, tés, refrescos, porciones de pasteles, bocadillos, magdalenas... Los clientes eran muy agradables y agradecidos, incluido Aurelius que, acompañado por «su chica», tal y como él la llamaba, no paraba de reír. Aurelius se reía de todo y por todo. No dejaba de mirar a su acompañante, Eleonore. Pendiente de ella en todo momento como si el resto del mundo no existiera, acariciaba su mano, la miraba con intensidad a los ojos y no tuvo reparo en darle un beso en los labios delante de todo el mundo. ¿Qué le había pasado a ese hombre para ser tan huraño en la vejez? ¿Por qué ella, convertida en una adorable ancianita, no lo acompañaba?

Beatrice asentía cada vez que me miraba, como si estuviera aprobando constantemente mi trabajo.

—Veo que tienes experiencia.

—Un poco —le dije fascinada, pese a que, tal y como le ocurriría muchos años más tarde, no supiera quién era yo realmente.

—Lucy no me lo comentó —murmuró con el ceño fruncido.

Cuando me llamaba no le hacía ni caso; tenía que acostumbrarme a mi nuevo nombre. A mi falsa identidad. «¡Kate! ¡Kate! ¡Kate, por el amor de Dios, querida, te estoy llamando!». Era entonces, gracias a su tan repetido «querida», cuando la atendía. Debía pensar que tenía problemas de oído, aunque me acostumbré pronto a mi nuevo nombre: Kate Rivers. «Kate, mi mejor amiga», escribiría Beatrice en noviembre. Faltaban tres meses. Sentía curiosidad por volver al callejón esa noche y ver si el portal aparecía de nuevo y poder así regresar a 2017. Si allí el tiempo transcurría con normalidad, Bill estaría desesperado y mis clientes más fieles, adictos a mi chocolate espeso, confundidos por mi desaparición. ¿Qué sería de la cafetería Beatrice en 2017 si su propietaria —o sea, yo— no estaba? ¿Y Eve? Se quedaría sin trabajo y el viejo Aurelius, sin la ayuda que le había prometido. Sería un desastre, pero por más extraño que pueda sonar, no me apetecía irme; quería quedarme y vivir el momento porque en 2017 ya no existía la persona que más había querido, y en 1965 sí. Ahí estaba, a mi lado, joven y llena de vida, trabajando mano a mano, no como una jefa, sino como una camarera que consideraba prioritario la satisfacción y el aprecio de sus clientes. Lo demás no importaba. Y sabía, gracias a las pistas y a Jacob, que aún me quedaban unos meses antes de regresar.

«Tú aún no has vivido lo nuestro» fue lo último que dejé escrito en mi ordenador. Esas palabras cobraron sentido cuando vi a Jacob pasar por delante del café. No obstante, no tuve tiempo de salir a buscarlo porque los Beatles hicieron su ¿inesperado? acto de presencia, aunque en realidad era como si hubieran estado presentes durante todo el día. Su música sonaba en todas partes.

Nervios, expectación, alucinación total... Un cúmulo de sensaciones que me provocaron un temblor en las manos que hacía peligrar mi pulso al saber que, en pocos minutos, tendría que llevarles a la mesa los cafés que le habían pedido a Beatrice.

—Es la segunda vez que vienen —me susurró la abuela con orgullo.

Yo esperaba los cafés detrás de la barra con la bandeja bajo mi brazo y con los ojos abiertos de par en par sin poder dejar de temblar. Sabía que estaba viviendo un momento único en la vida, por eso me dejó anonadada que el resto de clientes no se hubiera levantado para saludarles, halagarles o pedirles un autógrafo que en mi época valdría millones. En mi época, cualquiera que viera aparecer a Madonna, por ejemplo, se volvería loco, sacaría su móvil y mataría por fotografiarse con su ídolo. Pero nada de eso sucedió ahí; los móviles y las redes sociales no existían. Tampoco había jovencitas que pudieran asemejarse a las de mi época, los clientes eran habituales y salvo Aurelius y «su chica», los demás debían rondar los cincuenta años y no estaban por la labor de matarse entre ellos para acercarse a los iconos musicales que estaban sentados disfrutando del ambiente y la tranquilidad del café. John Lennon, Paul McCartney, George Harrison y Ringo Star hablaban animados y escribían algo en una servilleta. Las musas pueden aparecer en cualquier momento y en cualquier lugar, que se lo digan a J. K. Rowling. De todos ellos, el que más llamaba la atención era Lennon, que llevaba un peinado que le cubría toda la frente y se asemejaba mucho, en persona, a lo que yo había imaginado, excepto por un pequeño detalle: las gafas de montura redonda que siempre elegía por la gran admiración que sentía por Gandhi, que ya las usaba antes que él, brillaban por su ausencia. En ese punto de la historia en el que nos encontrábamos, aún debía esperar un año para usarlas. Ocurriría en Almería en 1966, durante el rodaje de *How I Wont the War,* donde Lennon interpretaría al soldado Gripweed, personaje que usaba las icónicas gafas que pasarían a formar parte del *Beatle* a partir de ese momento, aunque él aún no lo supiera. Es curioso cómo, con el paso del tiempo, el mundo es incapaz de pensar en su rostro sin ellas. Con la mirada fija en la servilleta que sostenía Paul, John le indicaba lo que tenía que escribir. Paul, pensativo, parecía agobiado; Ringo, el más joven, parecía como si estuviera fuera de juego, inmerso en un mundo muy lejano y George los miraba a todos como si estuviera viendo un partido de tenis. Una escena, sin duda, peculiar.

—Kate, querida, los cafés. ¿Dónde tienes la cabeza?

Coloqué las cuatro tazas sobre la bandeja y respiré hondo.

—¿No me digas que eres una de esas admiradoras histéricas que con tan mal ojo vemos aquí? Aquí no somos admiradoras de nadie, querida, y si lo somos, no lo demostramos. Somos, ante todo, profesionales. ¿De acuerdo?

Salió la jefa que llevaba dentro.

—Claro.

No podía permitir que la abuela me viera nerviosa. De haber sido así, hubiera salido de detrás de la barra para arrebatarme la bandeja y ser ella quien llevase los cafés. Por lo tanto, no ocurriría lo que, por destino, debía ocurrir.

«Cabeza alta, espalda erguida… ¡Deja de pensar en Jacob!».

Aunque el espacio era pequeño, el recorrido me pareció más largo y angustioso que el pasillo del hotel de *El Resplandor*, película que nadie conocía, porque Stephen King no publicaría su libro hasta dentro de doce años y Stanley Kubrick no la estrenaría hasta 1980. Pensar que Stephen King tenía casi dieciocho años cuando yo tenía treinta me hacía sentir vieja. Vieja y rara.

Y ahí me planté. Frente a los Beatles. ¿Cuántas personas de menos de treinta y cinco años en el siglo XXI pueden decir eso? No querría resultar pedante, pero solo yo. Y era tan desconcertante y a la vez tan emocionante e insólito, que debí parecerles una idiota cuando no me salieron las palabras y empecé a tartamudear como le sucedía a Bill cuando mentía.

—El... el... ca ca ca café...

Pero no importaba. Solo Ringo salió del lejano mundo en el que se encontraba para mirarme y dedicarme una sonrisa con sus característicos labios grandes y carnosos; George, sin bigote ni arrugas en 1965, miraba hacia el suelo distraído con la ceja derecha alzada, según me permitía ver su espesa cabellera que, como la del resto, también le cubría parte de la frente, y John y Paul seguían enfrascados en la escritura sobre la servilleta, que más que una canción parecía contener un poema que yo haría desaparecer en tres, dos, uno...

—¡Quema, quema! —chilló John.

¿Dónde estaba la voz suave y melodiosa que todos conocíamos?

John, con el pantalón acampanado empapado de café, emitió un par de bufidos y al mismo tiempo pude ver, a cámara lenta, la expresión horrorizada de la abuela, que no tardó en venir corriendo hacia nosotros para disculparse. Yo todavía temblaba, aunque sabía que había hecho lo que tenía que hacer para que algún día, al contárselo a Bill, él dijera, después de quedarse con la boca abierta: «Increíble».

—Señor Lennon, ¡cuánto lo siento! —se disculpó la abuela con un trapo en la mano con el que no se atrevió a tocarlo.

Ringo fue el primero en reírse murmurando que, al llegar a Nueva York ese mismo día después de un viaje en avión muy largo, deberían haberle hecho caso e ir al hotel en vez de salir por ahí. Le siguió George que, con una carcajada sonora, silenció a Lennon y a todo el café, que miraba la escena expectante. Paul, que tenía la servilleta alzada cogida con los dedos en forma de pinza a punto de desintegrarse, pasó de tener su típica mirada triste a ser cómplice del divertimento de sus colegas. Lennon no rio hasta pasados unos segundos; se encogió de hombros y me miró directamente.

—¿Tu nombre?

No seré yo la primera persona que diga que la mirada de Lennon era especial. Penetrante, inquisidora, inteligente, rebelde y atrevida, no sabías si estabas frente a un ángel o un demonio. Quise creer lo primero. Había conseguido que John Lennon fijase su mirada en mí y me recordara, algún día, como la camarera torpe que lo había puesto perdido de café en una cafetería pequeña de Brooklyn, convirtiéndolo en el hazmerreír de sus amigos. Puede que le negara al mundo una canción: la que estaba escribiendo con Paul en una servilleta desintegrada. Lo que él ignoraba era que yo conocía lo que iba a pasar de inmediato. Dejé de sentirme inferior al recordar que, cuando nací, ese hombre que tenía delante y que tan importante era para todos llevaba siete años muerto a causa de los cinco disparos que efectuó el ocho de diciembre de 1980 un fanático llamado Mark David Chapman en la entrada del edificio Dakota, en el que residía y que, por lo tanto, ya se habían cumplido treinta y siete años de su fallecimiento en 2017. Ojalá pudiera advertirle que en esa fecha y unos días antes y después, por si acaso, huyera de Nueva York. Cambiar la historia, su historia en concreto, y que pudiera llegar a los setenta y siete y conocer el siglo XXI tan bien como su amigo Paul

McCartney. Decirle, en cualquier caso, que su gran amor, Yoko Ono, seguía echándolo de menos y que, por favor, no posaran desnudos porque su trasero daría mucho que hablar e incluiría diversas mofas. También le informaría de que sus hijos, Sean y Julian, se dedicaban a la música. Le gustaría saberlo.

—¿Tu nombre? —repitió amable.

—Kate. Kate… Rivers.

—Kate. —Asintió, sonriendo, mirando hacia su pantalón, que había pasado a ser marrón.

—John, cuánto lo siento —volvió a disculparse la abuela.

—Tranquila, tranquila… Paul, ¿tienes las entradas?

—¿Qué?

—Las entradas de pasado mañana.

—Creo que sí.

—¿Tenéis novio? —nos preguntó.

La abuela se sonrojó; me moría por conocer su respuesta. Yo, tímida, negué con la cabeza.

—Sí, yo sí —murmuró cabizbaja.

—Tres entradas, Paul.

—Tres entradas —repitió McCartney sin despertar de su asombro.

—Chicas, aquí tenéis. Tres entradas para el concierto que daremos pasado mañana y con el que inauguramos el *tour*. Será en el estadio Shea, en Queens. ¿Os va bien venir? ¡Va a ser histórico! Lo disfrutaréis. Si de esta forma ayudo a que Kate no esté tan estresada y no vuelva a tirarle un café a ningún otro cliente, ya habré cumplido con la buena acción del año.

153

La abuela estaba en *shock*, casi cómica sujetando con la mano paralizada las tres entradas que John le acababa de entregar.

—Muchas gracias, John —respondí—. Allí estaremos. Ahora os traigo los cafés, prometo ir con más cuidado.

—Por supuesto, invito yo a los cafés —se ofreció la abuela, aún en *shock*.

Los cuatro Beatles volvieron a reír y, como si no hubiera pasado nada, volvimos al trabajo llevando con maestría y sin ningún incidente más el resto de comandas.

Mi primer día en 1965 no acabó con la visita de los Beatles y el accidente escrito en el destino que yo le había atribuido a otra persona. Lo que vino a continuación, como diría mi amigo Bill, fue peor que pillar a tus padres en la cama o a tu mejor amiga con tu novio. Demasiadas emociones en un solo día.

Eran las nueve de la noche. La soledad en la que se había sumido Front Street me era más familiar que el ajetreo del día. Había silencio; la música de Elvis, los Beatles y otros ídolos de la época ya no sonaba y, si aguzabas el oído, quizá podías escuchar el maullido de algún gato o un perro ladrar a lo lejos, pero poco más. De no ser por las luces procedentes de las ventanas de los apartamentos, en su mayoría ocupados, la calle se veía sumida en la más completa oscuridad.

Cuando sonó el inconfundible sonido de la campanita de la entrada, Beatrice y yo estábamos acabando de recoger. Me dio un vuelco el corazón pensando que, al darme la vuelta, me encontraría con Jacob, como había sucedido durante mis últimos días en 2017 antes de cerrar, pero con quien me encontré me dejó todavía más impactada. Él ni siquiera se dio cuenta de mi presencia; solo tenía ojos para la abuela, a la que se iba acercando con una sonrisa de lo más conquistadora. Su rostro, olvidado para la mayor parte de las generaciones venideras, era muy conocido en esa época, por lo que el *shock* de que estuviera ahí, con Beatrice, y que se tratase de su ¿novio?, era mayor que si hubiera sido cualquier otra persona. Algo había ocurrido. O bien conocería al abuelo más adelante —debía ser pronto— o, por culpa de ese famoso actor que me causó más impacto que los mismísimos Beatles, no había sucedido ni sucedería y ahí era donde teníamos un grave problema. Si mi madre no nacía en un año, yo me desintegraría tan rápidamente como la servilleta de papel impregnada de café.

La mirada clara de Edward Montgomery Clift era perversa. Perversa en el sentido de que, cuando te miraba, parecía saberlo todo de ti: lo que ibas a decir y lo que pensabas. Nunca me ha gustado especialmente la gente que intimida de esta forma y que, sin quererlo, te analiza. No lo pueden evitar. Monty, que así era como lo conocían, era de ese tipo de hombres. No era mucho más alto que la abuela y los diez años de diferencia que había entre ambos apenas se notaban. Era apuesto, tenía una dentadura endiabladamente perfecta, las cejas muy pobladas y unos aires de galán *hollywoodiense* con el cabello

Lorena Franco

negro engominado hacia atrás que quitaban el sentido. Podía entender perfectamente por qué la abuela parecía flotar sobre una nube en su presencia.

—Kate, te presento a Monty, mi novio. —Me guiñó un ojo divertida, dejando a un lado la limpieza de la cafetera y rindiéndose a los brazos del actor.

«Y ahora, ¿qué se supone que debo hacer? ¿Decir cuánto lo admiro? ¿Que *Río Rojo*, película en la que debutó junto a John Wayne en 1948, me pareció brillante cuando en realidad pensaba que era un tostón?».

—Encantada, Monty —disimulé, tendiéndole la mano.

Imaginé que no todos los actores necesitan que los halaguen; a algunos, por muy divos que parezcan, en especial en la época dorada de Hollywood, les puede gustar ser tratados con normalidad. Monty parecía ser uno de ellos.

—Igualmente, Kate.

Su voz era deliciosa, pero había algo en él que no me gustó. Monty aún no conocía su destino y disimulaba muy bien sus adicciones y su espíritu trastornado que lo llevarían, en un año, a la muerte. Ocurriría el 23 de julio de 1966, tras una espiral de autodestrucción en la que el actor se sumergió, siendo considerado con el tiempo como el suicidio más largo vivido en Hollywood. Un infarto agudo de miocardio se lo llevaría para siempre en su apartamento de la calle 61 en Upper East Side. En 2017 no estaría enterrado muy lejos de donde nos encontrábamos; sus restos descansaban en el cementerio Quaker de Brooklyn.

«¿Te gustaría saber cómo vas a morir? ¿Si tuvieras la oportunidad de leer la última página de la historia de tu vida, la leerías o cerrarías el libro?». Cuestiones macabras que se agolpaban, traviesas, en mi mente.

—Kate, ¿sabes hacer pasteles?

«No sin mis tutoriales de Youtube», me hubiera gustado responder.

—¿Qué tipo de pasteles?

—Tarta de manzana, de zanahoria, de queso y de frambuesa.

«Ay, Dios».

—Esta noche salgo con Monty y sus amigos, me hace especial ilusión conocer a Elisabeth Taylor[2] —comentó, mirando de reojo a Monty, lo que me hizo suponer que no llevaban mucho tiempo saliendo—. Siempre me levanto a las cinco de la mañana para prepararlo todo, pero mañana no sé si estaré dispuesta. Tengo reservas en el congelador, pero los clientes lo notan. No sé, inténtalo, Kate, siento pedírtelo en tu segundo día de trabajo. Tienes mi libro de recetas, seguro que lo harás bien.

—Lo intentaré.

«Qué remedio».

Esperé a que Beatrice bajara la persiana, no sin antes explicarme todo lo que debía hacer antes de cerrar el local por si algún día me tocaba hacerlo sola. Por supuesto, ya lo sabía, pero me metí tanto en el papel de

---

[2] Edward Montgomery Clift y Liz Taylor, a la que él llamaba Bessie Mae, se convirtieron en grandes amigos desde que rodaron juntos la película *Un lugar en el sol* en 1951.

camarera novata que hasta me puse a hacer preguntas para fastidio de Monty, que me miraba como si fuese una pesada al mismo tiempo que yo pensaba lo poco que me gustaba ese hombre para la abuela. Traté de contener la risa pensando en la cantidad de veces que la abuela reconoció lo poco que le gustaba George para mí. «No hay más ciego que el que no quiere ver», me decía. Y al final, tenía tanta razón como la tenía yo en ese momento.

—Toma, una copia de las llaves de mi apartamento.

Recordé que mis llaves del futuro estaban dentro del bolsillo de mi cazadora de cuero junto a cinco míseros dólares, que era el único dinero que tenía. Por lo que había leído sobre viajes en el tiempo, era bastante peligroso que una persona coincidiera con su «yo» del pasado o del futuro, pero ¿qué pasaba con las llaves? ¿Con un objeto desdoblado en el tiempo que se encontraba a sí mismo en el pasado? Debía guardarlas a buen recaudo; el llavero con forma de trébol no era una coincidencia, sino el mismo que había sobrevivido más de cincuenta años. La Beatrice joven que tenía enfrente, feliz y alocada junto al actor, nunca debería saber que mis llaves abrían las mismas puertas y, aun así, sus últimas palabras delirantes durante la enfermedad me hacían creer que en algún momento de su vida se dio cuenta de quién era yo en realidad.

—Que lo paséis bien, chicos —me despedí, sintiendo cierta envidia porque a mí también me hubiera gustado vivir una de las fiestas que solía celebrar Liz

Taylor, quien en esos momentos vivía un apasionado romance con Richard Burton.

Antes de subir al apartamento me quedé en el portal, pensativa y apoyada en la pared, viendo cómo el Chevrolet Corvette negro y reluciente que conducía Monty se alejaba a una velocidad poco recomendada. Llegué a temer por la vida de Beatrice que, probablemente, no conocía la locura del candidato al Óscar en 1948 como mejor actor por su interpretación en *Los ángeles perdidos*. Puede que, si no se lo había explicado, desconociera el accidente que tuvo en 1956, cuando salía de una de las fiestas de Elisabeth Taylor. Su coche se empotró contra un poste telefónico y fue la propia anfitriona quien lo salvó de morir ahogado, extrayéndole dos dientes que se le habían clavado en la garganta debido al choque.

Siempre me había interesado la vida de los actores de otras épocas y, sumida en mis pensamientos y disfrutando de la noche antes de entrar en el apartamento, donde sabía que me asfixiaría porque hacía calor hasta en invierno, hice memoria, llevando al límite mis capacidades, de lo que sabía sobre Monty. Se contaban muchas cosas, como suele suceder con todos los personajes populares; a veces son verdad y otras, como acababa de comprobar, invenciones para generar morbo. Decían que su orientación sexual no era clara y que, cuando hablaba sobre mujeres, lo hacía con ambigüedad. Algunos decían que era homosexual, otros que era bisexual; que Liz Taylor lo había rechazado o que fue él quien que se negó a casarse con ella y que no salía con chicas ni se le reconocieron relaciones con hombres mientras frecuentaba multitud de fiestas, pese a no ser de los que se iban los últimos. Para no salir con chicas, lo había visto muy acaramelado con la guapa Beatrice. Y su confesión, en una reunión íntima con un par de copitas de más: «en la cama quiero a los hombres, pero realmente amo a las mujeres», hizo que me preocupara por la abuela. Ella, inocente y feliz con su presencia, no tenía ni idea de lo que iba a ocurrir. Quizá fuera ese, por el dolor que le generó lo que fuera que pasara y que aún no había vivido, el motivo por el que jamás mencionó que estuvo con el famoso actor antes de conocer al abuelo.

—Porque lo conocerás, ¿verdad? —pregunté en voz alta, mirando hacia el suelo, como si el cemento pudiese responderme.

Luego, jugando con las llaves entre mis manos, miré hacia el cielo. Las estrellas abundaban más que en mi época. Algunas luces de las ventanas de los apartamentos ya estaban apagadas, pero la de Aurelius no. Las cortinas no eran las tupidas de 2017 que conocí, sino blancas, finas y transparentes y, a través de ellas, vi dos sombras acarameladas. Se me partió el corazón al recordar el estado en el que había dejado al viejo Aurelius y en cómo se aferraba a su pasado. A «su chica». Luego, con la mirada fija en la acera contraria, fue como si volviera a ver la sombra de Jacob en la oscuridad. Como si volviera a pasar por delante de mí para meterse en el callejón y desaparecer, creándome una curiosidad que había producido que me encontrara en esa situación. Di dos pasos y a estos le siguieron tres más hasta que me coloqué en el mismo lugar del callejón en el que había aparecido unas horas antes. El reloj marcaba las diez de la noche y, esta vez, la pared de ladrillo no se movió de lugar. No era el momento, imaginé. Me prometí a mí misma esperar; algo en mí sabía que me encontraba en el año correcto. Que ahí era donde debía estar.

El gato negro sin nombre me recibió con un maullido rabioso. Ahí seguía, tumbado cómodamente sobre la alfombra de la cocina, como si no se hubiera movido en todo el día. Dejé las llaves en un recipiente de cristal colocado en una mesita auxiliar de madera y fui hacia él. Traté de acariciarlo, pero el muy arisco se apartó, mostrándome las uñas y decidí que lo mejor era dejarlo en paz. Abrí la nevera. Esperaba encontrarla tan vacía y deprimente como la mía, pero estaba a rebosar de comida fresca. Carne, pescado, fruta, yogures que parecían caseros en tarros de cristal… Beatrice era, sin duda, la mujer perfecta. Y en esa época no era fácil. Lo normal, a su edad, a no ser que fueras una estrella de Hollywood, era estar casada y con hijos y depender del trabajo de tu marido, limitándote a las tareas del hogar y al cuidado de la familia. No era poco, pero sí, creo, desagradecido.

Le di un mordisco a una manzana y me percaté de que, en algún momento del día, la abuela había puesto encima del sofá, situado bajo una de las tres ventanas que yo sustituiría por el escritorio, un juego de sábanas.

—Me toca dormir en el sofá —sonreí.

La abuela no tenía televisor, la cafetería la dejaba sin tiempo. Sí había una radio, para mí antigua, cuya compra debía ser reciente. Estaba situada frente al sofá, junto a una estantería con novelas clásicas, incluidos los ejemplares de Charles Dickens que yo le leía a la abuela en la residencia: *Historia de dos ciudades* y *Grandes esperanzas*. Quise llorar, pero en lugar de llanto, apareció una risa nostálgica. Junto a Dickens, destacaban las hermanas Brontë: *Cumbres borrascosas,* de Emily; *Jane Eyre,* de Charlotte y *Agnes Grey,* de Anne. Eran novelas que la abuela siempre me había recomendado, pero para las que nunca encontré el momento hasta ese día, el primero de 1965 en el que, aun sabiendo que debía levantarme a las cinco de la mañana para fracasar como repostera, me decanté por la lectura de la apasionada, tempestuosa y con una sensibilidad adelantada a su tiempo *Cumbres borrascosas,* aterrizando en los brumosos y sombríos páramos de Yorkshire.

TODAS QUERRÍAN SER TÚ

BEATRICE

Agosto, 1965

No debería sentirme fuera de lugar, pero no lo puedo evitar.

Es casi medianoche y me encuentro en Manhattan, rodeada de unas ochenta personas, celebridades en su mayoría, en la ostentosa sala Vanderbilt Room que el hotel Waldorf Astoria le ha cedido a Elisabeth Taylor para celebrar una reunión «íntima». ¿Qué entiende esta mujer por «íntima»?

A mi alrededor solo contemplo pedantería, horrorizada y admirada a la vez por el color verde pistacho de la kilométrica alfombra que cubre los suelos de mármol, el blanco roto de las paredes y los altos techos de los que cuelgan lámparas de araña con cientos de

163

cristales. Me entretengo por un momento observando las formas geométricas y filigranas de sus techos tallados a mano con originalidad; me asombran los espejos de las ventanas, que dan a salas contiguas que no vemos y me miro en uno de ellos tratando de esbozar una sonrisa, pero no soy capaz. Debería haberme pintado los labios. Puede que así no fuera invisible.

No he visto tantos diamantes juntos en mi vida. En realidad, nunca he visto diamantes. En Front Street no abundan, así como tampoco tantos vestidos elegantes con los que no me permitiría ni tan siquiera soñar. Tampoco me puedo quejar; tengo un don para encontrar gangas y a lo largo de los años he recopilado una buena colección de bonitos vestidos para ocasiones especiales y para el día a día. No obstante, creo que debería haberme puesto algo más bonito; el vestido rojo, por ejemplo. El rojo nunca falla en celebraciones así. ¿En qué estaría pensando al no cambiarme el vestido con el que he estado trabajando todo el día? Debo oler a café y a pasteles, que aquí escasean. Las mujeres con cintura de avispa que revolotean a mi alrededor deben alimentarse a base de hojas de lechuga.

Me digo a mí misma que cualquier persona mataría por poder estar aquí mientras le doy sorbitos pequeños al champagne para que nadie note que no me gusta. También me digo que disfrute de todo esto, aunque no tenga ni idea de dónde está Monty, desaparecido desde hace más de una hora, prácticamente desde que hemos llegado, y el resto de celebridades me ignore como si tuviera una enfermedad contagiosa. He visto cómo suspiran por él. Cómo me han mirado, recelosas, preguntándose qué hace Monty con una mujer como yo. Yo también me lo pregunto cuando solo parecen verme los camareros; siento sus miradas de pena e intuyo que apuestan acerca de cuánto tiempo voy a aguantar. Ellos también lo ven, están acostumbrados a percibir este tipo de cosas. Saben cuánto rato va a estar esperando un cliente al que su cita ha dado plantón. Basta una mirada o un gesto incómodo para saber que deberías estar en tu casa, muy lejos de este Manhattan rico y teatral que mañana por la mañana, cuando suene el despertador a las cinco, desaparecerá. Yo no pertenezco a este lugar, me repito una y otra vez. Soy como cenicienta, pero sin hada madrina, con unos zapatos de cristal y una carroza que a las doce de la noche se convertirá en calabaza. Yo no debería estar en una de las legendarias fiestas de Liz Taylor, gran amiga de Monty, quien, al conocerme cuando iba del brazo de su quinto marido —Richard Burton—, me ha sonreído y mirado con descaro y aires de superioridad. Me ha hecho sentir débil y pequeña o quizá yo ya me he sentido así desde que he pisado el *hall* del hotel, que tan impactada me ha dejado, y la perfección de Liz y su amabilidad con el resto han acabado de estropear lo que yo preveía como una noche perfecta. Nada sale nunca tal y como lo planeo. Debería estar acostumbrada. Y es que me ha sobrepasado sentirme así cuando, a mis treinta y cinco años y después de todo lo vivido, tiendo a demostrar una seguridad y una fortaleza que solo siento en mi entorno, que no es otro que la cafetería que tanto trabajo y esfuerzo me ha costado conseguir, negándome a vivir la vida que mis amigas sí eligieron: marido, hijos, dependencia, rutina, aburrimiento. Podría haber tenido esa vida, por supuesto. A veces me arrepiento de no haberla elegido, pero ya es tarde. Si Monty, en vez de estar conmigo, ha preferido escabullirse, mala señal. Muy mala. En estos momentos, creo que podría haber tenido una vida maravillosa si hubiera imitado a mis amigas y sería más feliz. Y no estaría sola como estoy ahora. La soledad es un bien preciado y una tragedia a partes iguales cuando sientes que el tiempo te mantiene encadenada.

No soy actriz ni lo pretendo; no soy tan guapa como ellas y no es algo que me importe, me niego a pasar hambre por tener unas medidas perfectas. Nadie me va a regalar un diamante de veinte quilates ni un vestido de cientos de dólares y no sé por qué Monty me ha traído hasta aquí si lleva más de una hora desaparecido y lo único que me preocupa es cómo volver a Brooklyn, a casa. Si Kate dormirá a gusto en el sofá y se levantará a las cinco de la mañana para intentar hacer un trabajo que debería hacer yo. Me siento culpable. No puedo meterle tanta presión si no hace ni dos días que trabaja para mí. No me extraña que las camareras me duren dos días. Su prima, a quien conocí hace años, me dijo que tuviera paciencia con ella, que era rarita y provinciana. Lo de rarita lo noté cuando me encontré con ella en el callejón y, por la descripción física que me dio su prima, la reconocí. Vestía raro y no llevaba ninguna maleta consigo. ¿La habría perdido en el tren? ¿Se la habrían robado? No se lo he preguntado. Lucy también me dijo que es bastante torpe a veces, sobre todo cuando se pone nerviosa, algo que he comprobado cuando ha derramado el café encima de John Lennon. Tener a los Beatles delante impone, lo sé. Pero ha trabajado bien. Más que bien, excelente. Kate Rivers me transmite buenas sensaciones.

—¡Beatrice!

Monty me da un toquecito en el hombro y, por detrás, me rodea con sus brazos; siento que el mundo nos mira y no de una manera agradable. Me siento agobiada, empiezo a sudar, quiero meterme en la cama, dormir y olvidar esta maldita noche.

—¿Me llevas a casa?

—¿Ya? ¿No te lo pasas bien? Mira a tu alrededor, Beatrice.

Está borracho. Puede que algo más. He visto con disimulo y decepción cómo circulan las drogas en bandejas de plata, además del alcohol. Yo miro a mi alrededor, pero no veo más que un corrillo que encierra a Liz Taylor y a su marido en el centro y en el que la diva de ojos violetas habla de la última película que han rodado juntos, *The Sandpiper,* en la tranquila región de Big Sur, California.

—Tienes envidia de Liz —ríe Monty, poniendo los ojos en blanco.

—En absoluto.

—Nunca llegarás a ser tan bella como Liz, Beatrice. Pero a mí me gustas.

Siento cómo algo se enciende dentro de mí. Cómo la furia se va desatando lenta e irrevocable hasta que, en un impulso, le propino una sonora bofetada en la cara. Por fin he conseguido ser el centro de atención. Solo me pregunto, ¿cómo voy a volver a casa?

—Llévame a casa.

Ha dejado de ser una pregunta, ahora es una orden. Vuelven la fuerza y la garra que me caracterizan y de las que tan orgullosa me siento porque pertenecen a las raíces italianas de mi madre. Eso, al menos, es lo que siempre decía cuando yo entraba en cólera por alguna injusticia.

Monty al fin reacciona, parece que el bofetón le ha ido bien. Se estremece, mirando a su alrededor con vergüenza y me coge del brazo, no delicadamente, pero sí me hace entender que no me va a dejar tirada a estas horas de la noche. Cuando el aparcacoches le devuelve las llaves, Monty, que casi no se sostiene en pie, me mira de reojo y murmura:

—¿Sabes conducir?

Le quito las llaves y me sitúo frente al volante, simulando seguridad en mí misma mientras trato de recordar las clases que me dio mi padre hace años en su vieja camioneta. «Que nadie dirija tu vida —me decía—. Es probable que nunca lo necesites, Beatrice. Pero si sabes conducir, mejor».

Investigo el coche. Es más sofisticado y elegante que la camioneta de mi padre. Le ha debido costar una fortuna. Monty no se entera de nada; tiene los ojos cerrados y la cabeza echada hacia atrás. Creo que está mareado.

Estoy enfadada y decepcionada, que todavía es peor. El Monty de esta noche no tiene nada que ver con el que vino hace dos semanas a la cafetería ni con el que regresó los siguientes días, conquistándome por completo e incluso echándome una mano cuando me veía sola y desbordada de trabajo. Los clientes se quedaron anonadados al ser servidos por el mismísimo actor de *El baile de los malditos* mientras yo sonreía como una boba. Qué fácil le resultó conquistarme. Qué fácil parece todo para él.

Cuando por fin consigo arrancar, me pierdo por las grandes avenidas desiertas de la Gran Manzana hasta que doy con el cartel que me conducirá a Brooklyn. El coche de Monty no tiene nada que ver con la vieja camioneta de mi padre con la que iba dando trompicones. Va suave como la seda, el motor ruge fuerte, nuevo y poderoso.

Detengo el coche frente a mi cafetería a la una y media de la madrugada y miro hacia las ventanas de mi apartamento. Las luces están apagadas; Kate debe estar durmiendo desde hace horas. No veo el momento de tumbarme en mi cama, cerrar los ojos y dormir.

Contemplo a Monty, que lleva roncando desde hace un buen rato: las manos muertas sobre sus rodillas, la boca medio abierta, los párpados cerrados y los ojos en constante movimiento. En este momento ya no me parece tan atractivo.

—Monty, hemos llegado. Yo me voy.

—¿Eh? —pregunta, descolocado, tras el zarandeo que le he dado—. ¿Ya?

—Me bajo del coche. Las llaves están en el contacto, buenas noches.

«No pienso volver a verte en la vida. ¿Acaso te crees Paul Newman?».

—Espera.

Su voz ronca y adormecida me hace gracia. Me detengo, más por educación que por ganas.

—Dios, me he comportado como un auténtico idiota. Beatrice, lo siento, lo siento. Lo siento muchísimo. ¿Cuándo me has dicho que es el concierto de los Beatles en Queens? ¿Ves? Me acuerdo de lo que me has dicho. ¿Cuándo es? Os vendré a recoger. Me apetece muchísimo y te prometo no beber. De verdad.

—No hace falta.

—Sí, sí hace falta. Dame una segunda oportunidad. Por favor.

Lo miro fijamente, me parece sincero. Lo triste es que no me afecta lo que me dice y en esta ocasión no se trata de una máscara para disimular viejas heridas. Me da igual no volver a verlo, me da igual todo. En estos momentos no percibo el carisma que me mostró hace tan solo unos días, no por pertenecer a la meca del cine, ni mucho menos, sino por ser un tipo encantador. Ahora solo siento lástima por él. Creo que tiene serios problemas de autocontrol.

—Buenas noches, Monty.

Y me voy. Sé que se va a quedar un rato más en el coche, pero no lo voy a comprobar mirando por la ventana. Necesita recuperarse antes de ponerse frente al volante y volver a Nueva York, a la comodidad de su apartamento de innumerables metros cuadrados en Upper East Side que yo aún no he visitado ni creo que visite nunca.

Entro en el apartamento y me sobresalto cuando veo al gato negro sin nombre que, siempre muy limpio, pero callejero y libre, ha decidido instalarse un tiempo en mi casa. Nunca llegaré a acostumbrarme a él y a sus visitas inesperadas cuando se le antoja. Remolón, me viene a recibir frotándose entre mis piernas; es cariñoso y siempre aparece justo cuando lo necesito, cuando más sola me siento; imagino que él debe sentirse igual que yo y esas cosas, los animales, las presienten.

—Amiguito… Gracias por venir —le digo muy bajito para no despertar a Kate, que duerme profundamente en el sofá.

Acaricio al gato negro sin nombre. Debería buscarle uno, ya lleva años viniendo por aquí. A veces parece que sonríe, mirándome con esos ojos felinos de color verde que me inquietan porque creo que lo saben todo de mí. Saben lo que pienso y cómo me siento. Dicen que los gatos sanan el alma y es muy probable, especialmente cuando posa su patita encima de mi cabeza con suavidad y la masajea como para poner en orden todo este caos mental.

Me dirijo a la cocina, a solo tres pasos. En este apartamento todo está a tres pasos. Abro el armario que hay junto a la nevera y cojo la comida para gatos. En la oscuridad, los ojos del gato negro me miran con curiosidad mientras acepta el alimento que, poco a poco, le voy dando.

—¿Todo bien? —me susurra una voz cuando, haciendo el menor ruido posible, cruzo el salón en dirección a mi dormitorio.

—Sí, Kate. Duerme.

Hacía mucho tiempo que nadie me preguntaba, a altas horas de la madrugada, si todo iba bien.

EL BOXEADOR

NORA

Agosto, 1965

Al día siguiente me sentí extraña. Estaba como resacosa sin haber bebido, mareada y perturbada por la extraña situación. Creí que volvería a verme en 2017, con mi pijama viejo, mi ordenador esperando en el escritorio y los orgasmos matutinos de los vecinos de arriba. Pero no. Era real. Había viajado a 1965 y ahí estaba, con la sensación de hormigueo en todo mi cuerpo y unas mariposas revoloteando en mi estómago, que no significaba que estuviera enamorada sino que tenía miedo. Miedo a no volver a mi vida y miedo a dejar la que acababa de conocer haciéndome pasar por otra persona. ¿Quién demonios era Kate?, seguía preguntándome.

Conocía todo lo que había a mi alrededor y, sin embargo, era muy distinto. La abuela preparaba zumo de naranja en la cocina. Exprimía las naranjas con fuerza y tenía la mirada perdida. Aún era de noche. El despertador sonó a las cinco menos cuarto, pero la luz de las ventanas de algunos apartamentos de enfrente también estaban encendidas. «En 2017 no se madruga tanto», me callé.

Lo que no pude silenciar fue un grito ahogado al ver que el gato negro estaba a mis pies mirándome con odio.

—¡*Monty*! *Monty*, no la asustes.

—¿*Monty*? —pregunté.

—Anoche decidí llamarlo *Monty* —rio la abuela, sirviéndose un vaso de zumo—. ¿Zumo?

—¿No bebes café?

Ya sabía la respuesta.

—No, nunca. Creo que de tanto prepararlo para los demás le he cogido manía. ¿Prefieres café?

—No, un zumo está bien, gracias.

«Me muero de ganas por volver a beber un zumo preparado por ti». La nostalgia de otros tiempos me había venido a visitar. Creo que Beatrice lo percibió en mi mirada.

—Si quieres puedes levantarte más tarde, ya me encargo yo de los pasteles.

—Ya estoy despierta, así aprendo.

«Qué gran oportunidad. La abuela es mucho mejor que cualquier tutorial de Youtube», pensé.

—¿Desde cuándo tienes ese gato? —quise saber.

La abuela nunca me habló de que había conocido al famoso actor con el que salió anoche y, por tanto, que se había codeado con grandes estrellas de Hollywood, como Liz Taylor. Tampoco me había contado que tenía gato; nunca fue partidaria de tener mascotas en casa. Llegué a la conclusión de que ignoraba muchas cosas de la abuela y que, por mucho que hablase, en realidad solo contaba lo que quería. Todos tenemos derecho a guardar secretos.

—Kate, ¿no has traído maletas?

«No sé cómo responderte a eso».

—Me las robaron en el tren —improvisé con fastidio, tratando de creérmelo para salir victoriosa de la mentira.

—Eso pensé. ¡Qué horror! ¿Sabes quién fue? ¿Lo has denunciado?

Me encogí de hombros. Nunca se me dio bien mentir y no quería empezar a tartamudear como Bill. Me levanté y fui directa al minúsculo baño.

—¡Puedes coger mi pasta de dientes y hay un cepillo nuevo dentro del cajón derecho! —gritó la abuela, como si me estuviera viendo frente al espejo, alarmada por no tener nada con qué asearme.

Al salir con el mismo vestido que me puse el día anterior, el verde floreado, Beatrice negó con el ceño fruncido; fue hasta su dormitorio y salió con otro. Era el mismo vestido rosa que llevaría, meses más tarde, para posar en la fotografía.

—No puedes repetir vestido, aunque llevemos puesto el delantal encima. Ponte este, es muy bonito.

175

Coge el que quieras, cada día uno, con total libertad y al final del día puedes dejarlo en la cesta de mimbre del baño.

Me guiñó un ojo, divertida y volvió a la cocina a servirme mi vaso de zumo de naranja. No entendía por qué me trataba tan bien y parecía estar tan contenta de tenerme en casa. Puede que estuviera cansada de estar sola, pero a mí, en 2017, lo que menos me hubiera apetecido sería compartir tan poco espacio con una desconocida que me cogiera ropa del armario. Me quedé mirándola embelesada. Solo tenía ganas de abrazarla y decirle cuánto la quería. ¿Cómo se lo hubiera tomado, en aquel momento, si le hubiese dicho que era su nieta? Que era hija de su hija, pero que aún debía conocer al abuelo, no sabía cómo ni cuándo, aunque presentía que sería en un concierto. Eso decían ellos. Que se habían conocido en un concierto. «Los Beatles». Y quise convencerme a mí misma de que el abuelo estaría ahí, esperando su destino en forma de mujer con raíces italianas y neoyorquinas, cabello negro rebelde y ojos color miel. Unos ojos que lo enamoraron al instante.

—¿Pasa algo? ¿Por qué me miras siempre así?

Debió pensar que era lesbiana, aunque no demostró ni un ápice de incomodidad.

—Tu prima ya me lo advirtió —rio, untando mermelada de frambuesa en un par de tostadas—. Que eres un poco rarita, me dijo.

—¿Mi prima?

—Querida, parece que te hayas caído de un guindo. Te dejo el zumo y unas tostadas, voy abajo que ya llego tarde. Ven cuando termines.

—Ab... —«No, no, no. Borra la palabra abuela de tu cabeza», me dije—. Beatrice.

—¿Sí?

—¿Qué tal anoche?

—Espectacular —resumió triste, tras pensarlo unos segundos, pero resultaba evidente que mentía.

—Tu gato me odia —le confesé, enharinada, ayudándola a preparar su famosa tarta de manzana. Dos tartas de zanahoria, otra de queso y la de frambuesa reposaban ya en la vitrina de la barra.

—No es mi gato —aclaró—. Es libre; callejero, supongo. De hecho, hasta esta madrugada no tenía nombre. Viene de vez en cuando, se queda una temporada y luego se va. Lleva cinco años haciéndolo, desde que abrí la cafetería y me instalé en el apartamento.

«Un gato viajero en el tiempo», me dije, pensando en las veces que lo había visto pasar por delante de la cafetería de 2017, incluida la noche en la que me acompañó hasta 1965.

—Lo curioso es que no cambia. No ha envejecido nada, es como si el tiempo no pasara para *Monty*.

—¿Por qué *Monty*?

—Para reírme de lo que anoche casi me hace llorar —confesó—. Pero no quiero hablar del tema, querida. ¿Me pasas el azúcar, por favor?

En las dos horas que estuvimos en la cocina aprendí mucho más de repostería que en el día entero en que lo intenté con los tutoriales de Youtube. Tener a la abuela ahí, a mi lado, era fascinante. Un sueño del que no quería despertar. Beatrice era paciente y se notaba la fascinación que sentía por su trabajo, que no era otra que la de cuidar a sus clientes y conquistarlos como se conquista de verdad: por el estómago. Casi me olvido de Jacob y del misterio que lo envolvía; sus visitas a las once de la noche, lo último que me dijo y su sombra en la oscuridad, que fue la responsable de que, curiosa, me metiera en el callejón sin saber que me esperaba un viaje en el tiempo con *Monty*. Ya no lo recordaba, hasta que abrimos la persiana y lo vi pasar.

Iba corriendo con unos pantalones de chándal gris y una camiseta marrón de algodón. Si no hubiera sido por los coches sesenteros aparcados en la calle, podría haber pasado perfectamente por un hombre haciendo *footing* en mi época. Miraba al frente, concentrado, sudoroso y absorto en sus pensamientos. Pasó por delante sin dirigir la mirada hacia la cafetería que parecía ser importante para él en un futuro. No obstante, me dio la sensación de que su espalda era mucho más ancha. Era más grande que el Jacob adicto al chocolate que le servía. No fui capaz de salir y retenerlo para hablar con él porque me quedé tan paralizada pensando en si Jacob era de aquí o de allí o si, al igual que *Monty* —el gato callejero—, también era libre y viajaba a su antojo de una época a otra. ¿Quién, en su sano juicio, llevaría una doble vida de una época a otra al haber descubierto el portal? ¿Quién de este año, del pasado o del futuro, sabía que se podía viajar en el tiempo? Es un arma de doble filo, a la larga puede enloquecerte. Yo, desde luego, no lo volvería a hacer más. Viviría en 1965 lo que estuviera destinado para mí, que por algo había viajado años luz al pasado, y luego volvería a mi época. Pensar así me tranquilizaba y me ayudaba a conservar la cordura. Al fin y al cabo, no me había trasladado a una guerra, a la Edad Media o a un lugar desconocido. Seguía ahí, en mi cafetería, en mi apartamento y en mi calle, con la abuela a mi lado y un Aurelius joven y feliz que en esos momentos salía del portal y se despedía de Eleonore con un beso en los labios. Estar en un lugar conocido y desconocido al mismo tiempo resultaba menos extraño.

No, aún no habíamos vivido lo nuestro. Puede que estuviera ahí para vivir «lo nuestro» con Jacob, musité con timidez, mientras veía cómo se alejaba calle abajo y mi corazón, tal y como sucedía en 2017, latía desbocado pidiéndome salir detrás de él. Pero ¿por qué viajar en el tiempo para conocerlo, si también había hecho su aparición en el siglo XXI? Me sorprendía a mí misma por la capacidad que tenía de entender y aceptar una situación estrambótica, a pesar de las lagunas y de lo inexplicable que era todo.

—¿Estás bien, querida?

—Ese hombre, el que corría. ¿Lo conoces? —pregunté, casi con desesperación.

—Jacob el Boxeador.

—¿Jacob el Boxeador?

—Un tipo duro de roer —rio la abuela, dándole la vuelta al cartelito que anunciaba que el café estaba abierto—. Las tiene a todas loquitas, pero es un tipo curioso. Ninguna le parece buena y eso que Betty, la vecina que vive encima de mi apartamento, es guapa y muy dulce. Pues nada, ni caso. No le hace ni caso. Cuando vuelva de sus vacaciones y la veas, creo que en septiembre, me darás la razón.

—¿Jacob vive por aquí?

—Un poco más abajo.

—¿Qué edad tiene?

—Si quieres, la próxima vez que venga a por un batido le pido la documentación —bromeó—. No sé, querida, debe ser un poco más joven que yo, pero no mucho.

Parecía más joven, aunque no podía asegurarlo. Corría rápido, lo había visto de refilón. El Jacob de 2017 estaba cerca de los cuarenta o puede que solo los aparentase, no sé. Recordé que cuando lo conocí, feliz con su taza de chocolate caliente, pensé que era del tipo de personas que aparentan más años de los que en realidad tienen debido a su piel bronceada y curtida. Bronceada y curtida como la del tipo que ya había desaparecido de Front Street tras cruzar y girar hacia la izquierda. Necesitaba tenerlo frente a mí y hablar con él para comprobar que se trataba del mismo Jacob que había conocido hacía poco más de una semana, aunque hubiera ocurrido cincuenta y dos años después.

LO QUE NO PUEDES VER

DOS MESES DESAPARECIDA

Abril, 2017

✦ Cuando los agentes le dijeron a Bill que archivaban el caso de la desaparición de su amiga, el espíritu de Sherlock Holmes que llevaba dentro despertó.

—Si no lo van a hacer ellos, lo voy a hacer yo. Voy a descubrir qué le ha pasado a Nora —le contó angustiado a Eve por teléfono.

—Trato de pensar, Bill... y puede que hubiera algo raro en ella. Algo que la empujara a irse unos días.

—¿Unos días? ¡Lleva dos meses desaparecida! ¡Dos meses! Que me digas dos días, tres, una semana..., puedo entenderlo. Pero no dos meses y mucho menos dejándose el móvil en su apartamento y sin dar señales de vida. Algo le ha pasado y no voy a parar hasta que lo descubra. Si al menos te acordaras del tipo que viste de noche… —la culpó. Tenía la necesidad imperiosa de hacerla sentir mal.

—Te recuerdo que tienes que ir a trabajar, Bill. Son las diez de la mañana y, ¿a qué adivino que no estás en el periódico?

—No… —murmuró Bill, enfurruñado.

—Te van a despedir —le advirtió—. Pero mira, haz lo que quieras, primo. A mí me va bien, estoy en una cafetería muy moderna del centro y…

—¡Pero cómo puedes ser tan condenadamente arpía! Nora confió en ti para trabajar con ella y ahora la sustituyes así, ¿sin preocuparte lo más mínimo de lo que le haya podido pasar?

—Bill, no es eso. No te pongas en plan «el mundo va contra mí», ¿vale? Solo digo que…

—Mira, no me hables. No me hables más. Cuelgo. Estoy sometido a mucho estrés. Adiós.

Eve se quedó sorprendida mirando el teléfono mientras Bill casi lo estampa contra la pared. De la rabia e impotencia que sentía lo hubiera hecho, pero no tenía ni un dólar para comprar un teléfono móvil nuevo. ¿Es que a nadie salvo a él le importaba qué había ocurrido con Nora? ¿Dónde estaba? ¿Nadie sentía, siquiera, curiosidad?

Bill dio vueltas por su apartamento; se negó a contestar a las llamadas del periódico y, enloquecido, decidió ir hasta Front Street con la copia de las llaves de la cafetería y las del apartamento de Nora, que solo él tenía.

—Por si pasa algo —le había dicho ella cuando se instaló, antes de la reapertura del café—. Los mejores amigos tienen que tener una copia de las llaves.

Estuvo dos horas en el apartamento, observándolo con detenimiento. Abrió las ventanas para ventilar; no quería que, en el caso de que Nora volviera, oliera mal. Conectó el ordenador y volvió a leer, una y otra vez, la frase que había dejado escrita. Leyó también algún texto suyo; eran buenos, pero no había nada que hiciera presagiar su desaparición. Se había esfumado. Nadie puede desaparecer de la faz de la tierra sin dejar rastro, para Bill era incomprensible. No era algo normal, aunque le dijeran que eran millones las personas desaparecidas en EE.UU. cada año y que, al igual que en el caso de su amiga, se convertían en archivos abandonados por falta de pruebas. Nora no era millones de personas, era una. Su mejor amiga. La que necesitaba para llorar y reír, para hablarle de sus locuras y de los chicos a los que conocía en internet. Nora y él se adoraban desde hacía años. Ellos dos contra el mundo. Bill siempre había soñado con tener una amiga así, que aguantara sus vaivenes y estuviera ahí para sujetarlo cuando tropezaba o devolverlo al mundo real cuando se entretenía en las nubes más de la cuenta. Después del acoso escolar que sufrió, cuando entró en la universidad temió que le volviera a suceder lo mismo. Que se rieran de él y le dijeran constantemente lo grande que tenía la nariz, que era feo, demasiado alto y delgado, y que siempre estaría solo. Y, sin embargo, conoció a Nora y ella, una chica preciosa que podría haber tenido los

183

amigos que hubiese querido, lo eligió a él. Eso le hizo creer en los milagros. Nora había sido el milagro de Bill; gracias a ella, volvió a confiar en las personas y en la amistad.

Tras mucho pensar y buscar bobadas por internet o leer mensajes obscenos en Tinder porque el mes gratis en Meetic ya había caducado, Bill recordó la idea que les había dado a los agentes y que estos ignoraron. Buscó con desesperación médiums y apuntó el número de teléfono de las tres que le habían parecido más serias y profesionales.

—Y si hace falta pido un crédito —se propuso con empeño, hablando en voz alta al mismo tiempo que miraba una fotografía en el móvil en la que aparecían Nora y él.

Empezó a marcar el número de la primera médium, su opción número uno porque, según su página web, aseguraba que colaboraba con la policía y había resuelto un par de casos conocidos. El secretario le dijo que la médium no podría atender su caso hasta pasados seis meses. Su segunda opción apenas vocalizaba; Bill creyó que iba borracha y tuvo que colgar el teléfono antes de que le echara una maldición. La tercera le contestó con una voz melodiosa y desesperadamente lenta. Tardó más de diez minutos en confirmarle que esa misma tarde podía estar ahí y que el adelanto era de cien dólares.

Ya era de noche cuando la médium, con un retraso de cuarenta minutos, llegó a Front Street y Bill, atropelladamente, le contó el caso sin que la mujer, aparentemente, le prestara mucha atención. Estaba ausente, como en otro mundo. Debía rondar los cincuenta años, aunque su rostro pálido era terso y luminoso como el de un bebé. Bill se preguntó cuántas operaciones de cirugía estética hacían falta para conseguir una piel así. Los ojos azules de la médium, que se presentó como Miss Charlotte, eran casi transparentes, lo que para Bill significaba que a través de ellos podía percibir otro mundo. Bill, a su lado, le dio los cien dólares acordados mirando a su alrededor como si fuera un traficante de droga y también le entregó el libro de Nora para que lo tocara y pudiera percibir «cosas». «Cosas», así lo llamaba Bill. La mujer, tapada hasta arriba, empezó a sofocarse y se quitó el fular granate que envolvía su cuello y le devolvió el libro. No le hacía falta, sus poderes iban más allá, le dijo. Miraban hacia la cafetería con la persiana medio subida, pero Miss Charlotte giró todo su cuerpo bruscamente y miró al edificio de enfrente, justo hacia la ventana del que había sido el apartamento del viejo Aurelius. Lo señaló. Bill abrió la boca asustado.

—Ahí.

—¿Ahí? ¿Nora está ahí?

—No —murmuró la médium—. Ella miró ahí.

—Ella miró ahí —repitió Bill, anotándolo mentalmente.

—Al fantasma.

—Joder, Miss Charlotte, no me hable usted de fantasmas que me meo —dijo Bill, ignorado por la médium, que dio un paso al frente y se adentró en el café.

—Luces.

Bill la siguió en silencio y precavido, fue hacia el interruptor y la cafetería volvió a cobrar vida después de dos meses sumida en la oscuridad. Miss Charlotte recorrió el café, acariciando los muebles y las paredes. Hizo sonar la campanita de la entrada tres veces. Miraba a su alrededor como si de verdad estuviera viendo algo: gente, historias, conversaciones pasadas, cafés, pasteles... Vida y muerte, pero sobre todo vida. Ahí había vida. Y, de algún modo, seguía habiéndola pese a su aparente vacío desolador. Las paredes le susurraban épocas pasadas en las que las mariposas eran las protagonistas, mundos que parecían estar más cerca que lejos debido a la cantidad de energía que se había quedado impregnada en las paredes. Miss Charlotte se detuvo en un punto del suelo con la mirada perdida. Dio dos golpes sobre una tabla de madera que estaba un poco suelta, asintiendo o comprendiendo, quién sabe lo que vio ahí, para a continuación elevar la mirada hacia la fotografía que colgaba en la pared, justo encima de la cafetera. Al igual que hizo con la ventana del apartamento de Aurelius, también la señaló.

—Ahí. Nora Harris está ahí.

Bill se echó a reír, sin poder contener las lágrimas, debido al miedo, la emoción y las vibraciones que la médium le hacía sentir. La atmósfera se había enrarecido. La cafetería, pese a tener las luces encendidas, parecía más oscura y tenebrosa. Bill, en su cabeza, escuchaba con claridad la banda sonora de *The Amityville Horror*[3], película que nunca debería haber visto y que le produjo insomnio durante dos noches al saber que estaba inspirada en hechos reales.

—¿Ahí, dónde? —preguntó Bill con el corazón encogido.

La médium insistió señalando la fotografía, inmóvil. Una fotografía hecha en noviembre de 1965, aunque aún no lo habían comprobado en el reverso, en la que ni Bill ni nadie había reparado pese a estar en un lugar visible. Con los ojos entornados y el ceño fruncido, el amigo de Nora fue acercándose con una silla para subirse en ella y poder alcanzar el marco dorado para tenerlo entre sus manos y mirar de cerca la fotografía en la que Miss Charlotte aseguraba ver a Nora.

—No puede ser.

De no ser por la médium, que corrió a colocarse detrás para sujetarlo, Bill se hubiera caído de la silla conmocionado al ver a su amiga en una fotografía antigua, vestida y peinada de forma distinta y totalmente desfasada, junto a tres mujeres, una de ellas Beatrice —la abuela de joven—, y un señor que a Bill le recordó mucho al difunto Aurelius.

—No tiene sentido. ¿Qué hace mi amiga en esta fotografía? —preguntó trastornado.

—Está de viaje.

—¿En las Bahamas?

---

[3] Película basada en hechos reales sobre la conocida casa de Amityville dirigida por Andrew Douglas en la versión de 2005 y por Stuart Rosenberg en la original de 1979.

—No. Está aquí, justo aquí —insistió la médium, con una sonrisa evocadora acariciando la madera de la barra—. Pero no la puedes ver, Bill, porque en esta época la historia ya ha pasado y se ha vuelto invisible.

CAN'T BUY ME LOVE

NORA

Agosto, 1965

✘ Vi a Jacob el Boxeador tres veces más pasando por delante de la cafetería, sin interés alguno en ver lo que estaba ocurriendo ahí dentro y, por tanto, sin verme a mí. Dos de las veces iba corriendo; la otra, más tranquilo, caminaba enfrascado en las páginas de un libro. En cualquier caso, en ninguna ocasión me atreví a abordarlo, pero en todas me empezaron a flaquear las piernas, algo que no me ocurrió las siete noches en las que vino a verme en 2017. Pero había tanto trabajo en la cafetería que, de haber salido, Beatrice me hubiese frenado y reprendido. Si la Beatrice del futuro era de armas tomar, la que tenía delante, aunque más jovial y divertida, era aún peor.

Estaba preparando el último café de la tarde porque teníamos previsto cerrar pronto, cuando Monty nos sorprendió viniéndonos a buscar. Enseguida supuse que había venido para acompañarnos al concierto de los Beatles, para el que teníamos tres entradas gratis.

—¿Qué haces tú aquí? —le preguntó Beatrice, molesta, cuando Monty entró por la puerta con un ramo de flores y su mejor sonrisa pícara y desvergonzada.

—Te dije que os vendría a buscar para ir al concierto. Y una promesa es una promesa.

El tono de voz de Monty parecía arrepentido; el de la abuela, tremendamente irritado. Se negó a coger las flores que el actor dejó sobre la barra. ¿Qué había ocurrido en la fiesta de Liz Taylor? Beatrice no me había contado nada, me dijo que prefería no hablar del tema, así que no insistí demasiado porque, al fin y al cabo, debía aceptar que solo hacía tres días que nos conocíamos y sabía que lo mejor era mantener las distancias y ser prudente. El hecho de que la prima de la verdadera Kate, cuya aparición repentina temía, le dijera que era una mujer rara también me ayudaba cuando me quedaba mirándola embelesada y alucinando por volver a tenerla, máxime teniendo en cuenta que casi teníamos la misma edad.

—Íbamos a ir en tren hasta Queens. ¿Verdad, Kate? No te necesitamos, Monty.

Asentí sin querer meterme en la conversación aunque, de nuevo, la mujer maliciosa que había en mí necesitaba entrometerse y echar al actor a patadas para que nada ni nadie entorpeciera el encuentro con el abuelo, estuviera donde estuviese.

—Sirve el café a la señora Pullman y limpia las mesas, querida —me ordenó la abuela.

Monty siguió a Beatrice hasta el interior de la cocina. Se oyeron gritos y yo no sabía qué cara ponerle a la adorable ancianita que se deleitaba, como si no se estuviera enterando de nada, con el café con leche ardiendo que pedía siempre, aunque hiciera calor.

—Estos jóvenes de hoy en día... —sonrió, guiñándome un ojo divertida.

Monty y Beatrice, ambos apasionados y con personalidades fuertes, discutieron sobre compromiso, desapariciones nocturnas, borracheras, Liz Taylor, el coche y comportamientos inaceptables en el caso de que él quisiera ir en serio. Me situé detrás de la barra para limpiar la cafetera, muy pendiente del reloj y de la pareja. Debíamos salir en diez minutos si no queríamos perdernos el concierto de los Beatles. No parecían querer terminar la acalorada discusión cuando, de repente, sus miradas cambiaron y la abuela dejó que Monty la agarrara de las muñecas con dulzura y la aferrara contra su pecho. Se quedaron así, en silencio y abrazados, mientras la señora Pullman me pagaba el café poniendo los ojos en blanco y salía por la puerta riendo. Emití un sonoro suspiro, la pareja me miró sonriendo y salieron de la cocina. Beatrice se quitó el delantal y me indicó que hiciera lo mismo mientras ponía las flores de Monty en un jarrón con agua. Monty seguía serio, pero tranquilo; con una mirada impasible y soñadora como la de un niño cogió a Beatrice de la cintura, la llevó hacia la puerta y la ayudó a bajar la persiana del café. Yo los seguí y, en silencio, me senté en la parte trasera del flamante vehículo con un único pensamiento en la cabeza: el abuelo. Debíamos ir en busca del abuelo.

Creo que las aproximadamente 55600 personas que había en el estadio Shea de Queens la noche en la que los Beatles tocaron sabían que estaban viviendo un acontecimiento histórico, que marcaría un antes y un después en el rock sin necesidad de viajar al futuro o leer la prensa del día siguiente. No había más que mirarles las caras: emoción, ilusión, locura, expectación, nervios, ganas… Las admiradoras histéricas destacaban del resto porque portaban pancartas del tipo: «Os amamos, Beatles», dándose codazos para ver quién conseguía acercarse más al escenario que habían colocado en el centro del campo del equipo de béisbol de los New York Mets. Había cámaras por todo el recinto para filmar el concierto y se rumoreaba que la entrada del grupo sería espectacular, con un numerito de helicóptero incluido que aterrizaría justo en el área de juego de la cancha. Pero todos los presentes estaban dispuestos a dejarse sorprender por todo cuanto ocurriera esa noche.

Pensé en Bill. En lo mucho que me envidiaría al saber que en unos momentos vería a los Beatles en directo. En lo mucho que envidié a la abuela cuando me contó que ella había estado ahí por culpa de una camarera torpe que tuvo, sin saber que se trataba de mí. Todo era perfecto. Todo, absolutamente todo, prometía ser emocionante. Una aventura mágica y un momento especial que quise exprimir al máximo, aunque mis ojos recorrieran el recinto con una única misión: encontrar a John, el abuelo, y volver a ver la ternura y bondad en sus ojos.

Beatrice, Monty y yo nos unimos al gentío hasta localizar nuestros asientos. Algunas mujeres pararon a Monty, pidiéndole autógrafos mientras la abuela ponía los ojos en blanco, me miraba y desaprobaba dicha conducta.

—Admiradoras. Odio a las admiradoras —me dijo al oído.

Hubiera sido un buen momento para decirle que a mí quien no me gustaba era Monty y que no sabía cómo era posible que una mujer como ella estuviera con él. Que no tenía ni idea de lo que había pasado la otra noche, pero que si no la trataba todo lo bien que merecía, debía dejarlo. Me callé, mirando a mi alrededor por si veía al abuelo. ¿Lo reconocería? Lo recordaba viejo, claro, pero había visto infinidad de fotografías suyas de joven con la abuela muy del estilo a la que tenía con Monty en la mesita de noche del dormitorio. Sí, lo reconocería. Lo podría reconocer hasta de espaldas, si hiciera falta.

—¿Buscas a alguien? —preguntó a gritos Beatrice.

—No —disimulé.

La abuela me imitó en cuanto Monty desapareció. Recorrió con la mirada hileras enteras, desde las más cercanas a las más lejanas, pero ni rastro del popular actor. Pude ver su desconsuelo y desesperación, los ojos llorosos tratando de ocultar sus sentimientos y cómo tragaba saliva para desprenderse del nudo en la garganta que se había apoderado de ella al verse sola. Conmigo, pero sola. Yo ya sabía cómo era esa opresión en el pecho cuando no sabes qué va a ocurrir con una relación. Así fue cómo me sentí cuando George me dejó aunque, cuando vino a verme al café con esos aires de prepotencia, supe con total seguridad que había sido lo mejor que pudo ocurrirme. Imaginé que el actor había actuado así en la fiesta de Liz Taylor, desapareciendo y dejándola sola, y se veía venir la tragedia que, por otro lado, yo esperaba confiando en el destino. La última vez que vi a Monty había sacado una petaca del bolsillo y le había dado un sorbo, mientras con la mano libre firmaba un autógrafo a una admiradora rubia que no dejaba de tocarlo sin que él pusiera impedimento. Su asiento libre, el contiguo al de la abuela, fue ocupado por un hombre no muy alto de ojos azules como el mar y cabello rubio engominado hacia atrás cuando el *show* dio comienzo con la música de King Curtis. El abuelo. Ahí estaba el abuelo. Nos miró algo perdido y torpe, y señaló el asiento pidiéndonos permiso para poder sentarse. «Es que hay tanta gente que no encuentro mi asiento», creo que murmuró resoplando, algo agobiado. Venía solo, sosteniendo un perrito caliente repleto de kétchup. Cuando se sentó se manchó la camisa de cuadros que llevaba puesta y se empezó a reír de manera espontánea. La abuela lo miró de reojo sonriendo y yo, tratando de esconder todas las emociones que se agolpaban al volver a verlo —esta vez tan joven y tan guapo—, reprimiendo el abrazo que le hubiera dado, le tendí una servilleta que había cogido del café. Mujer previsora vale por dos.

—Gracias.

—Me llamo Kate —me presenté, sintiéndome extraña al no poder decirle mi verdadero nombre y, a la vez, acostumbrándome ya a mentir— y ella es mi amiga Beatrice.

—Beatrice —murmuró, mirándola fijamente a los ojos.

Vi el destello en su mirada y timidez en la de ella. Ese fue el momento en que el abuelo se enamoró y se notaba claramente aunque él dijera, años más tarde, que trató de disimularlo. «¿Quién se enamora a primera vista? —decía—. ¡Es de locos!». De locos eran los fuegos artificiales invisibles que visualizaba entre ellos, mientras el público se dejaba llevar por King Curtis, un aperitivo antes de la gran función que todos estábamos esperando.

✗ —John —se presentó él, sin dejar de mirarla.

—Encantada, John.

La abuela le tendió la mano. Monty había pasado a un segundo plano, aunque yo seguía preguntándome dónde se había metido y por qué. Si eso que estaba viviendo no era amor a primera vista, ¿qué era? Las más de cincuenta mil personas, incluida yo, desaparecimos para esos dos desconocidos que se miraban con curiosidad. La abuela siempre envidió la manera en que se conocieron sus padres, la más romántica, según ella, en una fría y lluviosa noche en Nueva York, restándole importancia a cómo conoció al abuelo. Pero a mí me pareció un momento romántico e inolvidable y casi sentí envidia por no haber vivido algo así. Con George no hubo fuegos artificiales ni miradas con pupilas a punto de estallar desde el primer minuto. Tampoco hubo una banda sonora como la de King Curtis de fondo. Si la memoria no me falla, sonaba Justin Bieber desde algún bar. Nada que ver. Era probable que, para la abuela, el recuerdo de cómo conoció al abuelo no fuera tan espectacular como yo lo estaba viviendo porque solemos empequeñecer nuestros momentos pensando que los de los demás son más importantes y merecedores de ser contados. La parte más sensible de mí se tragó las ganas de llorar de emoción por ser partícipe del primer encuentro entre las dos personas más importantes de mi vida.

Dejaron de mirarse cuando el saxofón de King Curtis enmudeció entre aplausos y el grupo musical Cannibal and the Headhunters subió al escenario, pero con disimulo rozaron sus manos y ambos, mirando hacia el lado contrario, esbozaron una tímida sonrisa.

—¿Qué pasa? —le susurré al oído a Beatrice, disfrutando del momento.

—¿Cómo? Nada, querida. No pasa nada. A ver cuándo salen los Beatles, ¿no? Estoy deseándolo.

Estaba nerviosa. Y yo también, pero tenía la seguridad de que todo iba a salir bien y que en noviembre concebirían a mi madre y, por lo tanto, yo iba a nacer. Iba a existir. Qué curioso es saberlo todo de la historia de dos personas cuando ni siquiera ellos están seguros de nada. Y qué curioso, pensé en aquel momento sin poder desprenderme de una sonrisa bobalicona, que los abuelos no nombraran en qué concierto se habían conocido, cuando ambos parecían vivirlo con tanta fascinación.

Monty solo había sido algo pasajero que la abuela jamás mencionó.

BEATRICE

«Mira hacia el escenario, Beatrice. Mira, Brenda Holloway sobre el escenario. Te encanta. Te gusta todo lo que canta y compone. Qué voz… Tiene una voz maravillosa que te invita a soñar y… ¿Me está mirando? ¡Sí! Me está mirando de reojo, disimulando… No se ha comido el perrito caliente, qué gracioso. Le debe dar reparo comer delante de mí por si se vuelve a manchar la camisa. ¿De verdad estoy pensando eso? No te dejes conquistar tan rápido; no puede tenerlo tan fácil como Monty. ¿Dónde está Monty?».

Miro a mi alrededor, pero es como si se lo hubiera tragado la tierra y con la cantidad de gente que hay, dar con él es imposible. Quizá se ha perdido. Quizá no quiere que lo encuentre. O puede que yo ya no quiera encontrarlo.

—¿Te gusta Brenda? —me pregunta John, sonriendo.

—Mucho. Es genial.

«¿He dicho es genial? Qué original, Beatrice».

Creo que si sigo hablando con John se me va a trabar la lengua y voy a hacer un ridículo espantoso. Trato de centrarme en lo que estoy viviendo. Es algo grande, ¡dentro de un rato los Beatles van a salir al escenario! Las entradas deben haberse agotado, el estadio está lleno y yo he tenido el privilegio de ser invitada por ellos y, extrañamente, como si lo conociera de toda la vida, me gustaría contárselo a John. Decirle algo así como: «estoy aquí porque John Lennon me invitó». No me creería.

Tras la actuación de Brenda Holloway, trato de concentrarme en la de los cuatro componentes del conjunto de música pop y soul de Nueva Jersey The Young Rascals y, minutos más tarde, en el pop instrumental de los seis británicos que forman la banda de Sounds Incorporated, pero mis esfuerzos son en vano. Cada roce involuntario e inocente de mis dedos con los de John es electrizante; se me eriza la piel y soy incapaz de concentrarme. Cuando miro a Kate para saber si está disfrutando de la noche, del campo descubierto, de la música y del ambiente la descubro pendiente de nosotros, mirándonos de reojo y sonriendo o evitando la risa que debemos provocarle, según parece.

—Creo que los Beatles están a punto de llegar —anuncio, sintiendo la mirada de John clavada en mí.

—Los Beatles —asiente Kate, traviesa—. Y John. Me refiero a John Lennon, claro.

Me guiña un ojo, divertida. Debe pillar a John mirándome porque le sonríe y dirige la mirada hacia el cielo estrellado cuando el ruido de un helicóptero nos sorprende a todos. El público empieza a gritar, a aplaudir y a lanzar flores y regalos al campo cuando los Beatles aparecen saludando enérgicos, sonrientes y felices, saltando encima del escenario donde está a punto de comenzar la función. ¡Qué emoción! Hace dos días estaban en mi cafetería. John Lennon, empapado de café debido a la magnífica torpeza de Kate, que es la que nos ha traído hasta aquí, y el resto del grupo riéndose de él y tomándose con humor el accidente. Luego me enteré de que ese mismo día acababan de aterrizar en Nueva York tras un largo viaje; menudo recibimiento en mi local.

Ringo, detrás, centrado en la batería mientras George, Paul y Lennon se sitúan delante frente a los micrófonos con sus guitarras para dar comienzo a la primera canción: *Twist and Shout*.

Atrás parecen haber quedado sus trajes con pantalón pitillo, chaqueta, corbata y botines. Sinceramente, lo primero que pienso al verlos es que con esta nueva moda y esas chaquetas insípidas de un color beige raro no me gustan nada.

NORA

Las chaquetas que llevaban los Beatles, inspiradas en diseños militares, fueron conocidas a partir de ese día como *Shea Stadium jackets* en honor al nombre del estadio y se hicieron míticas a partir de ese concierto. Se decía que estaban inspiradas en el uniforme número uno del Ejército Británico, pero con una tela más ligera, sin bolsillos inferiores y el cuello más abierto. Supongo que solo los que estaban cerca del escenario se fijaron en la estrella similar a la de un *sheriff* que llevaban prendida en las chaquetas. Se trataba de la estrella de *Wells Fargo*, la empresa americana que se encargaba de los furgones de seguridad en los que eran transportados. Si algo había ahí era mucha seguridad debido a las admiradoras histéricas, que después de relajarse un poco viendo tocar a otros grupos desataron su loco amor, admiración o lo que fueran esos gritos por los Beatles.

Tocaron doce canciones en poco más de media hora. La abuela, que criticaba la locura de las admiradoras, empezó a bailar animada como todas ellas cuando sonó *Can't Buy Me Love,* la séptima canción de los Beatles, que finalizaron con *I'm Down.* A esas alturas del concierto, Beatrice y John dejaron a un lado su timidez e incluso entrelazaron las manos bailando al ritmo de los Beatles. Me sorprendí pensando en Jacob el Boxeador y en cómo me hubiera gustado que estuviera ahí. Y Bill, por supuesto. Bill hubiera sabido disfrutar de ese concierto mucho más que yo. Ya estaría abajo, unido a todas las personas que contemplaban muy de cerca el estilo único e inimitable de la popular banda, que terminó tal y como había empezado: dando las gracias con las manos alzadas entre regalos que caían del cielo, piropos, aclamaciones y cientos de pancartas.

BEATRICE

—¿Cómo volvemos a Brooklyn, Kate? —le pregunto cuando los Beatles desaparecen del escenario y el público empieza a irse.

Kate mira a John, que sigue a nuestro lado y, decidida, le pregunta: «John, ¿has venido en coche? ¿Te importa acercarnos a Brooklyn o te pilla muy lejos?».

No puedo creer que le esté proponiendo a un desconocido que nos lleve a casa. Podría ser un psicópata, un violador o un asesino en serie, qué sé yo.

—Vivo en Brooklyn —responde sonriente. Descarto lo de psicópata, violador y asesino en serie en cuanto lo vuelvo a mirar a los ojos. Alguien con unos ojos como los suyos, tan transparentes, no puede ser nada de eso.

—¡Qué bien! ¿Conoces la cafetería Beatrice que está en Front Street? —le pregunta Kate, desenvuelta y con confianza. La gente va abandonando el campo y cesan las voces a nuestro alrededor. Hay chicas que siguen gritando, deseosas por colarse en el *backstage* de los Beatles. Me pregunto si lo conseguirán.

—Sí, he pasado alguna vez por allí. Hace unas semanas estuve tomándome un café.

—¿Seguro? Te recordaría —intervengo, callando de inmediato en cuanto soy consciente de lo que acabo de decir.

—Bueno, parecías un poco ocupada y... —murmura John mirando hacia el suelo.

—¡Pues no se hable más! Si no te importa, John, nos vamos contigo.

—Claro, chicas.

«Parecías muy ocupada», ha dicho con cierto recelo. Yo siempre estoy ocupada, la cafetería me absorbe las veinticuatro horas del día. Aunque si ha dicho que fue hace unas semanas, probablemente lo diga por Monty y, cuando se ha sentado a mi lado, sabía perfectamente quién era yo y no se ha atrevido a decirme nada. Sigo buscando a Monty con la mirada pero, en el fondo, deseo y espero no encontrarlo.

Cuando salimos a la calle, repleta de gente comentando lo brillantes que han estado los Beatles y que tardarán tiempo en olvidar el que les ha parecido su mejor concierto, John nos indica con un gesto tímido que lo sigamos. Tiene el coche aparcado a dos calles del estadio. Después de echar un vistazo a todas las cabezas habidas y por haber sin hallar a Monty, miro de reojo a Kate que, decidida, sigue a John. No lo conoce de nada y parece tener plena confianza en él. ¿Le gusta?

—¿Te gusta John? —le pregunto en un susurro. No me apetece que John, que camina tres pasos por delante de nosotras, se entere de lo que le he preguntado. Kate abre los ojos con horror, alza las cejas y se echa a reír—. ¿Por qué te hace gracia? Es muy guapo.

—Mucho, ¿verdad? —ratifica.

—Me pregunto dónde se habrá metido Monty.

—¿Qué más da Monty, Beatrice?

Suspira, ríe feliz y despreocupada, y me coge del brazo. Seguimos caminando hasta llegar a la camioneta, una Chevrolet Apache del 57 roja que está aparcada frente a una ferretería.

—Está sucia, lo siento —se disculpa John, avergonzado.

Efectivamente, la camioneta está un poco sucia y destartalada, como si le diera mucho uso. Al lado del asiento del copiloto pueden sentarse dos personas, aunque un poco justas; la parte trasera está llena de tablones.

—¿A qué te dedicas, John? —me intereso.

—Soy carpintero —informa, abriendo galantemente la puerta.

—Tú primero —me ofrece Kate—. Me gusta la ventanilla.

Me sitúo en medio, al lado de John y, de nuevo, sin querer, nuestras manos se rozan cuando él pone la marcha para arrancar.

—A Brooklyn, jovencitas —ríe nervioso.

Su estilo de conducción no tiene nada que ver con el de Monty. Relajado y tranquilo, conduce sin prisas mirando al frente y sin los excesos de velocidad a los que el actor me había acostumbrado. «Nos vas a matar a los dos», le había dicho a Monty la primera noche que me invitó a cenar en un restaurante lujoso de la Quinta Avenida. Bah, pero para qué recordarlo. Ha vuelto a desaparecer, a pesar de presentarse en la cafetería con un ramo de flores que pienso tirar mañana por la mañana para no pensar en él. Mi madre siempre decía que hay que mirar hacia delante, vivir el día a día sin preocuparnos en exceso del pasado y mucho menos del futuro. «Lo que tenga que venir, vendrá, querida», decía siempre, aconsejándome que me dejara llevar por las sorpresas que, seguro, me tenía deparado el destino. Cada vez que le digo a alguien «querida» es como si sintiera a mi madre más cerca. Por eso, creo, lo digo tan a menudo aunque a la gente le canse. No tengo remedio.

En una emisora de radio emiten un programa especial sobre Elvis Presley, así que sus canciones suenan una y otra vez y a John parece encantarle. Me ha dicho que es su cantante preferido, que adora la música en general y por eso ha ido al concierto de los Beatles solo, porque sus amigos son más de ir al boxeo o a partidos de béisbol.

—Habían apostado por un tal Jacob el Boxeador. Así que no se han querido perder el enfrentamiento que había hoy en Brooklyn.

—¿Jacob el Boxeador? Lo conozco, viene de vez en cuando a tomar un batido a la cafetería —le cuento, sin saber que Jacob es tan conocido.

—Pues es bueno. Dicen que va a llegar aún más lejos, aunque ya tiene una edad, pero yo no entiendo mucho del tema. No me gusta ver cómo dos hombres se suben al *ring* a romperse las narices.

—A mi padre le gustaba el boxeo —murmuro—. Imagino que eres muy pacífico, John —comento.

«¿Imagino que eres muy pacífico? ¿He dicho eso? Madre de Dios, si me estuviera viendo mi madre…».

Tras unas cuantas canciones de Elvis ideales para bailar desenfrenadamente, empieza a sonar una más lenta: *I Need Somebody To Lean On*. Me sonrojo, espero que John no lo note. Parece centrado en la carretera; no, no lo ha notado. Kate duerme. John tensa la mandíbula y sonríe, dirigiéndome una mirada de soslayo que me inquieta y me ruboriza aún más. Ahora sí me ha visto ruborizada. Estoy segura de que si no estuviera aferrado al volante y nos encontrásemos en otro lugar como, por ejemplo, una pista de baile, me hubiera sacado a bailar y yo hubiese colocado mis brazos alrededor de su cuello y, entre sonrisas, miradas cómplices y murmullos que en realidad nunca dicen nada porque son meros trámites, nos hubiéramos dado un beso en los labios. Un beso de película como los que se dan Liz Taylor y su quinto marido.

—Es mi canción preferida —confiesa John, rompiendo el silencio—. Elvis parece provocarle somnolencia a tu amiga.

—Debe estar cansada. Llegó hace tres días de la Costa Oeste, es de Oregón.

—¿Trabaja contigo?

—Sí, es mi camarera —asiento—. Conocí a su prima Lucy hace tres años. Entró en la cafetería preguntando por una calle y la vi tan agobiada que la invité a café porque no había clientes. Estuvimos hablando durante horas, perdió la noción del tiempo y nos caímos tan bien que al día siguiente volvió para despedirse. Nos dimos nuestros números de teléfono y hemos estado en contacto todo este tiempo. No sé, hay personas con las que te cruzas apenas unas horas pero con las que conectas, ¿sabes? —John asiente, escuchándome con atención—. La cuestión es que hace dos semanas me llamó para preguntarme si necesitaba camarera y no pudo pillarme en mejor momento porque hay días en los que tengo tanto trabajo que me siento desbordada. Dijo que su pobre prima, algo rara —añado en un susurro—, había tenido un desengaño amoroso terrible. El hombre con el que se iba a casar le fue infiel con otra de sus primas y por ello la pobre Kate no levantaba cabeza en un pueblo en el que todos se conocen y, por si fuera poco, el trabajo escasea. Así que me dijo que vendría, no especificó cuándo, hasta que me la encontré en el callejón desorientada. Nada más verla supe que era ella, no solo por la descripción física que Lucy me dio, sino por intuición. La verdad es que es muy agradable y trabaja bien, parece tener experiencia, aunque Lucy me comentó que nunca había trabajado como camarera. No sé, aunque no se parece en nada a su prima, creo que también he conectado de una manera especial. Sí —me reafirmo, con la necesidad de mirarla sin que ella sepa que hay una historia en mi pasado parecida a la suya y que fue por eso por lo que acepté que viniera. Tiene la cabeza pegada al cristal y siento unas ganas irrefrenables de colocarla en una buena posición para que no tenga el cuello durante tanto rato torcido. Es antinatural—. Kate es especial y es agradable tenerla conmigo.

—Me alegra que hayas encontrado a alguien que te ayude en la cafetería. El día que fui te vi un poco agobiada.

—¿Por qué no me has dicho nada cuando te has sentado a mi lado? Siento no recordarte.

—Oh…, es normal, con tantos clientes como tienes… Es normal, soy una persona muy común —se ríe, aunque puedo percibir un atisbo de decepción—. Pero prometo volver pronto y tomarme un café.

—Me acordaré de ti, John. Te lo prometo.

John asiente mientras nuestras manos vuelven a rozarse cuando cambia de marcha. Es un segundo, solo un segundo apenas imperceptible, pero se me pone el vello de punta, me estremezco y vuelvo a mirar a la bella durmiente.

NORA

Para que tuvieran intimidad, fingí que estaba dormida, aunque cuando la abuela habló de Lucy, amiga suya y prima de la auténtica Kate Rivers, di un brinco que por suerte no percibieron. Eran amigas, podían volver a hablar en cualquier momento por medio de una de esas reliquias de teléfonos que había olvidado en mi tiempo y Beatrice sabría que yo era una embustera. A saber dónde estaba Kate Rivers. A saber. Por otro lado, la abuela había sentido una conexión especial conmigo. Así mismo lo dijo. Y yo sabía que no era una conexión como la que había sentido con Lucy, había algo más. Si a mí se me apareciera mi futura hija o mi nieta en 2017 lo sabría. Lo sentiría. Son cosas que se deben percibir.

También habían hablado de Jacob el Boxeador. ¿Tan conocido era? No podía dejar que transcurrieran más días viéndolo pasar por delante del café sin detenerlo por miedo a la abuela. Aunque el miedo a la abuela era solo una excusa; a quien tenía miedo de verdad era a él. A Jacob. Jacob el Boxeador. Intimida. El Jacob que conocía podía ser cualquier cosa menos boxeador; me resultaba inconcebible que aquellas manos suaves que pensé que no habían trabajado duro en su vida sirvieran para golpear a un contrincante. Necesitaba, no obstante, comprobar si era quien yo creía. Era idéntico a él, pero empezaba a tener mis dudas.

Se palpaba tensión en el ambiente, sobre todo cuando el locutor dio paso a canciones de Elvis Presley más lentas. Baladas románticas que incitaban a bailar abrazados y a soñar. Ambos, con voces susurrantes, empezaron a contarse cosas íntimas. John le habló de sus padres y de cómo había sido criarse con cuatro hermanas; Beatrice le contó que era hija única, le habló de sus padres y le confesó que le hubiera gustado saber lo que era tener hermanos para sentirse menos sola. La voz de la abuela se debilitaba cuando hablaba de ellos. El abuelo pareció querer consolarla; yo entreabría un poquito los ojos con disimulo y veía cómo la miraba. Así, exactamente así, me lo había imaginado. Estaba viviendo el momento en el que los padres de mi madre se habían enamorado y me invadió un ápice de tristeza por la persona que me dio la vida. Qué poco pudimos disfrutar de ella.

Cuando John detuvo el coche frente a la cafetería, esperaron un par de minutos antes de despertarme. No se dijeron nada y tampoco supe qué hacían porque no podía arriesgarme a abrir los ojos y estropearlo todo. Pero podía percibir que no era un silencio incómodo, sino necesario. De esos que luego te permites recordar como un momento mágico e inolvidable.

—Kate… —murmuró Beatrice—. Kate, hemos llegado.

—¿Eh? ¿Dónde? ¿Cómo? —disimulé, fingiendo estar adormilada y atolondrada. Bill siempre decía que, aunque se me diera fatal mentir, era muy buena actriz cuando me lo proponía.

Los abuelos rieron y yo, enamorada de ellos desde que tenía uso de razón, los miré fijamente a los ojos sin que desaparecieran mis ganas de abrazarlos y besarlos en sus mejillas tersas y jóvenes que yo había conocido desde siempre arrugaditas.

—¿Ya? Bueno, chicos, pues yo voy subiendo —dije, sacando mi copia de las llaves del apartamento y guiñándole un ojo a Beatrice.

—No, espera, yo subo contigo —se apresuró a decir Beatrice, muy avergonzada.

Me había olvidado por completo de que estábamos en los años sesenta. En el siglo XXI, si dos personas se gustaban no tenían que hacerse las recatadas por haberse acabado de conocer. Si se querían besar, se besaban y si querían hacer más cosas o Beatrice invitaba a John a subir a casa, tampoco estaba mal visto. No tenían que esperar un tiempo prudencial para hacer lo que les apeteciera, aunque el carácter de cada uno, con independencia de la época, influye. Vivir el momento, de eso se trata, ¿no? Pero los abuelos no eran así. Nunca lo fueron. Recordaba bien sus sermones cuando, a partir de los dieciséis años, empecé a salir con chicos y a llegar más tarde de las doce de la noche a casa. «Hazte respetar», me advertía el abuelo. «Nunca des un beso en la primera cita. Ni en la segunda, ni en la tercera. Que esperen», me aconsejaba la abuela.

—Buenas noches, John —dijimos Beatrice y yo al unísono.

—Ha sido un placer conoceros, chicas. Nos vemos muy pronto.

El «muy pronto» fue, tal y como esperaba, la mañana siguiente.

PRIMER ASALTO

NORA

Agosto, 1965

El primer cliente del dieciséis de agosto de 1965, tras una noche que difícilmente podría olvidar, fue John Walter. Mi abuelo. Madrugador, iba vestido con una camisa de manga corta de cuadros similar a la del día anterior y unos tejanos. Llevaba algo en su mano que no pude ver hasta que se sentó en uno de los taburetes y lo dejó, con una sonrisa tímida, encima de la barra. Yo estaba limpiando las mesas, lo saludé con esas ganas que seguía teniendo de darle un abrazo, y esperé a que fuera Beatrice la que saliera de la cocina para atenderle.

—Buenos días, John —saludó, sonriente, con sus ojos color miel dejando entrever una luz diferente al mirarlo.

—Lo he hecho para ti.

El abuelo había tallado a mano una taza de café que yo ya había visto en el futuro olvidada en el interior de la cajita de latón junto a la fotografía. En 2017 esa pieza, de un valor incalculable que no había sabido apreciar en aquel momento pese a saber a quién pertenecía, estaría colocada sobre una moderna cafetera que aún no se había inventado.

La abuela miró la taza de madera y en un gesto instintivo la llevó contra su pecho y tragó saliva, agradeciéndole el detalle e invitándolo a un café y a un trocito de tarta de manzana recién hecha. No quería interrumpirlos, aunque no hablaron de nada profundo. Recordaron algún detalle del concierto, comentaron la cantidad de gente que había y John le explicó que llamaba a su taller «la cueva» y que estaba situado tres calles más arriba, no muy lejos de allí. Tenía que trabajar en un par de encargos y deseaba uno muy especial, que aún estaba en trámites de negociación: una barca. Veinte minutos más tarde, el abuelo se fue con la misma timidez con la que entró, en el momento en el que saludaron Aurelius y «su chica» y la cafetería empezó a llenarse de clientes adormilados.

—Qué detalle tan bonito ha tenido John —le dije a la abuela en un momento en que estábamos más relajadas y solo había una clienta: la señora Pullman, la ancianita que presenció la tarde anterior la disputa con Monty.

—Sí, la taza. Preciosa.

—Te gusta, ¿verdad?

—Está muy bien tallada —respondió, mirándola y disimulando que limpiaba la barra, que en realidad estaba reluciente.

—¡Me refiero a John! —reí, dándole un toquecito en el hombro.

Beatrice abrió mucho la boca y se llevó las manos a la cara. No podía creer lo que estaba viendo, ¡la abuela tenía vergüenza!

—Un poquito, ¿no? —jugué.

—Un poquito —reconoció traviesa.

Por la mañana, la abuela se había deshecho del ramo de flores que Monty le regaló cuando nos vino a buscar para ir a Queens, pero el popular actor no iba a darse por vencido y se presentó con una cajita de terciopelo granate entre sus manos y, de nuevo, la mejor de sus sonrisas y unos ojitos de cordero degollado muy ensayados.

—Perdón… Perdón, perdón, perdón… —repitió infinitas veces arrepentido, acercándose a la abuela quien, a su vez, retrocedía para que ni siquiera pudiera tocarla.

—Vete, Monty —contestó ella, decidida.

—No, no me voy. Siento haber desaparecido anoche. Me encontré con un amigo, empezamos a hablar y, cuando me di cuenta, te había perdido. Cuánto lo siento, cielo, yo…

—No me llames cielo —lo cortó, decidida, Beatrice—. Sal y llévate tus regalos. No los quiero.

En ese momento, Monty, sin perder un ápice de la confianza en sí mismo, abrió la cajita. La señora Pullman y yo abrimos mucho más los ojos que la abuela al ver que en el interior había un colgante brillante con un diamante con forma de circonita, una joya que debía costar unos cuantos miles de dólares. Algo así no podía competir con la taza de café de madera tallada a mano, pero sabía que la abuela, pese a las inseguridades que mostraba a los treinta y cinco años, no se dejaría deslumbrar.

—¿Qué esperabas, Monty? ¿Que me pusiera a llorar y cayera rendida en tus brazos por un diamante? Vete —repitió—. Sal de mi vista y no vuelvas.

Algo en la expresión de Monty cambió. A eso se le llama orgullo y dignidad. Emitió un chasquido y, sin decir nada más, se marchó sin la sonrisa pícara con la que había entrado. Estaba convencida de que, efectivamente, no lo volveríamos a ver.

La abuela, de espaldas a mí detrás de la barra, estaba concentrada en la caja. Sé que se sentía un poco decepcionada por no haber vuelto a ver a John a lo largo del día; supongo que esperaba que volviera por la tarde a tomar un café, aunque no sería hasta al cabo de unos meses cuando él reconocería que, al igual que a ella, no le gustaba consumir cafeína. Era más de zumos, tés, batidos de fruta y algún que otro botellín de cerveza cuando se daba el caso.

A las nueve en punto, mientras esperaba a que Beatrice diese por finalizada la jornada para subir al apartamento, vi a través del ventanal que Jacob el Boxeador pasaba corriendo por la acera de enfrente. Ya era de noche, todo el mundo se había refugiado en sus casas salvo un par de hombres, cerveza en mano, que hablaban animadamente cerca del callejón que estaba junto a la cafetería. Al verlo pasar, recordé su sombra en el mismo punto donde estaba corriendo. La sombra que vi desde la ventana de mi apartamento y que me atrajo como una polilla a la luz. Volvieron a temblarme las piernas, el corazón me latía mucho más deprisa que las veces anteriores y tenía un nudo en la garganta que me podría impedir articular palabra. Pero tenía que enfrentarme a los demonios que revoloteaban sobre mí y, de un impulso, salí de la cafetería sin decir nada y fui corriendo detrás de Jacob hasta alcanzarlo.

—Jacob —le llamé.

Jacob aminoró la marcha y se dio la vuelta desconcertado, jadeando, sudando y mirándome sin tener ni la más remota idea de quién era yo.

—Jacob —repetí, mirándolo fijamente como quien mira a alguien a quien hace tiempo que no ve—. Eres Jacob.

Era él. Diferente, pero él o, al menos, eso me pareció, ya que la calle estaba muy poco iluminada. Fijarse en los detalles resultaba complicado. El hombre que tenía delante era más fuerte e imponente; puede que, con los años, perdiera peso y musculatura, aunque tampoco era mucho más joven que cuando lo conocí. El Jacob que yo conocía parecía una sombra del hombre que tenía delante mirándome con las cejas alzadas. Se le veía más joven que

215

en 2017. Tenía la misma estatura; me sacaba, exactamente, dos cabezas. La misma nariz y mandíbula marcada; los mismos ojos rasgados de color aceituna enmarcados por unas pestañas espesas y oscuras como su pelo despeinado. Me sorprendió la sensualidad en su mirada que no percibí en mi época. Iba bien afeitado, aunque me impactó verlo con el labio partido y el pómulo derecho amoratado. Estar delante de él me hacía sentir muy distinta a como me sentía en 2017. Tenía que ser él, pero no desprendía ternura, sino todo lo contrario.

—Soy Jacob —confirmó, sin demasiado entusiasmo ni simpatía—. ¿Y tú?

«Nora. Nora Harris, me conoces. O me conocerás. Estoy aquí por ti. Tengo que explicártelo todo. Todo».

—¿No me conoces? —acerté a preguntar, sin darle ningún nombre, ante su inquisidora mirada. No me miraba como me miraría dentro de cincuenta y dos años, con aquella indescriptible pena y admiración que, aunque me sorprendieron, no les había dado tanta importancia como hasta ese momento.

—No, no te conozco —negó incómodo con reticencia—. Mira, estoy entrenando y no tengo tiempo para jueguecitos, ¿de acuerdo? Al grano.

Acobardada, di un paso hacia atrás y, al mirar hacia el café, vi por el ventanal que la abuela estaba siendo atracada por los dos hombres que aparentaban estar charlando al lado del callejón. Jacob también lo vio, aunque por suerte reaccionó más rápido y, cuando me quise dar cuenta, iba corriendo hacia allí para evitar el incidente. Primero agarró al que tenía cogida a la abuela, un tipo alto y desgarbado que Jacob agarró de la camisa y tiró al suelo. El segundo, con medio botín en un saco, trató de enfrentarse a Jacob, pero este, más ágil y fuerte, lo esquivó aprovechando el desconcierto del otro y le golpeó con saña en la cara, noqueándolo al instante. El que aterrizó en el suelo se levantó y, en un alarde de valentía, se abalanzó al cuello de Jacob, que se lo quitó de encima como si pesara veinte quilogramos. Lo volvió a lanzar contra el suelo y se ensañó con él. Quise olvidar tanta agresividad en cuanto Jacob se levantó pidiéndole perdón a Beatrice por haber dejado el suelo de madera repleto de la sangre que emanaba de la nariz del atracador. Jacob le arrebató el dinero al hombre más bajo que, pidiéndole clemencia, salió hacia el exterior arrastrando con él al más perjudicado. Jacob amenazó con matarlos si aparecían de nuevo y el terror que pude ver en los ojos hinchados de los dos hombres me hizo sospechar que tardarían mucho en pisar esa calle.

—Gracias, Jacob. Dios mío, si no hubiera sido por ti… —sollozó la abuela, compungida.

—¿Estás bien? ¿Te han hecho algo? —preguntó Jacob, preocupado. Aún tenía sangre en los nudillos y la piel enrojecida por los golpes que había propinado.

—No, nada. Estoy bien. No han sacado ni una navaja. Estoy bien —repitió, para convencerse a sí misma.

Me pregunté qué habría pasado si no hubiese estado ahí. Si no me hubiera atrevido a interrumpir el entrenamiento de Jacob justo en ese momento. Cómo una sola y simple decisión puede cambiar el transcurso de las cosas. Si Jacob no hubiese estado ahí para defender a la abuela, nos hubiéramos visto atracadas por dos ladronzuelos que huyeron despavoridos tras ser golpeados por el mismísimo Jacob el Boxeador. Me hubiera gustado que en 1965 existiera internet y el Dios todopoderoso Google para buscar información sobre él.

—Te espero hasta que cierres. Quiero asegurarme de que subes a tu casa sana y salva.

Sentí cierta envidia, conmigo no había utilizado ese tono de voz agradable y tranquilo. Había sido bastante déspota y su voz grave tampoco ayudaba a que una pudiera estar tranquila. Quise por todos los medios volver a escuchar la voz del Jacob que me había hablado en ese mismo lugar donde nos encontrábamos, feliz con su taza de chocolate caliente y mi presencia pero, por más que lo intenté, no la recordaba. No podía comparar ambas voces para asegurarme de que estaba ante la misma persona «antes de vivir lo nuestro».

Jacob, cuyos rasgos podía ver mejor con las luces encendidas del café, dirigió su mirada hacia mí preguntándose qué seguía haciendo ahí. Era distinto pero, sin lugar a dudas, era el mismo que me visitaría en el siglo XXI y me traería hasta aquí. Ningún parecido tan destacado puede ser casualidad por muchas vueltas que se le dé.

—Trabajo aquí —le dije, sin necesidad de preguntas y con la misma acritud que él me había demostrado.

—Perdón, con el susto no os he presentado. Es Kate Rivers, mi nueva camarera —nos presentó la abuela, algo más recuperada.

—Kate Rivers. ¿Y de qué me conoces, si se puede saber?

Jacob entornó los ojos y frunció el ceño esperando una respuesta que no obtuvo. La abuela nos miró, pero se mostró prudente y en ese momento no dijo nada. *No somos Nada jajaja es500*

«¿Que de qué te conozco? De haberme arrastrado hasta aquí. De siete noches, siempre a las once, cuando cerraba, en las que venías a verme, justo en este mismo café dentro de cincuenta y dos años, envuelto en un halo de misterio y de ternura que ahora no veo. ¿Cuál es tu historia?, te pregunté. Y lo último que me dijiste era que yo aún no había vivido lo nuestro. ¿Qué es lo nuestro, Jacob? ¿Tienes la respuesta o aún debo esperar? ¿Soy yo la que tiene que dar el paso para provocar algo que debe suceder o te ignoro como debería hacer por tener una actitud tan soberbia conmigo? ¿Cuál es tu historia en 1965 y en qué se diferencia de todo lo vivido en 2017?». Llegué a la conclusión de que, al igual que no tenía muchas respuestas, puede que él ni siquiera conociera las preguntas.

—Ya está —interrumpió la abuela, dirigiéndose hacia el exterior e invitándonos a que hiciéramos lo mismo para cerrar.

Jacob, galante, la ayudó a bajar la persiana mientras seguía mirándome con curiosidad y esperó a que abriéramos la puerta de la portería para seguir con su entrenamiento nocturno.

—Gracias de nuevo, Jacob. Has sido muy amable.

—Siento lo del suelo, de verdad.

219

—Ya está limpio, no pasa nada. Esa madera es fácil de limpiar —sonrió la abuela, llevándose una mano al pecho. Parecía cansada.

—Buenas noches, Beatrice. Kate…

La mirada que me dirigió me recordó a la del gato negro que había viajado conmigo en el tiempo. Como si yo fuera la causante de todas las desgracias de su vida.

—Buenas noches, Jacob.

Subimos las escaleras y, en cuanto la abuela me cedió el paso, corrí hasta pegar la frente al cristal de la ventana. La imagen que me mostró, como si se tratase de un lienzo, fue exactamente la misma que la de la noche en la que viajé en el tiempo. En la oscuridad de la calle, justo en la acera de enfrente, la sombra de Jacob miraba hacia donde me encontraba.

BEATRICE

—¿Qué miras? —le pregunto a Kate, después de darle algo de comer a *Monty*. Por la cara que tiene, tras pasarse cinco minutos pegada al cristal de la ventana, parece que haya visto un fantasma. Me lo va a ensuciar.

—Nada.

—¿Qué te apetece cenar?

—Tranquila, ya me hago un sándwich. Cualquier cosa.—¿Qué más da? Date una ducha mientras preparo la cena. Tardo lo mismo en tener listo un plato que dos, querida —la animo—. Cenar un sándwich no es sano, mejor preparo unas espinacas con pasas, ¿te parece bien?

Asiente con la cabeza. Reconozco que aún no me he recuperado del susto y sigo con los nervios a flor de piel, como si en cualquier momento alguien pudiera agarrarme por detrás y estrangularme. Si Jacob no hubiera aparecido, esos dos ladronzuelos de poca monta me hubieran robado todo el dinero del día y, por desgracia, no hubiese sido la primera vez. La última, hace aproximadamente un año, me amenazaron con una navaja; en esta ocasión, al menos, no han usado una técnica que me paraliza por completo.

Trato de olvidar el momento, me angustia. Si lo siguiera recordando me encerraría en el dormitorio y no saldría de la cama en varios días. ¿Quién iba a abrir el café a la mañana siguiente? Mis clientes se pondrían nerviosos y no quiero que se preocupen. Aunque, en realidad, el único cliente que me viene a la cabeza es John. ¿Vendrá mañana? ¿Tallará otra figura de madera para mí?

Kate debería estar en el cuarto de baño, pero se ha quedado inmóvil frente al sofá. Mira hacia el suelo, pensativa. Dios sabe que no quisiera ser tan fisgona, pero la curiosidad me puede. Mi madre siempre decía que ser curiosa es de mala educación y que lo mejor que puedo hacer en la vida es no preguntar, no dar pie a que te cuenten cosas que no han surgido espontáneamente.

—Kate —murmuro, antes de que se vaya a duchar. Suerte que es bajita, más que yo, si no apenas cabría en el baño—. ¿Qué ha pasado ahí abajo?

—Te han atracado, Beatrice.

Abre mucho los ojos, parece asustada. Como si no lo supiera.

—Lo sé, querida. Me refiero a Jacob el Boxeador. ¿Qué ha pasado con él?

—¿Qué ha pasado?

Está disimulando. Me oculta algo, lo sé.

—Has salido corriendo antes de que entrasen los ladrones y luego estabais muy antipáticos el uno con el otro cuando en realidad no os conocéis, ¿verdad? ¿O ya os conocíais? ¿Por qué me preguntaste qué edad tenía? No sé, querida, dime si me estoy tomando demasiadas confianzas por preguntártelo, pero las miradas que os habéis dirigido no son normales y la manera en la que te ha hablado me ha parecido rara. Jacob el Boxeador siempre es agradable. Un poco raro, como tú, pero conmigo es encantador.

Tendré que hablar con su prima Lucy. Algo le pasa, puede que piense en el amor que perdió y que ni siquiera la distancia mengüe su dolor. Aprieta los labios y, dejándome con la palabra en la boca, se encierra en el cuarto de baño. Pasada media hora, cuando dejo de escuchar el agua, tengo que llamar a la puerta para saber si está bien.

—Todo bien —responde secamente.

Pero su voz no suena bien, suena apagada. Alguien ha apretado un interruptor y ha hecho que se le vaya la luz.

222

SIEMPRE A LA MISMA HORA

NORA

Agosto, 1965

El abuelo venía siempre a la misma hora. A las siete de la mañana, puntual, la abuela lo esperaba detrás de la barra simulando que estaba ocupada. Realmente, estaba ansiosa, pero no lo demostraba ni un ápice y se llevaba al corazón la pieza de madera tallada a mano que él le entregaba, con ilusión, nada más llegar. La primera fue la taza de café que la abuela escondería —ignoraba el motivo—, aunque en esos momentos la tenía a la vista como un elemento decorativo junto a la cafetera. Las que le sucedieron, desde una rosa hasta un diamante de madera tallado, me transportaron a la infancia y a aquellos momentos en los que, sin tener la altura suficiente como para llegar a ellas, las miraba embelesada. Era como si las estuviera viendo. Estaban colocadas en fila junto a otros elementos decorativos y tazas de porcelana en el interior de una vitrina de cristal de uno de los muebles del salón, el que estaba al lado del televisor. Nunca pregunté por ellas; daba por hecho que las había hecho el abuelo, pero no conocía la historia. La historia que se estaba gestando ante mis ojos y por la que tenía una misión que cumplir. La timidez de los dos tortolitos me sorprendía. No podía creer cómo, gustándose tanto como se gustaban, él se fuera a las siete y media de la mañana al taller y no volviera a aparecer en todo el día. Beatrice emitía suspiros de los que no era consciente; se pasaba el día abstraída y tomando mal las comandas o sirviendo café americano en lugar de café con leche. Un día me atreví a decirle lo mismo que ella me había dicho a mí: «parece que te hayas caído de un guindo». Cuando pensé que me contestaría que no tenía la confianza suficiente como para hablarle así, se limitó a sonreír como una quinceañera ilusionada y se encogió de hombros vigilando de cerca un pastel que había metido en el horno.

«Como sigan así, mi madre no nace en agosto ni en broma», pensaba, de nuevo presionada por unir a los dos indecisos. ¿Y qué hubiese sido de ellos si yo no hubiera estado ahí? Estábamos a veintiocho de agosto; los días transcurrían rápido desde que había aparecido en ese nuevo mundo tan diferente al mío y, a la vez, tan similar. Ya hacía trece días que John y Beatrice se conocían, sin contar la visita que hizo él a la cafetería y de la que ella ni se acordaba. Iba siendo hora de pasar a la acción y, si ellos no lo hacían, debía ser yo quien tomara las riendas de la situación.

—John, buenos días, ¿cómo estás? —le saludé esa mañana en la que, tras dos tazas de café, me sentía más hiperactiva que de costumbre—. ¿Sabes? Esta noche Beatrice está libre —«como cada noche», me callé—, así que podéis salir a cenar o a bailar por ahí, ¿no os parece? Sería genial que os vierais fuera del café y os divirtieseis. ¿Beatrice? ¿Qué me dices? John, por la cara que pones te gusta el plan. Y no hay prisa, volved a la hora que queráis, chicos. Mañana ya abro yo el café. Tampoco tengo inconveniente en cerrar sola. Y preparo los pasteles, he tenido a la mejor maestra al lado. —Le guiñé un ojo al abuelo. El pobre no sabía dónde meterse. Miraba a la abuela buscando en ella una respuesta a lo que les estaba proponiendo.

Contuve la carcajada que estaba sonando en mi interior. Lo que estaba haciendo era más propio de Beatrice, de la impulsividad y carácter que en esos momentos no demostraba o, quizá, aún no había adquirido. Quién sabe si estaba frente a una nueva Beatrice y fueron los golpes de la vida y no sus raíces italianas —de las que presumía— las que la habían hecho ser así.

—Bueno —carraspeó el abuelo—, un amigo mío ha abierto un restaurante italiano en el centro —sugirió nervioso, sin ser capaz de mirarla a la cara. Se veía cuánto le imponía, algo que no cambiaría con los años.

—¡Restaurante italiano! ¡Es perfecto! —me animé—. John, ¿sabes que la madre de Beatrice era italiana?

La abuela me miró con el ceño fruncido. Una mezcla de desconcierto e indecisión que me hizo sufrir tratando de recordar si me lo había contado durante esos días o debía estar preguntándose cómo podía saberlo. Por suerte, finalmente dijo:

—Me parece bien, John.

—¿Te paso a buscar a las siete?

—Perfecto.

—Pues… —balbuceó John, mirándome de reojo—. Luego te veo, Beatrice.

Bajó la mirada y, con una tímida sonrisa, se marchó tras pagar el café. Me di cuenta de que la abuela iba a decirle que a ese también invitaba ella, pero se quedó callada, viendo cómo el abuelo se iba cabizbajo y pensativo hacia su taller.

—Tú —me señaló, nerviosa—. ¿Por qué demonios has hecho eso?

Su tono de voz no era amable. Creí que me iba a despedir hasta que se dirigió a la cocina rabiosa y con los puños apretados y, en ese momento, al mirar hacia el ventanal, vi una mañana más a Jacob corriendo. Por la mañana corría por la acera de la cafetería; de noche, por la de enfrente. Tenía sus rutinas muy marcadas, pero esta vez miró hacia mí con su desdén habitual. La abuela volvió a la barra para seguir sermoneándome, pero Aurelius y «su chica» me salvaron y, desde la mesa de siempre, pidieron un par de cafés.

—¿Cómo estáis? —les pregunté, sonriente.

—Muy bien, Kate. Hace calor, ¿verdad?

Eleonore era dulce y atenta. Imagino que, en algún momento de la vida de Aurelius, desapareció. No sabía de qué manera pero fue, sin lugar a dudas, lo que le arrebató la sonrisa y lo convirtió en un cascarrabias. Porque en 1965 era todo amor. Y ahí estaba, acariciando la mano de Eleonore, mirándola mientras daba sorbos pequeños al café y, cuando dejaba la taza sobre la mesa, se entretenía jugando con un tirabuzón rubio de ella, enredándolo en su dedo. Eran la viva imagen de la felicidad; un momento idílico del que era partícipe como espectadora, hasta que Beatrice salió de la cocina y se dirigió a mí, muy enfadada.

—¿Quién te has creído que eres para concertar una cita con John? ¿Acaso crees que me gusta? Por el amor de Dios, querida, me lo has hecho pasar muy mal. ¿Por qué? ¡¿Quiero saber por qué?!

—¿Nos hemos levantado de mal humor, jefa? —Rio Aurelius, salvándome de nuevo de dar explicaciones.

—La camarera, que se mete en menesteres que no le incumben —respondió Beatrice, arisca.

—¿Y qué problema hay? —le contesté seriamente—. Aurelius, si dos personas se gustan, lo más normal es que tengan una cita, ¿cierto? —Aurelius asintió con una media sonrisa al igual que Eleonore que, con prudencia, no intervino en la discusión—. Y si esas dos personas no se deciden, habrá que intervenir, ¿no?

—¡No tienes ni idea de nada, Kate Rivers! ¡De nada!

Beatrice, con su incomprensible rabieta, desapareció durante unos minutos; los justos para que entraran más clientes y yo, tal y como ya estaba acostumbrada, me desenvolviera con soltura y sirviera los desayunos sin problemas y deleitándome con el amor que se profesaban Aurelius y Eleonore. Mis abuelos ya deberían estar así, como ellos. Enamorados y felices, sonrientes y sin poder dejar de tocarse en público disimuladamente.

—Si no es mucha indiscreción, ¿cómo os conocisteis? —les pregunté cuando se levantaron y se acercaron a la barra para pagar la cuenta. Ambos se miraron, cómplices y con una sonrisa traviesa. No había duda alguna de que estaban hechos el uno para el otro, y entonces recordé las palabras del Jacob dulce de 2017 que, aunque creía que veníamos completos sin necesidad de una media naranja u otra mitad, el destino nos coloca a la persona con la que compartir nuestra vida. Y solo hay una persona especial. No puede haber nadie más. Una persona con la que coincidir en tiempo y espacio, aunque las dificultades y la distancia jueguen en nuestra contra.

—Nos conocemos desde que tenemos uso de razón —respondió Eleonore—. Éramos vecinos del mismo edificio en el que vivimos ahora.

—¿Toda la vida aquí? —me sorprendí.

—Toda la vida —asintió Aurelius.

—Y si Dios quiere también será aquí donde nuestros hijos se críen —añadió Eleonore, acariciando su vientre.

—Oh… Estás…

—¡No! Todavía no —negó nerviosa—. Pero espero quedarme embarazada pronto.

—Cuánto me alegro.

Pero la alegría que simulé delante de ellos desapareció en cuanto salieron. Algo había ocurrido. ¿El qué? Aún no lo sabía, pero lo intuía como una terrible tragedia que no se veía venir ni siquiera en noviembre, cuando se suponía que nos haríamos esa fotografía que, por destino, debía descubrir años más tarde. ¿Quién inmortalizó aquel momento?, me pregunté, observando a un gato negro, viejo y cansado, que caminaba por la acera mirándome tal y como siempre me miraba *Monty*, el viajero del tiempo.

—¿*Monty*?

BEATRICE

—Está loca, *Monty*. Kate Rivers está loca y yo debo estarlo también por hablar con un gato y dejar la cafetería en sus manos. ¿Cómo sabía que mi madre era italiana? ¿Se lo diría Lucy? Tengo que llamar a Lucy, de mañana no pasa.

—Miauuu.

—Lo sé. ¡Como si no tuviera suficientes vestidos! ¿Cuál te gusta más? Creo que lo mejor será elegir un tono neutro. Este azul marino es bonito, ¿verdad? Pero no resalta. El rojo, el rojo me sienta bien y siempre es un acierto. Si hubiera llevado el rojo en la fiesta de Liz

Taylor, igual no estaría aquí porque Monty no me hubiese dado plantón. ¿Me atrevo con el rojo, *Monty*? ¿Tú qué opinas?

—Miauuu.

—Lo sé. Esto no debería estar pasando, no después de lo del idiota de Monty. Que se quede con sus lujosas fiestas y la gente falsa que merodea por ahí. No podría soportar una decepción más, ¿sabes? A mis treinta y cinco años, *Monty*, ¿quién me va a querer? Las posibilidades de concebir un hijo a mi edad son mínimas. Pero ¿qué vas a saber tú? Solo eres un gato —me lamento, revolviendo el armario—. Pues voy a ponerme el rojo. Los demás me han dejado de gustar.

Al bajar de nuevo al café, veo que Kate lo tiene todo controlado. Los clientes de las mesas y de la barra están servidos y ella, que de holgazana tiene poco, está limpiando los cubiertos en el fregadero.

—Bien, ya he elegido vestido —le informo, ya en un tono más suave. Los nervios, la tensión, la timidez, su arrebato... Todo ha influido, qué le voy a hacer.

—Me alegro —comenta, sin prestarme mucha atención. Debe estar dolida por cómo le he hablado antes. Es normal. Yo estaría hecha una furia.

—No podría aguantar otro desplante, querida. Por eso me he puesto así.

—John no es Monty, Beatrice.

Su sonrisa me calma. Kate tiene unos ojos muy bonitos, grandes, redondos y de color verde como los de su prima Lucy, pero con más brillo pese a todo lo que la pobrecita ha tenido que sufrir. Creo que Lucy me comentó que los había heredado de su abuela; por lo tanto, Kate también.

—No es por Monty, Kate. Como supondrás, a mis treinta y cinco años he tenido otras experiencias y una de ellas no fue muy agradable, tal y como te ocurrió a ti.

Retrocede un paso, encogiéndose de hombros y frunciendo el ceño. Está pensando. Se siente incómoda y yo, que tiendo a ser muy comprensiva, entiendo que no quiera hablar del tema y lo respeto. Ya hace algo más de dos semanas que está aquí. Llegó atolondrada y, sinceramente, cuando la vi no daba un centavo por ella. Creía que tendría que despedirla a los dos días y no ha sido así. Supongo que aún no ha pasado el tiempo suficiente como para que se sienta con fuerzas para contarme qué ocurrió. Da igual, lo entiendo. Aunque imagino que sabe que su prima me lo contó. He asumido que es rara, pero todos tenemos nuestras rarezas, yo también. Así que decido explicarle parte de mi historia, a ver si así se anima y confía en mí. Miro a mi alrededor y, cuando veo que todos los clientes están servidos y entretenidos, me decido a contarle qué me ocurrió hace cinco años, justo cuando mi padre falleció y me quedé huérfana y sola.

—Llevaba saliendo un año y medio con Robert. Era alto, guapo y bailaba muy bien, además de ser un gran conversador. Y tenía una paciencia infinita para ir de compras, ¿qué más se puede pedir? Nunca me regaló una sola joya, ni siquiera el anillo de compromiso que tanto había esperado. Pero sí me regalaba vestidos, por eso tengo tantos. Multitud de vestidos preciosos y modernos, los que has visto en el armario. Sí, el que llevas puesto también fue un regalo de Robert. Cuando íbamos caminando por la calle, las mujeres lo miraban y a mí me llamaba la atención que él no hiciera lo mismo. ¡Incluso el hombre más enamorado de su novia mira a otras mujeres guapas! Es normal, ¿no te parece, querida? —Asiente confundida y traga saliva creyendo que sabe lo que viene a continuación—. Nunca he sido celosa, Kate. Nunca. Algunas de mis amigas ya estaban casadas e incluso embarazadas o con hijos pequeños y las que no lo estaban ya lucían un anillo de compromiso. Cuando murió mi padre, un hombre adelantado a su época que siempre me había querido ver libre y no atada a una familia porque para él, a los treinta, seguía siendo su «pequeña», me dio un ataque de pánico. Uno de esos ataques de ansiedad en los que te falta el aire, la tráquea te oprime y crees que, de un momento a otro, te vas a quedar sin respiración y el corazón va a dejar de latir. No quería lo mismo que mis amigas. No quería casarme ni lucir un anillo de compromiso en el dedo solo para que dejaran de repetirme una y otra vez que me iba a quedar para vestir santos. ¿Que si quería a Robert? ¿Qué más daba? No quiero ni imaginar cuántos ataques de ansiedad le dieron a él por utilizarme de tapadera para ocultar la relación que mantenía con otro hombre en secreto.

—¿Homosexual? —se escandaliza, llevándose las manos a la boca.

—Sí, querida.

—¿Cómo lo supiste? ¿Los pillaste?

«Eso quisiera preguntarte yo a ti. Puede ser morboso que también te lo pregunte a ti, Kate… ¿Pillaste a tu futuro marido con tu prima?», me callo.

—No hizo falta. Nunca llegué a saber quién era ese hombre, solo que su inicial era «B». Encontré una carta en la que «B» le decía cuánto lo amaba y que ojalá, pronto, pudieran huir juntos a un país donde aceptasen que dos hombres se amasen con total libertad. ¡A un país donde acepten que dos hombres se amen con total libertad! ¿Eso existe, querida?

Se encoge de hombros, indecisa.

—No tengo nada en contra, de verdad. No, no, en absoluto. Soy de las que encuentro aberrante que haya un baño para personas de color y deseo que, en un futuro cercano, la discriminación de todo tipo deje de existir. Ni siquiera me enfadé. No entiendo por qué existe tanto tabú con el tema cuando todos sabemos que los tiempos están cambiando y que, en unos años, el tema de la homosexualidad se verá con normalidad. Y ¿sabes? Lo espero. Espero que Robert y «B» puedan ir cogidos de la mano por la calle y puedan besarse en público. No le guardo rencor porque fue muy bueno conmigo y, finalmente, acabó confesando la verdad. Sentí alivio, no lo puedo negar, y él me dijo que si quería casarme y tener hijos renegaba de su orientación sexual para venir conmigo. Que me quería, aunque era probable que, con el tiempo, no pudiera darme lo que necesitaba porque le atraía el género masculino. Así fue como desapareció delante de mis narices la oportunidad que tuve de formar una familia a los treinta.

—Lo mejor que pudiste hacer fue dejarlo, por supuesto. Si le gustan los hombres, no hay nada que tú pudieras hacer y hubieras sido muy infeliz —murmura.

—Lo sé. Hubiera sido una vida de mentira y eso no me valía. Sin embargo, después de Robert, ninguno me parecía lo suficientemente bueno ni perfecto hasta que, cinco años más tarde, hace solo unas semanas, aparece Monty y me enamoro como una cría. Me da plantón en las dos últimas citas y le grito la última vez que lo veo diciéndole que no quiero volver a saber nada de él. Sé que va a ser así, que no volverá y que tiene a muchas mujeres rendidas a sus pies que se lo toleran todo. Pero yo no. Me conformaré con verlo en la pantalla de cine, aunque ni eso me apetece ya.

—John es el hombre perfecto para ti. ¿Aún no te has dado cuenta?

—Pareces tan segura de lo que dices, querida, que hasta consigues que me lo crea.

—No te falta mucho para comprobarlo, querida.

Sonríe y, acto seguido, se dirige a una mesa de cuatro mujeres a preguntarles qué es lo que desean tomar. Creo que Kate Rivers no va a dejar nunca de sorprenderme.

ELLA LO SABE

SESENTA Y DOS DÍAS DESAPARECIDA

Abril, 2017

Bill, atormentado después de la visita de la médium, decidió quedarse en el apartamento de Nora. Aún tenía esperanzas de que regresara y, si lo hacía, era lógico pensar que su casa sería el primer lugar que visitaría. Se quedaría ahí, por si acaso. Había mirado la fotografía más de mil veces. En cuanto la médium se fue con trescientos dólares en su bolsillo, extrajo la fotografía del marco y leyó, perplejo, que databa de noviembre de 1965. La abuela de Nora había escrito:

«Yo en medio y a mi lado Kate, mi mejor amiga.
Noviembre, 1965».

Se planteó muchas cosas. Lo que la médium le dijo no tenía ningún sentido. ¿Cómo iba a estar Nora dentro de una fotografía? ¿Con quién creía que estaba hablando? ¿Con un idiota?

—No me tomes el pelo —dijo Bill, abrumado por lo extraño de la situación.

—No te estoy tomando el pelo. ¿Sabes qué es un viaje en el tiempo? —le preguntó Miss Charlotte.

—Claro que sé lo que es. Algo que solo existe en los libros y en las películas de fantasía y ciencia ficción.

—Que no veas algo no significa que no exista. Existen portales que todavía no han sido descubiertos, no en nuestra época, aunque eso no significa que no estén. Tu amiga entró por uno y acabó ahí —señaló de nuevo la fotografía—, en 1965. La mujer que hay a su lado tiene un vínculo muy fuerte con ella. ¿Su abuela? Es su abuela, ¿verdad? Por lo tanto, está bien. Protegida. Puede, incluso, que no haya intentado volver.

—Pero cómo…

—No puedes hacer nada por tu amiga. Ella es o, mejor dicho, ha sido dueña de su destino. Si está ahí es por algo. Déjala, tiene una misión. Es lo que tiene que hacer y ella lo sabe.

—Ella lo sabe —repitió Bill mentalmente, tumbado en el sofá con la mirada perdida en el techo agrietado—. Ha sido dueña de su destino. ¡¿Está muerta en 2017?! —chilló, levantándose de un brinco para coger de nuevo la fotografía de la que apenas se separaba por si su amiga cobraba vida de repente. Por primera vez en su vida, Bill cogía algo más a menudo que su teléfono móvil.

Recorrió el minúsculo apartamento lentamente, cansado. Fue hacia la ventana y apoyó la frente contra el cristal con la mirada perdida en el apartamento sin vida del viejo Aurelius. Negó para sí mismo con un escalofrío que le hizo temblar de repente y, cuando miró hacia la calle, la silueta perturbadora de un hombre que parecía mirarlo lo inquietó. La médium señaló la ventana de Aurelius. «El fantasma», dijo. Pero no mencionó a ningún hombre como el que estaba viendo en la calle. Quien sí habló de un hombre fue su prima Eve. Eve había visto a un hombre en la acera de enfrente mirando hacia la cafetería, pero los agentes no se lo tomaron muy en serio ni creyeron que tuviera algo que ver con la desaparición de Nora.

Sin apartar la vista de la silueta inmóvil, dejó a un lado la fotografía y alargó el brazo para coger su teléfono, que estaba en el escritorio. Volvió a mirarlo; quería asegurarse de que era real y no había perdido la cabeza . Estaba tan inquietantemente inmóvil que no parecía una persona, sino más bien una figura de cera.

—Si te quito la vista de encima te vas a escapar —murmuró, buscando el número de Eve, que contestó al tercer tono.

—Primo, ¿qué quieres?

—El hombre al que viste en la acera de enfrente de la cafetería, ¿cómo era? —preguntó Bill, sin rodeos.

—Ya dije que estaba muy oscuro y que apenas lo veía, Bill. Los agentes no me hicieron ni caso, así que no creo que…

—¿Era alto? —la interrumpió.

—Mmmm… Creo que sí.

—¿Y miraba hacia la cafetería? ¿Miraba a Nora?

—Sí, eso parecía.

Bill colgó. Acto seguido, sin dejar de mirar al hombre, llamó a comisaría y preguntó directamente por Backer, pero no estaba, así que probó con García, que le caía algo peor.

—Inspector García, dígame.

—Soy Bill Lewis, amigo de Nora Harris, que desapareció…

—Hace sesenta y dos días.

—Para haber archivado el caso llevas muy bien la cuenta, García —se burló Bill—. El hombre. El hombre del que hablaba mi prima Eve está en la acera de enfrente, justo delante de la cafetería y me está mirando. Estoy en el apartamento de Nora, mirándolo por la ventana y no se mueve. No se mueve.

—Ahora mismo voy para allá. Quédate ahí, en la ventana, ¿de acuerdo? No hagas tonterías, Bill. No salgas a la calle.

Bill colgó el teléfono con una mueca de satisfacción que desapareció al cabo de unos segundos cuando vio que la silueta del hombre alto se movió y empezó a caminar sin prisa hacia el callejón que quedaba al lado del café. Un gato viejo pasó por ahí. Dos chicas cantaban animadas una canción de Rihanna cuando el reloj marcaba las doce y cuarto de la madrugada y las luces de los apartamentos se iban apagando. El coche de policía con García en su interior hizo acto de presencia tan solo diez minutos después, pero era demasiado tarde.

essooo
Miau

SI REGRESO

NORA

Agosto, 1965

Había dejado de escuchar a los Beatles y a Elvis. Seguían sonando en el tocadiscos del café, en el interior de algún apartamento y en las calles, pero mis oídos los silenciaban tratando de imaginar, por un momento, que el próximo cliente en entrar lo haría absorto en la pantalla de su teléfono móvil de última generación. Que Bill entraría deprimido, bipolar o feliz sin más, hablándome de su última y desastrosa cita, o del mes gratis en Meetic. Echaba de menos a mi amigo. 1965 era genial, podría acostumbrarme y quedarme ahí para siempre, aunque sabía que no era posible. En algún momento debía marcharme y seguir con mi vida en mi época, claro. Era consciente de ello, aunque aún no sabía ni cómo ni cuándo. Me angustiaba tener que despedirme por segunda vez de la abuela y no saber con certeza si solo estaba ahí para asegurarme de que mi madre naciera en agosto del año siguiente o el destino me deparaba algo más. En cualquier caso, todo carecía de sentido por no tener relación con la persona que me había enviado al pasado: Jacob. ¿Por qué? Me había acostumbrado a mirarlo desde la distancia. Tenía una rutina de entrenamiento muy marcada y, cuando llegaba la hora, no podía evitar mirar por la ventana del café por si lo veía. Él, a veces, también miraba y se creaba un vínculo especial entre nosotros, aunque no del todo positivo. Si veía a la abuela, le sonreía; si me veía a mí, me dedicaba una de sus miradas reprobatorias cuya causa ignoraba, aunque la mayoría de las veces pasaba de largo.

Los coches brillantes, auténticas piezas de coleccionista en mi época, con sus tonalidades pastel, capotas blancas y formas alargadas ya no me emocionaban; el ruido excesivo de 1965 me agobiaba, así como el ir y venir del vecindario. Los universitarios —ellas vestidas de animadoras; ellos, de futuras promesas del béisbol— eran fantasmas revoloteando a mi alrededor dentro de los descapotables de *papá* que, cuando circulaban por la calle, parecían volar. Una calle en la que la rutina de ver a Aurelius y a «su chica» entrar y salir juntos de la mano me aburría, así como los niños gritando y jugando a la pelota sin vigilancia y los obreros del edificio en construcción piropeando todos y cada uno de los traseros de las mujeres bien peinadas y vestidas que tenían la desgracia de pasar por ahí. Ya nada me parecía especial como al principio: los vestidos, los escotes, los zapatos de tacón, los peinados recargados, las enormes gafas de sol… Salvo Aurelius y Eleonore, que eran una pareja muy feliz, el resto vivía su día a día soñando con otros mundos. Mundos a los que la abuela había tenido acceso gracias a su relación con el actor ya olvidado pero que, gracias a Dios, abandonó cuando rompió con él.

El abuelo se presentó a la cita a las siete menos diez de la tarde. Yo estaba atareada, mientras la abuela había subido hacía más de hora y media a cambiarse y ponerse guapa. Bajaría deslumbrante, no me cabía la menor duda. John estaba imponente, hasta se había puesto corbata y yo sabía de buena tinta que le gustaba casi menos que el café. ¿Era apropiado decirle que estaba muy guapo? Me callé. Me limité a sonreír y a desearle buena suerte, especialmente cuando el reloj marcó las siete y tres minutos y el abuelo, impaciente, empezó a tabalear sobre la madera de la barra.

—Está a punto de bajar, John —traté de tranquilizarlo.

De haber dicho algo, hubiera tartamudeado, como Bill. ¡Estaba tan nervioso! Me acerqué a él, me apoyé en la barra y lo miré fijamente. Aparté de mi cabeza todos los recuerdos que tenía con él, lo mucho que me quiso y lo protegida que me sentía cuando, al fallecer mis padres, él me arropaba por las noches y si hacía falta me mecía entre sus brazos hasta que me quedaba dormida, tras haberme leído algún cuento. Mi preferido era *Peter Pan*, la historia del niño que jamás quiso crecer. Yo me hubiera quedado un ratito más en aquella época, bendita infancia, con su mirada bondadosa y su voz serena. Nunca alzó la voz delante de mí. Nunca. Si alguna vez me porté mal o dije algo inapropiado, él jamás me lo recriminó. Se dedicó a educarme y a aconsejarme haciéndome sentir especial. Con eso bastó. A él le tocó ejercer el papel de poli bueno. No le gustaba destacar y apreciaba el silencio, sabedor de que a veces una mirada dice más que mil palabras. Y así se fue: sin hacer ruido, mientras dormía. Y ahí estaba ahora, hecho un manojo de nervios. En esos momentos me tocaba a mí ser quien le hiciera sentirse especial.

—Os miro y me da la sensación de que os conocéis de toda la vida, John. Que separados sois geniales, pero juntos sois invencibles. ¿Entiendes lo que te quiero decir? La timidez no nos suele llevar a ninguna parte, no al lugar al que quieres llegar que es, no me cabe la menor duda, a su corazón. ¿Me equivoco?

—Eso ha sonado muy sentimental, Kate.

—No soy muy dada a las ñoñerías, John. Pero no quiero que os perdáis todo lo que os depara el futuro.

—¿Cómo puedes estar tan segura? —rio.

—Un amigo que no creía en la media naranja ni en la otra mitad me dijo una vez que sí existe esa única persona con la que, por destino, te toca compartir este viaje al que llamamos vida. Solo hay que ver cómo os miráis. Es especial porque, de entre todas las personas que hay en el mundo, os habéis encontrado.

—Hay gente que no tiene esa suerte —reconoció, tranquilizándose y volviendo a ser ese remanso de paz que yo tan bien conocía.

—Exacto.

No pude continuar hablando. Me empezó a temblar la barbilla y, para cuando me di cuenta, el abuelo me miraba preocupado preguntándome por qué lloraba.

—Por nada, John, no pasa nada. Disfrutad de vuestra cita. Mira quién viene por ahí.

La abuela apareció, radiante y sonriente, con un vestido vaporoso y escotado de color rojo en el mismo tono que el carmín de sus labios. Había anudado su melena rizada y rebelde en un moño alto, pero lo que más destacaba en ella no era cómo iba vestida o peinada, sino su actitud. Su fortaleza. Pareció dejar de lado la timidez que había mostrado con John desde que se habían conocido en el concierto de los Beatles, siendo la mujer que conocería dentro de muchos años. El abuelo se levantó del taburete, se olvidó de mis lágrimas y centró la mirada en Beatrice. Le brillaban los ojos. Se acercó a ella y, sin decir nada, cogió su mano y la besó en la mejilla. Casi me pongo a dar gritos de emoción.

Si algo aprendí de vivir en 1965, fue a contenerme. A no ser tan impulsiva. De no haber sido así, hubiera abrazado a los abuelos antes de que salieran del café como dos enamorados en dirección al restaurante italiano que había abierto recientemente sus puertas. Tras mucho pensarlo, llegué a la conclusión de que el local, en mi época, era un restaurante jamaicano llamado C&J.

Acostumbrada a cerrar más tarde que la abuela, ese día me tomé la licencia de quedarme un poco más. Seguían entrando clientes y, aunque no había chocolate caliente para servirles y tampoco procedía con el calor del verano, sí querían deleitarse con los batidos de fruta o con el sabor intenso de un café descafeinado que no los desvelase. Ya no había tartas en la vitrina, hacía rato que se habían terminado. A las once, vi a Jacob el Boxeador corriendo por la otra acera. Iba en dirección contraria, por lo que supuse que estaba a punto de finalizar su entrenamiento. ¿Si esperaba un poco más aparecería el Jacob de 2017?, me pregunté, echándolo de menos. Debía intentarlo. Podría aparecer ahí, tal y como desapareció en el callejón en 2017 unos minutos antes que yo. Si no había venido a esta época, ¿adónde había ido?

Muy tarde, a las once y cuarto de la noche, empecé a recogerlo todo. No quedaba ni un alma en la calle y deseé no tener que vérmelas con un par de atracadores, como le sucedió a la abuela días antes, sin tener a un boxeador cerca. De espaldas, limpiando la cafetera, oí el tintineo de la campana de la entrada y el corazón me dio un vuelco.

«Es él. Es Jacob», pensé.

Pero al darme la vuelta estaba frente a Jacob el Boxeador; no era el Jacob sentimental que hablaba de su madre mientras bebía chocolate caliente.

—¿Es muy tarde para un batido de plátano? —preguntó, más sonriente de lo habitual. Pensé que quizá era bipolar o que me había confundido con Beatrice; algo imposible, teniendo en cuenta que no nos parecíamos en absoluto.

—Ahora mismo te lo preparo —contesté servicial, sin prestarle mucha atención.

Pero lo que me sorprendió fue verlo sentado en el mismo taburete que alguien muy parecido a él usó esos días de febrero de 2017 que había dejado atrás. El ruido de la batidora nos salvó por un momento de iniciar una conversación que rompiera el incómodo silencio y la tensión palpable en el ambiente. Cuando se lo serví, me miró con una sonrisa pícara y murmuró:

—Qué rara eres.

—¿Qué dices? —pregunté, molesta.

—Rara, eres rara. El día que me abordaste en mitad de mi entrenamiento, ¿cómo sabías mi nombre? ¿Te lo dijo Beatrice?

«Eso tendría sentido».

—Claro.

—Mientes —replicó de inmediato. Tenía la capacidad de dejarme sin habla, completamente paralizada—. No sé quién eres ni de dónde vienes, Kate, pero hay algo en ti que me resulta misterioso.

Miré a mi alrededor sin saber dónde meterme. Si le contaba la verdad, ¿creería que estaba loca? Sonaba ridículo decirle a alguien como él, en apariencia arisco y prepotente, que era el mismo hombre amable que me había venido a ver en el siglo XXI. Sin embargo, las sensaciones eran distintas y resultaba inquietante que me dijera en ese momento que yo era la que resultaba misteriosa cuando él se había mostrado igual desde que lo conocí.

—Tú aún no has vivido lo nuestro, me dijiste una vez —empecé a decir, pensativa, estudiando la expresión de su rostro, que permanecía impasible—. Tampoco sé quién eres o, al menos, no te reconozco. No pareces el mismo Jacob que conocí.

—Nunca nos hemos conocido, Kate —repuso, mirándome sorprendido.

—Es muy complicado de explicar, Jacob.

—Cuéntamelo —propuso, dándole un sorbo al batido.

Volví a mirar el reloj. Tenía que intentarlo. Eran las once y media, hora en la que, aproximadamente y según mis cálculos, había viajado en el tiempo a través del portal, así que pensé que era probable que ya estuviera abierto. Y si Jacob el Boxeador comprobaba que podía trasladarse al mismo lugar, pero en otra época distinta, no me sería difícil conseguir que me creyera sin pensar que estaba loca.

—Es hora de cerrar y quiero enseñarte algo.

Terminó rápidamente el batido, apagué las luces y me ayudó a bajar la persiana. Respiré hondo y lo conduje hasta el callejón. Quise recordar a qué hora fui cuando vine hasta aquí: alrededor de las doce menos cuarto o puede que más tarde. No lo recordaba con exactitud. ¿Durante cuánto tiempo podía estar abierto el portal?

¿Siempre se abría a la misma hora o podía variar? No tenía ni idea. En realidad no tenía ni idea de nada.

—¿Me traes a un callejón? ¿Al lado de los contenedores, que huelen mal? —se quejó, cruzándose de brazos y mirando a su alrededor.

—Tenemos que esperar unos minutos.

Ambos perdimos la paciencia cuando lo que en principio tenía que aparecer, no apareció. Apenas transcurridos diez minutos empecé a preocuparme. ¿Por qué no empezaba a ver borroso? ¿Por qué la pared de ladrillo no se empezaba a desdibujar?

—Kate, es muy tarde y tengo que irme.

—Vale —acepté, decepcionada por mi error de cálculo.

—Oye, no te quedes aquí. Es peligroso.

—Tu madre —se me ocurrió de repente.

—¿Qué pasa con mi madre?

—En vez de guardar las cosas en los armarios lo hace en baúles, baúles muy antiguos. Cuando eras pequeño, le desordenabas todo lo que guardaba porque te encantaba jugar a los piratas. —Hice memoria durante unos segundos, tratando de encontrar las palabras exactas—. Vuestro lema es: busca tesoros en forma de momentos, lugares y personas. Yo te dije que esas cosas no se buscan, se encuentran, pero eso es algo entre tu madre y tú.

—Mi madre murió cuando yo tenía nueve meses.

—Oh.

—Y en casa nunca hemos tenido ningún baúl.

—Entonces, tal y como me temía, me he equivocado de Jacob —asumí, sin dejar de mirarlo a los ojos.

—Eso parece. Buenas noches, Kate.

«Pero entonces, ¿quién era el Jacob de 2017 y qué tiene que ver con el de 1965? Me voy a volver loca».

Y mi corazón, de nuevo, empezó a latir muy deprisa cuando la pared de ladrillos rojiza empezó a desfigurarse frente a mí. Jacob se acababa de marchar. Era medianoche. Retrocedí. En esa ocasión, no me quedaría mirando qué pasaba, no quería volver. No era mi momento porque antes debía asegurarme de dejarlo todo bien atado para que el futuro fuese tal y como debía ser. Escuché un maullido procedente de arriba. *Monty* saltó de la ventana del dormitorio con una agilidad sorprendente y cayó encima de mí.

—*Monty*, ¿tú sabes por qué se parecen tanto?

Monty volvió a maullar mirándome con descaro. Cuando creí que me iba a arañar con sus zarpas, procuró esconderlas para acariciar mi frente. Dicen de los gatos que tienen ese toque espiritual de otro mundo. Pensé que con ese gesto, aparte de dejar de odiarme, me mostraría imágenes de momentos que aún tenía que vivir, pero no ocurrió nada de eso. No hubo visiones ni premoniciones. Aun así, el gato me tranquilizó y, dejando atrás el movimiento de la pared y los colores estridentes del callejón, fui hasta el portal de casa percatándome de que Jacob el Boxeador me observaba para asegurarse de que entraba sana y salva.

TU OTRO YO

Agosto, 1965

Existe una norma que muchos viajeros del futuro se saltan aun sabiendo las consecuencias que se pueden producir. Sin embargo, encontrarte con tu «yo» del futuro o del pasado no suele ser peligroso si sabes que las consecuencias de no tener ese encuentro te pueden causar graves problemas.

Jacob, que vigilaba muy de cerca a Kate Rivers por la curiosidad que le había producido su llegada al barrio, emprendió el camino en cuanto ella entró en el portal que la conduciría a la seguridad de su apartamento. Ya era tarde, pasada la medianoche, hora en la que hay que ir con cuidado. Las calles oscuras y solitarias de Brooklyn nunca son seguras. Cabizbajo y pensativo, se preguntó por qué le había contado la historia de una madre, un baúl y esa frase que le dio que pensar: «Busca tesoros en forma de momentos, lugares y personas».

—Como si fuera tan fácil —murmuró cansado.

«Jacob el Boxeador» era un apodo duro y temido en los cientos de cuadriláteros a los que se había subido desde que tenía dieciséis años; los últimos dieciocho años de su vida los había dedicado únicamente al boxeo y estaba pensando seriamente en dejarlo cuando reclamaban cada vez más su presencia.

—Retirarte en tu momento de gloria… —le había dicho su entrenador—. ¡No seas idiota, Jacob, por favor!

En realidad, ¿quién lo conocía? ¿Quién sabía realmente quién era y qué se escondía detrás del boxeador? Los golpes, aquellos que eran recibidos y también los dados, no eran más que un refugio en el que poder aplacar el dolor, la incertidumbre y la inseguridad no solo en él mismo, sino en las personas. A lo largo de los últimos días, cada vez que su mirada se cruzaba con la de Kate desde la ventana del café que los separaba, sentía que esa mujer lo conocía mejor que los que se consideraban sus amigos, como su promotor o su entrenador, dos alimañas interesadas en su dinero que se aprovechaban del éxito de cada lucha. Y le daba miedo que una desconocida, que se le antojaba misteriosa, pero especial, provocara tantos sentimientos dentro de él con solo una mirada.

Era cierto lo que le había contado a Kate. Su madre murió cuando él tenía nueve meses y la vida con su padre no fue fácil. Esa era la parte de su vida que, desde siempre, había preferido ocultar. Desde que tenía uso de razón, vivió acostumbrándose a la soledad en un apartamento diminuto, pasando hambre y viviendo un infierno completamente desprotegido. Nunca supo cómo fue capaz de sobrevivir; tampoco a las palizas de su padre que, cuando llegaba a casa borracho, parecía una persona totalmente distinta de aquella que, a veces, le daba los buenos días con un plato de tortitas para desayunar.

Cuando Jacob se detuvo frente al portal en que vivía, a solo unos pasos del café Beatrice y empezó a buscar las llaves en el bolsillo de su pantalón de chándal, escuchó unos pasos que destacaban sobre el silencio de la calle. Alguien oculto en el callejón de enfrente venía hacia él. Tenía dos opciones: entrar rápidamente y no meterse en líos como antaño, o enfrentarse. Miró al frente y, paralizado, se vio a sí mismo.

—¿Quién eres? —logró preguntar, inspeccionando con asombro al viejo que lo miraba con una media sonrisa.

—Jacob el Boxeador —respondió con tranquilidad y un tono de voz más grave y fuerte. De piel bronceada, su cara tosca y cansada estaba cubierta de arrugas; el cabello era blanco, estaba algo más encorvado, pero conservaba la anchura de la espalda. No había duda alguna de que estaba frente a quien se convertiría él en unos años. La viva imagen de su propio padre, de quien había heredado la mayor parte de sus rasgos.

—No es posible.

—Escúchame, Jacob, porque va a ser la primera y única vez que nos veamos. No soy yo el que viaja en el tiempo; recuerda que no nos gusta. No nos gusta, ¿vale?

—¿Viajar en el tiempo? ¿Qué dices?

—Conoces a Kate Rivers. Ese no es su nombre real.

—¿Qué esconde? Sabía que escondía algo desde la primera vez que la vi.

—No seas gilipollas —le recriminó Jacob, de setenta y cuatro años— y escúchame con atención. Ojalá tuviera la oportunidad de volver a ser tú y vivir todo lo que te espera: lo mejor de tu vida. Date una oportunidad de una vez, Jacob. No toda la gente es mala. No todas las mujeres te quieren solo por tus músculos. Hazme el favor de no ser tan engreído. También hay contrincantes en el *ring* con buen corazón.

—Me he metido en la cama y estoy soñando —rio Jacob, alborotándose el cabello en un intento desesperado por no verse a sí mismo en ese hombre.

—Dame la mano.

—¿Qué?

El hombre le cogió la mano y la apretó tan fuerte que el joven no tuvo más opción que creer, por muy surrealista e inexplicable que fuera la situación, que lo que estaba viviendo era real. El Jacob de treinta y cuatro años se fijó en el anillo que llevaba su «yo» del futuro en el dedo anular.

—¿Nos hemos casado? —preguntó incrédulo, alzando una ceja.

—Con Nora Harris, la mujer que tú conoces como Kate Rivers.

SI ESTÁ ESCRITO

BEATRICE

Agosto, 1965

John está diferente. No sé qué le ha cambiado así, tan de repente, pero creo que Kate ha tenido algo que ver. Me siento mal al haber ignorado sus lágrimas cuando le he dicho que, si antes de las nueve no había ningún cliente, podía cerrar. Hasta me resulta incómodo cuando se me queda mirando fijamente con una admiración que no creo merecer.

—¿Crees que se apañará? —le he preguntado a John, como si él tuviera la respuesta a todas mis dudas existenciales.

—Por supuesto. Con Kate al mando no tienes nada de qué preocuparte.

Lo ha dicho tan confiado y sereno que no me he vuelto a preocupar y tampoco hemos hablado más del tema. Me he limitado a mirarlo mientras conducía en dirección al centro de Brooklyn. Sus ojos, concentrados en la carretera, me han dirigido alguna mirada de soslayo. Puede que sí fuera cierto que necesitáramos salir del café y Kate me haya hecho el favor de mi vida. Mi corazón late deprisa y noto un cosquilleo en el estómago que hace tiempo que no sentía, ni siquiera por Monty.

«Beatrice, olvida a Monty. Sácalo de tu mente, por favor. Estás al lado de un hombre maravilloso».

Al llegar, John, caballeroso, me abre la puerta de la camioneta y, nada más poner un pie en la acera de la Avenida Utica, coloca su mano en mi espalda a modo de caricia. Debe haber notado que me he estremecido. Hemos aparcado frente al nuevo restaurante italiano del amigo de John, Sicilia, un local de reducidas dimensiones cuyo interior puede verse desde el ventanal que queda al lado de la puerta de cristal. Tal y como ocurre en algunos comercios de esta avenida, no hay edificio de apartamentos encima y los que hay son de dos o tres plantas, algo que siempre me ha sorprendido, teniendo en cuenta lo amplia que es.

—¡John! —lo saluda un hombre situado detrás de la barra, alto, de cabello negro y con acento italiano—. Te tengo reservada la mejor mesa. Encantado, señorita.

—Beatrice Miller —me presento, extendiéndole la mano.

—Salvattore Picarol. Mucho gusto, Beatrice.

Veo cómo entre los dos hombres hay un guiño rápido y disimulado de complicidad, como si el italiano me estuviera dando el visto bueno. Las mesas del local están llenas. Miro las *pizzas* que los clientes se llevan con gusto a la boca. Al llegar al final de la sala, Salvattore nos indica que podemos sentarnos en una mesa redonda situada en un espacio íntimo y en la que han colocado una vela roja a juego con mi vestido. Le sonrío a John. Es perfecto.

—Ahora mismo os traigo la carta.

—Aquí hacen las mejores *pizzas* de Brooklyn —promete John, divertido.

—Tienen un aspecto estupendo.

Nos volvemos a poner un poco nerviosos. Es normal, es nuestra primera cita. Tenemos que conocernos y contarnos historias que ambos, a nuestros treinta y tantos años, estamos cansados de contar. Decido pasar a la acción siendo la que inicia la conversación, pero Salvattore nos interrumpe entregándonos la carta.

—Lo de siempre —le pide John, mirándome y asintiendo.

—¿Puedo fiarme de él? —le pregunto a Salvattore, riendo.

—Siempre elige lo mejor.

—Entonces quiero lo mismo.

—¿Vino tinto?

—El mejor que tengas.

—¡Hoy tiramos la casa por la ventana, John!

—Me han encargado el barco.

—¡Felicidades! —exclamamos Salvattore y yo al unísono. No tenía ni idea y trato de disimular un poco mi decepción por no habérmelo contado antes y en privado.

—Me alegro por el encargo, John —le digo sinceramente cuando Salvattore se aleja en dirección a la cocina para pedir la comanda.

—Muchas gracias, aunque me da miedo quedarme sin espacio. Es un taller pequeño, me gustaría que lo vieras.

—El lugar donde tallas mis tesoros —murmuro sonrojada—. Gracias por invitarme a este lugar. Todo lo referente a Italia me recuerda a mi madre. Ella era de San Gimignano, un pueblecito de la Toscana que tengo pendiente visitar. Me da pena que no haya podido ser con ella.

—¡Pues vámonos a San Gimignano! —exclama con ojos ilusionados. «No tan rápido», me dice una voz. «¿Y por qué no?», se pregunta la otra, más inquieta y aventurera.

—Me encantaría.

Y entonces, ocurre algo. En mi imaginación, siempre he recorrido las calles empedradas del histórico pueblo de San Gimignano sola. Me veía a mí misma deteniéndome en una de sus plazas para alzar la mirada y contemplar su arquitectura medieval, especialmente las torres de las que siempre hablaba mi madre. Ella, que nunca supo cocinar especialmente bien, no pudo enseñarme a preparar auténtica pasta italiana, pero en el pueblo amurallado podría sonsacarle a alguna anciana la receta para que mis hijos y mis nietos conocieran la gastronomía del lugar de origen de mi madre. Ahora, en este preciso instante, contemplo el rostro feliz de John y me veo haciendo planes con él cogido de mi mano. Nunca pensé en compartir mi viaje con Robert y mucho menos con Monty, pero con él sí. Con él me iría ahora mismo al fin del mundo.

—Iremos, John. Algún día iremos a San Gimignano.

—Y dime, Beatrice, ¿cómo surgió el negocio de la cafetería? Te admiro por saber llevar las riendas de tu vida —reconoce, sin dejar del todo a un lado su timidez—. Hoy en día no es muy común.

—Mis padres tuvieron mucho que ver. Queda mal que yo lo diga, pero creo que soy una adelantada a mi tiempo, aunque no es raro ver mujeres al frente de pequeños negocios y, poco a poco, vamos avanzando en grandes multinacionales. Al morir mi padre, me vi sola con una herencia que en realidad no sentía como mía porque era fruto del esfuerzo del trabajo de toda una vida. No era mucho, pero sí lo suficiente como para poder adquirir un negocio. La señora Morris, amiga de mi familia y anterior propietaria del café, me lo puso muy fácil y me vendió a muy buen precio el local y el apartamento de encima, donde vivo. Lo pude pagar con la venta de la casa de mis padres, aunque me dolió en el alma desprenderme de él y, aunque me quedé con algunos ahorros por si el negocio no funcionaba bien, parte del dinero lo doné a un orfanato al que voy a servir comida el día de Navidad.

—Muy generoso por tu parte. Me gustaría acompañarte estas Navidades.

—Estupendo, siempre se necesitan manos en estos lugares.

Salvattore no tarda mucho en traernos dos *pizzas* enormes. La masa está muy bien hecha, me fijo en los bordes crujientes y en la cantidad de ingredientes que hay: champiñones, jamón york, queso, mozzarella, piña... ¿Piña en una *pizza*?

—Qué buen aspecto —halago, abriendo mucho los ojos y sonriendo a John.

Salvattore descorcha una botella de vino tinto, nos lo sirve con amabilidad en las copas y nos desea que disfrutemos de la velada antes de irse.

—Esta *pizza* es la mejor.

—Hablo mucho, John. Siento que tú no me has contado casi nada de tu vida.

—Hay poco que contar, Beatrice. Lo único que hago es trabajar, trabajar...

—Pero habrás tenido novias, ¿no?

Abre un poco la boca y no sabe qué contestar.

—Tienes aspecto de ser un casanova —me río, esperando que no se lo tome como una burla, sino como un interés por mi parte en saber algo sobre su vida sentimental.

—Hace años iba a casarme con una mujer —cuenta por fin.

—¿Y qué pasó? —le pregunto, pensando en Robert y en nuestra ya olvidada historia.

—Que nos dimos cuenta de que no funcionaría. Que no estábamos hechos el uno para el otro. Al cabo de dos meses, Rose estaba embarazada de otro hombre y se casó con él, por lo que creo que, mientras estaba conmigo, ya lo conocía.

—Eso tuvo que dolerte.

—Bah… No era muy especial. Yo siempre he querido encontrar a una mujer especial, supongo que por eso, a mi edad, sigo soltero —ríe, enarcando las cejas y encogiéndose de hombros. Me resulta entrañable.

Me gustaría preguntarle qué es para él una mujer especial, pero me callo en cuanto me mira y sé que yo debo parecérselo. Al menos eso quiero pensar.

En una mano tiene un trozo de *pizza* que está a punto de llevarse a la boca. La mano libre la dirige lentamente hacia la mía y la acaricia. De nuevo tengo esa sensación de estar frente a la persona correcta y de haber tenido suerte al haberla conocido en el mejor momento.

A las nueve de la noche, John y yo llevamos alguna copita de más que nos desinhibe por completo. Hemos hablado de la vida; de sus cuatro hermanas, dos de ellas casadas y con hijos y con las que augura que congeniaré muy bien; de nuestros proyectos y sueños; de su negocio de carpintería y de la posibilidad de contratar a alguien; de mi cafetería y lo contenta que estoy con Kate… También me ha vuelto a hablar de sus padres, a los que está muy unido y quiere que conozca porque está seguro de que su madre me va a adorar, y ahí es cuando me he atragantado con un trozo de piña de la *pizza* y he pensado: «¡Santo cielo! ¿No vas muy rápido, querido?».

Cuando John se dispone a pagar la cuenta, Savattore le sugiere que abramos la puerta que hay al lado de la cocina, bajemos las escaleras y nos dejemos llevar por la fiesta.

—¿Fiesta?

—Tengo una sala de baile escondida en el sótano —ha murmurado el propietario del Sicilia—. Casi todos son italianos, buena gente. ¡Bajad, sois de los pocos que tienen este privilegio! Os lo pasaréis bien. ¡La noche es joven! —termina diciendo, con su marcado acento italiano.

Y tan animados estamos que abrimos la puerta y nos adentramos en la oscuridad de las escaleras que nos conducen a una amplia sala sin ventanas, pero iluminada; suelo de cemento, paredes de ladrillo rojo y la multitud bailando al son de Bill Haley y su clásico *Rock Around The Clock*.

—¡Era la canción preferida de mi padre! —le comento a John, entusiasmada.

Él ríe, coge mi mano y empezamos a bailar muy compenetrados; nuestros cuerpos encajan a la perfección siguiendo el son de la música como si no hubiera nadie más a nuestro alrededor. Si está escrito que este hombre sea el que no me va a soltar de la mano nunca más, deberé hacerle caso al destino, algo que pienso cuando la voz de Haley se apaga y llega la de Chubby Checker, haciéndonos vibrar con *Let's Twist Again*.

TÚ AÚN NO HAS VIVIDO LO NUESTRO

NORA

Agosto, 1965

La abuela no dejó de tararear en todo el día la mítica canción *Rock Around The Clock,* de Bill Haley. Contoneaba sus caderas con disimulo mientras preparaba café o metía en el horno la masa de un pastel. Los clientes le preguntaban qué novedad había en su vida para que se la viera tan bien y yo, que no sabía si preguntar qué había ocurrido anoche, supuse que la cita con el abuelo había sido como debía ser. Perfecta.

BEATRICE

No puedo dejar de cantar. ¡No puedo dejar de moverme! Anoche llegamos a las tres de la madrugada;

me ha costado ponerme en pie hoy para abrir el café. Afortunadamente, Kate ya estaba en la cocina a las cinco de la mañana y se ha encargado de todo. Ha sido una buena aprendiz y me da miedo que los clientes prefieran sus tartas antes que las mías.

Me besó. Anoche, en la pista de baile, cuando la gente fue marchándose a su casa, John me agarró de la cintura y me dio el mejor beso que me han dado jamás. Aún siento las mariposas en el estómago que me produjeron sus labios sobre los míos; los mordisquitos pícaros y nuestras lenguas jugueteando la una con la otra. ¿En qué estoy pensando? Me sonrojo. Miro a Kate de reojo y no puedo evitar que se me escape una sonrisita nerviosa al prever que nuestra segunda cita va a ser mejor que la primera.

NORA

—Kate, ¿te importaría cerrar hoy también?

—¿Una segunda cita? —pregunté, tratando de esconder la felicidad que me producía la noticia.

—Ajá...

—Conmigo no disimules, Beatrice. ¿Te besó?

Lo había visto en cientos de películas americanas de los años sesenta. «¿Te besó?» era una pregunta común entre amigas emocionadas cuando una había tenido la cita de sus sueños. Las conversaciones entre mujeres se volverían más fogosas con el paso de los años pero, por el momento, esa inocente pregunta me parecía de lo más acertada.

—¡Sí! —exclamó como una quinceañera, dando saltitos de alegría y llevándose las manos a la boca—. Fue increíble, Kate. El restaurante era genial, tienes que ir. Hay una pista de baile subterránea en la que la gente baila, ríe y es libre. Mucho más libre que en las calles o que en cualquier otra sala de baile.

—Debe ser un sitio muy especial.

—A partir de ahora, para mí, es el más especial del mundo.

«En el futuro no lo será tanto. Un italiano con encanto y una sala de baile clandestina convertida en un restaurante jamaicano llamado C&J tan normal como otro cualquiera», pensé, disgustada.

Los abuelos nunca me mencionaron ese restaurante italiano ni su secreta pista de baile. De nuevo, pensé que siempre se habían limitado a contarme que se conocieron en un concierto. ¿Cabía la posibilidad de que ellos supieran en el futuro quién había sido yo en el pasado? Cabía la posibilidad, teniendo en cuenta las últimas palabras de la abuela, pero ¿y el abuelo?

—Ayer cerré tarde, me acompañó Jacob.

—¿Jacob?

Entrecerró los ojos e imitó mi sonrisa.

—No me digas ahora que te has enamorado del tipo duro del barrio. No te lo aconsejo, ya te dije que Betty, nuestra vecina, es una mujer bellísima y él no le prestó ni la más mínima atención.

—No, no es eso.

—¿Fue por cómo golpeó a los dos ladrones? Querida, el cuento de la damisela salvada por el príncipe ya está muy pasado de moda.

—¿También aquí? —pregunté, sin darme cuenta.

—Chica, no sé en Oregón, pero aquí algunas mujeres nos protegemos a nosotras mismas sin necesidad de hombres a nuestro alrededor.

—Creo que tú eres un caso bastante excepcional, Beatrice.

—Gracias, querida.

«No hay nada como decirle a alguien lo que sabes que quiere escuchar para cambiar de tema sin que esa persona sepa que la conoces tan bien».

—Por cierto, Kate —me interceptó cuando me dirigía a una de las mesas a pedir la comanda—. No he dejado de pensar en cómo es posible que supieras que mi madre era italiana si nunca te lo he dicho. Vamos, hablo mucho y a veces no me doy cuenta de lo que digo, pero estoy segura de que no he hablado de mis padres contigo.

—Tengo que… tengo que ir a ver qué quiere el cliente.

«Y, mientras tanto, seguiré esperando a que me cuentes, una vez más, cómo se conocieron tus padres».

BEATRICE

John ha llegado a las seis de la tarde. Hay trabajo en el café, así que, para que Kate no se quede sola todavía, le he servido un batido de fresas y él, agradecido, ha esperado pacientemente a que el local se vaciara para llevarme a su taller. ¡Qué ganas tengo de conocerlo!

—El barco todavía no está muy avanzado, pero quedará muy bonito —me comenta, ilusionado—. Blanco y azul marino, ¿qué te parece?

—Me encanta el azul. Estoy deseando verlo —le sonrío con el mismo entusiasmo que él me demuestra.

John me recuerda a mi padre. Bondadoso y amable igual que él; puede que no tenga tanto temperamento, lo cual me va a poner las cosas fáciles cuando pueda tener un mal día. Que los tengo, y muchos. De pronto, lo miro y me veo con él en una cocina imaginaria de una casa que aún no hemos comprado y un par de críos correteando por el jardín. Podría ser bonito, pero ¡eh, Beatrice!, despierta. Es vuestra segunda cita, no corras. Disfruta el momento. Y eso es, más o menos, lo que me diría mi madre. Ella bailaba con mi padre todos los días. En cualquier rincón de la casa, hasta el pequeño cuarto de baño parecía un buen lugar para bailar. Sabía, después de tanta miseria, lo que significaba vivir el día a día sin sufrir demasiado por lo que vendrá o por lo que ya pasó. Siempre quise tener a alguien con quien bailar, aunque fuera sin música de fondo, pero el miedo a la rutina o a ser como esas amigas que pasaron a mejor vida me hizo retroceder. Lo estaba esperando a él. No me cabe la menor duda cuando lo veo, ilusionado como un niño, con su barquito de madera.

En el momento en que me quito el delantal y salgo de la barra, Aurelius entra con Eleonore. Algo les pasa. La expresión de sus rostros no hace presagiar nada bueno y, aunque salgo del café mirándolos de reojo por si me entero de algo, no me da tiempo a preguntar nada porque John ya ha entrelazado su mano con la mía y vamos hacia su camioneta para acercarnos al taller.

NORA

—Kate, una tila, por favor —me pidió Aurelius.

Preocupada por las lágrimas de Eleonore, preparé la tila y se la serví poniendo una mano sobre su hombro a modo de consuelo. Ella la acarició, me miró con los ojos más tristes que he visto jamás y balbuceó esa terrible noticia que ninguna mujer con deseos de ser madre debería recibir.

—He perdido al bebé, Kate.

—Eleonore, cuánto lo siento… —murmuré, sin saber que había conseguido quedarse embarazada.

Aurelius agachó la cabeza en un intento por reprimir las lágrimas. Eleonore bebió rápido la tila; él le dijo que era mejor llevar el luto en la intimidad de las cuatro paredes de su apartamento y se despidieron de mí sin esa sonrisa que tanto los caracterizaba.

—¿Un mal día? —me preguntó una voz masculina mientras limpiaba la mesa.

—Hola, Jacob. ¿Un batido antes de entrenar?

—No, gracias. No como ni bebo nada antes de entrenar, aunque hoy me gustaría cambiar esa rutina.

Lo miré interrogante. ¿Por qué ese cambio de actitud tan repentino hacia mí? ¿Por qué esa mirada que buscaba aprobación y simpatía? ¿Qué había cambiado de la noche anterior a esa tarde?

—Te propongo una cena —me sorprendió.

—Beatrice se nos ha enamorado, así que hoy me toca cerrar el café y luego estaré muy cansada y…

—Solo será una cena —me interrumpió, tajante. Comprobé que le costaba sonar amable aunque hiciera lo posible por intentarlo—. Me da igual que sea a las once, como si quieres que comamos en el callejón. —Suavizó el tono con una sonrisa que derretiría a cualquier mujer de cualquier época.

—¿Qué? No —me negué—. No vuelvo al callejón. Da igual, déjalo.

Me di la vuelta al ver entrar a la señora Pullman para ir preparándole el café con leche hirviendo. Jacob perdió protagonismo en mi campo de visión, pero sí lo escuché murmurar algo que no me dio tiempo a entender hasta que nuestras miradas se volvieron a encontrar.

—Nora. Nora Harris.

—Shhhh… —lo silencié, dando saltitos de puro nervio.

—¿De qué te escondes? —preguntó socarrón.

—Cómo…

—¡Kate, querida! ¡Mi cafelito caliente! —interrumpió la anciana que, en ese momento, no me pareció tan entrañable como otros días.

—Voy, señora —contesté entre dientes—. Jacob, quédate aquí. Te lo contaré todo pero, por favor, no vuelvas a llamarme así. No aquí.

De nuevo esa sensación de que en cualquier momento me iba a dar un infarto de lo rápido que me latía el corazón. Y, mientras le llevaba el café a la anciana, miré a un Jacob, que cada vez me resultaba más similar al que conocí en febrero del año 2017.

«Tú aún no has vivido lo nuestro», recordé.

«¿Estábamos a punto de vivirlo?», me pregunté, sin poder ni querer dejar de mirarlo.

BEATRICE

—¿Es muy osado por mi parte decirte que tengo ganas de besarte? —John toma la iniciativa.

Estamos delante de lo que se convertirá en el buque de un pescador enamorado que ha decidido llamar a la obra de John «Laura», en honor a su esposa. Por el momento, son unas tablas de madera apoyadas en la pared de cemento; la pintura blanca y la azul reposan sobre una de las cuatro estanterías de hierro que hay en el taller. El espacio rectangular está lleno de tablas, así como de piezas únicas talladas por las manos que ahora rodean mi cintura. Quisiera decirle que me he pasado la noche en vela visualizando en mi cabeza una y otra vez el beso de anoche, pero me da miedo ir tan rápido y no quiero resultar empalagosa.

—Es bonito —termino diciéndole, acercando mi cara a la suya. Nuestras frentes chocan con torpeza y nos quedamos un rato así, a menos de un centímetro el uno del otro.

—Puedo… —murmura, respetuoso y sonriente.

—Puedes…

«Siempre podrás», me sorprendo pensando, mientras le acaricio la nuca y me dejo llevar como anoche en la pista de baile clandestina del restaurante italiano.

Cuando nos separamos, nuestras miradas dicen lo que las palabras no se atreven. ¿Cómo es posible tanta conexión si hace solo unas semanas éramos dos desconocidos que no tenían previsto coincidir? Y de eso se trata, quizá. De coincidir en el momento adecuado. Bien lo sabe el universo, que se encarga de juntar dos piezas del mismo rompecabezas en el momento en que están preparadas para encontrarse.

NORA

Eran las nueve de la noche —hora de cerrar la cafetería— y estaba tan cansada que no me apetecía quedarme hasta las once como en 2017 ni como el día anterior. Jacob, para mi sorpresa, estuvo sentado en el taburete durante dos horas. Lo miraba enarcando las cejas, como queriéndole decir: «¿No te cansas? ¿Por qué no te vas?». Aunque me moría de curiosidad por saber el motivo de su invitación. Qué era lo que me tenía que decir y, sobre todo, cómo sabía mi nombre. Él, con la amabilidad que no creía que tuviera, se ofreció en un par de ocasiones a ayudarme cuando no dejaban de entrar clientes, pero siempre me negué. «Me apaño sola», respondía con orgullo y la cabeza bien alta. En cierto modo, me gustaba tenerlo ahí. Sabía que procedía del año 2017, tenía que saberlo. Pero… ¿cómo?

—No se me dan bien las relaciones sociales —aclaró sin motivo, mientras yo iba de camino hacia la puerta para darle la vuelta al cartelito de «Abierto/Cerrado». Beatrice no me dejaba tocar la caja para hacer la cuenta del día, así que ya se encargaría ella a la mañana siguiente.

—Creo que eso ya lo sé —sonreí—. ¿Cómo lo has sabido?

—Vas a creer que estoy loco.

—Si empiezas tú te cuento mi historia —propuse con valentía—. Así nos permitimos pensar el uno del otro que estamos un poco locos.

—No sé por dónde empezar, Nora. —Suspiró, se puso de pie acercándose a mí y sacó una fotografía del bolsillo de su pantalón.

La cogí del borde con mucho cuidado, como si fuera de cristal y pudiera romperse en mil pedazos. La fotografía estaba rota y tenía los bordes amarillentos, como si los hubieran quemado, pero era actual. Actual de mi época, del año 2017. El escenario era inconfundible: el puente de Brooklyn, que tan relacionado estaba con mi familia. Debía haberse hecho en verano; Jacob y yo, abrazados y sonrientes, llevábamos camisetas de manga corta que tenían impresas el eslogan: «I love Brooklyn». Lo extraño era que todavía no teníamos el recuerdo de haber posado para esa fotografía.

—Me han dicho que será un buen día para nosotros. Que nos lo pasaremos bien y celebraremos una gran noticia.

—No lo entiendo.

—Vino a verme alguien, Nora. Más bien vine a verme a mí mismo, solo que con setenta y cuatro años. ¿Quién no ha querido saber cómo será de mayor? —comentó con tristeza—. Yo ya sé cómo seré cuando sea mayor y me contó cosas, aunque no todas, porque resulta que es perjudicial saberlo todo sobre tu vida. Pero, por muy increíble que te parezca —continuó, sacando del bolsillo otra fotografía—, estamos predestinados a estar juntos.

«Tú aún no has vivido lo nuestro».

La siguiente fotografía que me enseñó casi me corta la respiración y me hizo pensar en lo caprichoso que es el tiempo y en lo importante que es capturar momentos.

—¿Qué es esto?

—Somos nosotros después del viaje. Me iré contigo al año 2017, de donde sé que procedes y, aunque me he pasado la noche en vela tratando de encontrarle una lógica a todo esto para asimilarlo, no me importa. Nada tiene lógica, es lo interesante de esto. Arriesgar. Además, el viejo que me habló parecía realmente emocionado por haber vivido toda una vida contigo.

—¿Una vida conmigo? Yo estoy aquí por ti, Jacob. Tú me viniste a ver en 2017, te seguí hasta el callejón y aparecí aquí. También le he buscado una lógica y me he pasado muchas noches en vela preguntándome cómo es posible y he llegado a la conclusión de que mis abuelos se llegaron a conocer gracias a mi presencia en esta época y al hecho de que le derramase un café a John Lennon y le hiciera tanta gracia que nos invitara al concierto en el estadio Shea. También tengo que estar aquí para que mi madre venga al mundo en agosto del año que viene y, por lo tanto, poder existir. Pero esto me pilla por sorpresa. No…, esto no entraba dentro de mis planes o de lo que fuera que tuviera, Jacob.

—¿Beatrice es tu abuela? —preguntó confundido.

—¡Sí! Me vio en el callejón y me confundió con Kate Rivers, una camarera que tenía que venir a trabajar con ella y temo el día en el que realmente aparezca. Porque entonces no sé qué le voy a decir.

Era un alivio poder compartir mi inquietud con alguien. Jacob se quedó en silencio, pensativo, mirando a su alrededor. Supe que tenía tantas preguntas sin respuesta como yo y que un hilo invisible nos unía de alguna forma. Recordé la leyenda oriental del hilo rojo que cuenta que las personas destinadas a conocerse están conectadas. Ese hilo jamás desaparece y permanece atado a los dedos sin importar tiempo ni distancia; se estirará lo que haga falta, pero nunca se romperá. Ese tipo de conexión no la sentí nunca con George; sin embargo, a Jacob, sin conocerlo todavía, lo sentía como si desde siempre hubiera formado parte de mí. La abuela siempre decía que a pesar de lo difícil que era que sus padres, de dos mundos distintos, llegasen a conocerse, coincidieron en esta vida por algo y es por eso que empecé a creer que podía estar ahí no solo para que los abuelos empezaran a salir juntos, sino para unirme con un hombre que habría tenido cincuenta y cinco años cuando yo naciera.

—El callejón es el portal del tiempo —prosiguió. Asentí, volviéndole a prestar atención—. En el futuro, por lo que sé, viajar en el tiempo será algo más común que ahora o en tu época. Trato de disimular el *shock*, Nora —dijo, señalando la fotografía que aún sujetaba en mis manos—. De verdad que trato de hacerlo y no sé si realmente te voy a querer porque es como si yo mismo me lo hubiera impuesto, ya que es nuestro destino, o surgirá de forma natural.

—Estoy embarazada —le dije, con los ojos llorosos, mirando de nuevo la fotografía—. ¿Cuándo?

—2019 —suspiró, muy nervioso.

—Tú y yo… —murmuré—. ¡Si ni siquiera nos conocemos! No nos hemos dado ni un beso, no…

—Tenemos tiempo —me interrumpió, atreviéndose a posar su enorme mano en mi hombro—. Tenemos todo el tiempo del mundo.

—¿Cuánto tiempo aquí? ¿Tú lo sabes?

—Hasta noviembre. Me dijo que recibiríamos una señal.

—Creía que esto era una locura, pero no imaginé que lo fuera tanto, Jacob

—Por lo que me dijo mi «yo» del futuro es algo normal en su tiempo, aunque a nosotros nos resulte abrumador. Viajar para que los hechos se produzcan tal y como debieran ser para que el curso de la historia no cambie. En tu caso, viniste aquí aunque no lo sospecharas y nos cueste creer que vivamos durante algún tiempo en una época que no nos pertenece para que nuestro pasado no cambie. Las personas en este tiempo, incluido yo, teníamos que conocerte y los que se queden aquí te recordarán. Eso es lo que me dijo mi «yo» viejo. Es probable que tu abuela, Beatrice, lo supiera. Obviamente, no podía decirte nada; tú misma debías descubrirlo. Mira, Nora, no sé si te iré a visitar en el año 2017; aún no lo he vivido. No obstante, espero ser más simpático de lo que fui hace unos días.

—Lo eras. Misterioso, aunque agradable. Pero hay algo que no coincide, porque el Jacob de 2017 me habló de su madre y su historia no tiene nada que ver con la tuya.

—Es posible, Nora, que la madre de la que te habló ese Jacob fueras tú misma —me explicó tranquilamente, señalando la barriga prominente con la que aparecía en la fotografía y que aún no formaba parte de mi recuerdo. Me pregunté qué pensaría en el momento de la instantánea: «Esta fotografía ya la vi. Fue en 1965».

Y todo, a partir de ese momento, empezó a cobrar sentido.

SE LA LLEVÓ ÉL

SESENTA Y DOS DÍAS DESAPARECIDA

Abril, 2017

—García, tienes que creerme —insistió Bill—. Había un hombre, seguro que es el mismo del que os habló mi prima Eve. Debe tenerla encerrada en algún sitio. Llamé a una vidente, pero la loca me dijo que Nora había viajado en el tiempo y estaba en los años sesenta. ¿Te lo puedes creer? ¡Por esta fotografía! La he estado mirando y se parece mucho a Nora. ¿A qué conclusión llegas tú, García?

—Bill… —bufó el agente García mirando el reloj—. ¿Crees que una médium te va a dar la respuesta a una investigación en la que hemos hecho todo lo posible? Estos estafadores siempre están al acecho. Habrá visto una fotografía de Nora en la sección de desaparecidos y ha aprovechado el filón del parecido con la mujer de la fotografía de 1965, tomándote el pelo por completo. ¿Viajes en el tiempo? —se burló—. Son unas estafadoras, solo quieren dinero.

—Pero pensaba que los policías trabajabais con médiums y esas cosas.

—Solo en casos muy excepcionales y con profesionales de verdad. Bill, sal de este apartamento. No te obsesiones, ve a tu casa y duerme. Tienes mala cara.

—Me han despedido del trabajo.

—Normal. ¿Cuántos días llevabas sin ir?

García enarcó las cejas y miró a su alrededor. Estaba todo limpio y ordenado salvo la zona del sofá en la que Bill había dejado bolsas de patatas y restos de palomitas desperdigadas por el suelo.

—Pero si vuelvo a ver a ese hombre te llamaré.

Sonó más bien como una amenaza.

—Me parece genial, Bill.

—Entró por el callejón, ¿sabes? Ese callejón no tiene salida y te juro que he estado mirando por la ventana todo el rato hasta que has llegado y no lo he vuelto a ver.

—¿Otra vez? Bill, ya te he dicho que no había nadie en el callejón. Solo un gato viejo rebuscando en la basura.

—¿Y si hay un pasadizo secreto? Un pasadizo que lleva a algún lugar subterráneo donde tiene encerrada a Nora. Habrá que tocar los ladrillos uno por uno a ver cuál nos da acceso al zulo donde puede que ese hombre tenga encerrada a Nora o Dios sabe a cuántas mujeres más —advirtió Bill, seriamente.

—¿Has fumado hierba?

—No, agente.

—Bien. En ese callejón solo hay dos contenedores que apestan a pescado. No hay nada más. Ni pasadizos secretos, ni zulos, ni sótanos subterráneos… Nada —recalcó el agente, mostrándose impaciente y cansado—. Bill, son las doce y media de la madrugada. Haz el favor de descansar.

—Buenas noches, García. Gracias por venir— ironizó Bill.

—Muy amable —respondió el agente en el mismo tono antes de salir por la puerta.

Bill lo maldijo en su fuero interno y volvió a asomarse a la ventana pegando la frente al cristal. Cuando el coche policial se alejó, la calle quedó sumida en la más absoluta soledad. Los párpados le pesaban, debía hacerle caso a García y dormir un poco, pero trató de mantenerse despierto por si volvía a ver la silueta del hombre alto que se había llevado a Nora. Prepararía café para pasar la noche en vela esperándolo. Podría bajar y averiguar él mismo si en la pared había algún ladrillo que al tocarlo condujera al pasadizo secreto que le había mencionado a García; a una especie de zulo donde el hombre podría tener no solo a Nora encerrada, sino a veinte mujeres más, Dios sabe para qué. Las salvaría y su cara aparecería al día siguiente en todas las noticias. Recuperaría su trabajo o conseguiría uno mejor porque se convertiría en el héroe de América. Y recuperaría a Nora, que era lo más importante.

—Dios mío, esto es peor que *La matanza de Texas*.

Al darse la vuelta, un golpe seco en el cristal y el maullido histérico de un gato acabó de rematar la extraña noche. Bill, con la tensión arterial por las nubes y la mandíbula desencajada, miró de nuevo hacia la ventana para comprobar que el gato viejo de color negro que había visto pasar por la calle estaba ahí, en el alféizar, con una pata apoyada en el cristal, esperando a que le abriese.

—¿Cómo has podido subir hasta aquí? —le preguntó Bill, anonadado.

No podía dejarlo ahí fuera; sería su buena acción de un fatídico día. Seguro que el viejo gato tenía hambre y sed, aunque cuando abrió la ventana se percató del hedor a pescado, lo que demostraba que se había dado un buen festín en el contenedor de la basura.

—Vamos a ver... Tienes collar, así que debes tener nombre y propietario y ya no voy a poder llamarte *Spiderman,* que es a quien te que pareces —murmuró, agachándose para situarse frente al gato y ver qué ponía en el viejo colgante de madera tallada a mano que llevaba alrededor del cuello anudado en un lazo granate—. Así que *Monty,* ¿eh? *Monty,* ¿te gustan las palomitas?

Y SI VIVIR ES SOLO UN SUSPIRO

NORA

Agosto, 1965

—Pero, entonces —le dije a Jacob, con los ojos llorosos mirando fijamente hacia la pared de ladrillo del callejón desde la distancia y sin peligro de volver a ser transportada por la magia del viaje en el tiempo que se producía a medianoche y durante quince minutos—, cuando el Jacob de 2017 vino a visitarme yo estaba muerta. Él mismo me lo dijo. Si soy su madre estoy muerta en el año del que vino y no debe tener más de cuarenta años, así que…

—Así que es probable que no superes los sesenta —continuó Jacob. Le temblaba la voz mientras yo pensaba en la maldición de Simon Allen, el bisabuelo de la abuela.

—¿Qué más te dijo?

—Que te querría más que a mi vida.

Tenerlo a mi lado, tan cerca de mí y tan diferente a cómo se mostró la primera vez que me presenté creyendo que ya nos conocíamos de otra época, me resultó muy familiar. Bien podía imaginarnos tapaditos con una manta frente a una chimenea contemplando las llamas y hablando de… ¿la vida? ¿El amor? ¿Nuestro hijo en común? ¿De qué estaríamos hablando Jacob el Boxeador y yo en el futuro delante de una chimenea? ¿De los entrenamientos de futbol de nuestro hijo? ¿De sus malas notas? ¿De adoptar un perro? Temí que nuestra relación fuera algo que nos habían impuesto tanto el Jacob que aún estaba por venir como el Jacob boxeador anciano, sin permitirnos a nosotros mismos decidir.

«¿El futuro ya está escrito? ¿Tenemos capacidad de decidir?».

—Pero no me puedes querer, Jacob —suspiré angustiada—. No me conoces.

Se encogió de hombros. Tragó saliva varias veces, inspiró hondo y volvió a fijar su mirada en la pared, que nos mostraba una oscilación sigilosa y magnética. Un paso más y nos adentraríamos en 2017, pero no era algo que nos apeteciera comprobar en aquel momento porque aún no había llegado esa señal de la que habló Jacob antes de cerrar la cafetería.

—Yo todavía no sé qué es eso. No sé cómo es viajar en el tiempo o cómo es tu año, pero lo sabré. 1965 y 2017 están interconectados aquí, solo en este punto, pero existen más portales. Por lo que me pareció entender, mi «yo» de setenta y cuatro años vino desde otro portal que conecta 2057 con esta época y también está en un callejón. Supuse que se trata del que hay frente al portal en que vivo porque vino caminando hacia mí desde ahí.

—¿Otro callejón?

—Otro callejón —afirmó—. Mira, Nora, yo nací en 1931 y sé que en el año 2057 voy a seguir viviendo. No hará ciento veintiséis años que nací y no estaré muerto desde hace tiempo, sino que seguiré existiendo y tendré setenta y cuatro años. No lo sé y ya tengo ganas de saberlo porque, por lo que me dijo, me envidiaba al tener la oportunidad de vivir todo lo que me espera. Lo que dejo aquí no es nada, Nora. Nada en comparación con lo que, por lo visto, encontraré en el siglo XXI contigo —se sinceró, resultando entrañable y aparcando, solo para el *ring*, su aspecto tosco y agresivo.

—Bien, Jacob el Boxeador. Si crees que te lo voy a poner fácil, estás muy equivocado —le contrarié con humor, enjugándome las lágrimas. Al principio pareció descolocado, pero su respuesta, acompañada de una media sonrisa y la mirada dirigida hacia la luna en un cielo estrellado, no pudo gustarme más.

—No esperaba que fueras a hacer lo contrario.

Eran las doce y cuarto de la madrugada, momento en el que la pared dejó de moverse y el coche del abuelo aparcó cerca de nosotros. El portal se abría durante quince minutos a las doce, hora en la que recordé haber viajado de 2017 a 1965, cuando su silueta me atrajo desde la calle hasta el callejón después de cerrar el café.

Beatrice no tardó en abrir la puerta de la camioneta, seguida de John. Jacob el Boxeador y yo, como si de repente nuestros padres nos hubieran pillado haciendo una travesura, nos miramos tratando de disimular la risa al ver a la abuela con los brazos en jarra y la boca abierta.

—¿Vosotros dos?

«¿Nosotros dos qué?», parecimos preguntarnos Jacob y yo, como si no nos lo hubiéramos preguntado suficientes veces durante el tiempo que llevábamos juntos hablando del Jacob de setenta y cuatro años, nuestro hijo aún inexistente, los viajes en el tiempo, mi embarazo y mi muerte. Mi muerte antes de los sesenta. Cada vez que pensaba en ello sentía que me asfixiaba.

—Me voy a dormir, estoy agotada —murmuré tan mareada y atontada como el día en que llegué a 1965. No había pasado ni un mes.

Los abuelos me miraron con curiosidad; John se había colocado al lado de Beatrice y, con total confianza, la agarró de la cintura. Ya habían dado un paso importante, por lo visto. La timidez había desaparecido.

—Buenas noches, Kate —me deseó Jacob, agarrándome del brazo e impidiendo que diese un paso más. Asentí sin llegar a mirarlo del todo. Era tan grande y la despedida fue tan rápida que me quedé con la mirada fija en su pecho y no pude evitar pensar que estar ahí, arropada en sus brazos, sería como estar en casa, con independencia de la época. Traté de reprimir las lágrimas debidas al *shock* producido por toda la información y entré en la portería del edificio seguida por Beatrice, que besó fugazmente los labios del abuelo como despedida.

Aún me dio tiempo a escuchar cómo Jacob y John se deseaban buenas noches. Uno siguió caminando y el otro arrancó la camioneta, alejándose de la extraña Front Street, tan concurrida durante el día en 1965 y tan aislada y solitaria en el siglo XXI, como si ya presintiera todos los secretos que su callejón albergaba.

Esa noche hubiese deseado tener el apartamento solo para mí. Supe enseguida que Beatrice querría saber por qué estaba con Jacob el Boxeador y qué había entre nosotros. Agotada, me senté en el sofá, eché la cabeza hacia atrás y cerré los ojos mientras Beatrice le daba de comer a *Monty*, explicándole que su novio, John, le había hecho una placa de madera tallada a mano con las cinco letras de su nombre en mayúsculas para identificarlo en caso de pérdida.

—Así, la próxima vez que te vayas sabrán que te llamas *Monty* —le dijo alegre, terminando de anudar el lazo granate con el que se quedaría el gato para siempre.

Quién sabe a qué año iría *Monty* la próxima vez que se fugara por el callejón. Cuántas veces lo vi en 2017, al abrir de nuevo la cafetería, sin percatarme de que se trataba del mismo gato. Había más gatos, pero entonces recordé que ninguno, salvo *Monty,* se adentraba nunca en el callejón, aunque allí estuvieran situados los contenedores de basura repletos de restos de comida.

La abuela me miró, sonrió acercándose y se acomodó junto a mí. Se quitó los zapatos, colocó las piernas cruzadas encima del sofá y suspiró llamando mi atención.

—Pondría la mano en el fuego —empecé a decir— a que dentro de muchos años, cuando tengas hijos y nietos, no les dejarás poner los pies encima del sofá.

—¿Por qué? —preguntó curiosa.

—Créeme. No lo harás.

—Me encantaría tener la oportunidad de ser madre, Kate. Tengo treinta y cinco años, querida. Y Dios sabe que tener hijos y atarme de por vida a una familia no entraba dentro de mis planes debido a las ganas que tenía mi padre de que rompiera las reglas y fuera una mujer independiente y aventurera. Ahora que he conocido a John, tengo la sensación de que he vivido lo que mi padre quiso para mí cuando, en realidad, soy una romántica empedernida. Una mujer tradicional, como mis amigas. Y siempre me lo quise negar. ¿Entiendes lo que te digo, Kate? Tú también tienes una edad, habrás pensado en ello.

—A veces —murmuré mirando a *Monty,* que me observaba curioso con la cabeza apoyada en la pata de la mesa de centro—. Muy bonito tu collar, *Monty.*

—Lo ha hecho John —presumió Beatrice, orgullosa—. Kate, ¿qué hacías con Jacob el Boxeador?

—Hablar.

—¿Frente al callejón, con lo mal que huele ahí?

—Sí.

—¿Ha habido mucho trabajo por la tarde?

—Bastante, sí. Hoy he cerrado a las nueve.

—No hace falta que cierres tan tarde como el otro día. Aunque haya clientes, a las nueve les dices que cierras. Hay algunos que no se irían nunca del café —río—. En fin, Kate, que si quieres contarme cosas puedes confiar en mí. Aquí tienes una amiga y deseo que te sientas a gusto y estés bien. Tu prima Lucy ya me contó todo lo que has pasado y si necesitas hablar, repito, aquí me tienes.

—Muchas gracias. Eres muy generosa.

«No creo que los problemas de la prima de Lucy se asemejen a los míos», me callé.

Por un momento, deseé con todas mis fuerzas apoyar mi cabeza en su pecho sin que resultara demasiado raro y escuchar el latido fuerte y joven de su corazón. Hice un amago, pero la abuela, que ni siquiera se dio cuenta, se levantó y fue descalza a la cocina y me preguntó si me apetecía un té. Supe exactamente cómo debía sentirse Jacob en 2017 si era cierto que yo era su madre y estaba muerta en la época de la que procedía. Un viaje en el tiempo es una ilusión, apenas un suspiro de vida que no nos pertenece. Entendí el cariño con que me habló desde la primera vez que vino a por una taza de chocolate caliente y por qué parecía ocultar tanto. ¿Cuántas tazas de chocolate caliente le prepararé cuando sea un niño como para que las disfrute tanto en la edad adulta?

Me dormí con el recuerdo de la cara de mi hijo. Cualquier padre quiere saber cómo será su hijo de mayor. Yo me esforcé por visualizarlo de niño.

BEATRICE

Kate me inspira tanta ternura que si no fuera porque no llevamos ni un mes juntas, le daría un abrazo. Y eso que no tiendo a ser cariñosa, sino todo lo contrario. Mi madre me decía que era arisca y que le recordaba a su padre, un italiano rudo que, casi con toda seguridad, murió sin haber recibido un abrazo o un beso de quienes más quería.

—¿Quieres té? —le pregunto a Kate desde la cocina, abriendo el armario de las infusiones.

—No, gracias. Tengo ganas de dormir.

—¡Y yo estoy aquí enredando! Lo siento, ahora mismo me voy al dormitorio y te dejo descansar.

—No, Beatrice, no te preocupes. Haz lo que tengas que hacer, es tu casa.

Se va al cuarto de baño y no sale hasta pasados diez minutos con uno de mis camisones de algodón cómodos y fresquitos para el verano.

—¿Te molesta? Que te coja la ropa, digo.

—¡No! —me apresuro a responder. Pobre, suficiente ha tenido con que le robasen la maleta de camino a Brooklyn—. En absoluto, querida, coge lo que quieras. No utilizo ni la mitad.

—Gracias.

—Buenas noches, Kate. Si *Monty* te molesta, dímelo.

El gato está en el sofá acurrucándose a los pies de Kate, que se ha arropado con una sábana floreada que habrá encontrado en la cómoda del dormitorio. Dice que *Monty* no la soporta por cómo la mira, pero yo diría que tiene una conexión especial con ella, igual que yo. No he tenido tiempo de darle muchas vueltas al asunto; la repentina aparición en mi vida de John me ha tenido ocupada, pero esta muchacha tiene algo especial. Algo que no sé explicar. No me molesta que viva conmigo, es cierto, pero me pregunto cuándo se irá o qué tiene previsto, puesto que, a lo largo de todos estos días, no ha estado buscando nada. Me da miedo que crea que su trabajo como camarera en el café es algo temporal, cuando lo cierto es que la tendría trabajando conmigo hasta mi jubilación.

Antes de irme a dormir, extraigo la fotografía del marco que tengo en la mesita de noche. En ella aparezco con Monty. El actor solo fue una ilusión y ya estoy preparada para deshacerme de ella. Le deseo felicidad, como hay que hacer con las personas de las que te despides para siempre, mientras le lanzo un beso al aire y la rompo en pedazos. Será un recuerdo que guardaré solo para mí.

EN UN SEGUNDO PLANO

NORA

Septiembre, 1965

Septiembre llegó y fui consciente de que ya llevaba un mes en 1965, como quien se va de vacaciones a otra parte y no piensa en su hogar porque el tiempo vuela, tiene mil cosas que hacer y poco tiempo para pensar.

Siempre creí que la abuela era una mujer rígida y fiel a las normas que, por muy estrictas que fueran, se debían cumplir. Pero nada más lejos de la realidad. Convivía las veinticuatro horas con una Beatrice alocada de treinta y cinco años que me dejaba a cargo del café por las tardes para irse con John y regresaba pasada la medianoche, teniendo que ser yo también la que a las cinco de la madrugada estuviera en pie para preparar sus famosos pasteles. ¡Y qué ricos me salían! Me consolaba pensar que mis clientes del siglo XXI lo agradecerían y no tendría que gastarme una fortuna en tartas industriales, que no sabían igual que las caseras. Había aprendido mucho gracias a Beatrice, le había puesto mucho empeño y cariño y me había ayudado mucho su libro de recetas. Por desgracia, cuando se jubiló y cerró el café regaló su legendario recetario. Ojalá lo hubiese conservado.

Echaba de menos mi móvil, las redes sociales y buscar en Google las mil preguntas que en esos momentos seguían agolpándose en mi cabeza. Echaba de menos, sobre todo, a Bill y sus citas, sus locuras y los consejos y frases hechas que sacaba de libros espirituales y de autoayuda.

Cuando agosto se fue, septiembre nos dio una tregua en cuanto a temperatura. Había noches en las que hacía falta echarte una rebeca al hombro y en la calle había más vida. Nuevos vecinos y clientes que no había visto en agosto porque, tal y como me contaban al entrar después de presentarse, habían pasado unos días en su lugar de origen, la mayoría en pueblos humildes a dos o tres horas de Nueva York. Al fin conocí a Betty, la vecina de arriba que estaba perdidamente enamorada de Jacob el Boxeador. Supe que era irlandesa cuando me contó que había estado todo el mes de agosto en Wexford para ver a su familia. «No te puedes ni imaginar la cantidad de irlandeses que hay en Brooklyn», decía emocionada, tratando de disimular el dolor que le causaba la distancia con los suyos y destacando los angustiosos días de barco hasta llegar allí. Me habló de su ciudad, de los partidos de *hurling*[4], de las tiendas de la calle principal de Wexford y de las excursiones de los domingos a Curracloe y Rosslare Strand. Emocionada, decía que había conocido a un hombre guapísimo del que destacaba, sobre todo, sus dotes para el baile. Me pregunté si Jacob sabría bailar o sería de los torpes; opté por lo segundo. Betty tenía una preciosa melena rubia ondulada que solía recogerse en una coleta. Sus ojos vivarachos eran de color verde, era muy alta y esbelta y vestía muy bien. Ningún día repetía vestido, al igual que la abuela, lo cual me extrañó porque no vivíamos en la Quinta Avenida de Nueva York, sino en Front Street, en Brooklyn, con más precariedades que excesos. Aún parecía estar enamorada de Jacob por cómo lo miraba cada vez que él pasaba corriendo y se había apuntado a clases de contabilidad. «Porque al paso que voy me quedaré para vestir santos, Kate. Tengo que espabilar y ser una mujer de provecho como Beatrice. Ser la dueña de mi vida», me decía, con un manual de sistemas contables en el regazo. Dejaba los gruesos libros sobre la barra y podía estar horas sosteniendo su espejito de bolsillo, observándose atentamente mientras se aplicaba con cuidado pintalabios rojo y maquillaje de ojos. Era muy graciosa, no entendía por qué Jacob la rechazó hasta que, cuando tuvo más confianza conmigo, me confesó que había habido algo entre ellos. No sé por qué, pero me puse celosa. Entre Jacob y yo aún no había pasado nada y era extraño, porque ambos sabíamos que

---

[4] Deporte de equipo de origen celta regido por la Asociación Atlética Gaélica que consiste en jugar con palos con los que se golpea una pelota. Este juego se practica principalmente en Irlanda y es similar al *shinty* que se juega en Escocia.

ocurriría y la química entre los dos era evidente. Las dos fotografías, la del puente de Brooklyn como un par de turistas del siglo XXI y la más impactante en la que mostraba mi embarazo, nos indicaban que acabaríamos siendo una familia en una época a la que se adaptaría sin problemas. Pero aun así, queríamos ir poco a poco jugando a eso del amor sin pensar que, por saber demasiado del futuro, era algo que nos habían obligado a hacer porque así debía ser para cumplir con el destino.

—Me invitó a un combate de boxeo —empezó a explicar Betty. Yo, detrás de la barra, estaba muy atenta a lo que me decía, pero no dejaba de entrar gente y estaba sola, así que no me quedaba otro remedio que preparar las comandas mientras ella iba desahogándose como hacían otros clientes sobre sus matrimonios, hijos, suegras, cuñados… Cada persona es, sea de la época que sea, un mundo curioso por descubrir—. Así que yo, muy coqueta, me vestí para la ocasión y, cuando me vio, solo me preguntó que por qué me había puesto tan guapa para ir a un combate de boxeo. ¿Te lo puedes creer? Esa tarde casi le parten la nariz en el primer asalto, y en el segundo el ojo se le empezó a hinchar mucho, pero no se rindió. Golpea bien y se defiende aún mejor. Sabe lo que hace. Ganó a pesar de los golpes. Siempre gana y se lo tiene muy creído porque sabe que va a ser así siempre. Eso es lo que piensa, claro, ya tiene una edad. El caso es que si no quieres enamorarte de Jacob el Boxeador no vayas a verlo boxear. No vayas porque no te va a quedar otro remedio que enamorarte de ese hombre y luego te destrozará el corazón.

—Pero Beatrice me dijo que no te hizo caso —murmuré, desconfiando de Betty. No sé cómo se me ocurrió.

—¡¿Que qué?! ¡¿Pero tú me has visto?! —se ofendió.

«Tal para cual, igual de altivos —pensé—. Lo suyo podría haber funcionado».

—Un momento, voy a servir.

Serví tres mesas con una rapidez asombrosa para volver detrás de la barra y poder escuchar atentamente a Betty.

—Ese día, Kate, le curé las heridas. Fue un momento de película. ¡Oh! ¡Hablando de películas! El otro día fui al cine con una amiga a ver *The Sound of Music*[5], ¿la has visto? Está basada en el musical de Broadway y Julie Andrews lo hace fenomenal. Tienes que ir a verla.

«La he visto cien veces. Desde que tengo uso de razón la emiten siempre en Navidad».

—Claro, debe ser estupenda. No había oído hablar de ella.

—Entonces —retomó la historia—, mientras le estaba curando el ojo porque su entrenador y el promotor que tiene no se lo dejaron bien del todo, me acarició la cara acercándola a la suya y me besó. Me besó él, no fui yo, fue él —aclaró, alzando las manos y encogiéndose de hombros.

---

[5] Película conocida en España como *Sonrisas y lágrimas*. Se estrenó en Madrid el 20 de diciembre de 1965.

—¿Y ahora qué? ¿En qué punto estáis? –pregunté con curiosidad.

—Me empezó a ignorar desde ese día, Kate.

—¿Cuándo fue?

—En julio, antes de irme a Irlanda. Supongo que parecía desesperada por él, pero su desplante me provocó muchas inseguridades. Me cepillaba los dientes diez veces al día porque temí que me oliera mal el aliento. Hasta que conocí a William y me aseguró que tenía un aliento fresco. Así que el problema lo tiene Jacob, supongo. Pero ¿tú crees que siempre pasa por aquí porque sabe que estoy yo y quiere verme?

—Es su horario habitual de entrenamiento.

—Ah. Pero debe saber que estoy aquí.

—No lo sé. Hablando del rey de Roma…

—Oh.

Betty, mucho más rápida que yo, hizo lo que jamás me atreví a hacer salvo la noche del atraco en la que nos conocimos. Observé cómo Jacob, confundido, me miró al mismo tiempo que Betty lo detuvo, obligándolo a darse la vuelta para quedar situado frente a ella. ¿Me lo parecía a mí o le estaba gritando? Jacob no sabía hacia dónde mirar ni qué hacer y el ruido del interior del café sumado al de la calle me impedía oír con claridad. Finalmente, la mujer se echó las manos a la cara y él colocó la mano encima de su hombro como si estuviera consolándola, en silencio, algo que provocó en mí una especie de incendio en las entrañas.

—Celos. Son celos, querida —aseguró Beatrice, a la que ni siquiera había visto entrar al café.

—¿Celos?

—Betty está muerta de celos. Jacob le está diciendo que tiene novia.

—¿Le está diciendo eso? —pregunté incrédula cuando, al volver a mirar hacia la ventana lo vi ya sin Betty, que se había dejado los libros de contabilidad en la barra.

Con el cuerpo apoyado en la pierna derecha, me dedicó una sonrisa, un guiño de ojo que me derretía y un gesto con el dedo que me indicaba que nos veríamos luego. Deseé que ese día no volviéramos a pararnos frente al callejón. Lo habíamos observado casi cada noche desde que me llamó por mi nombre real y siempre nos acechaba con su baile incesante. A lo largo de todos esos días no vimos nada extraño salvo la pared en movimiento que podía llevarnos a 2017. Nos quedábamos quietos, con la mirada perdida en la pared de ladrillo, hablando de nuestra vida y de los padres que perdimos. No sé qué era lo que esperábamos; quizá, que nuestro hijo adulto apareciera y nos diera un abrazo.

—¿Cómo es? —preguntaba siempre—. ¿Cómo es nuestro hijo?

—Te confundí con él. Tiene tu misma cara, es sorprendente. Es alto, puede que no tanto como tú y tampoco es tan fuerte, pero eres tú. Mismos ojos, misma nariz, boca idéntica…

—Si nace en 2019, en el año 2057 tendrá treinta y ocho años —calculó.

—Qué raro es todo, Jacob. Cada vez que se iba mi corazón empezaba a latir rápido, muy rápido. También me pasa cuando estoy contigo —reconocí, bajando la mirada—. Era educado y sonreía mucho, me miraba ilusionado y ahora entiendo por qué. Me dijo: «Tú aún no has vivido lo nuestro». Pero casi todo lo que decía no tenía sentido, sonaba misterioso y absurdo. Lo confundí completamente. Y estoy deseando vivir lo nuestro. De verdad.

—Es como si ya le quisieras.

—Ya le quiero, Jacob.

«Y creo que también a ti», dije para mis adentros.

Al cabo de un rato, Betty volvió hecha una furia a recoger los libros que, de los nervios por el encuentro con Jacob, se dejó en el café. Beatrice la miró con el ceño fruncido y la asaltó tomándose, en mi opinión, demasiadas confianzas para las que Betty, por cómo reaccionó, ya parecía estar acostumbrada.

—Betty, querida, un día de estos vas a perder la cabeza.

—Me va a volver loca. ¿Sabes que conocí a alguien en Wexford? Guapo, amable, inteligente, atento y sabía bailar. Sabía bailar, Beatrice. Han sido unas semanas preciosas con William, pero luego veo al idiota de Jacob y no puedo evitar ir detrás de él, olvidándome de todo lo demás y de que me ignoró hace dos meses después de aquel beso. ¿Estoy loca, Beatrice? ¿Estoy loca?

—Estás enamorada. Y un poco obsesionada, permíteme que te diga, querida.

Betty me recordó a Bill. Me hubiera gustado llevarla al siglo XXI para mostrarle todo un mundo cibernético rápido y efectivo de redes sociales donde poder conocer gente y páginas especializadas en citas que te buscan al hombre perfecto. O eso prometen. A Bill los algoritmos lo tenían confuso.

—Está conmigo —afirmé de repente, ante la atenta mirada de ambas.

La abuela abrió mucho los ojos y, con disimulo, negó rápidamente con la cabeza mientras salía de detrás de la barra para ir a atender a Aurelius, que había entrado en el café haciendo tintinar la campanita de la puerta. Sola frente a Betty, a la que por poco se le caen los libros, me la quedé mirando callada para darle la oportunidad de que hiciera preguntas, pero tensó la mandíbula, se pasó la mano por el cabello engominado recogido en un moño y, con brusquedad, se dio la vuelta para salir al exterior donde, desubicada sin saber qué dirección tomar, decidió volver a su apartamento.

No la volví a ver en todo el día.

BEATRICE

Kate y yo tenemos media hora para comer, así que no puedo esperar más para preguntarle qué ha pasado a lo largo de estos últimos días para que le haya confirmado a la pobre Betty que está con Jacob el Boxeador. Qué cara ha puesto la irlandesa. Creí que le iba a dar un vahído ahí mismo.

—¿De verdad estáis juntos? Le has roto el corazón.

—Tenía que saberlo —ha dicho, llevándose un trozo de cordero a la boca.

—Está tierno, ¿verdad?

—Muy rico, abuela.

—¿Qué me has llamado?

—Beatrice.

—Me has llamado abuela —afirmo confusa—. ¿Estás tomando medicación, Kate?

—No. Es que siempre que como cordero me acuerdo de mi abuela.

—¿De cuál? Supongo que la madre de tu padre, ¿no? La de tu madre está muerta desde mucho antes de que tú nacieras.

—Sí, la de mi padre.

Evita mirarme. Y todo el mundo sabe que, cuando alguien no te mira directamente a los ojos, te está mintiendo.

—Bueno, cambiando de tema. Con Jacob el Boxeador, ¿eh? ¿Cómo lo has conseguido?

Me mira, sonríe, se encoge de hombros y no contesta. Odio que no respondan a mis preguntas.

—¿Qué tal con John?

«Te voy a pagar con la misma moneda, querida». La miro. Sonrío. Me encojo de hombros.

«Donde las dan, las toman».

Kate trabaja muy bien y por eso decidí pagarle algo más de lo que acordé con su prima. Últimamente estoy un poco distraída, la verdad. Debería centrarme en mi trabajo como llevo haciendo desde hace cinco años, pero solo puedo pensar en John, en nuestras citas y bailes y en cómo me quedo mirándolo mientras trabaja en la barca. Cómo sus manos se deslizan por la madera y lo enganchada que estoy al olor a pintura y a bosque que desprende el pequeño taller, como si los pinos jamás hubiesen sido talados y permanecieran ahí, dentro de ese espacio, en todo su esplendor.

—Si Jacob y tú estáis juntos, podríamos organizar una cena de parejitas. ¿Qué te parece?

Me mira, en esta ocasión divertida, y asiente con la cabeza.

—Estás poco habladora, Kate.

—Estoy pensando.

—¿En qué?

—En mis cosas.

«¿En Oregón? ¿En su exprometido y la prima que se lo arrebató? ¿En buscar apartamento?»

—¿Vas a quedarte siempre aquí? —le pregunto distraída, dándole un trocito de cordero a *Monty*.

—¿Cómo?

—Es un placer tenerte conmigo, Kate, pero me preguntaba si, con lo que te pago, estás pensando en buscar un apartamento para ti o algo así.

—No había contemplado esa posibilidad... —murmura cortada.

—No hay prisa, Kate. No te preocupes, como si no hubiera dicho nada. Un día tenemos que ir de compras, no vas a estar poniéndote siempre mis vestidos —le digo con cierto reparo, aunque es algo que tampoco me importa—. Te tengo que llevar a Loehmann's, en la Avenida Bedford. La ropa es preciosa y más barata que en ningún otro sitio. Su primera planta parece un palacio en vez de una tienda, las dependientas son amabilísimas y van muy elegantes. También tenemos que pasarnos por los almacenes Bartocci's, que me he enterado que están de rebajas en nailon. ¿Te lo puedes creer? Jerséis a mitad de precio, Kate. Y este invierno dicen que va a hacer frío.

—¿Cuándo, Beatrice? No salimos nunca del café, no hay tiempo —se ríe.

—¿Quieres horas libres? ¿Las necesitas? ¿Estoy abusando mucho de ti?

—No, no es eso. Faltaría más. El trabajo en el café me encanta. Me encanta trabajar contigo.

Sonríe con un temblor raro en la barbilla. Se centra en cortar el cordero en trozos pequeños, pero veo cómo los ojos se le van humedeciendo cada vez más y más hasta que se le escapan las lágrimas.

—Querida, ¿por qué lloras?

—No es nada.

✳ NORA ✳

«Me emociona estar contigo, abuela. Que me hables, me interrogues, me aconsejes y me trates de igual a igual. Me emociona tener esta segunda oportunidad. Verte tan viva, tan joven, tan guapa y enérgica y tener casi la misma edad».

Cuando Aurelius volvió por la tarde al café sin la compañía de Eleonore , le pregunté dónde estaba. Ya hacía días que no los veía juntos y, la verdad, estaba empezando a preocuparme después de la fatídica noticia de la pérdida del bebé.

—En casa, lleva días que no se encuentra muy bien —respondió cansado y más ojeroso de lo habitual.

Un mal presentimiento se apoderó de mí. ¿Eleonore se puso enferma y murió poco tiempo después de hacernos la fotografía? Ahí se la veía feliz y despreocupada; no parecía enferma y, si volvía a quedarse embarazada de nuevo, no llegaría a tenerlo porque si algo sabía del hombre que tenía delante bebiendo té, era que no llegaría a tener hijos. Quizá la muerte de Eleonore fuera el desencadenante del carácter huraño, serio y extraño del viejo Aurelius, cuya imagen demacrada mirando por la ventana la noche en la que viajé en el tiempo no podía sacarme de la cabeza. Eve solía decirme que era un viejo amargado. Me quedaba en silencio cada vez que lo decía, pero no podía evitar sentir cierto dolor al entender que cada persona se muestra tal y como puede; tal y como la vida le ha obligado a ser. No juzgues jamás a las personas sin haberte puesto sus zapatos. El recorrido puede ser una tortura y una sonrisa, aunque no sea devuelta, no cuesta nada.

—Ánimo, Aurelius. Mi abuela siempre decía que no hay mal que cien años dure. *ja ja ja*

—La vida, Kate. La vida puede ser muy injusta. —Se expresó con esa rabia que había conocido en el futuro.

A las seis y media de la tarde, Jacob entró en el café. Ya no me esforzaba en disimular cómo se me iluminaba la cara cada vez que lo veía. Todavía no nos habíamos dado un beso. Envidié a Betty porque ella, pese a todo, sí había probado sus labios. Yo aún no y no podía evitar preguntarme cómo de avanzados en «lo nuestro» estaríamos si nos hubiéramos conocido cincuenta y dos años más tarde, si Jacob el Boxeador hubiera nacido en los años ochenta en vez de en los treinta.

La abuela había salido, pero no estaba con John porque este estaba sentado en la barra hablando sobre el sistema político estadounidense, el traslado a Long Island de varios amigos suyos de la infancia y la cantidad de gente nueva que había por las calles de Brooklyn, desde judíos, polacos e irlandeses a gente de color.

—¿Un batido, Jacob?

Por suerte, la barra del café ocultaba el temblor de mis piernas al tenerlo tan cerca. Jacob le dio una palmadita en la espalda a John, cuyo rostro expresó dolor.

—Controla la fuerza, boxeador —dijo divertido.

—¿Queréis venir esta noche a un combate? —propuso Jacob, acomodándose en el taburete. *Penfecto*

John y yo nos miramos y recordé nuestra complicidad cuando era niña. El abuelo era muy bueno guardando secretos: malas notas, jarrones rotos que desaparecían como por arte de magia, vestidos manchados de barro... Todo para que la abuela no me castigara.

—Seguro que mis amigos van —comentó John—. ¿Vamos, Kate? ¿Tú crees que Beatrice querrá venir a un combate de boxeo?

—No me la imagino viendo cómo dos hombres se rompen la nariz —deduje mientras trituraba un plátano. Jacob torció el gesto—. Pero siempre tiene que haber una primera vez. Yo me apunto. ¿A qué hora es?

—Un poco tarde, a las nueve.

—¿Qué es a las nueve? —quiso saber la abuela, entrando al café cargada de bolsas—. ¡Ay, Kate, querida! ¡Que se me ha ido la mano! Subo un momento a casa, ahora vengo.

Cerramos el café a las ocho de la tarde y subimos con rapidez al apartamento. La abuela, emocionada, empezó a sacar de las bolsas vestidos, blusas, jerséis de nailon y zapatos. Con curiosidad, examiné los sujetadores con las copas más puntiagudas que había visto en mi vida y la faja alta que parecía que tuviera huesos de plástico en medio.

—Elige lo que quieras. ¿Quieres ponerte este vestido esta noche?

Me enseñó un vestido de textura aterciopelada de color azul oscuro con florecitas anaranjadas entallado en la parte de la cintura y escote palabra de honor. Había engordado un poco desde que no me privaba de comer alguna que otra porción de las tartas que preparaba junto a Beatrice, así que temía que la cremallera no subiera pero, al probármelo, me quedaba que ni hecho a medida.

—Y tacones. —Me tendió unos zapatos de tacón sencillos que parecían cómodos—. Hoy tienes que llevar tacones.

—Betty se puso muy guapa para ir a un combate y Jacob le dijo que no hacía falta ir así.

—¡Bah! ¿Qué sabrá el boxeador? Hoy vas como yo te diga —ordenó.

—Cualquiera te lleva la contraria, ab… Beatrice.

No podía permitirme volver a llamarla «abuela». Me había relajado y se me había escapado durante la comida y Beatrice no era una mujer a la que podías engañar fácilmente ni pasaba por alto los detalles.

No tardó ni un minuto en obligarme a sentarme en una silla de la cocina con el vestido puesto y empezó a cardarme el pelo, quejándose del poco volumen que tenía y de la mascarilla casera con huevo que debía aplicarme para conseguir más brillo. No sé cuántas horquillas me puso en la cabeza, pero el moño alto parecía hecho por una experta peluquera. Me aplicó una fina capa de maquillaje y después colorete, perfilador y rímel. Cuando acabó me ordenó ir al baño con un pintalabios rojo y me dijo que me pusiera un poco con suavidad, cerciorándose de que no me pintarrajeaba toda la cara.

—¿Tú no te arreglas? —le pregunté.

— A John ya lo tengo conquistado.

Chasqueó los dedos y no pude hacer otra cosa que reír.

—Lo sé. Lo tendrás conquistado toda la vida —afirmé con una seguridad que pareció darle miedo.

—¿Tú crees?

—Sí. ¿Y sabes qué creo, Beatrice?

—Qué.

Se acercó a mí con curiosidad.

—Tienes cara de que tendrás una hija. Y escúchame con atención... —Abrió mucho los ojos, concentrada en mis labios como si con solo escucharme no fuera suficiente—. Dentro de un año ya la tendrás aquí.

—¿Dentro de un año? —Miró hacia el techo pensativa mientras *Monty* se acercaba maullando histérico, amenazándome con su patita y sacando las garras felinas—. Pero si tengo una niña dentro de un año tendría que quedarme embarazada muy pronto, y John y yo... ¡Oh, santo cielo, querida! No te voy a dar detalles.

—¿Qué nombre le pondrías? —quise saber.

—Isabella, como mi madre.

—¿Isabella? ¿Y qué te parece Anna? —propuse.

—¿Anna? ¿Por qué tendría que llamarla Anna?

—Pregúntale a John —dije, recogiendo la ropa que la abuela había dejado en el sofá. Lo cierto era que nunca supe por qué llamaron Anna a mi madre. Si tenía un significado, al abuelo le gustaba o le acababa de dar la idea a la abuela y, por lo tanto, se llamaría así gracias a mí.

—¿A John? ¿Te ha dicho algo? ¿Quiere hijos pronto? ¿Qué te ha dicho, Kate?

Volar
alto
si
puedes

305

Me empecé a reír por la rapidez con la que formuló todas las preguntas, adoptando un tono de voz más agudo de lo normal. Cuánto puede influir una sola idea o decisión para que la historia cambie o sea tal y como debía ser desde el principio.

Por suerte, la abuela dejó de hacer preguntas porque John nos esperaba abajo. Recibió a Beatrice con un beso dulce y breve como los que continuarían dándose a lo largo de toda su vida y subimos a la camioneta para ir hasta Pineapple Street, donde se encontraba, en el número trece, un gimnasio al que se accedía por la puerta de un garaje y que preparaba combates nocturnos. En la pared de cemento contigua había un cartel con fotografías en blanco y negro. «El combate del año», prometía a modo de eslogan, cuando en realidad no estaba ni siquiera patrocinado ni los nombres de los otros boxeadores eran conocidos. El ambiente que había en la calle escandalizó a la abuela. Se sentía intimidada al ver a tantos hombres fuertes, musculados y tatuados con aspecto de haber salido de la cárcel.

—¿Y qué esperabas? —le susurré al oído.

Se encogió de hombros. Yo también imaginaba otra cosa, la verdad. No era la ópera, estaba claro, pero había visto fotografías antiguas de combates de boxeo y algunos aparecían ataviados con traje, pajarita y sombrero. No era ese tipo de combates, supongo. Al cabo de un rato vinieron mujeres, algo que a Beatrice la tranquilizó.

Pero no iban ni la mitad de elegantes que nosotras y se habían excedido con el maquillaje y el tupé.

—John, tú me protegerías, ¿verdad? —le preguntó la abuela, arrimándose a él y cogiéndolo del brazo.

John, que no había cogido una pesa en su vida, asintió no muy convencido, mirando con pánico las caras de unos hombres que en cualquier rueda de reconocimiento en una comisaría parecerían sospechosos. A los diez minutos, otro hombre grande y musculado con la cabeza rapada abrió el portón. A mí me parecía que estaba a punto de entrar en una discoteca aunque, por suerte, no pidieron documentación. Yo era una indocumentada en 1965. No podía probar que era Kate Rivers porque no lo era y tampoco había traído a 1965 mi identificación como Nora Harris. Me dejé la cartera encima de la mesita de la entrada. La abuela aún no me había propuesto contratarme indefinidamente, así que lo que me pagó fue en negro y parecía irle bien así. A mí también.

Vi peligrar mi integridad física al entrar en el gimnasio, donde lo habían dispuesto todo para que pareciera un combate profesional. La iluminación era escasa y todo a mi alrededor parecía necesitar una buena limpieza. Olía a rancio, a piel y a sudor. John miró a su alrededor buscando a sus amigos y nos comentó, extrañado, que no entendía por qué Jacob competía en un lugar así con el alto nivel que tenía. No lo necesitaba para darse a conocer, al contrario que sus contrincantes. La entrada era gratis, no había asientos asignados y parecía que en cualquier momento podía venir la policía para echarnos a todos por su ilegalidad.

—¿Has visto a alguien? —le preguntó Beatrice.

—Mis amigos solo van a combates profesionales. Este no parece serlo. ¿Por qué Jacob se mete en algo así?

—Quizá le paguen o sirva de promoción para el gimnasio —deduje.

—Es posible. Pero ¿sabes con quién ha boxeado Jacob, Kate? Con los mejores: Sugar Ray Robinson y Ezzard Charles, quien conquistó el título mundial del peso pesado de la National Boxing Association al derrotar a Jersey Joe Walcott. Charles salió muy perjudicado del combate con Jacob, que se celebró en 1958, justo un año antes de su retirada.

La abuela y yo lo miramos asombradas.

—Para no gustarte el boxeo y ser más de conciertos pareces una enciclopedia andante, cariño.

«¿Me ha llamado cariño?», pareció preguntarse el abuelo, tan atónito como yo. Me encantó estar presente y saber con exactitud cuándo había sido el momento en que la abuela empezó a llamar «cariño» al abuelo, dejando lo de «querido» y «querida» para los demás mortales.

—Mis amigos hablan mucho de él. Lo triste de los boxeadores es cómo acaban cuando se retiran. Si han malgastado todo el dinero que han ganado malviven con trabajos inestables, yendo de un lado a otro sin centrarse en nada. Operarios en fábricas, reponedores en grandes almacenes, camareros… Con un poco de suerte se convierten en guardaespaldas de alguna estrella.

«O se enamora de una mujer cuya madre aún no había venido al mundo cuando él ya cruzaba la barrera de los treinta, y viaja en el tiempo hasta su época para emprender una nueva vida», me callé. ¿Y qué vida nos esperaba a Jacob y a mí?

Los boxeadores aparecieron con media hora de retraso. El público, impaciente, empezó a vitorear hasta que vio salir a Jacob junto a un chico joven y blanco como la nieve, fibroso pero seco como un palo, al que el terror en los ojos lo delataba como un contrincante fácil y un boxeador novato que no llegaría muy lejos. El árbitro levantó las manos de ambos; todo el mundo aplaudía gritando: «¡Jacob el Boxeador! ¡Jacob el Boxeador!». Una mujer sentada en los asientos de delante se levantó y le lanzó a Jacob una braga de encaje al *ring*, gesto que escandalizó a la abuela. Los dos boxeadores se dirigieron hasta sus respectivos rincones, se despojaron de sus batas y, tras escuchar los consejos de los hombres que se encontraban abajo —supuse que el entrenador y el promotor—, se situaron en el centro, a punto para comenzar el combate.

Jacob me vio enseguida y me dirigió una rápida mirada nada más situarse en medio del *ring*, pese a no estar sentados en las primeras filas de la grada que rodeaba el cuadrilátero, sino en el centro, apretujados entre dos hombres sudorosos que no paraban de moverse. Bill, al igual que en el concierto de los Beatles, también hubiera disfrutado al ver a tanto hombre a su alrededor.

Terry Murphy, que no debía tener más de veinte años, cayó inconsciente al suelo en el primer asalto tras un gancho tan fuerte de Jacob en el mentón que creí que le había partido la mandíbula. Me tapé los ojos al ver al pobre chico pasar sin pena ni gloria ni haberse podido lucir mientras todos, incluida la abuela, se levantaron y aplaudieron. Los que estaban a mi lado dijeron que era uno de los mejores ganchos que habían visto en su vida. Me quedé mirando fijamente a Jacob, al que no le había afectado lo más mínimo haber noqueado a su contrincante aprovechándose de su categoría de veterano. Como si no tuviera sentimientos cuando se subía al *ring*. Como si fuera otra persona, un extraño para mí.

Betty me había dicho que, si no me quería enamorar de Jacob el Boxeador, no debía ir a ver un combate porque me prendaría de él y luego me rompería el corazón. Sinceramente, verlo sudoroso, con las venas de los brazos hinchadas y ese protector bucal con el que parecía un cerdo propinando golpes a diestro y siniestro me provocaba rechazo. A mí me gustaba cuando era tierno y me miraba con esa seguridad que tenía de conocerme de otra época aunque aún no hubiéramos vivido lo nuestro. Cuando hablaba sobre viajes en el tiempo, haciéndome creer que tenía más idea que yo cuando, en realidad, era un tema que a ambos se nos escapaba de las manos. Con tantas preguntas como tenía, me resultaba imposible concentrarme en el segundo combate, que también parecía que iba a acabar rápido.

El segundo contrincante parecía más seguro de sí mismo. Más alto y más fuerte que el pobre Terry, Jack Maldonado, un latinoamericano de veintitantos años, se encaró a Jacob en el primer asalto, pero este supo esquivar bien los golpes que trató de darle. Mis conocimientos de boxeo eran nulos, pero sabía que Maldonado saldría tan mal parado como Terry cuando Jacob, alardeando de su poderoso gancho, volvió a darle en el mentón al joven, que acabó tirado en el suelo con la nariz sangrando. El árbitro contó los segundos con rapidez. Maldonado logró levantarse y casi me alegré por él, pero cinco minutos más tarde estaba tendido en el suelo sin poder mover un solo dedo.

El tercero, cuyo nombre no retuve, duró dos asaltos. A Jacob se le veía tan aburrido como a mí desde la grada con una Beatrice emocionada a mi lado y un John concentrado en el *ring*. Jacob no recibió ni un solo golpe y terminó siendo, a las once, el ganador indiscutible de la noche con gritos efusivos e histéricos del público que, poco a poco, una vez terminado el espectáculo, fue saliendo del recinto.

—¡Ha estado estupendo! —exclamó Beatrice.

—Pobres chavales. No querría estar en su lugar —se compadeció John. Muy típico de él. El abuelo siempre estaba a favor de los débiles y los desamparados. Cuando yo tenía doce años, casi adoptó a un chaval de siete cuyos padres no le prestaban la más mínima atención. Le compró una bici y un balón de futbol, jugaba con él a baloncesto y cada tarde se encargaba de que comiera un bocadillo. Dos años más tarde, se mudaron a California.

El abuelo nunca superó su pérdida y mucho menos la falta de noticias sobre el chico. No podía ver a un mendigo en la calle pasando hambre; inmediatamente me llevaba al supermercado y me hacía elegir algo para comer. Luego, nos acercábamos al mendigo y me pedía que le diera la comida. El abuelo me regaló las sonrisas más sinceras y agradecidas que jamás olvidaré de aquellos hombres y mujeres abandonados en la calle y olvidados por una sociedad consumista y egoísta.

—Qué golpes da tu chico, Kate. Debes estar orgullosa —comentó la abuela.

—Pienso como John. No me siento orgullosa porque Jacob haya ganado a tres pobres chicos que buscan una oportunidad y un sitio en este mundo de luces y sombras como es el boxeo.

—Qué seria te has puesto, querida.

El abuelo me examinó atentamente como nunca, a lo largo de ese mes, había hecho. Frunció el ceño y me sonrió. Ojalá hubiera tenido, solo por ese momento, la capacidad de leer los pensamientos de los demás. Hubiera dado lo que fuese por saber qué pensó John sobre esa desconocida que se hacía llamar Kate Rivers, de Oregón, en la que tanto parecía confiar Beatrice al dejarla sola trabajando en su cafetería.

Agradecí respirar el aire fresco de la calle y salir del opresivo gimnasio. Los hombres y mujeres seguían fuera, muchos de ellos fumando y hablando entre ellos sobre el combate de aficionados que acababan de ver. Gracias a mi intromisión disimulada en una de las conversaciones, supe que Jacob se había llevado mil de los grandes por participar en un combate cuya intención era, como ya deduje, promocionar el gimnasio y a sus tres jóvenes boxeadores, que llevarían para siempre la losa de haber sido derrotados por un veterano que les sacaba catorce años.

—Con treinta y cuatro años sueles estar acabado. Dicen que eres viejo para subirte a un *ring* —se lamentó John, adivinando mis pensamientos.

Cuando Jacob salió vestido con su habitual chándal vi que los que aún estaban en la calle tenían las mismas intenciones que yo. Esperarlo. Verlo. Que les firmase un autógrafo. Me rogó que esperara un momento y lo perdí de vista cuando se entremezcló con la gente que hizo un corrillo a su alrededor.

—Tienes que estar orgullosa, Kate —insistió la abuela—. Después de todo lo que has tenido que pasar, estar con Jacob es una bendición, querida.

—¿Y qué he pasado según tú, Beatrice? —pregunté, cansada y malhumorada, al comprobar que Jacob causaba tanta expectación por dejar tirados en el suelo a tres pobres diablos.

—No quisiera contarlo delante de John, querida.

—Me da igual. Cuéntalo, adelante. Me interesa mucho.

—Tu prima Lucy me contó que tu prometido se fue con una de tus primas.

John ni se inmutó. Se puso de puntillas para ver a Jacob, el protagonista de la noche. Yo, olvidándome de la fama de Jacob, me pregunté una vez más por la verdadera Kate Rivers, la que sí podía demostrar quién era gracias a

313

su documentación y temí que, tras lo sucedido, hubiera decidido terminar con su vida tirándose de un puente o algo por el estilo. Las mujeres en esa época podían ser muy dramáticas con este tipo de cosas, sobre todo si ya rondaban los treinta y no veían posibilidad alguna de procrear.

—Ya. Eso —murmuré disimulando—. Ya pasó.

Cuando la calle se fue vaciando después de que algún vecino se quejase del ruido, nos quedamos solos Jacob, Beatrice, John y yo. El problema era que a mí me costaba mirar a Jacob a la cara, como si fuera un criminal.

—Nosotros nos iremos, chicos —sonrió Beatrice, que también miraba de una forma distinta a Jacob pero, en su caso, desde la más absoluta admiración—. Has estado increíble, querido.

—Felicidades, Jacob —le tendió la mano John.

Se suponía que debía quedarme sola con él y actuar con normalidad, si es que algo de lo «nuestro» llegó a ser alguna vez normal. Que iríamos hasta Front Street dando un paseo y que me acompañaría hasta el portal de casa donde Beatrice estaría esperándome porque John llegaría antes en su camioneta.

—¿De verdad pensáis que he estado increíble?

Los tres lo miramos incrédulos al mismo tiempo, sin saber cómo reaccionar ante esa repentina inseguridad.

—He machacado a tres tipos que no estaban preparados para estar ahí. Que han sido el hazmerreír de un público indeseable, de ese tipo de personas que entran a robar a una cafetería con una propietaria indefensa en la caja —señaló a Beatrice, sorprendiendo a John que, por lo visto, no sabía nada del atraco de aquella noche—. Lo que he hecho con ellos los va a dejar marcados de por vida; puede convertirse en el principio del fin de sus carreras o en una anécdota para recordar en el futuro, no lo sé. Si el gimnasio en el que entreno me hubiera hecho pasar por esto cuando empezaba, me hubiera hundido como lo ha hecho este antro con tres chicos que confiaban en su propietario.

—Jacob, tranquilo. Tú solo... —trató de consolarlo la abuela, sin encontrar las palabras adecuadas—. Solo has hecho lo que sabes: boxear.

—Yo no soy así, Beatrice. Yo no soy quien habéis visto, chicos. No lo soy —finalizó, mirándome, como si lo único que necesitara en ese momento fuese que yo lo creyera. Y lo creí, porque tampoco me había dado motivos para no hacerlo.

LAS ESTRELLAS NUNCA DUERMEN

NORA

Septiembre, 1965

Jacob me preguntó si podía caminar bien con los zapatos de tacón. No muy convencida le dije que sí. Por el momento eran cómodos, aunque reconocí sentirme extraña vistiendo siempre con vestidos vaporosos y escotes imposibles que resaltaban los atributos físicos de la mujer. Ir tan repeinada también se me hacía raro cuando solía llevar siempre el pelo suelto o recogido en moños mal hechos. Y con respecto al maquillaje, lo que en realidad me gustaba era ir con la cara limpia o usar alguna crema y un poco de rímel.

—¿Cómo sueles vestir en tu época? —se interesó, mientras paseábamos por Columbia Heights, una calle de Brooklyn que, como muchas otras, no había cambiado con los años y mantenía el encanto de los edificios de ladrillo de tres y cuatro plantas con escalinatas que daban acceso a la puerta principal y sótanos protegidos con verjas de metal cuyas ventanas quedaban por debajo de la acera. A medida que íbamos avanzando por la misma calle, las aceras se veían desiertas y cada vez había más espacios vacíos y construcciones en ruinas que años más tarde se convertirían en edificios impersonales y más accesibles de hasta ocho plantas.

—Con tejanos y camisetas, casi nunca llevo vestidos y tampoco voy tan bien peinada ni maquillada. En invierno me gusta ir con jerséis anchos, si son de dos tallas más grandes mejor. Siento debilidad por los tonos ocres o el amarillo, aunque digan que da mala suerte y mi amigo Bill se pase el día criticándome. Suelo usar deportivas, nunca zapatos de tacón.

—Interesante —sonrió, aprovechando un momento de despiste para pasar su brazo por mi espalda y abrazarme, arrimándome a él. Lo miré de reojo e imité su sonrisa—. ¿Quién es Bill?

—Mi mejor amigo. —Aún no le había hablado de Bill porque me dolía su ausencia. No tenerlo en esa vida y en ese emocionante viaje era como tener un espacio vacío a mi lado—. Nos conocimos en la universidad y desde entonces nunca nos hemos separado. Nos hemos ayudado en todo y es divertidísimo y desastroso a partes iguales y siempre elige a los peores hombres del mundo cibernético para tener una cita.

—¿Le gustan los hombres?

✕ —Hay una palabra preciosa y valiosísima, ¿sabes cuál es? Libertad.

—En tu época hay hombres con hombres y mujeres con mujeres, supongo. Aquí también, pero se esconden.

—Lo sé. Y es triste, Jacob.

—Tienes razón.

Presionó con suavidad sus dedos contra mi hombro arrimándome aún más a él, como si entendiera cuánto echaba de menos a Bill. Con la cabeza apoyada en su pecho, aspiré su aroma y me sentí reconfortada.

—Me gustará conocerlo —añadió.

Cuando pasamos por debajo del arco del edificio que había conocido como el del rótulo «Watchtower» en vez de «Squibb», como estaba viendo en esos momentos, supe que Jacob me llevaba al puente de Brooklyn, donde posaríamos sonrientes y felices para el objetivo de una cámara fotográfica digital que aún no existía o de un teléfono móvil que para el hombre que caminaba a mi lado era ciencia ficción.

—En 1969 este edificio —empecé a explicarle a Jacob, señalando el rótulo— lo comprarán los testigos de Jehová, se convertirá en su central en Estados Unidos, cambiarán el rótulo y se podrá ver escrito «Watchtower» en vez de «Squibb» y, finalmente, lo pondrán a la venta en el año 2016.

—¿Los testigos de Jehová se quedarán con esto? —preguntó sorprendido, alzando la mirada. Nunca me pareció un edificio bonito, sino todo lo contrario. Prefería las edificaciones pequeñas de principios del siglo XX que habíamos dejado atrás.

En 1965, el edificio en el que nos encontrábamos era todavía de la compañía farmacéutica *E.R. Squibb & Sons*. Era obvio que Jacob no pudiera creer que dejasen escapar un edificio que abarcaba casi dos manzanas y se encontraba en una zona privilegiada como siempre ha sido el barrio histórico en el que nos encontrábamos de Brooklyn Heights, incluyendo Fulton Ferry y Dumbo.

—Cuando anochece en 2017 estas calles están más transitadas —le informé mientras cruzábamos Old Fulton, una gran avenida donde ya podíamos ver claramente el puente de Brooklyn y la bandera de los Estados Unidos. A esas horas circulaban pocos coches, así que, corriendo y cogidos de la mano, apenas tardamos unos segundos en cruzar.

—¿También hay mujeres?

—Claro. Imagino que no está bien visto que una mujer recorra estas calles sola de noche, pero en diez años todo eso cambiará y en 2017, aunque parezca mentira que aún tengamos que seguir luchando por nuestros derechos, será completamente normal encontrarte mujeres caminando solas de noche en cualquier punto de la ciudad.

—Entiendo —murmuró pensativo.

—¿Qué pasó con Betty? —le pregunté, adentrándonos en el puente de Brooklyn. Jacob torció el gesto.

—¿Qué pasó de qué?

—La besaste y luego la ignoraste.

319

Lorena Franco

—Cierto. Nunca debí besarla.

—¿No te gusta?

«Di que no. Di que no», me repetí a mí misma al verlo dudar mientras contemplaba la imponente vista de los rascacielos que se alzaban ante nosotros.

—Hasta 1911 —empezó a decir—, existía un peaje para cruzar este puente. Costaba un centavo a pie, cinco a caballo y diez en carruaje. Las ciudades, con el paso del tiempo, están destinadas a cambiar, las estrellas nunca duermen y la luna siempre hace acto de presencia llegado el momento. Nuestros sentimientos son algo similar a todo eso, Nora. Es un universo en constante crecimiento que a veces nos cuesta entender incluso a nosotros mismos. Bastó un beso para darme cuenta de que Betty no era para mí y un solo segundo para que el viejo chiflado de 2057 me hiciera ver que la vida sin ti no iba a merecer la pena, aunque para eso tuviera que cambiar de época.

Respiré hondo y tuve que apoyarme en la barandilla para no caer. Quise decirle lo diferente que era de aquel monstruo que se subía al *ring*, pero no me salieron las palabras. Los rápidos latidos de mi corazón y un agradable cosquilleo en mi estómago me indicaron que jamás viviría algo similar lejos de la época que me pertenecía, que estábamos a punto de cruzar la fina línea que existe entre la amistad y el amor, y necesitaba creer, pese a la magia que lo envolvía todo, que ese momento era real. Delicadamente y sin prisas, su mano recorrió mi espalda y se posó en mi cintura. Me asusté al comprender que había perdido el control de mis sentidos por completo y sabía que siempre recordaría ese instante. Estuvimos mirándonos durante tanto rato que empecé a preguntarme si el tiempo no se habría detenido cuando percibí un sutil cambio en su forma de asirme y sus dedos empezaron a recorrer mi espalda, acariciándola con dulzura. Sus ojos me interrogaron, tratando de leer la respuesta mientras, lentamente, deslizaba una mano por mi cuello y agachaba la cabeza para ponerse a mi altura.

—Me gustas desde el primer día, aunque fingiera lo contrario —me susurró al oído con su característica voz vigorosa que no daba pie a demasiadas réplicas.

Y allí, al fin, ocurrió. Rozó mi mejilla con sus labios, provocándome un estremecimiento; se movió ligeramente y sus labios buscaron los míos, uniéndose en un beso apasionado, tan apasionado que sentí como si necesitara mi aliento para respirar. Nunca había experimentado nada igual; era como subir a la cima de una montaña y lanzarse al vacío. La sensación de vértigo no se desvanecía y, en ese instante, todo se reducía al puente de Brooklyn y a esa noche. Perdí la noción del tiempo y a Jacob debió ocurrirle lo mismo, porque un policía que pasaba por allí tuvo que toser dos veces para que le prestáramos atención. Jacob se apartó un poco, tratando de disimular.

—Existen hoteles, señores. Casas para dar rienda a la pasión desmesurada que tienen ustedes dos a altas horas de la noche. Con todos mis respetos, señorita, ¿qué diría su padre?

—Ahora nos vamos, agente —me apresuré a decir, con un hilo de voz, antes de que Jacob se le encarara.

De camino a casa, le conté la historia de mi antepasado Simon Allen y las consecuencias que el accidente acarrearía a sus sucesores.

—Desde que su bisabuelo murió en la construcción del puente de Brooklyn en 1882, la abuela decía que había caído una maldición: todos en la familia morirían jóvenes o, con un poco de suerte, llegarían como máximo a los sesenta. No quiero ni imaginar cómo debe ser caer desde tanta altura y si te da tiempo a pensar en algo cuando sabes que, en cuestión de segundos, vas a morir —comenté, recordando que yo, con toda probabilidad, no llegaría a los sesenta.

—Pero tu abuela no morirá joven.

—No. Ella siempre rompió las normas. Beatrice murió el ocho de noviembre de 2016 con ochenta y siete años —recordé con tristeza.

LA CARTA

SESENTA Y CINCO DÍAS DESAPARECIDA

Abril, 2017

Bill, temeroso, se prometió a sí mismo que esa noche, en cuanto viera la silueta del hombre en la acera contraria mirando hacia la ventana del apartamento de Nora, bajaría e iría a por él a pesar de poner en riesgo su vida. A saber qué podía hacerle aquel loco chiflado que estaba convencido de que se había llevado a su amiga. Si García o el gordinflón de Backer no lo creían ni hacían nada al respecto, él mismo se encargaría de atraparlo. Pero si algo salía mal y terminaba muerto como el resto de víctimas, los policías cargarían con la culpa de por vida. Pensar en eso le hacía reír.

—*Monty*, tú vendrás conmigo.

—Miaaaauuuu…

—¿Has visto algo sospechoso?

El gato, esa vez, no respondió.

—Estoy enloqueciendo. Esto me está volviendo loco.

Bill llevaba tres días encerrado en el apartamento de Nora alimentándose a base de palomitas y latas de atún. Seguía contemplando la fotografía más veces que la pantalla de su teléfono móvil y a menudo solía comparar a la mujer retratada de rostro confuso con el que Nora tenía en la documentación que encontró en su cartera, abandonada en la mesita contigua a la puerta de entrada. La cara de «nunca quedo bien en los fotomatones» de Nora era exactamente igual a la de la mujer del año 1965. Trató de buscar alguna diferencia; Nora jamás vestiría de rosa y la mujer idéntica a ella estaba algo más rellenita. Respiró hondo y marcó el número de teléfono de la médium. No sabía por qué, pero necesitaba escuchar su voz.

—Un policía me ha dicho que es usted una estafadora.

—Estoy acostumbrada a que digan eso de mí, Bill. Solo te diré, sin cobrarte un solo dólar, que esta noche he soñado contigo y estás a punto de atravesar una puerta de no retorno.

—¿Lo ve? Está loca.

La paciencia de la médium se agotó y colgó el teléfono. Bill volvió a llamarla varias veces seguidas, pero no obtuvo respuesta. También llamó a su prima Eve con la intención de contarle sus planes, pero al ver que no atendía a sus llamadas, decidió dejar una carta encima del escritorio, justo al lado del ordenador de Nora donde aún se veía escrito en la pantalla: «Tú aún no has vivido lo nuestro».

18 de abril, 2017

Queridos amigos y familiares:

Si leéis esta carta significa que he muerto o he desaparecido en misteriosas circunstancias como mi amiga Nora y los dos policías del tres al cuarto García y Backer (quiero que quede constancia de esto) no han movido un solo dedo para encontrarla, archivando el caso antes de tiempo. Sin embargo, no estéis tristes porque no habrá sido en vano. Además de demostrarme a mí mismo que soy capaz, voy a encontrar al hombre que se ha llevado a Nora. Os dejaré alguna pista, seguro.

Os quiere,

Bill.

P.D. No quiero dramas en mi funeral. Mi deseo es que bailéis al ritmo de Highway to Hell. Quiero donar mis órganos, ser incinerado y que lancéis mis cenizas, sin que os pillen, por el puente de Brooklyn. Si no hacéis nada de esto, mi espíritu os perseguirá toda la eternidad. ☺ Perfecto

Cogió una Coca Cola *light* de la nevera, un bol de palomitas y encendió el televisor, acurrucándose junto al gato en un rincón del sofá.

—Ay, *Monty*, perdóname. Ni siquiera he buscado a tus dueños —se lamentó, acariciando la cabeza del viejo gato negro.

Pero no había tiempo que perder. Por si moría en unas horas, necesitaba ver una vez más a Brad Pitt en *Leyendas de pasión,* a Julia Roberts en *Pretty Woman* y *El diario de Noah*, que para él era la historia de amor más bonita. Tenía tiempo. Aún faltaban unas cuantas horas para que el extraño hombre apareciera en el callejón sin salida, inundando con su presencia la solitaria Front Street.

LA DESAPARICIÓN DE BETTY

NORA

Septiembre, 1965

Hola, Bill:

No sé ni por dónde empezar. Bueno, sí, que te echo de menos. ¿Eso te sirve para enfadarte un poco menos conmigo? ¿Leerás algún día esta carta? Es la primera que te escribo desde que aparecí en 1965, hace ya cuarenta días, y ni siquiera sé si algún día podrás leer esto aunque sí te prometo que volveré. Si el tiempo en 2017 no se ha detenido, estarás preocupado por mí y no sabes cómo te entiendo. Aquí ha desaparecido una mujer; Jacob y yo creemos que se la ha tragado algún portal del tiempo, puede que el mismo que me trajo a mí aquí. Si la ves, ayúdala. Se llama Betty. Trátala como me trataste a mí desde que me conociste, con ese punto de locura tan tuyo y esa sonrisa que volvería locas a todas las mujeres de Brooklyn si no fuera porque se te nota demasiado la pluma.

No debes estar entendiendo nada, claro. Ya sabes que siempre se me ha dado mal empezar a contar las cosas desde el principio y que soy más de construir la casa por el tejado. Qué desastre.

Ay, Bill… Quiero contártelo todo. Me gustaría viajar para decirte que estoy bien, pero que debo quedarme aquí, en 1965, donde mi abuela tiene treinta y cinco años, regenta la cafetería y apenas lleva un mes de relación con el abuelo. Que he conocido a un hombre, Jacob, al que apodan Jacob el Boxeador y eso te dará pistas sobre su profesión. Y que me he enamorado como una idiota, no sé si porque por destino me correspondía o si, de alguna forma, este viaje temporal nos ha impuesto que debía ser así. Qué puedo decirte de él… Creí conocerlo de antes, pero me equivoqué. La sorpresa va a ser grande cuando te enteres. Es el hombre más increíble que conozco, Bill, aunque en apariencia pueda demostrar ser alguien muy distinto. Cuando nadie nos mira se muestra atento y dulce, le encanta acariciar mi cabello y mirarme fijamente a los ojos como si en ellos viera algo espectacular. Y no puedo dejar de preguntarme qué ha visto en mí y cómo he podido viajar años luz para enamorarme de alguien que por época no me pertenecía. Y de eso se trataba, de lo que me decía siempre la abuela: coincidir. Jacob sabe quién soy y de dónde vengo, incluso conoce detalles del futuro que a mí, en un principio, me descolocaron por completo. Es un alivio poder compartir este secreto con él en un periodo que no me resulta tan duro ni tan raro. Me he adaptado bien. ¿He venido aquí a enamorarme de un hombre, Bill? Suena tan simple… En parte, es como seguir allí, en el siglo XXI, pero sin móviles ni tecnologías y volviendo a tener a mi lado a las dos personas que más he querido en esta vida. Con la pena, por supuesto, de no tenerte a ti y con el corazón alborozado (¿me habré vuelto cursi?) al haber conocido a Jacob. Por otro lado, he vivido momentos en los que hubiera deseado que estuvieras aquí. ¿Recuerdas a la camarera torpe de la que te hablé y el concierto de los Beatles en el estadio Shea de Queens? Sí, esa camarera torpe era yo.

Volveré, Bill. Y te lo contaré todo esperando que no me taches de loca. Tú nunca harías eso, ¿verdad? Espero que hayas tenido la cita perfecta gracias a Tinder o Meetic y que te hayan regalado otro mes gratis por tu atractivo y la cantidad de hombres que se han inscrito solo para conocerte. Seguramente, romperé esta carta para que la abuela no la descubra, pero no sabes el peso que me he quitado de encima al sentir que, con cada palabra, desde algún lugar, puedes sentirme. La sensación de volver a tener a Beatrice es indescriptible. No poder abrazarla ni llamarla abuela y que crea que soy otra persona, una mujer llamada Kate Rivers (que debía venir a trabajar con ella, pero que nunca apareció), duele a veces. Duele mucho. Lo mismo pasa con John, mi abuelo. Si lo abrazara, creo que la abuela me pegaría. Es muy celosa y lo quiere con locura.

Nos volveremos a ver cuando me den la señal, en principio será en noviembre. Espero que no sufras por mí y que entiendas que todo esto es una aventura extraordinaria que estoy viviendo con intensidad tal y como siempre me has recomendado que haga con la vida.

Te quiere,

Nora.

BEATRICE

Le he dicho a la policía que Betty no se hubiera ido a Irlanda sin avisarme y que si me lo hubiese dicho, por muy despistada que esté últimamente, me acordaría. Lleva una semana desaparecida, la hemos buscado por todas partes, incluso de noche. Han entrado en su apartamento, pero no han visto nada extraño o fuera de lugar. Betty se ha esfumado y quiero creer que por voluntad propia. Ojalá no le haya pasado nada malo. Y quiero esforzarme también en no echarle las culpas a Kate o hacerla sentir culpable porque estoy segura de que la desaparición de Betty tiene que ver con su confesión de que Jacob estaba saliendo con ella. Y vaya si salen. Desde aquel combate de boxeo, Jacob ha dejado de lado sus entrenamientos para pasarse las horas en el café sin poder apartar la vista de Kate.

No puedo dejar de pensar en Betty y las ganas que tenía, a sus veintisiete años, de trabajar como secretaria en algún bufete de abogados. Le dije que me parecía un empleo difícil de conseguir; la mayoría de secretarias entran por enchufe o tienen experiencia y combinan otros trabajos similares con las clases nocturnas de contabilidad. Qué pena, pobre Betty. La última vez que la vi iba con sus pesados libros y la mirada triste. Siempre me decía que quería ser como yo. Llevar las riendas de su vida sin depender del trabajo de ningún hombre. Quería ser libre. Si la libertad es desaparecer y preocupar a todas las personas de tu entorno, lo ha conseguido. Deseo con todas mis fuerzas que esté bien; creo, incluso, que iré a misa a rezar por ella. Hace años que no voy a misa, desde que murió mi padre, y no solo porque he estado muy ocupada con la cafetería abriendo de lunes a domingo, sino porque cuando murieron mis padres me enfadé con

Dios y dejé de creer en él. Y que me libre si lo voy anunciando por ahí a diestro y siniestro porque la mayoría de los vecinos de Front Street necesitan creer en algo y si les dijera que no existe me enviarían a la hoguera como a las brujas.

Son las cinco de la mañana y, curiosamente, hoy me he levantado antes que Kate. Últimamente está muy reflexiva; a veces la miro tratando de ver quién está más enamorado de quién, si Kate de Jacob o Jacob de Kate. Como si el amor, en vez de ser cosa de dos, fuera una competición. Estoy en la cocina de la cafetería preparando la primera tarta de zanahoria del día para tenerla a punto a las siete de la mañana. Antes solían pedirme más la tarta de manzana, pero ahora la de zanahoria tiene un éxito increíble y lo cierto es que me queda muy rica. Estoy aprendiendo nuevas recetas, así que pronto habrá variedad que espero que atraiga a clientes de otras zonas de Brooklyn. Los de aquí cada vez tienen menos dinero y eso nos afecta a todos, incluida a mí, que no puedo evitar pasar por un escaparate sin entrar en una tienda a mirar ropa que luego, si me gusta, compro. Qué le voy a hacer. Cada uno tiene sus vicios.

Kate aparece a las seis de la mañana. Me siento culpable porque me ha visto tarareando y bailando una canción. No quiero que piense que no sigo dándole vueltas al asunto de Betty.

—Se te han pegado las sábanas hoy —me río.

331

—Buenos días. ¿En qué puedo ayudarte?

—¿Has desayunado?

—No tengo hambre.

—Coge fuerzas, tómate un café.

—Eso sí me hace falta.

NORA

✂ —¿Se sabe algo de Betty? —le pregunté a la abuela mientras preparaba un café para despejarme. Anoche, a Jacob y a mí se nos hizo tarde en el callejón esperando una señal, el regreso de Betty o algo… Creíamos que la vecina podía haber viajado en el tiempo y supe que, con total seguridad, la angustia que sentía por su desaparición era similar a la que Bill debía sentir por la mía en 2017. Incluso le dije a Jacob que tenía que volver para decirle que estaba bien y explicárselo todo, pero me comentó que no podía hacerlo. No podíamos volver hasta noviembre, cuando llegase la señal.

—No, querida. Espero que no le haya pasado nada —respondió la abuela al cabo de un momento, entretenida mirando el horno—. ¿Cuántas mujeres son violadas y asesinadas al día? Según me dijeron el otro día, la estadística es alarmante. Cada ocho horas violan a una mujer. ¿Te lo puedes creer, Kate? ¡Cada ocho horas!

Sabía que Beatrice, a veces, me miraba de reojo y me culpaba de haberle confesado a Betty, sin compasión alguna, que estaba saliendo con Jacob. Pero nunca me dijo nada al respecto, algo que agradecí enormemente porque, pese a haberle afectado la noticia, tampoco creí que fuera la causa de su desaparición.

—¿Estás bien? —me preguntó.

—Sí. Bebo el café y te ayudo. ¿Voy cortando en porciones la tarta de zanahoria?

—Sí, por favor.

En la cafetería no se hablaba más que de la desaparición de Betty. No sabía que Eleonore era tan amiga suya y la pobre, entre la pérdida del bebé, lo mucho que le estaba costando volver a quedarse embarazada —según me dijo— y la desaparición de su amiga, estaba teniendo unos días angustiosos.

—Que aparezca pronto —rogaba mirando hacia el techo y sabiendo, al igual que todos, que entre los planes de Betty no estaba volver a Irlanda—. Debo escribirle una carta a su madre para informarla de lo sucedido. Pero no la quiero preocupar. Betty me contó que está enferma, sufre del corazón.

«Qué tragedia», murmuré, visualizando a Betty perdida y, lo peor de todo, sola en 2017. Ojalá coincidiera con Bill y la ayudara o supiera cómo volver a 1965. Tenía el presentimiento de que mi amigo no se había movido de mi apartamento por si yo regresaba. Ojalá Betty fuera una chica lista y no contara con detalles qué le había ocurrido o de dónde procedía si no quería acabar encerrada en un psiquiátrico. La parte egocéntrica que había en mí empezó a pensar sobre mi propia desaparición. ¿Aparecería mi fotografía en la sección de desaparecidos del periódico? ¿El tiempo transcurría de la misma forma? Me marché el doce de febrero de 2017 alrededor de medianoche, dos días antes de San Valentín, y aparecí, a plena luz del día, el doce de agosto de 1965. Llevo cuarenta y dos días en 1965. ¿Habrían pasado también cuarenta y dos días en 2017? Demasiadas incógnitas. Pero era afortunada. La abuela, sin saber quién era yo realmente, me había acogido en su apartamento y me había contratado como camarera en el café confiando en que era prima de una amiga suya a la que hacía tiempo que no veía. Bendita casualidad. Había pasado más de un mes y, con un poco de suerte, abandonaría 1965 sin que nadie sospechara que, en realidad, era una impostora haciéndome pasar por una Kate Rivers que seguía sin dar señales de vida.

—¿Sigue sin saberse nada? —preguntó Jacob, apoyado en la barra. Negué con la cabeza, apesadumbrada—. Quieres…

—¿Esperar otra noche en el callejón? No. Volverá, como yo volveré a 2017 —susurré—. Betty es una chica lista.

—Volverá —repitió él—. ¿Dónde está Beatrice?

—Con John, en el taller. ¿Dónde va a estar? ¿Sabes lo más curioso de todo? —reí—. Que creía que la abuela era una esclava de la cafetería. Que no se movía de aquí y que trabajaba de sol a sol y ahora me doy cuenta de que hubo una época en la que dejaba su negocio en manos de una camarera para irse con su novio. Suena a chiste.

—¿Y te molesta?

—No, en absoluto. Bueno, me gustaría ser yo la que tuviera una cita con mi novio o, al menos, que nos turnáramos, ¿no crees?

—¿Has dicho novio?

Fingí no haberlo escuchado, le di la espalda y empecé a limpiar la cafetera sin que hubiera necesidad de hacerlo. Se me escapó una sonrisilla boba recordando el apasionado momento en el puente de Brooklyn y al aguafiestas del policía que rompió la magia del momento.

—Nora, ¿has dicho novio? —insistió.

—No me llames Nora aquí —le ordené, aunque en un susurro.

Aurelius entró en la cafetería buscando a alguien. Me interrogó con la mirada y le dije que Eleonore había venido hacía unas horas, pero que ya se había ido.

—¿Ocurre algo? —pregunté.

Aurelius, melancólico, se acercó a nosotros y me pidió un café.

—Desde que desapareció Betty, está rara— confesó—. Bueno, y desde que…

«Perdió al bebé». Era doloroso decirlo para ambos.

—Entiendo.

Habría querido decirle que no perdiera la sonrisa. Que, pese a los golpes que a veces da la vida, sonriese siempre y mantuviera la esperanza. Que tenía una sonrisa bonita con la que podía conquistar a cualquier mujer cuando estuviese preparado para volver a enamorarse, en el supuesto caso de que enviudara. Ojalá pudiera advertirle que, algún día, el apartamento que felizmente compartía con Eleonore se convertiría en una pocilga sin vecinos que pudiesen ayudarlo. Quería evitar que sucediese. Pero cómo evitarlo.

—Ánimo, Aurelius.

Fue lo único que pude decir ante la mirada interrogante de Jacob.

BEATRICE

—¿No crees que Kate fue cruel al decirle a Betty que sale con Jacob? —me lamento, sentada en un taburete de madera en el taller de John.

—Beatrice, no creo que tenga nada que ver. Betty aparecerá, quizá ha conocido a alguien y se ha fugado unos días con él. Es joven y alocada. Deja de culpar a Kate, por favor.

—¿Por qué la defiendes?

—¿Estás celosa? —ríe John, sin mirarme, dándole una capa de pintura blanca a la barca. Me gusta estar aquí, junto a él, y ver la pasión con la que trabaja. Es rápido y ágil con las manos y me pregunto, inquieta, cuándo se atreverá a deslizarlas por debajo de mi vestido.

—¿De Kate?

—Mujer, no te pongas así. Kate no tiene la culpa de nada.

—No le he demostrado lo que siento.

—Pero lo debe percibir, es lista.

—Necesito hablar con Lucy, de esta semana no pasa.

—¿Y qué le vas a decir? Nunca has tenido una camarera tan eficiente. De no ser por ella no podrías estar tanto tiempo aquí, conmigo —explica dulcemente.

—No estoy diciendo que quiera que se marche, John —aclaro—. Kate me gusta. La convivencia con ella es fácil y es la mejor camarera que he tenido, me daría una pena enorme que se marchase.

—Pues olvida el tema de Betty. La policía la está buscando, seguro que la encontrarán.

Pero no puedo evitar sufrir por si le ha pasado algo.

—Si fuera yo la que desapareciera, ¿qué harías, John?

John esboza una sonrisa. Coloca el pincel sobre la mesa dejando que gotee pintura blanca en el suelo de cemento y se da la vuelta para acercarse a mí con cuidado de no mancharme. Pero soy yo la que se levanta y le da un abrazo, dejando que sus manos se deslicen por mi cintura y me susurre al oído: «iría hasta el fin del mundo para encontrarte».

Volvería a esas tardes de verano en Coney Island con todo el gentío bañándose en las cálidas aguas del océano Atlántico en las que John y yo, abrazados, nos olvidamos del mundo. Querría no volver a sentir la vergüenza que me dio mostrarme ante él en bañador la primera vez que fuimos. Mientras le beso, recuerdo nuestros paseos al atardecer en el paseo marítimo y cómo el helado sabía mejor por estar junto a él. Sentir, como si fuera la primera vez, la emoción del momento y el subidón de adrenalina cuando, aferrada a su mano, subimos a la montaña rusa *Cyclone Roller Coaster*, desde donde la ciudad me pareció diminuta y carente de interés. En lo que dura el beso, me da tiempo a imaginar una vida junto a John. Inventar que no somos dos, sino tres, los que disfrutamos de la playa de Brooklyn un verano cualquiera de años venideros y entonces, me doy de bruces con la realidad al entender que pronto llegará el otoño, que las hojas de los árboles cambiarán su color y pronto tendremos que usar bufandas y abrigos para protegernos del frío. Y entonces, son otro tipo de recuerdos los que me vienen a la cabeza: Brooklyn en Navidad, cuando mis padres vivían; el árbol que papá se empeñaba en decorar pese a las dificultades de la guerra; las bufandas imperfectas que tejía mi madre para resguardarme del frío; los besos antes de irme a dormir y la alegría que suponía recibir un nuevo año los tres juntos.

—¿En qué piensas?

—¿Te he contado alguna vez cómo se conocieron mis padres?

—Soy todo oídos, Beatrice.

NORA

Jacob y yo cambiamos nuestra rutina nocturna. A las nueve de la noche cerramos el café. Ni rastro de los dos tortolitos, Beatrice y John, aficionados a los bailes clandestinos del subterráneo del restaurante italiano Sicilia. Me hubiera gustado ir, saber por qué a los abuelos les atraía tanto ese lugar secreto y bailar con Jacob. De hecho, no sabía si bailaba bien o si le gustaba, algo que las mujeres parecían apreciar en esa época.

—¿A qué hora suele llegar Beatrice? —se interesó Jacob, mientras cruzábamos Old Fulton en dirección a Columbia Heights para sentarnos en uno de los bancos del paseo y contemplar la magia de los rascacielos por la noche. Las vistas no distaban mucho de las de 2017, pero en 1965 la gente se resguardaba en sus casas mucho antes y apenas se veían transeúntes en las calles nocturnas.

—Hay días que llega a las dos de la madrugada —contesto, poniendo los ojos en blanco.

—Pero eso es bueno. De esta forma concebirán antes a tu madre —rio pícaro.

—Mi madre debe nacer en agosto del año que viene, así que deberán concebirla en noviembre. Aún faltan dos meses.

—No sé cómo es en tu época, Nora, pero aquí las cosas van despacio, ¿entiendes?

Me mordí el labio inferior. Sabía que en esa época las cosas iban más despacio y me prometí a mí misma ponérselo difícil, pero, cuando Jacob me estrechaba entre sus brazos para resguardarme del frío, mi deseo por sentirlo aumentaba tanto que tenía que hacer un esfuerzo por contenerme.

—Estoy empezando a entenderlo.

Nos detuvimos en Columbia Heights esquina con Cranberry Street. Vi una casa de tres plantas que me recordó a la que había compartido con George y, aunque había escrito el punto final a nuestra historia, no pude evitar sentir cierta nostalgia.

—Hace un tiempo viví con un hombre —le conté—. Se llamaba George y creía que era el amor de mi vida hasta que me dejó cuando la abuela, Beatrice, se puso enferma.

—¿Te dejó porque tenías que cuidar de tu abuela? —preguntó atónito.

—Más o menos, sí. Me dejó porque no me quería, Jacob. Puede que en el siglo XXI la gente quiera menos.

—No creo que seáis tan distintos.

—Oh, créeme que sí. Cuando conozcas a Bill entenderás que sí, somos muy distintos, aunque creo que el propósito de todo el mundo es el mismo: ser feliz.

—¿Crees que Betty tiene algo que ver con nosotros? ¿Que su desaparición puede influir?

—No creo, Jacob. Espero que no, al menos.

—¿La gente de tu tiempo hace las cosas más rápido?

No me dio tiempo a responder, me besó con ternura y pasión a la vez. Dos horas más tarde, abandonamos el paseo empedrado de Columbia Heights y la soledad de las calles de Brooklyn para encerrarnos en su apartamento, que estaba situado en la misma Front Street. Nada más entrar, cerró la puerta, lanzó las llaves y me acorraló contra la pared sin dejar de besarme.

—¿Esto es distinto de lo que se hace en tu tiempo?

—Mejor, es mejor. Cállate —supliqué, dejando que me arrastrara hasta su dormitorio y me tumbara en la cama.

Noté lo rápido que le latía el corazón al posar una mano en su pecho y le acaricié el torso por debajo de la ropa. Jacob emitió un gemido y se colocó encima de mí, sintiendo mi cuerpo palpitante de deseo. Me miró fijamente y sonrió.

—¿En qué piensas? —le pregunté.

Pero no respondió. Se limitó a echarse junto a mí y, muy respetuoso, siguió besándome, feliz.

BEATRICE

Al levantarme y no ver a Kate durmiendo en el sofá he tratado de mantener la calma. He pensado que a lo mejor ha bajado al café para ir preparando los pasteles, pero tampoco estaba ahí. La oscuridad del local me ha recibido como una bofetada en la cara.

«No vayas a parecer su madre, Beatrice», me he reído para mis adentros, nerviosa, pensando que estaría en casa de Jacob el Boxeador. No he podido evitar sentir cierta envidia; yo aún no he estado en casa de John mientras que Kate, muy probablemente, haya pasado la noche con Jacob.

Sin embargo, me ha alegrado estar sola cuando al abrir la persiana he descubierto la sorpresa que estaba esperándome debajo de la puerta. Hubiera sido bonito que John siguiera fabricando para mí esas pequeñas joyas talladas en forma de esculturas de madera como hacía al principio, pero me he encontrado un sobre amarillento con la letra de Betty, que es inconfundible.

«Para Beatrice».

De inmediato, antes de abrir la puerta y hacer sonar la campana de la entrada, lo he abierto y me he encontrado con su letra alargada y desordenada:

Sé que me estáis buscando, pero he conocido a alguien, Beatrice. Sé que es inesperado y alocado, solo quiero que no os preocupéis por mí. También le he escrito a mi madre, en unas semanas recibirá mi carta. Me voy de Brooklyn, así que hazme el favor de decirle a mi casera que dé todas mis pertenencias a la parroquia y vuelva a alquilar el apartamento. No necesito nada. Estaré bien. Muy bien. Quizá volvamos a vernos.

Con aprecio,

Betty.

No puedo negar que me ha extrañado y he pensado en cosas descabelladas, como que alguien la ha obligado a escribir la nota para que la policía abandone el caso y dejen de buscarla. ¿Es algo propio de Betty? ¿Donar sus pertenencias? Betty está muy orgullosa de sus vestidos y complementos; me extraña que alguien como ella diga que no necesita nada y lo haya dejado todo en su apartamento. Me doy cuenta de que conocemos muy poco a las personas que nos rodean, pero podría ser. ¿Tan rápido se ha desenamorado de Jacob?

«Tan rápido como te desenamoraste tú de Monty», me dice una vocecilla interior que sabe que Betty estará bien. Cuando volvió de Irlanda vino hablando de un tipo que había conocido allí y del que destacaba sus dotes como bailarín, así que es posible que la haya venido a buscar y se hayan ido lejos. Qué romántico.

Dentro de unas horas, cuando Kate venga, acudiré a la policía y les enseñaré la nota. Me ha dejado como responsable para tranquilizar a los vecinos que se han preocupado por ella y han ayudado en su búsqueda pegando carteles por todas partes y mirando en los lugares más insospechados de la ciudad.

Aun así, sigo sin poder quitarme a Betty de la cabeza. Algo me dice que este asunto es raro e inverosímil y me da mala espina.

¿Qué debo hacer?

Siete horas más tarde

✤ —Betty Walsh se presentó ayer por la tarde en comisaría, señorita Miller —me informa un agente.

—Eso me deja mucho más tranquila —le digo, doblando en cuatro partes la nota que me dejó.

—Sentimos no haber avisado, la señorita Walsh nos aseguró que sus vecinos ya estaban informados al respecto y pidió disculpas por los días que había pasado sin dar señales de vida. Creyó que nadie repararía en su ausencia.

—Es una calle pequeña, agente. Nos conocemos todos y en la medida de lo posible nos ayudamos los unos a los otros.

—Pues ya no tienen de qué preocuparse. Doy fe de que la señorita Walsh se encuentra bien.

—Muchas gracias, qué alivio.

Al salir de la comisaría, John me está esperando. Le sonrío y le cuento lo que me acaba de decir el agente, pero aun así no puedo deshacerme del mal presentimiento que he tenido desde el día en que Betty no abrió la puerta de su apartamento. Semanas desaparecida, días en los que la incógnita, finalmente, ha llegado a su fin. Se ha ido con un hombre, ¿con quién? Fue a comisaría a dar señales de vida en vez de a la cafetería, ¿por qué?

—No puedo dejar de hacerme preguntas —le confieso a John, compungida.

—Si los agentes te han dicho que no tienes nada de qué preocuparte y que la vieron bien, no sigas, Beatrice.

—No éramos muy amigas, ¿sabes? Eleonore va a ser la que de verdad la eche de menos. Yo siempre pensé que hablaba y sonreía demasiado, que era una excéntrica irlandesa sin modales y demasiado guapa. En el fondo, creo que la envidiaba un poco y de verdad me alegraba cuando se iba todo el mes de agosto a Irlanda. Un mes entero sin verla, ¡qué alivio! Casi no me acordaba de ella. Un mes en el que no tendría que soportar que viniera cada día a recordarme que Jacob el Boxeador la ignoraba; me preguntaba constantemente si yo creía que era una nueva táctica de conquista. Ella decía: «puede que me ignore para que esté aún más colada por él» y yo me tenía que callar, cuando lo que me hubiera gustado decirle es que si un hombre te ignora es porque no le gustas, no porque quiera conquistarte. ¡Dios mío! Podía ser tan egocéntrica a veces... Pero lo más raro de todo es que tengo la corazonada de que no la voy a volver a ver más, John. Que igual, a veces, me porté mal con ella o la ignoré y me arrepiento. Me arrepiento si no voy a volver a tenerla en el café hablándome de lo desdichada que se ha sentido siempre en el amor.

—La vas a echar de menos —resume John, asintiendo.

—Sí —reconozco, apoyando la cabeza sobre su hombro y manteniendo unos segundos de silencio—. He dejado a Kate en el café, ¿te apetece ir a comer a Coney Island? Ojalá hiciera calor para poder darnos un baño —sonreí, recordando nuestras tardes de sol, arena y mar—. Podemos ir a comer un perrito caliente y subir a la noria, si no tienes mucho trabajo.

—Lo mejor será que primero subamos a la noria y luego nos comamos ese perrito caliente.

—Tienes razón —me río—. No sé cómo lo haces, John, pero cuando estoy contigo todo tiene otro color. Antes de que llegaras a mi vida, cuando estaba sola, si algo me preocupaba era incapaz de sonreír. Ahora, por muchas preocupaciones que me agobien, sonrío. Sonrío porque te tengo a ti.

—Y me vas a tener siempre, Beatrice —asegura, mirándome fijamente con esos ojos azules que me hipnotizan por completo—. ¿No tienes la sensación de que nos conocemos desde siempre? ¿Que es como si llevásemos más tiempo juntos?

—Eso fue lo que les ocurrió a mis padres —pienso en voz alta—. Cuando se conocieron tuvieron esa misma sensación, la de conocerse de toda la vida.

«¿Te cuento un secreto? Con Kate Rivers también tengo esa misma sensación como no la he tenido jamás con nadie», me cuento a mí misma.

EL MISTERIO DEL CALLEJÓN

SESENTA Y CINCO DÍAS DESAPARECIDA

Abril, 2017

Jacob el Viajero, una silueta oscura y silenciosa que aprovechaba la discreción de la noche atemorizando a Bill, seguía observándolo desde la acera para atraerlo tal y como ella le había pedido. Para Jacob, apenas habían transcurrido unas pocas semanas; a Bill y a Nora, los eternos amigos, los separaban cincuenta y dos años. Todo iba según lo planeado. Front Street se había convertido en una especie de claustro sagrado. Por un lado, estaba el portal del callejón junto a la cafetería: «2017-1965», que se abría durante quince minutos a medianoche y unía dos líneas temporales que estaban destinadas a desaparecer. Por otro lado, justo enfrente de donde vivía su padre —Jacob el Boxeador— en los años sesenta, el portal «2057-

2017» también se abría durante quince minutos, de once menos cuarto a once en punto de la noche. Eran infinitas las ganas que tenía de volver a tener a su madre delante y que supiese quién era él en realidad, sin secretos ni silencios, pero aún debían esperar. Jacob temía volverse loco entre portales y diferencias horarias que no tenían nada que ver con un simple *jet lag*. Notaba cómo su cabeza empezaba a fallar en según qué momentos y cómo, a veces, no podía pensar con claridad o un temblor poco común se apoderaba de sus piernas. La puntualidad y la concentración eran cualidades importantes para el viajero si quería llegar a la época en la que debía finalizar con éxito la misión que tenía encomendada.

«Nunca creí que esto fuera tan difícil», pensaba a diario.

El siguiente paso era conseguir que Bill se adentrara en el callejón. Jacob estaba impaciente, tenía que ser esa noche. Nada podía cambiar. Eran las 00:05 horas y Bill, aterrado, llevaba cinco minutos mirando la acechante silueta desde la ventana, pero no se atrevía a bajar. Qué fácil había sido planearlo todo horas antes, escribir una carta de despedida y pensar que podría luchar contra el psicópata que tenía escondida a su amiga Nora en un zulo subterráneo con acceso desde el callejón.

El tictac del reloj angustiaba al viajero del tiempo, al que unas gotas de sudor le cayeron por la frente al ver que el amigo de su madre no tenía el valor suficiente para bajar.

—Vamos, Bill, amigo… Tú puedes —murmuró, dando un paso hacia delante—. Voy yo primero. Luego te toca a ti. Nos quedan diez minutos.

—Se va. Se va. *Monty*, es ahora o nunca. Ahora o nunca —repitió Bill, negando enérgicamente con la cabeza; le dio un último sorbo a la Coca cola *light* y se llevó la lata consigo.

Cuando Jacob desapareció por el callejón nocturno de 2017, aprovechó la luz del día y el ajetreo del mes de octubre de 1965 —donde había aparecido— para pasar desapercibido y correr hacia el portal que lo transportaría, llegada la hora, a 2057 con la esperanza de que Bill ya hubiese bajado a la calle y se diera de bruces con el portal que lo llevaría al lugar del que él, por seguridad, estaba huyendo. Aún debía esperar unas horas antes de poder volver a su tiempo así que, con precaución, callejeó sin rumbo mientras contemplaba el esplendor de Brooklyn en los años sesenta. Al viajero del tiempo siempre le había fascinado la época de sus bisabuelos.

—*Monty*, no te muevas de mi lado —le rogó Bill al viejo gato que tenía cogido en brazos mientras se adentraba en el callejón—. Santo cielo, ¿qué es eso? *Monty*, la pared se mueve. ¿Lo ves? ¿Se mueve? ¿Qué llevaba la Coca Cola *light*? ¿Qué le meten a esto? —preguntó, frotándose los ojos y sin poder apartar la vista del movimiento constante de la pared de ladrillos que tenía enfrente. Había cambiado de color, se había transformado en violeta. Bill no creía lo que estaban viendo sus ojos. Eso no podía ser real—. ¿Vienen los extraterrestres o es cosa de la Coca Cola? —Lloriqueó, apretujando en exceso al gato, que logró zafarse de él—. ¡Ay, *Monty*! ¡Ay, *Monty*, que nos llevan! ¡*Montyyyyyyyyy*!

El grito ahogado de Bill Lewis se quedó en el frío aire nocturno del dieciocho de abril de 2017. Su cuerpo se esfumó con la rapidez de un recuerdo inesperado a las 00:14, justo a tiempo. El callejón, solitario y tenebroso, volvió a la normalidad con un viejo gato desamparado que esta vez no había viajado en el tiempo ni siquiera para verse a sí mismo corriendo años mejores en los que una mujer adorable llamada Beatrice lo alimentaba muy bien. *Monty*, cansado de las palomitas y las latas de atún de Bill, rebuscó en la basura por si había algo decente que comer. Pero unas viejas manos aparecieron para llevárselo con el tono de voz cariñoso que siempre, desde que se conocieron, había empleado con él.

—*Monty*, cuántos días sin verte, querido. ¿Qué haces rebuscando en la basura? Vámonos a casa.

TODOS ESTÁN BIEN

BEATRICE

Septiembre, 1965

—A finales de septiembre, por la tarde, hay menos trabajo —le digo a Kate. Son las ocho y media y la cafetería está vacía—. A todos les apetece regresar antes a casa, empieza a hacer frío y el frío en Brooklyn es terrible, ¿verdad, Jacob? —El boxeador asiente, conforme—. También influye que estemos a finales de mes, demasiados gastos. Yo me quedaré, tengo que hacer una llamada importante y no puedo demorarla más tiempo.

—¿Seguro que no necesitas ayuda? —pregunta Kate, siempre tan amable.

—No, querida, bajaré la persiana para que te vayas tranquila con tu chico. —Les guiño un ojo a ambos y sonrío—. ¿Hoy también te quedarás a dormir en su casa? Lo digo para no preocuparme. Desde lo de Betty, si no me avisas siempre pienso que te ha podido ocurrir algo.

—Serás una gran madre, Beatrice —murmura Kate, sin saber que sus palabras me llegan a lo más hondo y trato de reprimir el impulso de darle un abrazo. Aún no le he dicho que ahora mismo es mi mejor amiga. Lo comparo con una relación, cuando uno de los dos teme confesar sus sentimientos al otro por miedo al rechazo—. Lo digo en serio, serás una gran madre —repite, ahora más alto y tan emocionada como yo. Noto cómo le tiembla el mentón y se arrima cada vez más a Jacob, como si buscara en él consuelo o protección.

Al carajo el rechazo. Esta chica necesita un abrazo, lo percibo en la mirada que me dedica. Imprevisiblemente, doy un paso al frente, rodeo lentamente la barra y me sitúo frente a ella para arroparla entre mis brazos. Jacob nos observa con una sonrisa ladeada mientras siento cómo a Kate se le caen las lágrimas sobre la hombrera de mi chaqueta de lana.

—Pero no llores, mujer. ¿Por qué lloras, Kate? ¿Estás en esos días?

—Será eso —asiente, encogiéndose de hombros.

—Venga, idos y pasadlo bien. Voy a cerrar caja y subiré a casa pronto. Hoy toca noche con mi gato —me río—, John tiene que terminar el barco y anda insoportable. Ha trabajado mucho en este proyecto, así que no lo veré hasta mañana —les cuento, aún sobrecogida por las lágrimas de Kate.

—Baja la persiana, Beatrice —me aconseja Jacob mientras sale a la calle.

—Ahora mismo. Lo voy a hacer delante de vosotros, para que me creáis —bromeo.

Observo cómo se alejan calle abajo hacia el apartamento donde vive Jacob. Van cogidos de la mano. Bajo la persiana porque lo que menos me apetece mientras hablo por teléfono con Lucy es que un par de atracadores me asalten. Algún vecino tiene puesto el folk de Woodrow Guthrie, al que tanto admiraba mi padre por su valentía al considerarse uno más entre la gente común, los pobres y los oprimidos e ir en contra del fascismo y cualquier tipo de explotación humana. La rítmica y pegadiza melodía de *Little Black Train* me acompaña mientras recorro el pasillo que me lleva hasta la cabina en la que está el teléfono que tan poco uso le doy por el coste abusivo que tiene. Pero tengo una conversación pendiente. Necesito decirle a Lucy que su prima se ha convertido en mi mejor amiga y que me sorprende que no me haya llamado para saber qué tal le va todo.

Son casi las nueve de la noche. ¿Qué hora es en Oregón? ¿Localizaré sin problemas a Lucy en la tienda?

—¿Lucy? ¡Lucy, querida! ¿Qué hora es en Oregón?

—¡Beatrice! ¡Qué alegría escucharte! Aquí son casi las seis de la tarde, ¿y en Brooklyn?

—Casi las nueve de la noche. ¿Cómo estás? Me extraña mucho que estando tu prima aquí no me hayas llamado.

Juro por Dios que no he querido sonar acusatoria.

—Lo sé, lo sé. Ando muy liada con la tienda, me quedo cosiendo hasta las tantas de la madrugada, Beatrice. Una locura —se excusa bufando, como si hubiera acabado de correr una maratón.

—Eso es bueno.

—Sí, no me puedo quejar. ¿Cómo está Kate? ¿Está bien?

—Es una trabajadora sorprendente, la mejor camarera que he tenido —respondo con orgullo.

—¿Sí? ¡Cuánto me alegro! —exclama feliz. Creo que está dando palmas.

—Sí, querida. Y además sale con un chico.

—¡No puede ser! ¿Kate? ¿De verdad?

—Con un boxeador que las vuelve locas a todas. Bueno, menos a mí, todo hay que decirlo.

—¿Con un boxeador guapo? ¿Kate?

—Con lo guapa que es, querida, es normal. No sé por qué dudas tanto.

—¿Que Kate es guapa? —insiste, con su habitual tono de voz agudo—. Bueno, sobre gustos no hay nada escrito, claro. Puede que su belleza resulte atractiva en Brooklyn.

—La belleza es belleza en Brooklyn y en Oregón por igual, querida. ¿Acaso estáis ciegos?

—No, Beatrice, me refiero a que Kate nunca ha destacado por sus atributos físicos. Pero oye, que me alegro, eh. Díselo de mi parte. Que me alegra mucho oír eso. ¿Y os lleváis bien? ¿Sigue viviendo en tu apartamento?

—Sí, sigue aquí y puedo decirte que la considero mi mejor amiga. Tu prima es increíble.

—¿Tu mejor amiga? ¿Que Kate es increíble? Chica, me estás hablando de una Kate que no reconozco.

—¿A qué te refieres?

—Mi prima es muy silenciosa, ya te dije que era rara y que a veces se queda con la mirada perdida y no reacciona por mucho que la llames. Creo que es un poco tonta, pero cuando estas cosas no se diagnostican a tiempo nunca se sabe. Aquí apenas se relacionaba con nadie, no me extraña que su prometido se fuera con otra. Aunque queda feo que fuera una parienta, la verdad. Que por cierto, se casan. Ni se te ocurra decírselo a Kate, le puede dar un síncope.

—¿Su exprometido se casa con la prima? —pregunto, escandalizada.

—Sí, hija. La familia lo ha asumido y ya no lo ve tan mal. El chico, que es más bien feo y también algo rarito, se ha hecho la víctima, que eso siempre funciona, y ha dicho que no podía estar con alguien como Kate. Que era demasiado extraña para él y no habría salido bien. Todos, conformes, le han dado la razón y el beneplácito para que se casen. Por supuesto, respiran aliviados porque Kate ya no vive en el pueblo y ojos que no ven, corazón que no siente. ¡Menudo favor les has hecho llevándotela! Si esto hubiese ocurrido hace cien años degüellan al chico, fíjate lo que te digo.

—No hables así, mujer. El amor no entiende de razones —le digo, por mucho que me duela por Kate.

—Por eso te digo que me alegra que le vaya tan bien a mi prima, que se haya echado novio y la tengas tan bien considerada. Uy, entra una clienta, Beatrice. Tengo que colgar. Te llamo pronto, ¿te parece bien?

—De acuerdo. Un placer hablar contigo, un beso.

—Un beso, amiga. Hasta pronto.

—Tú sí que eres un poco tonta, querida —le digo al auricular del teléfono, asegurándome de que Lucy ya no está al otro lado de la línea porque, con las prisas, ha colgado antes que yo.

NORA

Jacob y yo, con independencia de la hora, siempre pasábamos de largo por el callejón, sin mirarlo con el rabillo del ojo siquiera. Así, evitábamos tentaciones. Nadie se acordaba ya de Betty. Su desaparición había dejado de ser un misterio para convertirse en una locura cometida, al parecer, por amor. «Muy típico de Betty», comentó Eleonore, riendo, y contempló la posibilidad de que se tratara de William, el bailarín irlandés que habría venido hasta Brooklyn para llevársela. «¡Qué romántico!», exclamó la señora Pullman, sorbiendo su taza hirviendo de café. Era sorprendente; Jacob y yo parecíamos ser los únicos que no creíamos en la versión que había dado la abuela. Y esperábamos que Betty fuera feliz en la época en la que apareciese en el caso de que hubiera descubierto fortuitamente el portal. No sabíamos ni dónde ni cuándo.

También era probable que todo fuera más sencillo y, en realidad, siguiera viviendo en 1965 junto al irlandés. Quién sabe. «Allá cada uno con su vida», dijo Jacob en su momento.

Por mi parte, le había contado a Jacob lo más cerca que estuve en mi tiempo de creer en los viajes temporales antes de experimentarlo en primera persona. El hecho de hablar sobre ello nos hacía sentir más normales. Jacob y yo conversábamos mucho mientras esperábamos que ocurriese algo y me repetía mentalmente que era un hombre nacido en los años 30, que era lógico que hubiera diferencias entre nosotros. Entendí por qué el abuelo decía siempre que los hombres de «hoy en día» no eran como los de antes y que se había perdido el encanto en las relaciones por querer ir demasiado rápido. Probablemente, tenía razón.

En una de nuestras conversaciones le conté que en un enlace de publicidad de Facebook entré en una página web que hablaba de los fenómenos extraños de Bold Street, en Liverpool. Pero antes tuve que hablarle de las nuevas tecnologías y explicarle qué era Facebook. En esa página leí testimonios "reales" de quienes habían vivido un involuntario y fugaz viaje en el tiempo. Solo recordaba algunos casos, como el de un policía de Liverpool llamado Frank, que en julio de 1996 y, mientras paseaba por la calle, vio un pequeño furgón de los años cuarenta, que apareció de repente. Cuando reaccionó, se percató de que la librería Dillon´s había desaparecido. En su lugar estaba una tienda de ropa y complementos de la década de los cuarenta llamada Cripps. Confuso, miró a su alrededor y se dio cuenta de que la gente también vestía como en los años cuarenta. Se asustó mucho, temiendo haberse vuelto loco. Siguió caminando, desconcertado, cuando se encontró con una chica que iba vestida como en su época. Decidió seguirla y ambos entraron en la tienda de moda Cripps; una vez dentro, comprobaron que allí solo había libros, que era la librería Dillon´s tal y como estaba en 1996. Al salir a la calle, todo había vuelto a la normalidad. Nunca se explicaron lo sucedido.

—Por lo visto —continué explicando—, se han producido a lo largo de los años varios casos, como si en esa calle hubiera conexiones con distintos periodos de tiempo, sobre todo con los años cuarenta, cincuenta y sesenta. Como en el callejón.

—Qué cosas más extrañas. En esa calle la época cambia, entonces. El portal del callejón está abierto durante un tiempo determinado conectando 2017 con 1965. Es algo diferente.

—Creía que no podía ser posible —confesé—. Hasta ahora.

—¿Cómo te has sentido cuando Beatrice te ha abrazado?

—No he podido contener la emoción. Ha debido pensar que soy una idiota.

—Te aprecia mucho, se le nota. ¿Crees que de alguna manera puede sentir que eres su nieta?

—Yo sentí algo con Jacob. Nuestro hijo. —Sonaba rarísimo decirlo así—. Quería irme con él, pero en ningún momento pensé que fuese alguien tan importante.

Nos detuvimos frente a su portal. De nuevo, buscaba en mis ojos una respuesta. Un sí, un no, un quizás… Jacob tenía muchos miedos a causa de una infancia dura: la pérdida de su madre y el maltrato de un padre alcohólico al que hacía años que no veía. Acostumbrado a los golpes del *ring* desde los dieciséis años, parecía llevar una mochila cargada de piedras que, según me había confesado, se iba aligerando gracias a mí. Una noche, abrazados en la cama, me contó con lágrimas en los ojos que le daba pánico ser como su padre. Ser un rostro terrorífico para un niño pequeño que fuera hijo suyo. Yo, acariciándole el cabello, le dije lo mismo que le había dicho a la abuela minutos antes de salir del café. «Serás un gran padre, Jacob. Estaré contigo». Eso pareció aliviarle. Me contó que había dejado el boxeo, de repente, de un día para otro. Que había visto cómo lo miraba cuando se subió al *ring* y noqueó fácilmente a los tres jóvenes, y no lo podía soportar. «No quiero que vuelvas a mirarme así», me susurró. No le dolió que su promotor, cabreado y rencoroso, se negara a ofrecerle un último combate de despedida porque le parecía que estaba cometiendo un gran error, pues estaba en su mejor momento. «Pero, en realidad, soy un viejo —se rio—. Ahora les toca a los jóvenes vivir su momento de gloria. A mí me aburrió».

—¿Cómo fue tu primer combate?

—Luché hasta el final. Me ganaron, claro, pero no me hundí y entrené muy duro para ganar el segundo. Y luego el tercero, el cuarto… Más de trescientos combates, Nora. Estoy cansado de luchar.

—Ya no tienes que luchar, Jacob.

—¿Y qué haré en 2017? No sé hacer nada.

—Sabes boxear. Y lo haces muy bien, aunque no me gustes cuando estás encima del *ring*. —Me gustaba recordárselo porque era precisamente eso lo que a las chicas de los sesenta las volvía locas. Quería dejarle claro que «lo nuestro» era distinto—. Puedes entrenar a chicos jóvenes en un gimnasio, por ejemplo —se me ocurrió. Por la cara que puso, le pareció buena idea. Era algo en lo que había pensado cuando me preguntaba qué iba a hacer Jacob en 2017 y, sobre todo, qué excusa pondría al enseñar su documentación. Cómo un hombre nacido en 1931 aparenta treinta y cuatro años en una época en la que debería tener ochenta y seis—. Estaremos bien —le prometí, entrelazando nuestros dedos. Me sentía angustiada porque sabía cuándo iba a morir, aunque no quería demostrarlo. En realidad, muy pocas personas quieren saberlo, ¿no? Es macabro. Si te dieran un libro sobre tu vida, ¿leerías cómo va a ser el final?

Esa noche, Jacob me miraba de una manera distinta, más intensa. Con deseo. Todo indicaba que, por fin, íbamos a dar un paso más. En la penumbra de su dormitorio, me besó en los labios con dulzura, acariciándolos con cada beso mientras sus manos empezaron a recorrer mi cuerpo, haciéndome estremecer y vibrar como nunca antes. Se colocó sobre mí y debió notar cómo temblaba, deseando con ansia sentirlo dentro de mí. Me aferré a él con la respiración agitada.

—Quieres… —murmuró excitado, mordisqueándome el cuello.

—Es lo que más deseo ahora mismo, Jacob.

RECORDARÁS SU NOMBRE

NORA

Octubre, 1965

«Nunca te dejes engañar por el cielo de Brooklyn. Da igual que amanezca azul, sin una sola nube estorbando y con un sol resplandeciente. Abrígate, va a hacer frío» — solía decir la abuela.

Pedacitos de cielo en forma de tartas dispuestas en la vitrina, la cafetera en marcha con ese ruido estridente similar al de un barco de vapor que ya ni escuchábamos por la costumbre y la campanita de la puerta de la entrada sin dejar de sonar. Ojos adormilados, gabardinas largas de colores crudos, leotardos, gorros y bufandas; dosis de cafeína y porciones de pastel para los más golosos; pop del bueno de los sesenta sonando a lo lejos y en el tocadiscos del café, y el ir y venir del tráfico con esos autos en tonos pastel que miraba con normalidad, totalmente adaptada a la década. Ese día las primeras páginas de los periódicos informaban de la visita a los Estados Unidos del papa Pablo VI, la misa que había oficiado en el Yankee Stadium de Nueva York y su discurso ante la Asamblea General de las Naciones Unidas. No se hablaba de otra cosa.

Aurelius y Eleonore nos dieron una buena noticia: Eleonore volvía a estar embarazada y, aunque la alegría se veía reflejada en sus rostros, cierto temor a que volviera a salir mal se dejaba entrever en las miradas que se dedicaban. Yo, catastrófica, los miraba en silencio simulando una ilusión que no sentía porque sabía que algo iba a ocurrir. Aurelius jamás fue padre.

—Esta vez saldrá bien —me comentó la abuela, esperanzada, cuando se marcharon—. Los envidio un poco, ¿sabes? John y yo todavía no…

—¿Todavía no qué? —pregunté, aguantándome las ganas de echarme a reír.

—Ay, querida, pues imagínatelo. No ha surgido, John tiene mucho trabajo en el taller, yo en la cafetería y…

—Pues para tener mucho trabajo —la interrumpí—, os veis todos los días. Digo yo que algún momento habrá surgido, ¿no?

—No creo que una sala de baile, la calle o su taller sea el mejor lugar, querida. Además, si todo fuera demasiado rápido perdería su encanto, ¿no te parece? Jacob y tú…

Jacob y yo habíamos dado un paso más en lo nuestro, sí. De hecho, desde la primera vez que hicimos el amor no había vuelto a dormir en el apartamento de la abuela y levantarme veinte minutos antes merecía la pena solo por pasar la noche abrazada a él. Usaba sus camisetas viejas para dormir. Cuando despertaba iba al apartamento de Beatrice y elegía, buscando en su armario, un vestido bonito para cambiarme de ropa y bajar al café a prepararlo todo. La abuela había ordenado el armario y había escrito nuestros nombres en las perchas. Así sabíamos a quién pertenecía cada vestido. Algunos eran nuevos; otros, más antiguos. Estos últimos me los había cedido a mí. «Para que no tengas gastos», me dijo. Los cajones estaban llenos de ropa interior que también había clasificado por «Kate» y «Beatrice» y se había tomado la molestia de dejarme leotardos, medias, un par de zapatos, tres jerséis de nailon, una bufanda y hasta un gorrito de lana hecho a mano; no quería que pasara frío. Nunca supe cómo agradecérselo lo suficiente. Los lunes, una mujer irlandesa y su hija —que vivían en la calle de atrás— iban a recoger la colada en una bolsa que Beatrice les dejaba preparada. Se la devolvían el miércoles y la abuela, que se negaba a utilizar lavadora —según ella: «máquina que destroza la ropa»—, decía que la mujer irlandesa almidonaba las blusas y los vestidos como nadie a un precio muy económico. Dentro de veinte años cambiaría de opinión e incluso más adelante se atrevería con la secadora; diría que era el mejor invento de la historia.

—A Jacob y a mí nos va fenomenal —dije finalmente con una amplia sonrisa.

✈ —Cuánto me alegra oír eso, querida. No te lo llegué a comentar, pero hablé con tu prima Lucy hace unos días —me informó, seria—. ¿Y sabes? Me alegra que hayas podido salir de ese pueblo maldito. No te merecen, Kate. Ni siquiera tu prima Lucy que, debo decir, me decepcionó mucho. Me dijo algo que no sé si contarte, querida. No quiero lastimarte, pero en vista de que te va tan bien con Jacob, imagino que no te dolerá. Bien, pues —respiró hondo y soltó aire, dispuesta a contarme la noticia que no tenía nada que ver conmigo— tu exprometido se casa con tu prima, Kate. Cuánto lo siento.

—Oh.

Iba a decir algo más, pero ¿para qué? Pobre Kate Rivers. ¿Hay algo que duela más que la traición de la persona amada? Puse cara de sorpresa y, ante la atenta mirada de Beatrice, fui a atender la mesa de cuatro estudiantes rubias que más que amigas parecían hermanas.

A las once y media, cuando la abuela tomaba un refrigerio y los clientes brillaban por su ausencia, aproveché para ir al callejón a tirar la basura. Me crucé con la señora Pullman, cuya bufanda verde solo dejaba entrever sus arrugaditos ojos azules.

—Qué frío hace hoy, niña, tápate —dijo frotándose las manos y escandalizada al verme sin abrigo—. Ni que estuviéramos en diciembre; este frío, en octubre, tampoco es normal —añadió tiritando.

Aún pude escuchar cómo desde el umbral de la puerta le pedía un café con leche muy calentito a la abuela. La abuela, al cumplir los ochenta, siempre tenía frío, aunque el termómetro exterior marcara treinta grados.

Abrí el contenedor; me pareció que al lanzar la bolsa de basura en su interior *Monty* maullaba desde el alféizar de la ventana. Puede que fueran imaginaciones mías. Cuando miré hacia la pared de ladrillos, percibí un movimiento que no era real. Sabía que no era el momento, que el portal no se abriría, pero aun así mi mente creó una fantasía y vi a Jacob sonriéndome. No era el Jacob con el que pasaba mis noches, sino el que me desvelaría en el futuro con sus llantos. También le sonreí y así, con la sonrisa congelada en el rostro, recordé la pregunta de Jacob el Boxeador.

«—¿Por qué escritora?

—Para sobrevivir al tiempo —respondí, apoyando mi cabeza en su pecho—. Creamos historias inventadas que salen de los rincones de nuestra mente sin tener plena conciencia. Puedo crear mundos paralelos repletos de personajes que me susurran al oído: «dame vida o mátame. Juega conmigo a placer. Cuenta mi historia y dame aliento, quiero estar vivo como tú». La ironía es que esos personajes que desean tener vida propia sobrevivirán a su creador mientras existan lectores dispuestos a adentrarse en sus historias. El cuerpo es perecedero; la imaginación, no.

—Fascinante —murmuró».

Me di la vuelta, distraída, y vi a un niño pequeño sujetando un balón en mitad de la calzada mientras la que parecía ser su madre estaba en la acera hablando con otra mujer, de espaldas al niño y ajena por completo al peligro que corría. ¡¿Nadie lo estaba viendo?! Me abalancé sobre él mientras un coche se acercaba a gran velocidad y lo cogí en volandas. El coche frenó en seco frente a nosotros. Me aferré a su pequeño cuerpo tembloroso. Escuché gritos a mi alrededor, aunque era como si todo transcurriera a cámara lenta. Estaba aturdida. Pude ver, a través del ventanal de la cafetería, cómo la abuela se echaba las manos a la cabeza. Jacob, que en ese momento pasaba corriendo para mantener su forma física, se detuvo y nos miró asustado. Nadie se acercó a nosotros. Todos, incluso la madre del pequeño, se quedaron paralizados, sin saber qué hacer. El hombre que conducía el coche, tras unos segundos en estado de *shock*, salió y nos peguntó si estábamos bien. Asentí y miré al niño, esbozando una sonrisa.

—¿Estás bien? —le pregunté.

El pequeño, atemorizado, apenas podía pronunciar una sola palabra y, gimoteando, se deshizo de mis brazos para ir corriendo hacia su madre, a la que rodeó por la cintura pidiéndole perdón.

Alcé la mirada hacia la ventana del apartamento de Beatrice y vi a *Monty* pegado al cristal; creía que si miraba en dirección al callejón, volvería a ver a mi hijo del futuro. Pero ahí no había nadie. Como si la visión me hubiera advertido que algo iba a ocurrir, sin saber que la respuesta a una simple pregunta podría volverme loca.

—¿Cómo te llamas? —le pregunté al niño, aún aferrado a las faldas de su madre. Me miró con vergüenza y una tímida sonrisa. Tenía la cara sucia, una nariz regordeta con pecas y el cabello rubio despeinado cubierto por un gorrito azul. Se apartó un poco de ella y me acarició la cara con curiosidad.

—Dile cómo te llamas, cariño —lo alentó su madre—. Te ha salvado la vida —dijo, al borde de las lágrimas.

—Tom Valley, señora.

«Tom Valley», repitió mi cerebro en un eco saturado por la furia.

—¿Has dicho Tom Valley? —pregunté, para asegurarme. Madre e hijo asintieron con el ceño fruncido—. ¿Qué edad tienes? —Y juro por Dios que traté de no sonar agresiva.

—Seis años, señora —respondió el niño con educación y desconcierto.

El mundo se me vino abajo. El asfalto empezó a arder. El ruido fuera y dentro de mi cabeza repitiéndome ese nombre era tan estridente que no era capaz de percibir ni mis propios pensamientos. Ni siquiera cuando Jacob vino hacia mí logré encontrar la paz que necesitaba en ese momento. Había salvado la vida a la persona que, años después, mataría a mis padres.

BEATRICE

—¡Santo cielo! —exclamó la señora Pullman desde la mesa que estaba junto al ventanal. Para ella el café con leche nunca está lo suficientemente caliente.

Cuando vi a Kate abalanzarse sobre un chiquillo para salvarlo de ser atropellado, sentí un nudo en la garganta que me dejó sin palabras. Me impactó mucho ver a Kate con el niño en sus brazos asustado y sin saber muy bien qué había ocurrido.

«Tu camarera es una heroína».

Es lo que llevo escuchando toda la tarde y me limito a asentir y a darles la razón. «¿Dónde está?», quieren saber, no sé si para agradecerle su acto heroico o para qué. Y me encojo de hombros porque, desde que salvó la vida del muchacho, no ha vuelto a aparecer por aquí. No ha cogido ni siquiera el abrigo y la bufanda. Va a coger frío, que la tarde se ha revuelto y sopla mucho viento. Y los resfriados en esta época del año son muy malos.

—Ya volverá —me tranquiliza John, dándole un sorbo al té. No le gusta el café, ha confesado. «Solo venía para verte».

—Se habrá quedado impactada por el momento, ¿no? Pero ya lleva más de cinco horas fuera. ¿Estará con Jacob?

NORA

—Jacob, no quiero volver a decírtelo ni una sola vez más. ¡Vete! ¡Quiero estar sola! —le grité, caminando sin rumbo por las calles y alejándome lo máximo posible de Front Street.

—Por favor, Nora, cuéntame qué pasa.

—¿Qué pasa? ¡¿Qué pasa?! Esto es un juego macabro, eso es lo que pasa. Para empezar, sé cuándo voy a morir. Y nadie debería saber cuándo va a morir, ¡joder! Para colmo, me enamoro de un hombre del que, por lo visto, tenía que enamorarme porque ese maldito portal me lo ha dicho o porque el Jacob del futuro, nuestro hijo, tiene la necesidad de existir y si yo no hubiera hecho este viaje no habría nacido. Me ha utilizado para nacer.

—Nora, todos utilizamos a nuestras madres para nacer… Son nuestro…

—¡Cállate! —Sin darme cuenta, le empujé tan fuerte que tuvo que apoyarse en la pared para no caer—. No tienes ni idea de nada. Tú y yo no deberíamos estar juntos. Naciste en 1931 y yo en 1986; cincuenta y cinco años de diferencia, Jacob. Esto es una locura. No me han traído a esta época para provocar, entre otras cosas, que mis abuelos se conociesen o que tú y yo iniciáramos algo. He viajado a 1965 para salvar la vida de alguien que tendría que haber muerto.

—Nora, ¿quién era ese niño?

—Ese niño es Tom Valley. Dentro de veintisiete años, cuando tenga treinta y tres, se emborrachará, cogerá el coche y chocará contra el de mis padres. Morirán en el acto. Me quedaré huérfana por su culpa con solo siete años. Con un año más de los que tiene Tom ahora. Si hace unas horas hubiera dejado a Tom Valley descuidado por su madre en mitad de la calzada y hubiese sido atropellado por un coche, mis padres, en mi época, seguirían vivos. Me hubieran visto crecer y no estaría sola. ¿Sabes que fui un accidente? Mis padres solo tenían veinte años cuando nací y a pesar de ser demasiado jóvenes, en ningún momento pensaron en el aborto. Mis padres querían verme crecer y no es justo que desaparecieran por culpa de ese inconsciente que ahora mismo tendría que estar muerto.

—Nora, entiendo cómo te sientes, pero…

—¡No! No entiendes nada. Déjame, Jacob. ¿Esto te lo contó tu «yo» del futuro? ¿Eh? ¿También te contó esto?

—No. Por favor, cálmate.

No quería calmarme. No podía dejar de llorar ni de gritar. El dolor iba en aumento y la ira, tan peligrosa como caprichosa, no me abandonaba. Los transeúntes nos miraban, pero pasaban de largo. Quién, en su sano juicio, se hubiera enfrentado a una loca como yo, encendida por la rabia, con los ojos enrojecidos e hinchados por el llanto y la boca seca de tanto blasfemar.

—Nunca creí que pudiera ser capaz de pensar en matar a un niño para que jamás llegue a ser la persona en la que se convertirá: un borracho sin cabeza que coge un coche poniendo en riesgo la vida de los demás. Te juro que ahora mismo, si lo volviera a tener delante, no me haría responsable de mis actos.

Se quedó mudo. Con los ojos muy abiertos y apretando la mandíbula cerró los puños, me dio la espalda y se marchó. Me dejó sola, tal y como le había pedido.

Encorvada, con los brazos alrededor de mi cintura para resguardarme del frío con mi propio cuerpo, fui hasta el puente de Brooklyn y me senté en un banco a contemplar el atardecer. Seguía llorando; mi cabeza le daba vueltas a lo ocurrido y no podía olvidar el rostro de Tom Valley.

—Esto también pasará. Esto también pasará— repetí con la mirada fija en los tablones de madera del suelo del puente.

—Si no levantas la vista, te perderás el espectáculo que el cielo quiere regalarte —me aconsejó una mujer, ofreciéndome un abrigo gris y un pañuelo de papel para secarme las lágrimas—. Venir hasta aquí ha sido una odisea, Nora. He tenido que cruzar dos portales por ti y uno de ellos me ha costado años encontrarlo así que, por favor, hazme caso y mira hacia el cielo.

Atardeceres podía ver muchos; un fenómeno como el que tenía delante, una única vez. No podía dejar de mirar a la mujer que tenía a mi lado. Respiraba con dificultad. Sus ojos, esos que veía cada día al mirarme en el espejo, eran más pequeños, carecían de pestañas, y multitud de surcos destacaban alrededor de ellos. Su voz sonaba diferente a la mía, más ronca y débil. Parecía mayor, se le marcaban en exceso los pómulos; tenía un aire fantasmagórico y su cabello había desaparecido. Un bonito pañuelo de seda de color fucsia cubría su cabeza.

—¿Cuándo nos ha empezado a gustar el fucsia? —le pregunté, enjugándome las lágrimas y señalando el pañuelo de su cabeza.

—Nora, no te culpes por haberle salvado la vida a Tom. Como todo, debía ser así desde siempre. Te has portado fatal con Jacob, le has dicho cosas horribles y lo has herido. Dentro de un rato, cuando vayas a su apartamento, te dirá que ni siquiera los golpes de su padre dolían tanto como le han dolido tus palabras.

—¿Por qué él?

—¿Y por qué no? ¿Acaso has encontrado a alguien tan bueno en tu siglo? ¿George? —rio—. ¿No piensas que Jacob es lo mejor que te ha pasado en la vida?

—Sabes que sí lo pienso. ¿Qué piensas tú?

Se me quedó mirando como quien al mirarse a sí misma se siente satisfecha con lo que ve. Por extraño que parezca, no se me hacía raro hablar conmigo misma porque veía en ella la necesidad de aparecer justo en ese momento que tanto nos había marcado a ambas. Quizá porque nos necesitábamos mutuamente. Yo, para valorar mi presente; ella, para recordar tiempos mejores.

—Que te envidio, Nora. Eso es lo que pienso. Te envidio por los veintinueve maravillosos años que tienes por delante y que para mí ya son pasado. Los viví y los disfruté. ¿Sabes que estamos justo en el lugar desde donde cayó Simon Allen?

—La maldición —asentí, pensando que veintinueve años no son nada mientras miraba a mi alrededor tratando de disfrutar del juego de colores que nos regalaba el atardecer desde el puente de Brooklyn. Aproveché para ponerme el abrigo cuando el cielo se tiñó de naranja—. La abuela tenía razón, no pasaremos de los sesenta —me lamenté.

✗ —Es posible. Pero créeme que lo llevarás bien, Nora. Llevo muchos años mentalizándome, justo desde que recuerdo ser tú en este momento y este envoltorio enfermo que te habla me parecía un fenómeno que solo podría ver una vez en la vida. Así que, en realidad, este momento lo viviremos dos veces, ¿entiendes? Tú lo volverás a vivir dentro de veintinueve años y entraremos en una especie de bucle espacio-temporal. Quienes han viajado en el tiempo son eternos, Nora. Cuando vuelvas de camino a Front Street, te sentirás liberada por haberme encontrado y no porque te prometa un camino de rosas, en absoluto; habrá de todo, pero te aseguro que empezarás a entender en qué consiste la felicidad.

—¿Y en qué consiste?

—En no hacerte tantas preguntas ni esperar que aparezcan ante ti todas las respuestas. En disfrutar y vivir el momento, saborearlo al máximo y no desperdiciarlo. Y, sobre todo, en amar y no temer ser amada. Recuerda no temer ser amada, ¿de acuerdo? Entenderás que no es una tragedia saber cuándo vas a morir. Lo acabarás viendo como una ventaja, porque sabes cuánto tiempo tienes para disfrutar.

—¿Has viajado mucho en el tiempo? —le pregunté, hipnotizada por su voz y tratando de convencerme a mí misma de que se trataba de otra persona a la que la vida se le escapaba en cada suspiro. Aunque por cómo hablaba, me veía completamente reflejada en ella.

—No. Solo esta vez. Vengo del año 2046 y, como sospechas, es el año en el que moriremos.

—Jacob el Boxeador vino a encontrarse consigo mismo desde el año 2057 —recordé.

—Oh, sí. Él odia los viajes en el tiempo. Cuando volváis a 2017 se encontrará fatal durante algún tiempo. Pero si no hubiera venido, Jacob habría seguido temiéndote y fingiendo que no le interesabas. Y nada habría salido bien, así que debió hacer un gran esfuerzo para viajar y decirle que somos lo mejor que le iba a pasar en la vida.

—Y todo esto para…

—Dentro de media hora tengo que estar en el portal para regresar a 2046, Nora —me cortó—. Debería irme ya. Por cierto, debes saber que lo dejaremos todo escrito para ayudarnos a nosotras mismas y a nuestro hijo. Él fue el encargado de hacerte viajar en el tiempo, pero todo lo hemos controlado nosotras a través de cartas y explicaciones. Está deseando volver a verte.

«Y yo a él», pensé, aunque supongo que ella ya sabía lo que había pensado en ese momento.

—Jacob. ¿Quién es Jacob, en realidad? Tengo muchas preguntas —insistí.

—Lo sé. Jacob es alguien muy necesario aquí, Nora. Por eso es importante que todo salga tal y como está escrito en nuestra historia. No puede cambiar ni una sola coma, ¿entiendes? Sé exactamente lo que estás pensando porque he sido tú y tú, algún día, serás yo. Nosotras lo hemos provocado todo —repitió—, no solo que los abuelos se conocieran para llegar a existir o que Tom viviera para provocar el accidente en 1992, sino para tener la vida que desde siempre nos ha pertenecido. Esa es la clave. Y sí, también hasta llegar a ser esto —añadió, señalándose a sí misma con desprecio—. Pero es ley de vida, Nora y saberlo nos ayudará a vivir con la necesidad de crear futuros recuerdos maravillosos y no desperdiciar ni un solo segundo de nuestro tiempo. Valorar lo que de verdad importa. Y no te preocupes, John y Beatrice concebirán pronto a nuestra madre. A Anna.

—¿Siempre sentiré ese vacío por no tener a nuestros padres? —Asintió a cámara lenta—. ¿Y recuerdas que pensaste en matar a un niño inocente que todavía no ha hecho nada? ¿Recuerdas maldecirte por haberlo salvado? Soy una mala persona.

—Eh, jovencita. —Se levantó con esfuerzo y miró la hora en el reloj de pulsera que llevaba en la muñeca izquierda. Una tos repentina se apoderó de su garganta y, una vez recuperada, se agachó frente a mí y me agarró con fuerza por los hombros—. Sé que me dices eso para que te haga sentir mejor. Recuerda que te conozco más que nadie. Sí, tendrás que aprender a convivir con ese vacío toda tu vida y seguirá doliéndote siempre. Deberás aceptar que Tom Valley tenía que vivir veintisiete años más para ser el causante del accidente de nuestros padres. Nora, ellos hubieran muerto de todas formas, con Tom vivo y borracho o sin Tom. Y Tom Valley también tenía que morir en ese momento y no hoy, atropellado por un coche. No se trata de cómo ni de quién lo provoca, sino de cuándo. Fue mala suerte y, aunque te parezca injusto, no había nada que hacer.

—Era su destino. La maldición —acepté.

—La maldición no existe —sonrió—. La abuela creía plenamente en ella y murió muy mayor, ¿recuerdas? Disfruta de los días que te quedan en 1965. Disfruta de la abuela y ve con Jacob, te está esperando. Está muy preocupado.

Me levanté y me sorprendió tener que bajar la mirada para verla con comodidad, como si los años me hubieran hecho aún más bajita. La Nora de sesenta años vestía unos pantalones negros y llevaba un chaquetón de cuadros que no desentonaba con la época. Adecuada para la ocasión.

—Te puedo…

No me dejó terminar. Sabía lo que necesitaba y, como si de mi madre se tratara, me dio un fuerte abrazo. Un abrazo de esos que te recomponen las partes rotas del cuerpo, te alivian y te hacen sentir que todo irá bien.

—¿Qué día es hoy? —preguntó, separándose un poco de mí.

—Catorce de octubre, ¿por qué?

—Dentro de dos días vendrá alguien sobre las once de la mañana —me advirtió, serena—. Pronto terminará todo. No es algo normal, casi nadie tiene una segunda oportunidad con los seres amados que hemos perdido.

—Ya sabes que te haré caso. Gracias —murmuré, con los ojos anegados en lágrimas.

—Gracias a ti por darme los mejores recuerdos. Lo único que le queda a una moribunda son los recuerdos. Y antes de que me lo preguntes, es cáncer de mama.

—Igual puedo hacer algo para evitarlo. Más revisiones, más…

—No, Nora. No puedes hacer nada para evitarlo. Lo intentarás, pero no habrá nada que hacer. La vida es más permisiva que la muerte, a veces te da la opción de escoger y cambiar. La muerte es de ideas fijas y no da nunca su brazo a torcer. Hagas lo que hagas, esto —dijo, señalando su pecho— no va a cambiar.

«Uno de los secretos de la felicidad consiste en no hacerse demasiadas preguntas», pensé mientras atravesaba el solitario puente de Brooklyn. La Nora de sesenta años se marchó en dirección contraria, no sin antes abrazarme de nuevo. Lloramos en silencio, mirándonos a los ojos; creía que podía leer sus pensamientos, pero me di cuenta de que ese don se lo había dejado exclusivamente a ella.

Con el pañuelo pegado a mi nariz y los ojos aún llorosos, entré en la cafetería. Beatrice, al verme, salió deprisa de detrás de la barra y me dio un abrazo.

—Kate, querida. ¿Te encuentras bien?

—Sí, Beatrice. —«Querría llamarte abuela»—. Siento haber desaparecido así.

—No tienes que pedirme perdón. La gente lleva todo el día diciendo que eres una heroína por haber salvado al niño. Jacob ha pasado antes por aquí y me ha dicho que necesitabas estar sola. Estaba muy preocupado.

—Lo sé.

—¿Y a qué esperas para ir a verlo?

—Gracias.

—Y haz el favor de no llorar tanto, querida. Me siento muy incómoda cuando alguien llora.

—Lo sé —reí entre lágrimas.

—¿Lo sabes? ¿Cómo lo sabes? —Me encogí de hombros como respuesta—. Algún día te contaré la maldición que hay en mi familia.

—¿Una maldición?

—Sí, la de mi bisabuelo Simon Allen, que murió en la construcción del puente de Brooklyn en 1882, un año antes de su inauguración. Pobre hombre.

—Siento mucha curiosidad. Pero ahora quiero ir a ver a Jacob.

—Claro que sí.

Cuando estaba a punto de salir de la cafetería, la voz potente de la abuela me detuvo.

—Kate. ¿De dónde has sacado ese abrigo?

Bajé la vista para observarlo, por si había algo anómalo o demasiado moderno en él. Era gris, recto, por debajo de las rodillas y discreto; no tenía de qué preocuparme y, sin embargo, estaba impregnado del aroma de una mujer que pese a ser yo misma no conocía en absoluto. Balbuceé algo, no recuerdo el qué, pero la abuela se quedó con las ganas de saber de dónde había salido ese abrigo que llevaría puesto todos los días que me quedaban por vivir en 1965.

Eran las siete de la tarde cuando aparecí en la portería donde vivía Jacob. La puerta estaba abierta, así que subí los dos tramos de escaleras que había hasta su apartamento. Aporreé la puerta hasta dejarme los nudillos enrojecidos y, cuando Jacob abrió, se me presentó como un hombre deshecho, con los ojos llorosos y el alma rota. En ese momento, me enamoré más de él. No era una imposición, era un regalo. Sin decir nada, di un paso al frente y me agarré a su cintura. Tardó en corresponderme, pero lo hizo. Me abrazó tan fuerte como mi« yo» del futuro horas antes.

—Perdóname.

Asintió serio, bajando la mirada. Rodeó mi cintura con un brazo al tiempo que alzó la otra mano y deslizó la punta de los dedos por mi mejilla hasta posarlos en mis labios. Tragué saliva para deshacer el nudo que tenía en la garganta y me tranquilicé un poco cuando sus labios rozaron los míos y nos fundimos en un dulce beso. Efectivamente, minutos más tarde me confesaría que mis palabras le habían dolido más que los golpes de su padre cuando era un crío. Por mi parte, jamás le conté que la Nora moribunda de sesenta años había viajado a 1965 para darme consuelo y hacerme entender que nadie nos había impuesto nada. Sola, sin saberlo, había organizado este viaje y cada uno de los pasos a seguir, pero siempre existe algo que resulta incontrolable e imprevisible: de quién nos enamoramos.

EL DÍA QUE BILL LLEGÓ A 1965

Octubre, 1965

Bill Lewis, atolondrado, miró a su alrededor con la mirada inocente de un niño pequeño. Era dieciséis de octubre de 1965. Lo último que recordaba era una especie de luz invadiendo la pared de ladrillo donde estaba apoyado. La mañana gélida de Brooklyn sorprendió al joven, que iba vestido con una camiseta blanca de manga corta y un pantalón de pijama con estampado de cuadros. No llevaba calzado, se había olvidado de ponérselo antes de salir del apartamento de su amiga desaparecida. Afortunadamente, había sustituido sus estridentes gafas de montura de pasta por unas más discretas de color negro. Temeroso al saber que algo raro había pasado, se asomó para ver qué había en Front Street. Se percató de inmediato de que no había cambiado de lugar, pero que esa no era la oscura calle que los «extraterrestres», al abducirlo, le hicieron abandonar. Buscó en su mano la Coca Cola *light* responsable de tal alucinación, pero no había ni rastro de la lata. Los recuerdos eran confusos; se sentía torpe y mareado. Miró en el interior de los contenedores por si *Monty* estaba hurgando en ellos, pero el viejo gato no apareció y, de lo nervioso que estaba, Bill no reparó en que eran de latón y no de plástico. Mujeres, hombres y niños caminaban por Front Street con tranquilidad. Charlaban entre ellos y sonreían. Los niños jugaban al balón, con sus bicicletas o al escondite, corriendo de un lado a otro en las aceras. Los tocados de las mujeres eran increíbles, desde moños bien trabajados hasta melenas onduladas con tenacillas. Pero todos coincidían en algo: llevaban gruesos chaquetones y bufandas, dejando al descubierto únicamente los ojos. Sonaba una canción de Elvis Presley y había un tráfico fuera de lo normal en ese tramo de la calle que Bill recordaba tranquilo y silencioso. Con los ojos muy abiertos se fijó en los coches, que parecían de otra época.

—Me he vuelto loco.

De repente, su cerebro adormilado se reactivó y, muerto de frío, pensó en las palabras de la médium y, sobre todo, en la fotografía de 1965, que mostraba a una mujer idéntica a Nora llamada Kate. No debió llamar loca a la médium, puede que le dijese la verdad. Sin salir del callejón, miró hacia la derecha. El café Beatrice estaba ahí. Pensó que era muy probable que Nora, que llevaba sesenta y cinco días desaparecida, estuviera en su interior sirviendo café y chocolate caliente.

—¡Me embarga la emoción! —exclamó, excitado.

Al adentrarse en la bulliciosa Front Street, resbaló con una piel de plátano y estuvo a punto de caer al suelo, pero una mano lo sujetó a tiempo.

—No… No…

—Shhh…

Profundamente impresionado, Bill puso los ojos en blanco y sufrió un desmayo que lo dejaría varias horas inconsciente en el sofá de Jacob el Boxeador.

NORA

Quería que lo primero que viera Bill fuese mi cara. Cuando lo encontré saliendo del callejón y resbalando con una piel de plátano, me recordó a mí cuando viajé en el tiempo y me encontré con la abuela. ¿Qué hacía él ahí? Era esa la visita de la que me habló mi «yo» del futuro y Jacob quiso saber por qué no me extrañaba que mi amigo también hubiera viajado a 1965. Obvié el detalle de mi propia visita desde 2046 y le dije que Bill era muy curioso, que debió indagar de noche en el callejón y se encontró con el movimiento de la pared de ladrillo y los colores estridentes para vivir la aventura más emocionante de su vida: descubrir un portal del tiempo.

—Puede que nuestro hijo también lo haya traído hasta aquí —sospeché—. Que Bill también estuviera destinado a venir.

—¿Por qué? ¿Qué tiene que ver él en todo esto?

—Es mi mejor amigo. Y si el tiempo transcurre igual que aquí, llevo sesenta y cinco días desaparecida. Ha debido ser horrible para él.

Cuando le pasé la mano por la frente sudorosa, Bill abrió los ojos muy despacio, como si le supusiera un gran esfuerzo. Al principio, parecía molestarle la luz. Quería hablar, pero no podía y, atragantado por la emoción que le invadió al verme y darse cuenta de que era real, empezó a gimotear alzando una mano para palpar mi rostro.

—Estoy aquí, Bill.

—Agua.

—Voy.

Jacob fue corriendo a la cocina a buscar un vaso de agua. Servicial, se lo ofreció a Bill y lo ayudó a incorporarse para que no se atragantara.

—¿Dónde estoy? —preguntó, mirando a su alrededor.

—En el apartamento de Jacob.

—Tú eres Jacob. —Bill parecía sentirse atraído por Jacob, pero volvió a mirarme y abrió la boca, intentando comprender qué ocurría—. Tú la has secuestrado —añadió con el ceño fruncido.

—No, no, no. Nadie me ha secuestrado, Bill —aclaré.

—Entonces, ¿qué ha pasado? —insistió, dándole otro sorbo desesperado al vaso de agua.

—Has viajado en el tiempo.

—¡Venga ya! ¡No digas tonterías! Has engordado un poco, ¿no?

—La abuela cocina muy bien —sonreí.

—Nora, tu abuela está muerta.

—Bill, no estamos en 2017. Es dieciséis de octubre de 1965 y mi abuela, Beatrice, regenta la cafetería. Tiene treinta y cinco años y está viva.

Al escucharme, se le cayó el vaso de cristal al suelo y se hizo añicos. Volvió a poner los ojos en blanco y se desplomó sobre el cojín del sofá.

—¿La damisela tiende mucho a desmayarse? — Rio Jacob.

—Debe estar bajo de azúcar —respondí, preocupada, sin dejar de mirar a mi amigo.

17 de octubre, 1965
04:00 a. m.

—*¡Montyyyyyyyyyyy!*

El grito de Bill hizo que Jacob y yo nos levantáramos de la cama sobresaltados, como si hubiéramos sufrido una pesadilla. En el sofá, Bill seguía chillando histérico, empapado en sudor y sin dejar de moverse.

—Eh, Bill. Bill, ¿quién es *Monty*? —le pregunté zarandeándolo.

—Mi gato. Mi gato viejo *Monty* —murmuró dormido.

—*Monty* es el gato de la abuela. El gato callejero que atraviesa el portal a su antojo y aparece aquí o allá — le expliqué a Jacob, que estaba arrodillado junto a mí observando a Bill—. La abuela le puso una cinta alrededor del cuello con una placa de madera con su nombre que talló a mano el abuelo. Fue *Monty* el que trajo a Bill hasta aquí.

—No —negó de repente, abriendo los ojos febriles y clavándolos en Jacob—. Fue él quien me trajo hasta aquí. Tú eres la sombra en la noche. El asesino.

—No es un asesino, Bill. Y lo estás confundiendo con nuestro hijo —le dije, aun sabiendo que podía provocarle un nuevo desmayo—. Mañana por la mañana hablaremos con tranquilidad. Créeme, por favor.

—La médium.

—¿Médium?

—Me dijo que eras la mujer de la fotografía y que estabas ahí, en la cafetería, pero que ya lo habías vivido. Ella me dijo que viajaste en el tiempo, así que tiene que ser verdad —murmuró, carraspeando nervioso.

—Es verdad, te lo estoy diciendo —insistí, perdiendo la paciencia. Cómo olvidar la fotografía.

—Déjame dormir. Que me tienes muy disgustado.

—Descansa, Bill.

—Ten cuidado con ese, eh. No es de fiar —me aconsejó, señalando de nuevo a Jacob, a quien la situación parecía hacerle gracia.

Jacob salió de casa a las seis de la mañana para ir a correr e informó a Beatrice de que ese día no podría ir al café porque me había levantado con dolor de cabeza y huesos, mareos e irritación de garganta. No era una excusa. Era incapaz de levantarme de la cama. Bill se levantó a las ocho, confundido y ojeroso, a pesar de haber dormido muchas horas. Se asomó al pequeño dormitorio y se acercó corriendo como un niño pequeño para tumbarse a mi lado.

—Te voy a contagiar todos estos gérmenes —le advertí, boca arriba, con el pañuelo en la nariz, los ojos irritados y una mueca burlona—. Creo que el otro día cogí frío —me lamenté, recordando el día en que me escapé sin abrigo ni bufanda.

—¿Cómo es posible todo esto? —preguntó ya más tranquilo.

Estuve dos horas hablándole del portal del tiempo y de mi hijo del futuro; de los abuelos; de la camarera torpe, que era yo y del inolvidable concierto de los Beatles; de Aurelius y Eleonore y hasta de la desaparición de Betty, que estaba coladita por Jacob el Boxeador. Por supuesto, le hablé de Jacob y de nuestra relación, del partido de boxeo y la noche en el puente de Brooklyn. Pero no mencioné a mi «yo» de sesenta años ni le confesé lo que me deparaba el futuro. Tampoco quise recordar que había salvado la vida del niño que de adulto empotraría su coche contra el de mis padres. Tom Valley. Jamás olvidaría ese nombre. Dolía demasiado.

—Hay algo que no entiendo —apuntó seriamente tras haberme escuchado con asombro sin interrumpirme en ningún momento—. Dices que Aurelius te miraba por la ventana la noche en la que viajaste en el tiempo y señaló a tu hijo Jacob que, al igual que a mí, se te apareció en la acera para atraerte hacia el callejón.

—Sí.

—¿Qué hora era?

—Cerca de medianoche.

—Nora, Aurelius murió esa misma tarde, poco después de que tú lo dejaras en casa.

—¿Aurelius está muerto? —pregunté, incorporándome tan precipitadamente que sufrí un mareo que me obligó a tumbarme de nuevo.

—Lo siento. Sufrió un infarto entre las seis y las siete de la tarde. Lo encontraron cuatro días después, cuando tú ya habías desaparecido —continuó explicando—. Así que es imposible que se te apareciera mirando por la ventana a esa hora.

—Sé lo que vi, Bill.

—No, si ya me lo creo todo, de verdad. Eso nos desvela otro misterio de la humanidad: no solo existen los agujeros de gusano, portales del tiempo o como quieras llamarlo, sino también los fantasmas.

—Voy a preparar café. Esto es demasiado para mí —dije angustiada, tocándome la frente. Tenía fiebre.

—No, no te muevas. Ya voy yo.

—No sabrás encender la llama.

Efectivamente, tras media hora intentándolo, Bill volvió al dormitorio compungido y me rogó que me levantara para preparar café en esa antigualla.

—Te he echado de menos —confesé, apoyándome en su hombro para poder andar—. ¿Cómo va Meetic?

—Calla, calla. No he tenido tiempo ni para Meetic. El mes gratis ya se me ha acabado y el móvil me lo he dejado en 2017, en tu apartamento. Pensaba que te habían matado o raptado. No sabes la matraca que le he dado a dos policías inútiles. Y a la médium que contraté la llamé loca y al final todo era verdad. Es fascinante. Quiero salir y verlo todo. Quiero ir a un concierto de los Beatles, como tú; que Jacob me lleve a un combate de boxeo con negros musculosos de los años sesenta; también quiero ir a una de esas manifestaciones feministas; a una sala de baile sin alcohol ni drogas a bailar al ritmo de Elvis Presley y subir a la noria de Coney Island con parejitas sesenteras castas que llevan un año saliendo y aún no han tenido sexo.

—¡Para, para! —Reí—. No puedo salir, Bill... Y normalmente me paso el día trabajando en la cafetería.

—Pues que me lleve Jacob. Qué bueno está, parecías tonta.

—Ha dejado el boxeo.

—¿Cómo va a ir a 2017, si cuando vean su documentación creerán que ha descubierto la juventud eterna? —caviló, arqueando las cejas.

—Ya hemos pensado en eso. Supongo que nuestro hijo nos facilitará el trámite. Quizá en el futuro esas cosas se puedan falsificar sin problemas.

—Suena a locura —rio—. Vuestro hijo.

—Es una locura —asentí, cubriéndome la boca para toser—. Pero todo irá bien. Tenemos que esperar la señal para volver a nuestro tiempo. Será en noviembre. Aún tengo que aparecer en la famosa fotografía.

—¿Y tu hijo viene de 2057 y lo sabéis porque a Jacob se le presentó su «yo» del futuro?

—Exacto.

—¿Viajó en el tiempo desde el mismo portal?

—No. Por lo visto, cada portal enlaza dos épocas distintas —comenté, obviando que esa información la tenía gracias a la visita de mi «yo» del futuro.

—Quizá es el callejón que hay aquí delante —supuso, mirando por la ventana que había junto al sofá. Fui hacia donde estaba Bill y observé el callejón. Era similar al que estaba junto al café.

—Sí, viene de ahí —confirmé, preguntándome cómo debía ser el año 2057.

—Interesante.

—Ignoro qué tipo de señal recibiré y no te puedes imaginar lo difícil que será tener que despedirme de Beatrice por segunda vez, sin poder decirle quién soy en realidad. Y también de John, claro. Son mis abuelos.

—Creo que es lo mejor, cariño. Que todo siga su curso. Tú has venido aquí a cumplir una misión: que el futuro que conocemos sea tal y como siempre ha sido.

—Supongo.

—¿Y si aparece la auténtica Kate Rivers mientras tú estás aquí?

—Me puedo dar por muerta.

LA FARSANTE

BEATRICE

Octubre, 1965

No sé cómo he podido vivir todo este tiempo sin Kate. Hoy está enferma y me resulta imposible desenvolverme sola. Le he tenido que pedir a John que me eche una mano de ocho a diez de la mañana, la hora de los desayunos. Al pobre no se le da muy bien servir cafés. Ha estado a punto de derramarlos sobre la exigente señora Pullman y sobre Eleonore, que luce radiante su embarazo de pocas semanas. No se le nota el vientre abultado todavía, pero tiene un brillo especial en los ojos y un rubor en las mejillas que, en cuanto ha entrado en la cafetería, he alabado.

—¡Qué guapa estás, Eleonore!

—Muchas gracias, Beatrice —ha respondido sonriente, acariciando su vientre—. Pero me levanto cada mañana con náuseas, es horrible. Tengo el estómago cerrado.

—Eso solo ocurre los tres primeros meses, ya verás —la animo, despreocupada. ¿Qué sé yo de embarazos y cómo me permito el lujo de opinar sobre ellos?—. ¿Dónde está Aurelius, querida?

—Hoy ha tenido que ir antes al banco. ¿Y Kate?

—Está enferma, la pobre. En casa de Jacob. Debió coger frío el día que salvó a aquel niño, ¿recuerdas? Desapareció sin abrigo, aunque al volver llevaba uno gris. Aún me pregunto de dónde lo sacó.

Y es algo que no se me quita de la cabeza, como si me sintiera ofendida porque alguien más le hubiera prestado ropa. ¡Qué tontería! John me comentó que ella misma podría haber ido de compras, pero yo le respondí que para qué necesitaba gastar el dinero si yo tenía suficiente para las dos. «Pareces su madre en vez de su amiga o su jefa», rio. Esta mañana le he dicho a Jacob que si Kate necesita ropa, subimos un momento a mi apartamento y que le lleve un par de vestidos y jerséis, pero él, muy amable, me ha dicho que no será necesario porque la pobre es incapaz de salir de la cama. «Claro, si es que sale a tirar la basura sin abrigarse. Es normal que se resfríe», he pensado mientras seguía horneando los pasteles. Eran las seis de la mañana y Jacob había salido a correr. Ya me he enterado de que ha dejado el boxeo, Kate debe estar contenta. Me di cuenta de que no le gustaba nada verlo boxear.

—Beatrice, ¿me necesitas? Tengo que ir al taller —ha comentado John, agotado. Desde la entrega de la barca estaba muy solicitado y tenía varios encargos importantes.

—Tú para el café no me sirves, desde luego —me he reído—. Ve al taller, ve. Hoy tampoco podremos quedar.

—Podemos cenar juntos. ¿En tu casa o en la mía? —me ha propuesto.

—¡Oh! A las nueve y media en mi casa. Te voy a preparar una cena deliciosa —le he prometido, aunque todavía estoy pensando qué tengo en la nevera, si me dará tiempo a ir al mercado y qué receta de las que tengo en mi libro le podría gustar más. Mi madre decía que a un hombre se le conquista por el estómago. No sé cómo conquistó a mi padre, imagino que su mirada felina influyó, pero yo, que preparo los pasteles más ricos de todo Brooklyn, no puedo quedar mal con mi novio. Ya me estoy poniendo nerviosa.

—Estoy deseándolo —dijo al cabo de un momento, tan amable, sonriente y bonachón como siempre.

Ha sacado algo del bolsillo del chaquetón; no he visto qué era hasta que lo ha puesto sobre la barra y yo, de pura emoción, me he llevado las manos a la boca conteniendo un gritito infantil porque echaba de menos sus piezas de madera talladas a mano para mí. Ahora, cuando hace dos horas que se ha ido, no puedo desprenderme del corazón en el que ha escrito nuestras iniciales como quien las marca de por vida en la corteza de un árbol.

Estoy en la cocina preparando un par de pasteles de manzana que se me han acabado y oigo la campanita de la puerta. Rápidamente, salgo a atender al próximo cliente pensando que es probable que la señora Pullman no haya tenido suficiente con su dosis de cafeína ardiendo o que a Eleonore se le haya antojado otra porción de tarta de frambuesa. Pero me encuentro con un rostro desconocido que no he visto en mi vida: el de una mujer menor de treinta años, bajita, delgaducha y pálida, con unos ojos enormes de color verde que asustan y una nariz pequeña y desproporcionada en comparación con sus labios grandes y gruesos.

—Buenos días —saluda educadamente, acercándose a la barra. Se sitúa frente a mí y me mira con curiosidad. Por el balanceo de su brazo izquierdo, me fijo en que lleva una maleta marrón que debe pesar bastante.

—¿Qué le apetece? —La atiendo.

—Antes de nada, quiero disculparme por la tardanza. Es usted Beatrice Miller, ¿verdad?

—La misma —respondo extrañada. Tiene un tono de voz muy irritante; sesea y es tan agudo que lo único que deseo es que se calle.

—Cuando me fui del pueblo no estaba preparada para venir a trabajar, ha sido un proceso muy duro, ¿entiende?

—Perdona, querida, ¿quién eres tú?

—Oh, lo siento. Soy Kate Rivers, la prima de Lucy. Le agradezco la paciencia. Por lo que veo, está sola. Me ha esperado.

—¿Kate Rivers? Debe ser una confusión —me río—. Tú no eres Kate Rivers.

—Le aseguro que lo soy, señora.

—Señorita —corrijo, mirándola desconcertada y tratando de encontrar en ella un parecido con Lucy que no veo. Ni siquiera coincide con la descripción física que mi amiga me dio de ella.

—Sé que tenía que venir en agosto, que ya han pasado dos meses, pero he estado en Nueva York viviendo con los pocos ahorros que me quedaban.

—Pero Kate Rivers ya trabaja aquí. Vino en agosto, tal y como habíamos quedado, aunque con dos días de retraso —recuerdo con un hilo de voz, sintiendo cómo se me encoge el estómago de puro desconcierto.

La mujer, que está tan desconcertada como yo, deja la maleta en el suelo, se agacha y la abre. Está repleta de jerséis feos y vestidos anticuados y, tras mucho rebuscar, saca su documentación y me la entrega sin dejar de mirarme. Ciertamente, tras leer con atención, se trata de Kate Rivers, nacida en Oregón el siete de julio de 1936.

—Entiendo, señorita Miller, que no me dé el trabajo, pero le suplico, por favor, que se lo piense. No puedo volver al pueblo, todo el mundo cree que llevo trabajando con usted desde que me fui.

Le devuelvo la documentación mientras ella me mira de una forma muy extraña, tal y como Lucy me había advertido. Tiene sentido si recuerdo nuestra última conversación, en la que Lucy se extrañaba de que a Kate le fuera tan bien aquí y más aún de que tuviera novio, porque es de naturaleza fea y en Oregón nadie la quería ni tenía amigos; su propio prometido se fue con una de sus primas. La mujer que tengo delante, efectivamente, es un poco tonta y a mí me da grima solo mirarla.

—Lo siento, Kate, ya tengo a alguien trabajando aquí —respondo finalmente, después de unos incómodos segundos de silencio.

—¿Y ahora qué hago yo?

«No te pongas a llorar —suplico, contemplando el temblor de su mentón. Qué grande y raro es—. No llores, no llores…».

Pero no atiende a mis súplicas mentales y se echa a llorar, cubriéndose la cara con las manos. Tiene las uñas sucias, se las muerde hasta el punto de dejárselas en carne viva.

—Kate, no llores, por favor —le pido, dando golpecitos sobre la madera de la barra para que me haga caso. Pero no atiende a razones. Kate, en su mundo, sigue llorando y lamentándose de su mala suerte con esa voz aguda que chirría entre las mariposas de las solitarias paredes de la cafetería.

La que querría llorar soy yo. ¿Quién es, entonces, la Kate Rivers que ha estado trabajando para mí? ¿Una farsante que se ha hecho pasar por esta mujer? ¿Por qué? ¿Con qué motivo? Pienso en cómo nos conocimos. En el callejón. Ella, despistada, llevaba una ropa muy rara que no he vuelto a ver. Debió dejarla en mi apartamento, pero no le di mucha importancia. Ya recuerdo: llevaba unos tejanos, una cazadora de cuero negra y unas botas marrones ideales para trabajar en el campo.

—Kate, ¿en Oregón, las mujeres van con tejanos y cazadoras de cuero negras? —le pregunto. Pero ni siquiera me escucha.

Recuerdo su llavero con forma de trébol; el de la buena suerte, idéntico al mío. Por mi cabeza transcurren todos nuestros momentos, desde el concierto de los Beatles hasta la última vez que nos vimos y nos dimos un fuerte abrazo por el mal día que había tenido. Lo increíble es que no puedo enfadarme con ella si realmente es una farsante. Me gustaría no haber conocido a la mujer que sigue llorando. Deseo que cuando la Kate Rivers que conozco se ponga bien y vuelva, todo siga tal y como estaba. Sin preguntas ni reproches; fingiendo que sigo creyendo que es la prima de mi amiga, aunque mi cabeza siga hecha un lío preguntándose quién es, cómo se llama y de dónde viene.

—¿Y ahora dónde voy? —sigue lamentándose la joven.

—Lo siento de veras. Mira, en el fondo del pasillo hay un teléfono. Llama a Lucy y explícale esta confusión. Lo entenderá, seguro. Si regresas a Oregón no pasa nada.

—¿Que no pasa nada? No tengo ni un centavo. Oh, Dios mío, qué voy a hacer.

No sé para qué hablo. Esta vez se echa las manos a la cabeza y llora desconsoladamente. Menos mal que no hay nadie y los transeúntes pasean rápido por Front

Street, sin percatarse de lo que sucede aquí dentro. Qué incomodidad.

—Pues ya la llamo yo y se lo cuento —propongo solícita.

—Va va vaaaaleee —gimotea.

Solo por fastidiarla me gustaría decirle que su exprometido se casa con su prima y que su familia lo ve bien. Pero mis padres siempre me enseñaron a no herir, en la medida de lo posible, con chismes innecesarios. Así que, aunque pienso que debería saber a qué atenerse cuando vuelva, me acerco al teléfono y marco el número de Lucy. Vuelvo a la barra antes de lo que pensaba porque no contesta a mi llamada.

—Debe tener la tienda cerrada —se excusa Kate—. Allí son las ocho de la mañana y no abre hasta las diez.

—No lo había pensado, querida.

«Y no creo que sobreviva dos horas contigo», me callo.

—Kate, puedes sentarte en esa mesa de ahí —le propongo, señalando la mesa del fondo—. ¿Te traigo un café?

—Un café con leche caliente estaría muy bien. Oh, y una de esas tartas deliciosas… Tengo hambre.

«Lo que tienes es mucha cara dura».

—Claro, querida. Ahora mismo.

Kate ha estado toda la mañana sentada en el café esperando a que en Oregón fueran las diez para poder hablar con Lucy y resolver todo este lío. Me ha dado tiempo de hornear tres tartas de manzana, servir cafés y batidos y estoy planteándome muy seriamente servir chocolate caliente. Los clientes no paran de pedírmelo; es lo que más apetece con este frío. He estado atenta al ventanal por si veía a Jacob y así saber cómo está Kate, mi Kate, pero no ha aparecido. Mi cabeza no deja de formularse preguntas y mis ojos miran a la auténtica prima de Lucy, que parece ausente, mordiéndose las uñas con la mirada fija en el suelo. Si necesitara tanto el trabajo de camarera, se habría levantado para ayudarme un poco. Qué poca consideración.

Cuando el reloj marca la una en punto, aprovecho que los tres clientes del café están servidos para ir corriendo a llamar por teléfono. Un tono, dos, tres… La espera se me hace interminable.

—¿Dígame?

—¡Lucy, querida!

—Qué alegría escucharte, Beatrice. Otra vez.

El «otra vez» no me ha parecido muy agradable, pero ignoro su tono y decido ir directa al grano.

—Lucy, ha habido una confusión. Verás, no sé ni por dónde empezar. Kate, tu prima, se acaba de presentar en el café disculpándose por llegar dos meses tarde. Dos meses —quiero dejar claro.

—No entiendo nada. Si hace unas semanas me dijiste que Kate estaba muy feliz trabajando contigo y que tenía novio.

—Ya. De ahí la confusión. Tengo a mi camarera enferma y no puedo preguntárselo, pero ella en ningún momento me dijo su nombre, así que la culpa de haberla confundido con tu prima es mía. O sea, que parece ser que no le di otra opción y di por hecho que era Kate. Ahora tengo a tu prima aquí y, querida, lo siento, pero no la necesito.

—Oh. Qué tragedia.

—Eso he pensado —asiento.

—Entonces, ¿quién es la camarera que tienes, Beatrice? ¿No te preocupa? Podría haberte dicho quién era realmente. Que no era Kate Rivers.

—Aunque suene extraño no me preocupa lo más mínimo.

«Un poco sí, la verdad. Pero es más curiosidad que miedo o preocupación. No imagino a ¿Kate? clavándome un cuchillo en mitad de la noche».

—Pero es una farsante, se ha hecho pasar por otra persona —Se escandaliza. La imagino con los ojos muy abiertos y la boca en tensión.

—Ya, ya…, pero si la conocieras como yo me entenderías.

—Bueno, ¿qué hacemos?

—No tiene dinero. Dice que ha estado en Nueva York estos meses y ha gastado sus ahorros.

—¡Madre del amor hermoso! Qué poca cabeza tiene la niña. Beatrice, hazme un favor. Me da apuro pedírtelo, pero no veo otra opción más rápida. ¿Puedes pagarle el viaje de vuelta a Oregón? En cuanto llegue te mandaré un cheque.

—Por supuesto —acepto, aunque no sé si con lo que hay en la caja será suficiente o tengo que ir al banco.

—Gracias, Beatrice. Menuda le va a caer cuando regrese...—No me lo quiero ni imaginar. Un beso, querida.

Respiro hondo y cuelgo el teléfono. Al darme la vuelta, me encuentro con el rostro pesaroso de Kate mirándome con atención sin pestañear.

—Son doscientos dólares.

COMO ESTAR EN CASA

Octubre, 2016

✈ Durante los tres días que Nora estuvo enferma en cama y tomando medicamentos que en su época ya no existían, Jacob llevó a Bill a conocer la ciudad. No hizo falta que le recordaran que debía disimular su amaneramiento; comenzó a hablar con una voz grave que nada tenía que ver con la suya y que les provocó un ataque de risa.

—Son otros tiempos —le recordó Nora.

—Lo sé, cariño. No te preocupes, voy a ser un macho —rio Bill, tomándose la represión de los años sesenta con humor. Afortunadamente, no tuvo problemas en la época que le había tocado vivir, pese a las burlas que recordaba de su época de estudiante. Fan de la música clásica y del ballet, no era como el resto de los niños. Aborrecía jugar al fútbol y no le atraían nada los videojuegos. Tenía mucha personalidad y se enfrentó con valentía a todos los que le hacían burla y sus padres se sentían muy orgullosos de él.

Bill cogió del armario una camisa de cuadros de Jacob y unos tejanos, que criticó por lo anchos que eran; el abrigo le iba grande, y se negó a llevar gorro porque se veía ridículo con él. Jacob le compró unos zapatos marrones de ante porque tenía los pies más pequeños que él y sus zapatos le iban muy grandes.

—¿Dónde quieres ir? —preguntó Jacob.

—¡A todas partes!

Jacob puso los ojos en blanco y besó a Nora. Prometió cuidar de Bill y le dijo que no se preocupara por Beatrice. La «jefa» le había dicho que volviera cuando estuviera recuperada del todo y que, sobre todo, no cogiera frío, obsesionada por si necesitaba ropa. No obstante, evitaron pasar por delante del café.

—¿Coney Island? —Quiso asegurarse Jacob—. Hay que caminar mucho y no tengo coche, ¿estás preparado?

—Puente de Brooklyn para empezar —decidió Bill, entusiasmado—. ¿Hay alguna rebelión? ¿Alguna manifestación feminista?

—Que yo sepa, no —respondió Jacob con infinita paciencia.

—Qué lástima. Me gustaría aparecer en las fotografías históricas con una pancarta y que luego algún conocido pensara que me parezco mucho a ese hombre de 1965 que ve en una fotografía en blanco y negro.

Como me pasó a mí con Nora, ¿sabes? Me encanta dejar sorprendida a la gente, ¿a ti no?

—Me da igual.

—Hijo, qué escueto eres.

Caminaron hasta el puente de Brooklyn; llegaron al atardecer, cuando el reloj marcaba las cuatro y media de la tarde. Bill miraba a su alrededor como quien visita una ciudad por primera vez, pero conocía bien esas calles aunque en esos momentos le mostraban una realidad distinta: comercios de la época, suelos todavía empedrados y coches antiguos.

—El tiempo borra las pruebas tangibles de que una persona ha vivido —comentó Bill, esforzándose en seguir sonando varonil.

—¿A qué viene eso?

—Toda esta gente —comentó, señalando disimuladamente a los transeúntes que pasaban por su lado— en mi tiempo ya no estarán. O serán ancianos.

—Así es la vida.

—Tú eres muy terrenal, Jacob. Mente abierta, ¿entiendes? Hay que tener la mente abierta.

—Hasta hace unos días pensabas que era un asesino o que había raptado a Nora y no creías en la posibilidad de un viaje temporal.

—Por eso te lo digo, amigo. ¿Y te puedo confesar algo? —le dijo, arrimándose al boxeador y haciéndolo sentir incómodo—. Esta es la mejor cita de mi vida —rio.

—No sé si asustarme o sentirme halagado.

—Eres el novio de mi amiga y, por lo que veo, alguien destinado a ser muy importante para ella. Cuídala,

Jacob. Cuídala mucho, por favor —finalizó, adoptando un tono serio impropio en él.

—Por supuesto.

Bill no quiso sentarse en un banco junto a Jacob para contemplar el atardecer desde el puente de Brooklyn. Lo hizo apoyado en la barandilla, como le gustaba. Entornando los ojos, dejó que el aire fresco acariciara su cara y la tonalidad dorada del cielo penetrase en su mirada fija en el río Hudson, cuyas aguas en calma lo hipnotizaron por completo. No dijo casi nada más en toda la tarde hasta que se empeñó en subir con Jacob a la noria de Coney Island a la que llegarían caminando horas más tarde.

—¡Nathan's! Vamos a por perritos calientes, Jacob. Nos sentamos en el embarcadero y soñamos con el futuro, como hacen todos —propuso Bill, sonriente.

—Hay puestos de perritos calientes y de comida rápida más adelante, Bill.

—Pero no son comparables con los de Nathan's, te lo digo yo. Por cierto, tenía razón, cuántas parejitas castas veo por aquí —bromeó Bill, cambiando de tema, y mirando a su alrededor mientras caminaban hacia la mítica noria Wonder Wheel.

Pero de entre todas esas parejitas castas y tímidas, le llamó la atención un hombre que iba caminando con calma acompañado de una mujer pelirroja cuyos bucles eran fruto de horas y horas de tenacilla en una peluquería. «Su primera cita», detectó Bill. Sin embargo, el hombre que la acompañaba, trajeado, alto, moreno y con el cabello engominado hacia atrás, no parecía hacerle mucho caso. Cuando llegaron a la cola que los conduciría a la noria, les tocó colocarse detrás de la pareja en la que Bill se había fijado. El hombre seguía mirando hacia el cielo, como si todo lo que le estuviera contando la pelirroja careciera de interés para él. En cuestión de segundos, se giró hacia atrás y vio a Bill mirándolo con descaro. No apartó la mirara y Bill comprobó que tenía el color de ojos que había imaginado desde la distancia: castaños.

—Hola —le saludó en voz baja alzando la mano.

El hombre le sonrió. Tenía una sonrisa bonita, amplia y amistosa, y unos dientes rectos y relucientes. «Menos mal», pensó Bill, recordando su última cita de Meetic. Jacob, ajeno a ese momento en que Bill se ruborizó, se puso nervioso y le empezaron a temblar las pantorrillas; se concentró en superar su miedo a las alturas. ¿Era segura una atracción que llevaba en funcionamiento cuarenta y cinco años? No había subido a una noria en su vida y nunca hubiese imaginado que la primera vez fuera junto a un hombre parlanchín y raro. Porque para él, de mentalidad cerrada, Bill era un ser de otra galaxia, como salido de aquellos libros de ciencia ficción que robaba de la biblioteca municipal y leía debajo de las sábanas con una linterna. ¿Qué pensarían de ellos los que estaban allí? ¿Alguien lo reconocería del *ring*?

—Ejem. Ejem —carraspeó Bill—. Nos toca, Jacob.

—Ahora te has pasado de macho, Bill.

La pareja se había sentado antes que ellos; Bill, sin apartar la mirada del desconocido, le guiñó un ojo vigilando que nadie lo viera para cerciorarse de lo que creía: que era un homosexual reprimido en los sesenta. Y, efectivamente, tenía razón. Bill aún no lo sabía, pero el hombre por el que había sentido un flechazo —al parecer mutuo— se llamaba Nick y había nacido en los Ángeles en 1937. Vivía en Nueva York desde que tenía diez años y se mudó a Brooklyn a los veinte. Tenía muchas citas con innumerables mujeres porque su madre lo obligaba, pero nunca había una segunda cita. Solo él conocía su secreto; un secreto que lo había enfrentado consigo mismo, luchando contra los sentimientos que algún hombre con el que había coincidido le despertó. La mujer pelirroja que tenía al lado era Miriam; muy guapa, pero demasiado habladora y pesada. Hija de una buena amiga de su madre, Nick no sabía cómo al día siguiente diría que no era de su interés. Pendiente del hombre de nariz aguileña desproporcionada, ojos interesantes que parecían haber recorrido mucho mundo y cabello de un color castaño brillante, a Nick no le quedó otro remedio que apartar la mirada de él cuando se fijó en que lo acompañaba un hombre alto y muy fuerte que le recordaba a alguien, pero no sabía a quién hasta que Miriam murmuró:

—Es Jacob el Boxeador. Me pregunto qué hará con un hombre… —comentó—. Puede que ahora que dicen que ha dejado el boxeo se haya pasado a la acera de enfrente —añadió despectiva.

Nick tuvo que morderse la lengua para no decirle que era una entrometida, pero la noria, sin avisar, empezó a girar cuando al parque le quedaba solo diez minutos para cerrar.

—Las vistas no cambian mucho —le comentó Bill a Jacob cuando estaban en lo alto. Jacob, agarrado a los bordes de la silla, tenía todos los músculos del cuello rígidos, en tensión—. ¿No me dirás que te dan miedo las alturas, Jacob el Boxeador?

—Un poco.

—¡No me lo puedo creer! Y seguro que también te da apuro estar aquí conmigo, ¿estoy en lo cierto?

—Eso ya me da igual.

Bill sonrió satisfecho contemplando el cielo estrellado y la luna, los rascacielos iluminados a lo lejos y el mar. Veía algunas cabezas enfundadas en gorros y cuerpecitos diminutos con abrigos que tampoco eran tan diferentes de los del siglo XXI.

—Es maravilloso. Maravilloso. Como estar en casa.

De vuelta a Front Street, con un largo recorrido de tres horas por delante, Jacob le explicaba a Bill —como si este no supiera nada de historia— que le hubiera gustado haber conocido Coney Island a principios del siglo XX, cuando no era una península situada al final del barrio de Brooklyn ligada al entretenimiento del siglo XIX y cuyos habitantes apostaban en carreras de caballos, bebían alcohol sin control en los bares y se refugiaban en burdeles. Mostró su disgusto por la decadencia que sufrió el lugar tras la segunda guerra mundial, cuando las familias con mayor poder adquisitivo preferían coger sus coches e ir a otros lugares.

—Me hubiera gustado ser un niño ahí en los años veinte, cuando era un lugar familiar y recomendable. Pero aún no había nacido. Las clases medias llegaban atraídas por la playa, las atracciones de la feria y los puestos de comida rápida. Aun así, es la primera vez que me subo a la noria —reconoció, llevándose las manos a los bolsillos y mirando al frente, sin contarle a Bill su traumática infancia ni añadir que nunca hubiera imaginado que su primera vez en la noria iba a ser con otro hombre y que, en realidad, le molestaba lo que pudieran pensar de él.

Bill iba a proponer coger un taxi para regresar a casa porque le dolían los pies, pero cambió de opinión cuando recordó la matraca que le había dado en su empeño por conocerlo todo. Además, el viento frío de la noche le despejaría la cabeza, que estaba en otro lugar: con el desconocido de sonrisa cautivadora. Justo en ese momento, el desconocido y la pelirroja pasaron a su lado; sus cuerpos se rozaron y, con disimulo, el hombre volvió a sonreírle.

—Ay, Dios. Me tiemblan las pantorrillas.

—¿Qué ha sido eso? —preguntó Jacob confundido, mirando cómo la pareja se subía a un coche negro.

Cuando Bill se llevó la mano al bolsillo de la chaqueta de Jacob, se dio cuenta de que el desconocido le había dejado una nota en su interior.

«Trabajo de recepcionista en el Hotel Bossert de lunes a viernes, de 9 a 14h. Te espero mañana al salir.
Nick».

Jacob frunció el ceño; Bill se quedó tan boquiabierto que por poco se le desencaja la mandíbula y empezó a dar saltitos hasta que el boxeador, cansado, lo detuvo, recordándole que aún les quedaban tres horas de camino y les iban a dar las doce de la noche. No había ni un alma por la calle, a excepción de algunos hombres ebrios.

—A ver cuándo te compras un coche, Jacob. Me duelen los juanetes.

—Es mejor caminar y mantenerse en forma. Además, ya no lo voy a necesitar —asimiló Jacob, sonriendo—. Por cierto, el Hotel Bossert es el Waldorf Astoria de Brooklyn, tiene muy buena fama. Es elegante.

—No lo conozco —dijo Bill, sin apartar la mirada de la letra de Nick. Parecía la de un niño pequeño escrita con prisas sobre un lugar incómodo, que bien podía haber sido su rodilla o una piedra—. Nick —repitió su nombre en voz alta—. Lo que yo te diga, Jacob, esto es como estar en casa, pero sin Tinder.

—¿Tinder?

EL TRÉBOL DE LA SUERTE

NORA

Octubre, 1965

«El tiempo borra las pruebas tangibles de que una persona ha vivido», decía Bill continuamente, obsesionado con la idea de que la gente con la que se cruzaba en sus largos y solitarios paseos por el Brooklyn de 1965 ya no existiría cuando volviéramos a 2017.

Bill había conseguido en una sola semana lo que a mí aún iba a costarme un enorme esfuerzo: moverse como pez en el agua en una década que en realidad no nos pertenecía. Jacob y Bill se habían hecho amigos tras la larga tarde en la que visitaron el puente de Brooklyn y Coney Island. Fueron caminando, una locura teniendo en cuenta que se tarda algo más de tres horas desde la zona en la que nos hallábamos. Bill llegó quejándose de dolor

411

en los juanetes, pero con una sonrisa indescriptible en su rostro que tenía un nombre: Nick. Nick le dejó una nota en el bolsillo de su chaquetón mientras se alejaba con su cita. Le había escrito el nombre del hotel en el que trabajaba como recepcionista, el Bossert, situado en Brooklyn Heights, en la calle Montague. Le expliqué a Bill que ese hotel fue famoso en los años cincuenta por haber sido el hogar de varios jugadores del Brooklyn Dodgers. Tras su triunfo sobre los New York Yankees en la Serie Mundial de 1955, los fanáticos del Brooklyn Dodgers se congregaron en el vestíbulo del hotel y le cantaron al entrenador Alston la canción *Es un muchacho*[6]. Bill acudió puntual a la cita en un hotel que, tras diversas compras y remodelaciones, jamás reconocería en 2017.

A esa primera cita le siguieron más. Siempre se veían a la misma hora y en el mismo lugar, y Bill volvía a las ocho o a las nueve de la noche con los ojos entornados, como quien vive más soñando que despierto, y una sonrisa dibujada en su rostro que parecía impedirle hablar. Y si Bill no hablaba, algo importante le estaba ocurriendo.

El veintidós de octubre, tras seis días de ausencia por el terrible resfriado que me mantuvo encerrada en casa, volví al café. Beatrice me recibió con una sonrisa y lo primero que me preguntó era que si necesitaba ropa.

---

[6] «Es un muchacho excelente», canción popular cantada para felicitar en eventos, sobre todo en cumpleaños.

—Jacob no me ha hecho ni caso. Le dije que podía coger alguno de mis vestidos para llevártelos, pero no ha venido.

—No ha hecho falta, Beatrice —le dije—. En casa usaba sus pantalones de pijama y sus camisetas; no he salido a la calle hasta hoy.

—Oh, querida, pero debían irte muy grandes —rio.

Había algo extraño en su comportamiento hacia mí. Me miraba más de lo habitual. De vez en cuando, al devolverle la mirada, la apartaba rápidamente, como si no quisiera que me diera cuenta. La rutina del café seguía siendo la misma, pero las tardes eran más tranquilas, por lo que Beatrice se escapaba con John a dar un paseo o a acompañarlo en el taller. Hubo un momento de aquel veintidós de octubre en que me reincorporé al trabajo que me emocionó y me hizo pensar en algo que el tiempo, finalmente, confirmaría. Aunque Bill solo había visto a mi abuela en dos ocasiones, a pesar de ser mi mejor amigo desde hacía años, la conexión que tuvieron fue bonita y entrañable. Recordé cómo la abuela le cogió la mano y, en un gesto maternal, le dijo que era un chico especial. Cuando Bill, antes de su cita con Nick, entró en el café haciendo sonar la campanita de la puerta, no pude evitar pensar si la abuela, en su vejez, lo reconocería de ese día. Bill miró anonadado a su alrededor y me susurró: «¿Hemos vuelto a 2017? Esto está igual, salvo por el papel de mariposas». Al ver a mi abuela joven, alta y fuerte, trató de disimular su desconcierto; solo yo pude percibir la turbación en sus ojos.

—Beatrice, te presento a Bill. Somos amigos desde la infancia —mentí.

—Encantada de conocerte, querido. ¿Tú también eres de Oregón?

El tono que utilizó, mientras me miraba de reojo con la ceja izquierda alzada, me dejó preocupada.

—Sí, de allí mismo. —Bill no tenía ni idea de geografía.

—¿Y has venido desde tan lejos solo para ver a Kate? Es curioso porque, al hablar con su prima hace unos días, me dijo que tenía muy pocos amigos, así que es un grata sorpresa conocerte.

No supimos cómo reaccionar ante eso.

—Mi prima siempre lo exagera todo —comenté, para salir del paso, sin recordar cómo se llamaba.

—¿Un café, querido?

—Sí, por favor.

Bill puso cara de circunstancias, se sentó frente a la barra y me miró como diciendo: «¿Salgo corriendo? ¿Se dará cuenta? ¿Podemos retroceder unos minutos en el tiempo?». Negué con la cabeza y con gestos le pedí que me siguiera la corriente. Creo que lo entendió porque nuestros poderes telepáticos funcionaban con precisión desde hacía muchos años.

—Bill, conoces al exprometido de Kate, ¿verdad?

—Claro.

—¿Y qué te parece todo lo que ha pasado?

Había algo raro en las preguntas de la abuela. Aprovechó la visita de Bill para alardear del tono irónico que yo ya conocía y que usaba, sobre todo, para destapar

414

pequeñas mentiras. Conocía bien su táctica, por lo que la preocupación iba en aumento y mi ritmo cardiaco se aceleraba por momentos.

✗ —Mal, muy mal —contestó Bill, con ese tono masculino al que no me acostumbraba.

—Por supuesto que está mal —le dio la razón Beatrice—. Sobre todo teniendo en cuenta que se casa con su prima. Sangre de su sangre. Muy feo todo.

Bill torció el gesto mientras yo, detrás de la abuela, le advertí que no dijera nada más. Que se bebiera el café rápido y se marchara a buscar a Nick. Había sido mala idea que viniera a la cafetería el mismo día en el que volví a trabajar.

BEATRICE

Es un alivio volver a tener a Kate trabajando en el café, pero la miro y, al saber que me está mintiendo, el día se me hace cuesta arriba. Me duele. ¿Por qué no me dice la verdad? ¿Por qué no me dice quién es? ¿Cómo se llama?

—Pregúntaselo tú —sugiere John, tan tranquilo y resolutivo como siempre—. Las mujeres tendéis a ser muy retorcidas cuando queréis. ¿No sería más fácil hablar con ella que estar calentándote la cabeza?

Tiene más razón que un santo.

—¿Me estás diciendo que también te caliento la cabeza a ti?

✗ ✗ —No, mi amor. —Se ha acercado a mí, me ha abrazado y me ha dado un beso en la frente como si fuera una niña caprichosa—. Solo digo que hables con ella. Es una buena mujer, seguro que no tiene importancia. Puede ser que estuviera desesperada, sin nada y fingiera ser Kate para tener la oportunidad de trabajar en el café y ganar algo de dinero. Nada más.

—Nunca le pregunté si era Kate, lo di por sentado —me culpo.

—Ahora sabes que no es la prima de Lucy.

—Que, por cierto, no ha llegado a Oregón. A saber qué ha hecho con esos doscientos dólares y si me los devolverán… Estaba loca, John. Loca.

—Pues qué suerte has tenido de haberte encontrado con la farsante —ríe, acariciando mi mejilla.

—La considero mi mejor amiga y ni siquiera sé cómo se llama en realidad, John —comento tristemente.

—Eso tiene fácil solución. Usa ese piquito de oro que tienes y pregúntale quién es.

—Lo haré. De hoy no pasa.

Pero lo cierto es que los días pasan y pasan… y yo no me atrevo. Me limito a observarla. El otro día, cuando se reincorporó al trabajo, jugué un poco con un amigo suyo llamado Bill. Es un poco rarito, pero tiene cara de buena persona. No conseguí averiguar nada. Me da miedo descubrir la verdad y no tener más remedio que despedirla y, sinceramente, no creo que vuelva a encontrar una camarera tan eficiente como ella. Además, se ha convertido en mi mejor amiga. Siento que prefiero vivir creyéndome una mentira; una mentira que ella lleva viviendo más de dos meses.

NORA

El martes veintiséis de octubre amanecimos con la triste noticia de que la señora Pullman había fallecido mientras dormía. Nuestra exigente clienta ya no volvería a entrar en el café haciendo sonar la campanita y pidiendo un café con leche ardiendo con esa voz tan aguda. Y ya no se quejaría de que el café nunca estaba lo suficientemente caliente.

—Qué lástima —murmuró Beatrice, mirando con nostalgia hacia la puerta como si, de un momento a otro, la anciana fuese a aparecer con alguno de sus estridentes pañuelos en la cabeza—. Iremos a su entierro, querida. Dicen que es mañana a las diez.

Así que a las diez de la mañana del veintisiete de octubre fuimos a la iglesia. Estaba llena de gente que iba a dar el último adiós a la señora Pullman. Diane Pullman, según el párroco, había sido una mujer creyente y bondadosa, fiel a sus principios y a la misa del domingo; había formado una bonita familia junto a su esposo, el señor Walter Pullman, fallecido hacía diez años, y había criado a tres hijas que, en primera fila, lloraban abrazadas. Las envidié. Las envidié porque, cuando la mujer que estaba a mi lado muriera en noviembre de 2016, con ochenta y siete años, yo no tendría a nadie a quien abrazarme ni con quien compartir mi tristeza y mis lágrimas.

Tras la misa, fuimos al cementerio de GreenWood donde años más tarde también enterrarían a mis seres queridos. Sus tumbas aún no existían en 1965, pero tuve la sensación de haber vivido ese momento antes cuando observé cómo el ataúd de la señora Pullman se adentraba en las profundidades de la tierra, como si fuera mi abuela quien estuviera ahí dentro. Lloré. Y mis lágrimas sorprendieron a Beatrice, que se mantenía erguida e imperturbable. Después de darle el pésame a las hijas, la abuela cogió mi mano y me dijo:

—Ven conmigo, quiero enseñarte algo.

Recorrimos el camposanto lentamente, como si tuviéramos la necesidad de ser la compañía de todas y cada una de las tumbas abandonadas que allí se encontraban. El cielo, negro como el carbón y las nubes, de una asombrosa tonalidad púrpura, componían una especie de cuadro gótico que amenazaba con provocar una lluvia torrencial. Los árboles que había a nuestro alrededor, cuyas ramas se habían quedado secas por las bajas temperaturas, parecían tan tristes como todo lo que íbamos encontrándonos a nuestro paso. Soledad. Muerte. Desolación. Fuimos hasta la parte alta del cementerio, desde donde podían verse los rascacielos, como si los muertos tuvieran la necesidad de deleitarse con las vistas. La abuela se detuvo frente a un par de tumbas.

—Te presento a mis padres —dijo con un hilo de voz.

—Isabella y Martin. Bonitos nombres.

—Y allí —señaló, acercándose a una tumba consumida por la hiedra, vieja y torcida como si le hubiese caído un rayo—, está Simon Allen, mi bisabuelo. El hombre que cayó cuando estaba trabajando en la construcción del puente de Brooklyn en 1882, un año antes de su inauguración.

Lo primero que pensé fue que, cuando volviera a 2017, ya sabría exactamente dónde se encontraban las tumbas de mis antepasados. Ya no me haría falta buscar a Simon Allen. Estaba ahí, frente a mí, con su inscripción ilegible y, por alguna extraña razón, me sentí miserable al ver los estragos que el paso del tiempo había causado en su sepulcro.

—El tiempo borra las pruebas tangibles de que una persona ha vivido —repetí las palabras de Bill en un murmullo, sin apenas darme cuenta.

—Todas estas personas soy yo. ¿Quién eres tú? —preguntó la abuela, de repente—. ¿Cómo te llamas?

—Kate Rivers.

Me había acostumbrado a ese nombre con tanta facilidad que lo dije automáticamente.

—Kate Rivers, la prima de mi amiga Lucy —empezó a explicar con tranquilidad—, vino a la cafetería la semana pasada, cuando tú estabas enferma. Se disculpó porque tendría que haber llegado justo cuando lo hiciste tú, pero le apeteció vivir una aventura en Nueva York hasta que se quedó sin dinero. ¿Tienes una documentación para poder demostrar que eres Kate Rivers?

—No —me sinceré, a punto de explotar.

—¿Quién eres? —repitió. Y su tono no sonó autoritario o enfadado, sino compasivo y suplicante, lo que me empujó a cometer una locura: contárselo todo. Si ella, antes de morir, me dijo que nos volveríamos a ver pronto, lo sabía. Y ese era el momento en el que se enteraría de toda la verdad y de quién era yo. Me creería. Ahora sabía cómo podía demostrárselo. Respiré hondo y empecé por el único comienzo de la historia que conocía: Simon Allen.

—Desde que Simon Allen murió en la construcción del puente de Brooklyn, tú siempre has creído en la maldición de que las personas de tu familia morirían jóvenes o, en el mejor de los casos, no llegarían a los sesenta. Tus padres, Isabella y Martin, no parecían estar destinados a conocerse por la distancia que les separaba cuando nacieron, pero ella, con unos sueños más grandes que el pueblo italiano del que procedía, no se amedrentó y se mudó a Nueva York, donde encontró trabajo como costurera. Una noche, la del nueve de noviembre de 1927, Isabella salió más tarde de trabajar; llovía y era peligroso que una mujer anduviera sola por las calles de Nueva York durante cuarenta minutos hasta llegar a su casa. Pasó por delante de un bar y no se dio cuenta de que uno de los hombres borrachos había salido y la estaba siguiendo. Martin, tu padre, se dirigía a Harlem, zona en la que solía trapichear y meterse en líos, pero por suerte estaba allí y le dio una buena paliza al borracho que seguía a Isabella porque, de no haber sido así, seguramente la italiana hubiese acabado muy mal. El resto también te suena, ¿verdad? Y la manera en la que se conocieron te parece la más romántica del mundo —terminé, con la voz temblando. Era la primera vez que hablaba de mi pasado. La mujer que tenía delante, unos años más vieja, era la que siempre lo relataba. Lo hacía mucho mejor.

—¿Quién eres? —insistió. Y en ese momento su tono sí resultó amenazante—. ¿Cómo sabes todo eso?

—Me llamo Nora Harris y soy tu nieta, Beatrice.

BEATRICE

En mi vida solo ha habido dos ocasiones en las que me he sentido furiosa. Furiosa hasta el punto de estallar y querer golpear lo primero que se me pusiera delante. La primera vez fue cuando murió mi madre. La segunda, cuando mi padre decidió, hace cinco años, irse con ella en vez de quedarse conmigo. Y como siempre tiene que haber una próxima vez, esta es la tercera. Y duele. Duele porque viene de alguien a quien le he abierto las puertas de mi casa y de mi negocio y, sobre todo, de mi corazón. ¿Cómo puede hacerme algo así?

—No puedo seguir escuchando tonterías. ¡No puedo! Sal de mi vista ahora mismo, no quiero ni verte —arremeto contra ella, furiosa.

—¿Cómo si no, voy a saber todo eso? —pregunta con esas lágrimas que tanto odio y que para mí son un signo inequívoco de debilidad.

—¡Mi diario! ¡Te has atrevido a leer mi diario! —sigo gritándole, cuando nadie debería gritar en un camposanto e interrumpir el descanso de las almas que allí reposan.

—No sabía que tenías un diario. Espera, te lo puedo demostrar de otra manera —insiste, desesperada.

—Vete. Cuando vuelva a la cafetería no quiero verte allí.

—Beatrice, por favor, escúchame.

Se acerca a mí y tiene el valor de agarrarme del brazo, cuando sabe que puedo tumbarla de un solo manotazo. Clavo mi mirada en ella, le digo que me suelte, pero no lo hace, así que no me queda otro remedio que tirarla al suelo e irme del lugar donde reposan mis padres y mi bisabuelo. Basta. No quiero volver a verla.

No sé su nombre ni su apellido, pero ya no me hace falta. He aprendido la lección y, por primera vez, voy a tener que contradecir los consejos de mi madre que, amorosamente, me inculcaba que confiase en las personas. Que si todo el mundo confiase con la misma inocencia ciega de un niño, el planeta rebosaría bondad y las cosas irían mucho mejor. Sea quien sea la mujer que he dejado tendida sobre el césped del camposanto frente a la tumba de mis padres, sigue gritando, llorando y llamándome, pero me prohíbo mirar hacia ella. Sigo caminando y reprimo las lágrimas, concentrándome en las finas gotas de lluvia que han empezado a caer.

NORA

No era posible que fuera así. Que todo terminase así. Para cuando logré llegar a la salida del cementerio la había perdido de vista. Seguí sus pasos hasta la cafetería, pero estaba cerrada. Puede que no hubiera ido hasta allí; con un poco de suerte, estaría en el taller del abuelo. Empapada y calada hasta los huesos, me alegró comprobar que llevaba la copia de las llaves de su apartamento, así que, deseando que no estuviera dentro, las introduje en la cerradura y abrí, asustada. Nunca, jamás en toda mi vida, la había visto tan enfurecida como en ese momento. *Monty* me recibió desde el sofá con una mirada esquiva y un maullido poco amable. La abuela no estaba, así que corrí hacia el dormitorio donde recordaba haber dejado mis pertenencias del siglo XXI. En la mesita de noche, la fotografía con Montgomery Clift había sido sustituida por una con el abuelo que recordaba de haber visto infinidad de veces en el salón. Sonreí. Pese a las circunstancias, sonreí.

—Saldrá bien —murmuré agradecida.

Me agaché y, mirando debajo de la cama, comprobé que había una cajita de latón rectangular con el dibujo de una mujer sonriente alzando la mano con una taza de café. La misma que yo, años más tarde, descubriría bajo una de las tablas de madera del café y que contenía la fotografía. Esa fotografía que se haría dentro de unos días, en noviembre, y que me había dado tanto que pensar. Suspiré, aliviada, al comprobar que las botas seguían donde las había dejado, al fondo, debajo de la cama y fuera del campo de visión. La abuela no las había descubierto. Levanté el colchón donde había dejado la ropa bien doblada a los pies de la cama para que no abultara ni se notara. Las prendas también seguían ahí, esperándome, incluida la cazadora de cuero negra. Palpé en los bolsillos hasta dar con el llavero en forma de trébol. El mismo que tenía la abuela, pero procedente, como yo, de un año futuro aún inexistente. A pesar de tener tentaciones de volver a ponerme mi ropa, me vi incapaz. Tan difícil era desprenderme del vestido que me había prestado la abuela, aunque estuviera mojado y tiritase de frío, como aceptar que cabía la probabilidad de que, pese a tener pruebas, siguiera sin creerme. Así que volví a dejarlo todo donde estaba, esperando que siguiera siendo invisible a ojos de la abuela en caso de que me tomara por una loca.

Al bajar a la calle, el café seguía con la persiana bajada y opté por quedarme sentada a esperarla. «En algún momento tendrá que volver», pensé. El vaho escapaba de mis labios y formaba retorcidas siluetas en el aire. No había ni un alma en la calle, como si las gotas de lluvia les pudieran desintegrar la piel. Los obreros se habían refugiado en el bar de la esquina; podía verlos, pese a la neblina, bebiendo cerveza desde el punto en el que me encontraba y Eleonore, que se había asomado a la ventana a retirar unas prendas de ropa que se habían mojado tanto como yo, me vio.

—¡Sube y te preparo un té caliente! —me gritó desde la ventana, preocupada.

—¡No, gracias! —respondí en el mismo tono para que pudiera oírme. La neblina que había me impedía ver su rostro con nitidez—. ¡Estoy esperando a Beatrice! —chillé al mismo tiempo que, aferrada al llavero del trébol de cuatro hojas, temblaba de frío, pena e inseguridad.

«Ahora también pediría un café con leche ardiendo, señora Pullman», pensé, mirando el cielo gris.

BEATRICE

No quiero que John me vea en este estado de nervios, se canse de mí y me deje, así que, en vez de ir en dirección a Front Street, entro en un bar concurrido de Old Fulton. Todos parecen necesitar un buen tazón de café ardiendo para entrar en calor, lo cual me recuerda a la señora Pullman y cómo no, a la escena que le acabo de montar a esa chica en el cementerio. Siento los ojos enrojecidos por la rabia de la que no me desprendo al sentirme engañada y, cuando recuerdo lo último que me ha dicho, me pregunto si me ha tomado por una idiota o si realmente está bien de la cabeza. ¿Ha dicho mi nieta? ¿Cómo ha dicho que se llama? ¿Nora? ¿Nora qué? Está loca. Le falta una tuerca; puede que se haya escapado de un manicomio y yo he sido una ingenua que ha podido estar en peligro debido a su enfermedad o a su maldad. Quién sabe. Pienso en Jacob el Boxeador, al que también habrá engañado y en ese tal Bill, su amigo. ¿Saben ellos quién es? ¿Saben cómo se llama?

—Señora, ¿qué quiere? —Por el tono que usa el camarero debe ser la tercera vez que me lo pregunta.

—Perdone. Un café con leche. Muy caliente, por favor.

No me gusta el café, pero puede que me despeje. Que aclare esta cabeza anclada al momento que acabo de vivir. Pero no quiere irse de mi mente, se niega. El camarero tarda pocos minutos en traerme el café. Cuando le doy un primer sorbo, que me quema la lengua, compruebo con satisfacción que está un poco aguado, como si no le hubieran puesto mimo al hacerlo; su sabor es excesivamente fuerte y no tiene suficiente espuma. Me pregunto cuándo ha sido la última vez que han limpiado la cafetera. «El café del Beatrice está mucho más rico», me enorgullezco.

«John, piensa en John», me ordeno. Y entonces visualizo el momento en el que lo vi por primera vez en el estadio Shea de Queens antes de que salieran al escenario los Beatles, aunque él ya me conociera por haber estado una vez en el café. Qué tonta me sentí al no recordarlo, suelo acordarme de todas las caras que pasan a diario por ahí. No le importó. Él ya me miraba con todo el amor del mundo desde el principio, como si me conociera de mucho antes, como si ya estuviéramos predestinados. Aquella noche bailamos, reímos, disfrutamos y luego fue muy amable al llevar en coche a dos desconocidas que habían sido abandonadas por el anterior conductor: un hombre al que me conformaré con ver en las películas y estoy segura de que será mucho mejor así. Pero de nuevo, pienso en la que yo creía que era Kate cuando recuerdo que conocí a John gracias a ella. Porque, de no haber sido por su torpeza al derramarle el café encima a Lennon, jamás nos habría invitado al concierto y, por lo tanto, no hubiese coincidido con John. Puede que la manera en la que se conocieron mis padres me parezca la más romántica del mundo: la damisela en apuros salvada por el galán de película en una noche oscura de finales de los años veinte en Nueva York. Pero estoy convencida de que serían ellos los que envidiarían cómo conocí a John. De no haber sido por Kate, no hubiese pasado. Quizá sí, si ese era nuestro destino, pero no hubiera sido igual de envidiable. Nada volvió a ser lo mismo desde que, a la mañana siguiente, John se presentó en la cafetería y me regaló una pieza de madera tallada a mano en forma de café a la que le seguirían unas cuantas, hasta que Kate nos empujó a tener esa primera cita que tanto deseábamos pero que, por timidez o prudencia, no nos atrevíamos a pedir.

—Todo fue gracias a ella —murmuro, terminando el café.

La furia se transforma en impaciencia y la reflexión me otorga la calma que necesito para volver a Front Street esperando que Kate no me haya hecho caso y siga allí.

NORA

Una hora más tarde, cuando creía que la lluvia torrencial y el frío iban a acabar conmigo, distinguí pisadas aceleradas, como si alguien se aproximase a la desesperada. Saboreé el miedo ascendiendo por la garganta y los recuerdos agridulces quedaron relegados a un lado cuando vi que se trataba de Beatrice y que no parecía enfadada o dispuesta a echarme a patadas, sino que me sonreía, como siempre lo había hecho desde que nos encontramos en el callejón. Me ofreció la mano para que me levantase.

—Tenemos que hablar. Pero entremos en el apartamento, por favor. Estás congelada, querida.

Subimos rápidamente las escaleras que nos conducían al apartamento y, al situarnos frente a la puerta, antes de que a Beatrice le diera tiempo a abrir, la frené y lo hice yo con mis llaves. No pareció sorprenderle hasta que se fijó en el llavero con el trébol de cuatro hojas idéntico al suyo y en el que ya reparó el día en el que nos vimos por «primera vez».

—No es una coincidencia que tengamos el mismo llavero —empecé a explicar, mostrándoselo. Seguía tiritando y debía tener los labios azulados por cómo los miraba. Me sorprendió la fortaleza con la que me salían las palabras; creía que, llegado el momento, la tensión no me permitiría hablar—. Y no significa que lo haya comprado en la misma tienda que tú o que coincidamos en gustos, no. Míralo. Míralo bien. Es el mismo, el que te regaló tu padre hace seis años, antes de que tuvieras el café pero, como ves, está más gastado porque el mío tiene cincuenta y ocho años de historia. Y las llaves que lo acompañan también son las mismas que las tuyas; en todos estos años no se ha cambiado nunca la cerradura de la portería ni la del apartamento.

—¿Qué me quieres decir con eso?

—Mi nombre es Nora Harris —repetí—. Y soy tu nieta.

Me arrebató las llaves y empezó a comparar los llaveros. Eran idénticos, y el hecho de que se lo regalara su padre hacía seis años no era algo que debía tener escrito en su diario. Imagino que debió preguntarse cómo podía conocer ese detalle que marcaría la diferencia entre creerme o no.

—No puede ser.

—En el callejón en el que nos encontramos hay un portal del tiempo. Aparecí ahí procedente del año 2017.

—¿Un portal del tiempo? ¿Me estás diciendo que eres mi nieta y que has venido del futuro hasta aquí? Ni siquiera tengo hijos, querida.

—Tendrás una hija —me apresuré a decir—. En agosto del año que viene. Se llamará Anna.

—Anna. Ya me dijiste ese nombre —recordó pensativa.

—Nacerá en agosto de 1966.

—Querida, para eso tendría que concebirla ya y no...

—Lo sé. Pero será así. Tiene que ser así.

—Lo siento, esto es muy extraño… yo… yo no lo entiendo. Mi cabeza no lo entiende. No puedo.

Me devolvió el llavero, alzó las manos y, con los ojos llorosos y el cabello tan empapado como el mío, ignoró a *Monty*, que seguía en el sofá observándonos, y se encerró en el cuarto de baño. Yo, que seguía temblando, la esperé con los brazos cruzados encogida sobre mi propio cuerpo durante lo que se me antojó una eternidad.

—Beatrice. Beatrice, ¿estás bien? —la llamé, al cabo de media hora, dando unos golpecitos en la puerta.

No contestó, pero cinco minutos más tarde salió envuelta en una toalla rosa y con el cabello seco. Sin dirigirme la palabra, entró en el dormitorio absorta en sus pensamientos y salió con un nuevo vestido de manga larga de color beige y estampado de cuadros y las piernas cubiertas por unos leotardos negros. Me tendió otro vestido para mí, de color verde militar y florecillas en el bajo del vuelo y unas medias de nailon marrones.

—Cámbiate. No quiero que vuelvas a ponerte enferma.

Obedecí, sintiéndome una extraña, y fui hacia el cuarto de baño a secarme y a cambiarme de ropa. Al salir, la abuela acababa de preparar té y, sin preguntar, me ofreció un tazón hirviendo que mis manos congeladas agradecieron.

—Conque eres mi nieta… —rio, dándole un sorbo a su té y negando para sí misma con la cabeza. Se sentó en el sofá, al lado de *Monty*, y continuó hablando— ¿De qué año dices que vienes?

—De 2017.

✝ —¿Vives en este apartamento?

—Y regento el café desde enero.

—Enero de 2017 —trató de asimilar—. ¿Cuándo he muerto? —preguntó sin rodeos, arqueando las cejas y abriendo mucho los ojos. ¿Debía decírselo?, me pregunté. ¿Podría soportarlo?

—¿De verdad quieres saberlo? —Asintió convencida—. En noviembre de 2016.

—Entonces desafío la maldición de mi bisabuelo.

—Sí.

—Nadie de mi familia ha llegado a los sesenta años. ¿Por qué iba a superarlos yo?

—No creo en maldiciones, Beatrice —me sinceré, a pesar de ser consciente de que yo misma, al igual que sus padres o los míos, no superaría los sesenta.

—Y Anna, mi hija, ¿es hija de John? ¿John es tu abuelo?

—Sí.

—¿Cómo nos llevaremos en el futuro?

—Tendremos nuestros momentos, como todo el mundo —le dije, ocultando información. Obviamente, no podía saber que el abuelo y ella serían los encargados de cuidarme a partir de los siete años, cuando mis padres murieran antes de tiempo—. Pero nos vamos a querer.

—Ya nos queremos, ¿no? —preguntó sonriendo. Y una lágrima traicionera resbaló por mi mejilla. Perdí la cuenta de las veces que había llorado en 1965—. Todo esto es muy raro para mí, Nora. Pero entiendo que para ti, si todo es cierto, ha debido serlo aún más. La cuestión es, ¿por qué?

—Creo que el abuelo y tú… perdón, John, os conocisteis gracias a mí.

—Cierto, querida —me interrumpió—. Y ese es el motivo por el que al verte no he podido seguir enfadada —reconoció, sorprendiéndome por lo fría que se mostraba. ¿Ni una lágrima? ¿Ni una sola emoción? ¿Estaba hecha de piedra o eran los años los que la convertirían en una mujer más sensible?

—De no haber estado aquí, es probable que no os hubierais conocido y mi madre y yo jamás hubiésemos venido al mundo. Se trata de supervivencia, supongo. Pero hay algo más que he ido descubriendo a lo largo de estos dos meses. Viajé gracias a alguien idéntico a Jacob, que vino a verme durante siete noches en 2017 y que resultó ser mi hijo, algo de lo que me he enterado en este tiempo.

—Espera… —volvió a reír—. No me estás tomando el pelo, ¿verdad? ¿Te has escapado de algún manicomio?

—Te prometo que no. El llavero, las llaves…

—Abren las mismas puertas, sí. Y el llavero es el mismo, lo sé. Pero podrían ser meras copias y lo que me cuentas suena tan raro que…

—Jacob te lo puede confirmar. Bill también viene de 2017. No sé qué más puedo hacer para que me creas.

—Puedo viajar en el tiempo contigo —propuso intrigada.

—Puede ser peligroso. No puedo irme hasta recibir una señal; no sé cómo funciona con exactitud. Solo sé que el portal se abre a medianoche durante unos minutos y puede que, si no cumplo con el tiempo que debo permanecer aquí, cambiemos el curso de la historia. De nuestra historia.

—Entiendo —murmuró—. Y dime, Nora, ¿qué se supone que tendré que hacer yo como abuela cuando vea que creces y te conviertes en la mujer que eres hoy?

—No podrás decirme nada.

Y entonces me di cuenta de lo que mi «yo» del futuro ya me había advertido. Siempre fui la que había movido los hilos de esta aventura. De mi vida y de la de los que me rodearon. El abuelo nunca llegó a saber nada, a no ser que le recordara a esa camarera torpe y yo obligué a la abuela a mantener un silencio que el alzhéimer y sus últimos segundos de vida no pudieron ocultar; por eso me dio pistas sobre lo que me iba a suceder.

—Para mí, siempre serás Kate. Y John no puede saber nada de esto, ¿verdad?

—Creo que no.

—Será nuestro secreto —asumió—. Aunque no me lo llegaré a creer del todo hasta que yo misma realice un viaje en el tiempo, nazca la hija que dices que tendré o te vea en el futuro.

—Tienes toda la vida por delante para comprobarlo —le dije con nostalgia, a sabiendas de que para mí ese tiempo ya había transcurrido. Algo así debió sucederle a la Nora de 2046 al verme; ella ya había vivido «lo nuestro».

—Y todo por este trébol —añadió, acariciándolo, cuando ni siquiera me había dado cuenta de que, en todo ese rato, no se había desprendido de él.

A ESCONDIDAS

Octubre, 1965

A los ojos de la gente, Nick y Bill eran un par de amigos que se veían, siempre a la misma hora, a la salida de un famoso hotel de Brooklyn y daban largos paseos por la ciudad. A veces, contemplaban el atardecer desde el puente de Brooklyn; otras, cogían el coche de Nick e iban hasta la noria de Coney Island donde se conocieron. En la mayoría de ocasiones, se encerraban en un café, cada día en uno distinto para no dar pie a habladurías y las tres, cuatro o cinco horas que pasaban juntos volaban entre animadas conversaciones.

Bill, por consejo de Nora, tuvo que mentir; hubiese sido una locura contarle la verdad a Nick. Le dijo que había trabajado en algún periódico local como periodista *free lance*, algo de lo que se arrepintió cuando Nick le preguntó en cuál y a él solo se le ocurrió el The

New York Times, cuya antigüedad le permitía estar seguro de que existía en el sesenta y cinco. «Ese no es un periódico local cualquiera», rio Nick, sin darle más importancia. Pero lo que de verdad quería Bill era escribir y publicar una novela, así como presentar un programa de televisión de máxima audiencia; esto último se lo continuó reservando para sí mismo.

—Una novela… —murmuró Nick—. ¿Y sobre qué?

—Terror, novela negra… soy un apasionado de los sótanos y los crímenes con giros imprevisibles en la investigación que despisten en todo momento al lector —sonrió Bill, esperando no parecer un psicópata. Recordó una cita que tuvo con un chico de Tinder en la que, después de explicarle con todo detalle y mucha pasión la escena que acababa de escribir antes de quedar con él, el chico se excusó para ir al servicio y ya no regresó. El pobre no pudo soportar la frase: «un cuerpo descuartizado en el sótano de una casa victoriana a las afueras de Nueva York».

Bill también mintió a Nick sobre su fecha de nacimiento, que había pasado de ser 1986 a 1934, lo que le hizo sentirse muy viejo. Trató de imaginar qué estarían haciendo sus abuelos en esa década en la que debían rondar su edad. Pensó también en la posibilidad de falsificar de algún modo una documentación que se había dejado en el siglo XXI. Era, al igual que su amiga, un indocumentado viajero en el tiempo jugando a ser uno más en un mundo que, al igual que no concebía que dos hombres pudiesen amarse, el hecho de que existieran portales que te llevan de una época a otra era un cuento de ciencia ficción.

Bill y Nick estaban hechos el uno para el otro, tenían muchas cosas en común, como su amor por los libros y la literatura; pero ambos sabían que no era fácil y que si querían algo más, como un simple beso que aún no se habían dado, debían esconderse. Y así fue cómo Bill conoció el apartamento de Nick, situado en la segunda planta de un lujoso edificio barroco en Prospect Park West. Lo primero que se preguntó fue cómo un recepcionista de hotel podía permitirse tal lujo, hasta que Nick se sinceró por completo y reconoció que ese y otros edificios de Brooklyn eran propiedad de sus padres, bien posicionados gracias al negocio del petróleo, pero que era algo que nunca decía en una primera cita por miedo. Bill percibió en su mirada esa tristeza de quien no espera nada de la vida y mucho menos del amor. Dejaba entrever temor cuando hablaba de sus padres, dos figuras autoritarias a los que Bill jamás podría llegar a conocer. No, al menos, como la pareja oficial de su hijo. Si ya de por sí les había costado asumir que Nick quería llevar las riendas de su vida trabajando por su cuenta y ganando su propio dinero pese a vivir en una de sus propiedades, ¿cómo iban a aceptar su homosexualidad?

Bill, en ocasiones, olvidaba que estaba en otro siglo cuando, instintivamente, rozaba su mano con la de Nick y este la apartaba sonrojado esperando que nadie les hubiese visto.

En el interior del apartamento, en cuanto cruzaron la puerta que daba paso a un amplio vestíbulo que conducía al salón, sus miradas se pidieron permiso para dar ese gran paso que sus labios habían deseado desde la primera vez que se sonrieron hacía tan solo unas semanas, bajo la noria de Coney Island.

—Como si te conociera de otra vida —murmuró Nick tras su primer y apasionado beso.

—Como si durante estos treinta y un años hubiera vivido dormido —contestó Bill, que sabía que esa clase de certeza solo se presenta una vez en la vida.

Bill, al igual que Nora, había encontrado una respuesta a su razón de viajar en el tiempo: enamorarse y, sobre todo, encontrar su lugar en el mundo.

UN REGALO PARA BEATRICE

NORA

Noviembre, 1965

Al contrario de lo que creía, la abuela no cambió ni un ápice su actitud hacia mí. Seguía llamándome Kate, guardando nuestro secreto tal y como prometió, como si no hubiese ocurrido nada. A John, que le contó lo de la visita de la prima de Lucy antes de decirme nada a mí, le dijo que fue una confusión. Que esa tal Kate Rivers era una farsante con intenciones de sacarle dinero para el supuesto viaje de regreso a Oregón y que yo era la auténtica. Que ella no se había equivocado. «¿Y el tema de la documentación?», preguntó el abuelo. «Documentación falsa —siguió mintiendo Beatrice con templanza, mirándome de reojo—. No sé cómo esos estafadores logran descubrir tantos detalles, pero caí en la trampa.

Doscientos dólares perdidos», terminó excusándose. El abuelo la creyó; sonó muy convincente y verosímil.

—No me gusta mentir —me dijo luego en la cocina—. Y menos a la persona que quiero.

Más retraída conmigo, había dejado de hablarme de John y ya no me contaba detalles íntimos. Seguían quedando cada tarde; normalmente, yo me encargaba de cerrar el café y, aunque sabía que iban a la sala clandestina de baile del restaurante Sicilia a bailar así como al cine, a pasear, a probar cenas exóticas en locales recién abiertos o a montarse en la noria de Coney Island que tanto le gustaba a Bill, no habían vuelto a ser afectuosos el uno con el otro delante de mí. Parecía como si a Beatrice la incomodara o sintiera que mis ojos de «nieta» no debían verlo pese a ser adulta.

—¿Y qué se siente, cuando supuestamente me has conocido de anciana, al verme solo cuatro años mayor que tú? —quiso saber, curiosa.

—Lo único que puedo decirte es que es increíble volver a estar a tu lado —respondí, conteniendo las lágrimas que sabía que tanto odiaba.

—Puedes llorar. Últimamente solo tengo ganas de llorar.

—¿Por qué?

—Porque a mí me gustaría estar siempre a tu lado.

Me prestaba vestidos, jerséis, chaquetas gruesas… Cada vez hacía más frío y se preocupaba por mí. «No quiero que vuelvas a enfermar». No volvió a preguntarme de dónde había sacado el chaquetón gris que seguía llevando tras entregarle el suyo de color marrón. Se encargaba de la comida y de dejarme hecha la cena, aunque a veces le decía que no era necesario porque Jacob, seguro, había preparado algo o le apetecería salir fuera.

—¿Te trata bien? ¿Te quiere? No estarás con él porque así lo determina este viaje o lo que sea, ¿no?

—Le quiero —reía yo, más convencida que nunca de esa afirmación.

Nosotros también teníamos citas, aunque a veces me daba la sensación de que éramos dos viejos que llevaban treinta años de su vida juntos cuando, en realidad, lo nuestro no había hecho más que empezar. Nunca me ha gustado comparar, pero veía en los abuelos una historia mucho más apasionante, aunque el mundo real sea más aburrido de lo que nos quieren vender. No hay fuegos artificiales ni nubes en el aire pidiéndote matrimonio. Tampoco hay desayunos en la cama ni flores al salir del trabajo; no todas las historias de amor verdadero son como las vemos en las películas. Solo hay algo que sí te demuestra que el amor sigue persistiendo con el paso de los años más allá de la fase del enamoramiento: cuando la persona que eliges te sigue mirando cuando tú cierras los ojos. Y yo a veces pillaba a Jacob mirándome mientras dormía. Solo me hacía falta abrir con disimulo un ojo y reírme al verlo mirándome muy concentrado.

—¿Qué nos pasa? —le pregunté una vez en la cama, muy cerca de él.

—¿De qué? —quiso saber, confundido, arrimándome a su pecho desnudo.

—Me refiero a que parece que llevemos toda la vida juntos.

—¿Tú también tienes esa sensación? —Arqueó las cejas sonriendo.

—No es algo del todo bueno, Jacob —aclaré—. Me da miedo la rutina, siempre he huido de ella.

Pero sabía que Jacob, de ideas fijas, necesitaba una rutina marcada para no enloquecer. Lo conocía, sí. Lo conocía muy bien. Conocía sus traumas y sus días malos, lo poco que le gustaba hablar del pasado, de su padre y de la madre a la que no recordaba. Aceptaba y respetaba esos días en los que se sentía perdido y fijaba la mirada en un punto, quedándose absorto en sus pensamientos por poco tiempo porque, en cuanto eso le sucedía, se ponía el chándal y salía a correr durante horas. Pese a dejar el boxeo, le propusieron varios combates, pero se negó a volver al *ring*. Me contó que soportó estoicamente los gritos y reproches de quien se creía con el derecho de seguir ejerciendo poder sobre su vida por haberlo encumbrado, cuando quien de verdad recibía los golpes o los propinaba sintiéndose culpable era Jacob. Nadie mejor que él mismo para saber cómo se sentía. Y no había sido fácil. Nuestra vida no sería fácil; nuestros caracteres chocaban constantemente, no solo por la diferencia de época o mentalidad. La nuestra no era la historia de amor de rosas sin espinas que me había imaginado cuando nos besamos aquel día de finales de septiembre en el puente de Brooklyn. Sin embargo, las mariposas en el estómago revoloteaban cada vez que me miraba como si fuera todo su mundo; seguía perdiendo el equilibrio en cada beso, caricia o abrazo y cuando hacíamos el amor no me apetecía estar en ningún otro lugar que no fuese entre sus brazos. Eso debía significar algo y tenía muy claro que merecía la pena. Que me gustaba tanto por sus defectos como por sus virtudes. Que me gustaba todo él y que si aquel anciano que era él mismo le dijo que el viaje había sido maravilloso y mi «yo moribunda» estaba de acuerdo, ansiaba disfrutar de cada segundo de mi vida con él.

A veces solo hace falta confiar y es imposible que tu «yo» del futuro te mienta, ¿verdad?

BEATRICE

—Hola, Beatrice.

—¡Jacob! —«Qué susto me has dado»—. Buenos días, querido. No me había dado cuenta de que estabas aquí. ¿Un batido? ¿Vas a entrenar?

—No, tengo algo de prisa. ¿Está Nora aquí?

«Nunca me acostumbraré a ese nombre, diablos».

—Ha salido un momento a comprar harina y azúcar. Está en la tienda de la señora Rogers, por si la quieres ir a ver.

—No, da igual. Solo he venido para darle esto.

Me entrega un papel minúsculo y amarillento doblado.

—¿Qué es?

—No lo abras —se ríe—. No seas curiosa, Beatrice —añade, guiñándome un ojo.

—Te prometo que no —me río yo.

—Me tengo que ir.

—¿A entrenar?

—Hoy me apetece más dar un paseo.

—¿Te has peinado diferente?

—No, voy como siempre —contesta. Sin embargo, hoy lo veo cambiado—. ¿Todo bien, Beatrice?

—Todo perfecto.

—Me alegro mucho. De verdad. Y muchas gracias por cuidar tanto de Nora.

Sonríe. Y esta vez, su sonrisa es mucho más franca y amplia. Se le forman unos hoyuelos en las mejillas en los que nunca me había fijado y le brillan los ojos. Ay, el amor. No me da tiempo ni a despedirme de él cuando sale del café y gira hacia la izquierda. Me quedo con el papelito y lo guardo en el bolsillo del delantal. Por suerte, en cuanto empiezan a entrar clientes se me olvida el deseo que tengo de saber qué le ha escrito Jacob a Nora, aunque imagino que será alguna dirección, un horario, una cita… A lo mejor la quiere sorprender. Y sorprendida me encuentro yo al querer tanto a esa muchacha que dice ser mi nieta, una viajera del tiempo. Es algo que intento llevar con normalidad pese a todo, ocultándoselo a John porque, por otro lado, Nora dice que así debe ser. Que el abuelo nunca debe llegar a saberlo. Qué curiosa manera de utilizar los tiempos verbales y de llamar «abuelo» a alguien que ni siquiera es padre todavía. Lo más surrealista de todo es que la creo y que, aunque no se parece en nada a mí, ya le estoy sacando parecidos. Puede que tenga algo de John, algo de mi padre y algo de mí. O puede que se parezca a la hija que tendré, según ella, en agosto del año que viene.

—¿Cómo será? —le pregunté el otro día, sonriente. Eran las nueve y media, ya habíamos cerrado el café y estábamos en mi apartamento con *Monty* acurrucadito en el sofá. Jacob estaba entrenando y John ese día tenía que trabajar hasta tarde.

—No sé si debo responder a eso.

Sé que no puede darme muchos detalles sobre mi vida porque, según ella, nadie debe conocer su futuro.

—Pero hay gente que echa las cartas y las personas pagan por conocer su futuro —insistí.

—¿No prefieres que sea sorpresa? —me dijo misteriosa, la muy pícara.

—Me puede la curiosidad —rogué yo.

—Es curioso, porque a mí siempre me has enseñado a no ser curiosa y a no preguntar cuando alguien quizá no tenga ganas de hablar o responderte.

—¡Ay, querida! Yo no sé las tonterías que diré en el futuro, solo quiero saber cómo será mi hija.

—Bellísima. Tendrá tus ojos y tu color de pelo. Los labios de John. Según tú, la nariz de tu madre y la forma ovalada de la cara de tu padre. Una buena mezcla. Y será una gran persona.

—¿Ella tampoco está en 2017?

Bajó la mirada. Supe que algo le había ocurrido a mi hija en el futuro, aunque fuese una locura pensar en ello porque aún no había nacido. Pero no sé por qué, se me encogió el alma y desde ese momento en que vi cómo se le desencajaba la cara a mi nieta siempre siento ganas de llorar.

—Abuela, quiero decirte que cuando se quede embarazada con solo diecinueve años por «accidente» no te enfades.

Es de locos que me parezca normal que me llame «abuela».

—¿Con diecinueve años? —Fruncí el ceño y me puse a pensar. Muchas amigas mías tuvieron niños con diecinueve años; la extraña siempre he sido yo y me daba pavor quedarme embarazada a los treinta y cinco, aunque me tranquilizase saber que el proceso iría bien. En la época de mis padres era muy normal que una mujer tuviera hijos a los diecinueve o incluso antes. Puede que no lo sea tanto en el futuro.

—No te enfades con ella. Con Anna —insistió—. Mi padre se llamaba Peter y aunque fuesen muy jóvenes, lo hicieron muy bien. Se amaban y se respetaban. Fueron los mejores padres del mundo —finalizó temblando.

Acto seguido, se levantó del sofá, me dio la espalda y se encerró en el cuarto de baño durante unos minutos. Creo que ambas necesitábamos un ratito de intimidad para llorar y desahogarnos. Eso me dejó clara una cosa que me aterraba: si todo era real y no estaba delante de una loca, sobreviviría a mi hija y siempre he creído que no hay nada más terrorífico que sobrevivir a un hijo.

—Beatrice, ¿está Nora?

—Jacob, qué susto me has vuelto a dar, querido. Ya te he dicho que ha ido a comprar harina y azúcar a la tienda de la señora Rogers.

Se queda blanco como la pared; arquea las cejas, mira a ambos lados y, boquiabierto, trata de disimular que algo de lo que le he dicho le ha perturbado.

—¿Que ya me lo has dicho? ¿Cuándo me lo has dicho, Beatrice?

—No hará ni cinco minutos. Me has dado esto.

Saco el papelito diminuto y bien doblado. Jacob trata de alcanzarlo, pero me lo llevo de nuevo hacia mi cuerpo para impedírselo.

—Me has dicho que se lo dé a Nora y que no lea lo que hay escrito, aunque sienta curiosidad por saber qué dice.

—Beatrice, yo no te he dado ese papel. Hace cinco minutos estaba en mi apartamento. No era yo.

—Entonces… —murmuro, sin terminar de entender.

—Has estado delante de tu bisnieto.

—Sonríe. Sonríe mucho —le pido de inmediato.

—¿Qué? ¿Por qué?

—Vamos, Jacob. Ya sé que no soy Nora, pero sonríe, por favor. —Lo empieza a intentar—. Un poco más… Vamos, Jacob, tú puedes.

—¿Más?

La sonrisa es tan amplia como el Jacob que minutos antes me ha dejado la nota, pero Jacob el Boxeador, tal y como suponía, no tiene hoyuelos.

—Tienes razón. Era mi bisnieto.

Y ahora, la que sonríe ampliamente con mucha emoción soy yo.

NORA

«75 Hudson Avenue.
Hora de llegada: 23h
Estancia del viaje: 15 minutos.
El portal se cierra a las 23:15h
Esto es un regalo para Beatrice. Nora, debes acompañarla.
En la acera de enfrente hay un pequeño solar abandonado con maleza. Abrid la verja y esperad.

Disfrutad.
Os quiero,

J.».

Me quedé perpleja. No solo por lo que Jacob, mi hijo, nos incitaba a hacer y por el hecho de saber que había estado en el café en mi ausencia, sino por poder conocer su letra antes de que pudiera enseñarle a escribir. Era redonda, pequeña y bonita; femenina, diría. Era la letra de alguien acostumbrado a escribir rápido, pero bien. Como si tuviera la necesidad de ser entendido.

—Entonces, ¿nos propone un viaje en el tiempo? —me interrogó Beatrice frente a un Jacob confundido a la par que divertido. Le hizo gracia saber que entre ambos habría una diferencia: la sonrisa de nuestro hijo será mucho más amplia y le saldrán hoyuelos. «Siempre me han gustado los hoyuelos —confesó Jacob el Boxeador—. Me inspiran confianza». Lo que no dijo en aquel momento fue que a su madre le salían hoyuelos en las mejillas al sonreír. Qué caprichosa es la genética.

—Eso parece, abuela —dije yo, sin poder apartar la mirada de la nota—. Así que esta noche nos espera un viaje, pero tendremos que controlar muy bien el tiempo.

—Pero ¿adónde?

—Sorpresa.

22:50 horas

La abuela y yo, previsoras y sin separarnos de la nota que nos había dejado mi hijo, caminamos en compañía de Jacob hasta el final de Front Street y giramos hacia la izquierda en dirección a Hudson, una avenida pequeña con árboles de troncos débiles y aceras maltrechas a ambos lados por donde circulaban los coches que a esas horas escaseaban. Los bloques, de entre dos y tres pisos, eran coloridos. El ladrillo rojo predominaba como en casi todo Brooklyn, pero en Hudson Avenue había quien quería marcar la diferencia y la prueba de ello era el edificio de la esquina, blanco con barandillas y ventanas de color azul. En esa época, la mayor parte de los solares estaban vacíos, incluido el que indicaba la nota de Jacob: el de enfrente del 75 de Hudson Avenue. Nos situamos frente a él; aún era pronto y no esperábamos que pasase nada de lo que Jacob y yo conocíamos, así que permanecimos en silencio. La abuela parecía estar impaciente; nunca la había visto tan nerviosa como en ese momento en que nos miraba preguntándose por qué nosotros parecíamos estar tranquilos. Se lo dije a Jacob:

—Controla el tiempo. No sé adónde quiere que vayamos nuestro hijo, pero puede que sea a un momento de otra época de la que no queramos irnos.

Asintió y miró el reloj de pulsera de piel marrón que se había colocado en la muñeca izquierda añadiendo:

—Ya no me suena raro. Lo de «nuestro hijo», digo. Me encanta —confesó, pasando un mechón suelto por detrás de mi oreja en un gesto protector.

La maleza sobresalía por la verja medio abierta y enfrente se veía un muro de piedra cubierto de hiedra. Una placa anunciaba que era propiedad privada; a un lado había un edificio a medio construir, como si hubiesen detenido las obras de repente, a la derecha había un bloque de dos pisos y abajo una licorería, que a esas horas estaba cerrada.

—¿Son las once? —preguntó la abuela, impaciente.

—Faltan dos minutos —informó Jacob.

Dos minutos nunca transcurrieron tan lentos y pesados.

A las once en punto, la maleza empezó a moverse. Nos entró frío; el aire corría ceremonioso y puntual. Beatrice y yo estábamos impacientes por saber qué nos esperaba al cruzar el portal. El regalo de Beatrice. El movimiento de las hojas en la oscuridad de la noche dio paso a una luz de un color azulado que se iba transformando en blanco. Con la mirada puesta en Jacob que, mirando el reloj, asintió, cogí la mano de la abuela, abrimos la verja y dimos un paso al frente.

La luz nos cegó un momento hasta que la oscuridad se apoderó de nosotras y, sin soltarnos la mano, seguimos avanzando hasta encontrarnos en una avenida más grande que Hudson, pero tan tenebrosa que no pudimos evitar sentir un escalofrío al saber dónde nos había llevado el portal.

—Nueve de noviembre de 1927 —murmuró la abuela, dejándose empapar por la lluvia.

Escondidas en un callejón de mala muerte con un gato similar a *Monty* rebuscando en la basura y maullando, observé la neblina que inundaba las aceras empedradas y los altos edificios que se alzaban a nuestro alrededor.

—Nueva York —añadí yo.

En la acera de enfrente había una pequeña tienda en cuyo escaparate podían verse vestidos, pamelas y bolsos de los años veinte. En el sótano sabíamos que había un taller de costura por el que estaba a punto de salir mi bisabuela, Isabella, a altas horas de la noche.

A Beatrice la embargaba la emoción por tener la posibilidad de vivir el momento en el que se conocieron sus padres.

Las alcantarillas de la gran ciudad desprendían un hedor extraño. Era cierto, no había ni un alma en la calle y, aunque resultase apasionante estar ahí, yo, más realista que Beatrice, tenía en cuenta que solamente teníamos diez minutos para poder regresar a 1965.

—El tiempo —le dije, cuando vi que dio un paso hacia delante.—Lo sé.

Isabella no tardó mucho en salir y bajar la persiana. Su silueta se fundía con la noche. Iba vestida con un largo abrigo negro, medias gruesas del mismo color y unos botines de tacón bajo. El cabello, del mismo color que el azabache, lo llevaba recogido en un moño. Por lo que pude distinguir en la distancia, su rostro era similar al de Beatrice: piel canela, ojos grandes de color castaño y pestañas infinitas. Tenía la nariz más redonda de lo que había imaginado, más chata y pequeña, y unos labios con forma de piñón cuya sonrisa sabía que era amplia y divertida por las fotografías que la abuela me había enseñado. Isabella empezó a andar sin temor a la lluvia torrencial que caía del negro cielo. Beatrice, automáticamente, también avanzó hasta que la frené.

—No nos puede ver —le advertí.

A una distancia prudencial y sin olvidar dónde estaba el punto exacto desde el que podíamos regresar en un transcurso de diez minutos, seguimos a la bisabuela, que caminaba con paso firme y rápido, como si tuviera la sensación de que alguien la seguía pese a no haber pasado todavía por la taberna de la que sabíamos que saldría el borracho con malas intenciones. Sin dejar de observarlo, tuvimos que apresurarnos para seguir su ritmo. Finalmente, pasó por delante de la taberna en la que había dos hombres fumando apoyados en la pared y varios tipos extraños bebiendo sobre mesas de madera en un ambiente lleno de humo. El borracho no tardó ni cinco segundos en subir los tres escalones de piedra que separaban la taberna de la calle y, con un sombrero de ala ancha que toqueteaba constantemente, empezó a seguir a Isabella con una botella de cerveza en la mano. Por lo que nos permitió ver el sombrero, la expresión de su rostro era felina, como si estuviese hambriento. Daba asco. Los hombres apoyados en la pared murmuraron algo; el otro los ignoró y el borracho vestido con una camisa blanca y sucia mal puesta por debajo de unos pantalones de lino marrones, caminó dando tumbos en dirección a la italiana, que cada vez iba más rápido. En ese mismo instante, Martin, mi bisabuelo, salió de una portería oscura con un paraguas bajo el brazo, contando varios billetes que se apresuró en guardar en el bolsillo del pantalón en cuanto vio a Isabella corriendo delante del borracho. La abuela y yo, boquiabiertas e impotentes por no poder hacer nada, vimos con satisfacción cómo Martin le dio un toquecito en el hombro al borracho y, ante la atenta mirada de Isabella, le propinó un puñetazo que lo dejó tumbado en el acto. Pero antes de que Martin fuera corriendo hacia Isabella, tal y como Beatrice y yo sabíamos, hizo algo que nos dejó perplejas: primero miró al borracho, que estaba inconsciente y, antes de dirigir su mirada a la italiana de la que estaba predestinado a enamorarse, nos miró a nosotras y sonrió. Pese a la distancia que nos separaba, pude ver la claridad de sus ojos azules de los que siempre hablaba la abuela. Tal y como iba vestido, nadie diría que se dedicaba a trapichear por los barrios menos recomendables de Nueva York y que esa noche iba de camino a Harlem a traficar con bebidas alcohólicas.

Martin, que era alto y apuesto, no tardó en acercarse a la italiana y le ofreció el paraguas negro que llevaba consigo. Ella, imperturbable e inmóvil en la acera, lo examinó con curiosidad. Cuando estuvieron uno frente a otro, se miraron durante unos segundos. Cómo imaginar que el fruto de su amor estaba presente en el momento en el que sus padres se conocieron. La sonrisa candorosa de la abuela desapareció al instante en cuanto vimos asombradas cómo Isabella le propinó una sonora bofetada a Martin.

—¿Qué demonios hace?

—Nunca me contaste la historia así —reí.

—¡A mí tampoco me la contaron así! —rio también.

Pero Martin no se dejó engañar por ese carácter inicial fiero y desagradecido y, tras abrir el paraguas para impedir que Isabella continuase mojándose, siguió sus pasos hasta que los perdimos de vista cuando giraron la calle.

—Y así se conocieron —murmuró Beatrice, mirando en la dirección por la que se habían marchado sus padres. Se quedarían hablando en el portal donde vivía Isabella hasta muy tarde. Así era cómo conocíamos la historia aunque, en vista de la bofetada inesperada, nunca sabríamos si era cierta.

—Tenemos que irnos —dije—. No sé cuánto tiempo ha transcurrido desde que estamos aquí.

Con cientos de preguntas incendiarias en la cabeza, fuimos corriendo hacia el callejón. Aliviadas al ver que la pared seguía en movimiento, nos adentramos a través de ella y volvimos a 1965 sin ningún problema.

—Ha sido lo más extraño que he vivido en mi vida —confesó la abuela, atolondrada y mirando a su alrededor, nada más llegar a 1965.

—¿Dónde habéis estado? —preguntó Jacob con curiosidad. Los tres observamos cómo el portal se cerró de manera inmediata, casi imperceptible.

—Hemos viajado al día en el que se conocieron sus padres. Mis bisabuelos —le expliqué. Beatrice, emocionada, era incapaz de pronunciar una sola palabra.

NUEVE DE NOVIEMBRE

BEATRICE

Noviembre, 1965

—Llevas unos días muy rara, Beatrice —comenta John.

Me encojo de hombros poniendo como excusa que hoy, nueve de noviembre, hace treinta y ocho años que mis padres se conocieron en Nueva York.

Por otro lado, y es raro en mí, no me apetece mucho hablar desde aquella noche en la que viajé en el tiempo. Desde aquella noche en la que, por fin, me lo creí todo y empecé a confiar plenamente en Nora. Mi nieta. No duermo mucho desde entonces.

NORA

Era imposible llegar puntual al café a las cinco de la mañana para ayudar a la abuela a preparar los pasteles del día. Jacob, tan adormilado como yo, me sujetaba, me hacía cosquillas, se tumbaba encima de mí y hacía lo imposible para que estuviera un rato más en la cama con él.

—Tengo que irme —reía yo, despeinándolo y besándolo, agradecida por esos momentos de intimidad en los que me hubiera quedado anclada una eternidad.

—Tu abuela no te va a despedir.

Luego llegaba la sesión de besos, caricias y el: «Shhh… no hagas ruido, Bill nos va a oír».

—Bill no ha venido a dormir esta noche —me informó esa mañana.

—¿No?

—Me levanté a las tres a por un vaso de agua y no estaba en el sofá.

—Se habrá quedado a dormir con Nick — murmuré.

—¿Te preocupa?

—¿El qué?

—Que se haya enamorado.

—No, ¿por qué tendría que preocuparme? — pregunté, logrando zafarme de sus fuertes brazos.

—Por si no quiere volver a su época.

—No había pensado en esa posibilidad —me preocupé—. Pero no, es imposible. Bill no puede vivir sin teléfono móvil, internet, páginas web de contactos... Jamás se quedaría aquí.

—¿Estás segura?

Llegué al café media hora tarde, como cada mañana, sin dejar de pensar en la posibilidad de que Bill decidiera quedarse a vivir en 1965.

—Buenos días, abuela —saludé, dándole un beso en la mejilla.

—Todavía se me hace raro que me llames abuela —rio ella.

—¿Estás mejor?

—Bueno —dijo mientras me entregaba un bol de manzanas para que empezara a pelarlas—, no dejo de pensar en mi padre. Igual tu hijo sabe algo. ¿Tú qué crees?

—No lo sé. Ahora mismo no sé nada.

Tampoco sabíamos lo que ocurriría aquel martes nueve de noviembre de 1965. Me limitaba a vivir el día a día esperando la señal para volver a 2017 y llevarme conmigo a Jacob, y no lo vi venir.

Aparentemente, era un día como cualquier otro. Los clientes entraban y salían. Echaba de menos a la exigente señora Pullman y a veces pensaba en Betty y en su extraña desaparición. Hay clientes habituales que, de la noche a la mañana, se esfuman. Es normal. Pero siempre estaban ellos dos: Aurelius y Eleonore. La pareja idílica y perfecta esperando su primer hijo en común.

—Ya se me nota un poquito —sonreía ilusionada Eleonore. Y yo seguía sin saber qué cara poner.

—No saldrá bien —le confesé a la abuela.

—¿Por qué, querida?

—En el futuro, Aurelius será un viejo amargado sin hijos y sin familia.

—En el futuro... —se lamentó la abuela, triste tras saber la historia de Aurelius tal y como yo la conocía, con la duda de si Eleonore había muerto antes de tiempo o si algo había fallado entre ellos. También le conté cómo lo dejé en su apartamento mugriento y abandonado aquella tarde en la que, según me contó Bill, murió—. Y yo...

—No, no insistas. No te voy a decir nada.

No era la primera vez que me preguntaba de qué iba a morir, aunque se resignaba con la respuesta que se daba a sí misma: «pues me moriré de la vejez, de qué va a ser». Si la abuela hubiera tenido el libro de su vida con el final escrito, habría leído la última página.

Beatrice, entusiasmada, salió del café a las cuatro de la tarde. Había quedado con John. Irían al cine a ver *Divorcio a la americana*, una película protagonizada por Frank Sinatra, Dean Martin y Deborah Kerr que se había estrenado en septiembre. Para la ocasión, la abuela se puso un vestido rojo debajo de un grueso chaquetón negro porque decía que, para los momentos especiales, el rojo era su color de la suerte.

—Ya ha estado en mi apartamento. El otro día le preparé una cena deliciosa.

—¿Sí? —reí.

—Pero se fue pronto, tenía que madrugar. Aún no ha pasado nada, querida. ¿Y si no le gusto?

—¡No pienses en tonterías! Claro que le gustas, le encantas. Está enamorado de ti y va a estarlo siempre.

—Pero si tu madre tiene que venir al mundo en agosto…

—No te angusties. Pasará. Cuando era una adolescente siempre me aconsejabais que me hiciera respetar y me decíais que lo que va rápido pierde su encanto enseguida. Que es mejor ir despacio.

—¡Dentro de unos días cumpliremos tres meses, Nora! ¡Tres meses! —exclamó indignada, en un arrebato de sinceridad, cruzándose de brazos—. Eso no es hacerse respetar o ir despacio para mantener el encanto, eso es ser idiotas.

17:00 horas

Las cinco de la tarde era una hora en la que la cafetería se llenaba de gente. No me importaba que la abuela me hubiese dejado con todo el trabajo; sabía apañarme bien. A veces, incluso, esperaba encontrar a mi lado a Eve, pero entonces me reía por lo absurdo que me parecía todo. Sin embargo, esa tarde tuve una especie de *flashback* al ver entrar a Bill con otro hombre, más o menos de su edad y de similar altura y aspecto físico, como si los hubiesen sacado del mismo molde.

—Te presentó a Nick.

—Encantada, Nick. Tenía muchas ganas de conocerte —lo saludé, recordando a aquel culturista con los dientes negros que Bill había conocido gracias al mes gratis de prueba en Meetic. Era curioso, porque parecía que hubiese ocurrido en otra vida.

—Yo también, Kate. Bill me ha hablado mucho de ti.

¿Kate? Asentí. Claro, Kate.

—Tomad asiento. ¿Dos cafés?

Se sentaron en la mesa de Aurelius, la que estaba frente al ventanal. Solo podía pensar en que hacían muy buena pareja y que jamás había visto a Bill tan cómodo y feliz en compañía de alguien, aunque no se olvidaba de que estaba en otra época y no había gestos de cariño entre ellos. Nick, además, tenía una sonrisa magnética y perfecta. Podía entender por qué Bill se empeñó en renovar su vestuario y siempre iba impecable con pantalones negros, camisas discretas y tirantes. Yo le compré un chaquetón de color gris oscuro con el dinero que la abuela me había dado en octubre. Me costó muy caro, pero mereció la pena porque le quedaba muy bien. Por lo visto, Nick procedía de una buena familia y Bill, que le había dicho que era periodista y escritor, quería estar guapo para él. Al verlos juntos, pensé en lo que me había dicho esa mañana Jacob. ¿Bill elegiría quedarse? «No, no —me dije, mirándolo fijamente y viendo cómo, disimuladamente, acariciaba la rodilla de Nick por debajo de la mesa—. No puede vivir sin internet. ¿Qué va a hacer durante tantos años sin teléfono móvil? ¿Cómo va a sobrevivir sin poder ver una y otra vez capítulos de *Friends*?».

La calle, alumbrada por los farolillos, mostraba su ajetreo habitual y la música pop de los sesenta nos acompañaba desde algún lugar lejano. Todavía había niños jugando a la pelota o montados en sus bicicletas; niñas cogidas de las manos de sus madres; ancianas cargadas con bolsas de la compra y hombres conversando mientras bebían cerveza y fumaban. En el café, aparte de Bill y Nick, tres ancianos echaban una partida de cartas, cuatro jóvenes hablaban sobre un baile al que habían acudido el viernes y un tipo barbudo de unos sesenta años leía el periódico en la última mesa.

Dieciséis minutos después de que Bill y Nick entrasen en el café, la luz se apagó. No solo en la cafetería, sino en todo Front Street. La gente se puso muy nerviosa y empezó a gritar.

—¡Es el fin del mundo! —exclamaron algunos.

—¡Ovnis! ¡Ovnis! —dijeron otros.

Afortunadamente, en el interior del café se mantuvo la calma. Los tres ancianos dijeron algo de los fusibles; las chicas siguieron charlando sobre el baile como si no hubiese pasado nada; el hombre barbudo cerró los ojos, y Bill y Nick miraron con curiosidad hacia la calle que, en cuestión de pocos minutos, se quedó desierta. La música también había dejado de sonar, pero, a lo lejos, seguíamos escuchando gritos histéricos. Todos los transeúntes se apresuraron a salir corriendo; algunos entraron en el interior de sus casas donde tampoco había luz; los niños desaparecieron, como si los hubiera engullido el asfalto y Bill, en un momento de lucidez, se levantó y se situó junto a mí detrás de la barra:

—El apagón del nueve de noviembre, Nora —me susurró al oído.

—Es verdad —caí en la cuenta.

Nos esperaban catorce horas sin luz debido a un gigantesco apagón eléctrico que paralizaría, a partir de ese momento, el habitual ritmo de actividad en los ocho estados de la Costa Este, incluyendo Nueva York y, parcialmente, dos estados de Canadá. Horas y horas de inconvenientes: bloqueos de ascensores, caravanas interminables y cláxones insistentes, como los que empezamos a escuchar desde el café; paralización de redes de subterráneos y medios de comunicación, así como problemas con el tráfico aéreo en estado de emergencia; sobre todo, en el aeropuerto de LaGuardia y en el de Kennedy. Pero nadie sabía aún nada de eso ni de las explicaciones técnicas que vendrían después.

—Un colapso en cadena de la red interconectada de más de trescientos mil voltios que vincula Canadá y la Costa Noroeste de los Estados Unidos —relataba Bill, hablando bajito para que no lo oyera nadie, al mismo tiempo que miraba a Nick—. Ha habido una sobrecarga en el sistema por una serie de fallos encadenados en el sistema de protección de la red.

—Y luego hablarán de platillos volantes en el cielo —reí—. El fenómeno ovni.

—Exacto.

—Y la creciente natalidad en agosto de 1966 —murmuré.

—Tu madre.

—Mi madre —asentí sonriendo.

BEATRICE

Es una locura. Con las entradas de cine pagadas y ya dentro de la sala abarrotada de gente, no hemos podido ver ni los diez primeros minutos de la película porque ha habido un apagón general. Ni siquiera se han encendido las luces de emergencia. Nos ha costado muchísimo salir del interior del cine porque la gente ha huido despavorida al oír los gritos que provenían del exterior.

—¿Qué pasa? —le he preguntado a John, aferrada a su brazo.

«¡Platillos volantes! ¡Ovnis! ¡Se acaba el mundo! ¡Vamos a morir todos!».

La gente corre de un lado a otro sin saber adónde ir. Gritan como locos cosas absurdas cuando a mí lo que me parece es que, simplemente, se ha ido la luz. Oscuridad total. No se ven luces a lo lejos. Y tampoco pasa nada.

—Un apagón general —ha comentado John, tranquilo.

—Vamos a casa.

—¿A mi casa?

—Ya va siendo hora de que la conozca— propongo coqueta, acercándome más a él y besando sus labios.

Las únicas personas tranquilas en la calle parecemos ser nosotros. ¿Qué clase de histeria colectiva se ha desencadenado aquí por un apagón? No lo entiendo.

Al coger el coche, hemos estado más de hora y media parados en un atasco multitudinario. La gente abandonaba sus coches como si de verdad hubiese llegado el fin del mundo. Otros, histéricos, sacaban la cabeza por la ventanilla y gritaban. Por fin, nos hemos encerrado en el apartamento de John. Silencio. Calma.

—Qué paz…

Me apoyo en la pared con los ojos muy abiertos tratando de descubrir cómo es el apartamento de John, que está situado dos calles por encima de Front Street, en una esquina de Plymouth Street, junto a unas fábricas. No veo nada, pero parece tenerlo todo bien ordenado. Tiene pocos muebles; es una casa sencilla y masculina.

—¿Estás bien? —me pregunta al escuchar mi respiración agitada tras subir los tres tramos de escaleras que hay hasta su apartamento.

—Sí…

Nos miramos y, de un impulso, nos aproximamos con deseo. John, que esta vez parece ir en serio, se atreve a acariciarme por debajo del vestido con más pasión que en otras ocasiones.

—Vamos a tu dormitorio —le sugiero. John me mira con los ojos muy abiertos, arquea las cejas y me pregunta, sorprendido:

—¿Estás segura?

—Demonios, no he estado tan segura de algo en mi vida, querido. Y no sabes las ganas que tengo. Te quiero. Te quiero, te quiero… —repito, llevando la iniciativa y acercando mi boca a la suya con la esperanza de que no vuelva a decirme lo mismo de siempre: «Tenemos todo el tiempo del mundo, Beatrice».

Abrazados, nos balanceamos torpemente hasta llegar al dormitorio. Hace frío; se ha dejado una ventana abierta que se apresura a cerrar antes de volver a mi lado. Me echa sobre la cama y nos besamos apasionadamente, acariciándonos, sin dejar de mirarnos. John me pregunta que por qué no lo hemos hecho antes. Le contesto que es un puritano y un antiguo. Sus manos, rugosas, acarician cada curva de mi cuerpo, haciéndome estremecer y transportándome a otro mundo. A un mundo en el que desearía permanecer eternamente.

Me susurra al oído palabras de amor y me hace promesas mientras nos despojamos de nuestras ropas y nos dejamos llevar por la pasión. Su cuerpo sobre el mío, su torso presionando mis pechos, su piel cubriendo la mía… Me aferro a sus hombros mientras su cuerpo se mece contra el mío en un balanceo descontrolado entre besos desesperados. Un escalofrío asciende por mi espalda arqueada que lo busca y lo quiere retener; sus movimientos, elegantes y pausados, cobran vida en cuanto me entrego al placer de sentirlo dentro de mí sin contener cada grito ahogado que me provoca una excitación sin igual. Estamos hechos el uno para el otro; encajamos a la perfección. Es dulce y apasionado al mismo tiempo. No le veo los ojos, pero los intuyo entrecerrados mientras traza círculos con el pulgar sobre mi mejilla. Noto su respiración jadeante. Me prueba, recorre cada rincón y me lleva al límite al hundirse profundamente en mí. Sus manos me retienen contra el colchón, haciéndome tocar el cielo; una explosión de placer nos sacude al mismo tiempo hasta terminar tan extasiados que apenas podemos hablar.

Se levanta, abre el armario y saca una manta con la que cubrirnos. Permanecemos abrazados, besándonos con dulzura y sin dejar de sonreír. Los latidos de mi corazón se acoplan con los suyos de pura felicidad porque sé que, en este preciso momento, hemos creado una nueva vida que llegará en agosto del próximo año.

Se llamará Anna.

NORA

Entre Bill y yo conseguimos tranquilizar a los clientes del café, que habían empezado a ponerse nerviosos, y se fueron marchando a sus casas. Nick, Bill y yo, sin saber qué hacer, pretendíamos quedarnos dentro hasta que vino Jacob, vestido con su habitual ropa de chándal, y nos sugirió ir a su apartamento. Estaríamos más seguros y allí nos quedaríamos hasta la mañana siguiente, en la que darían explicaciones desmintiendo la aparición de platillos voladores que algunos asegurarían haber visto y todo, más o menos, volvería a la normalidad.

—Menos mal que no nos ha pillado el del setenta y siete —comentó Bill, en la cocina, delante de Jacob.

—¿Qué pasa en el setenta y siete? —Quiso saber Jacob, con esa curiosidad tan característica suya. «Yo no era así —me dijo una vez—. Me daba igual todo, pero desde que llegaste a mi vida siento curiosidad por todo y me muero de ganas por conocer el futuro».

Bill miró hacia atrás por si Nick salía del cuarto de baño y empezó a hablar rápido y atropelladamente.

—El de 1977 será un apagón aún más largo y costoso y, además, habrá violencia urbana y multitud de robos —explicó en un susurro—. Hasta 3000 detenidos.

—Qué barbaridad —murmuró Jacob.

—Y creo que lo viviré —terminó diciendo Bill, mirando absorto la taza de café que había sobre la encimera.

—¿Cómo? —me angustié, encendiendo un par de velas que Jacob había sacado de un cajón.

—Que lo viviré —repitió con seguridad, mirándome a los ojos—. Nick me ha propuesto irme a vivir con él.

—¿Qué? ¿Ya? ¿Tan rápido? Solo hace unas semanas que os conocéis, Bill. Esta época no es para ti, no es para…

—¿Para homosexuales? —me interrumpió—. Voy a luchar en esta época para que, poco a poco, nuestra situación se normalice. Quiero labrarme un futuro aquí, con él. Solo con él soy feliz.

—No puedes dejarme sola, Bill.

Estaba al borde de las lágrimas. Jacob se acercó a mí y me sujetó con fuerza porque, de no haber sido así, seguramente me hubiese desplomado.

468

—No te dejo sola. Ahora tienes a Jacob y, además, con un poco de suerte, en 2017 seguiré estando contigo, aunque seré un viejo decrépito. Tengo que falsificar la documentación y aquí podré empezar de nuevo. Puedo hacerme pasar por tu abuelo —rio con tristeza, sin dejar de mirarme a los ojos. Pero a mí no me hacía ninguna gracia—. Nora…, me he enamorado, ¿qué le voy a hacer? No puedo llevarme a Nick y ni siquiera soy capaz de contarle la verdad, pero puedo quedarme y ser feliz.

—¿Qué le voy a decir a Eve? ¿Y a tus padres? Si me ven aparecer y tú… y tú no estás. ¿Qué les digo?

—Según Backer y García, desaparecen millones de personas al año. Además, tú sabrás que estoy bien. Y te prometo llegar a viejo para que lo compruebes.

—No prometas algo que no sabes si podrás cumplir.

Con los ojos anegados en lágrimas, salí corriendo hacia el dormitorio y di un portazo tras de mí. Sabía que Nick había salido del cuarto de baño porque escuché cómo abrió la puerta y no pude evitar odiarlo con todas mis fuerzas cuando con su tono de voz aterciopelado preguntó qué me ocurría.

—No se encuentra muy bien —le oí decir a Bill.

Al cabo de un rato, entró Jacob y se tumbó a mi lado. Dejó que llorara sobre su pecho hasta desahogarme y, cuando las lágrimas cesaron, acarició mi cabello y me susurró con su voz ronca:

—Nunca más estarás sola, Nora. Deja que Bill vuele libre. Déjalo ir.

3... 2... 1...

NORA

Noviembre, 1965

Para el cerebro no existe una sensación más paradójica que la del famoso *déjà vu*. Tras la irremediable atracción que sentí por la fotografía que descubrí en 2017, cuando llegó el momento creí que podría cambiar la expresión de confusión y espanto, pero, o bien debía ser así en cualquier mundo paralelo existente o mi mente quiso recordar cada gesto para imitarlo.

Ocurrió la mañana del sábado trece de noviembre, cuatro días después del mundialmente conocido apagón, del que se seguía hablando y especulando en los periódicos, en varios medios de comunicación y en la calle. Tenían miedo de que volviera a ocurrir. Sucedió algo que se descubriría más adelante: muchas de las mujeres que paseaban tranquilamente estaban embarazadas sin sospecharlo. Y es que la noche del nueve de noviembre de 1965 provocó un aumento de la natalidad nunca visto.

—Lo presiento, Nora. Presiento que Anna ya está aquí y John ni siquiera me ha propuesto matrimonio —me confesó la abuela dos días más tarde, mientras preparábamos los pasteles en la cocina del café.

—En mis tiempos no es necesario casarse para tener un bebé —le expliqué—. Pero tranquila —añadí, al ver su cara de espanto—, os casaréis en febrero. En diciembre, el abuelo te lo pedirá y pronto se vendrá a vivir contigo, aunque después os mudaréis a una casa más grande. El día de tu boda será perfecto; apenas se te notará la barriga y estarás deslumbrante.

—Casarse embarazada está mal visto.

—Lo sé, pero tú eres lo suficientemente fuerte como para ignorar comentarios malintencionados, ¿verdad?

—Sí.

—Nueve de noviembre de 1965. Cómo olvidarlo —sonreí, pensando en la fecha en la que se conocieron mis bisabuelos: nueve de noviembre de 1927.

—¿Qué día nacerá? —preguntó curiosa.

—El quince de agosto de 1966 —respondí.

—Gracias.

—Gracias a ti.

Me invadió el recuerdo del aroma a lavanda de mamá. Recordé su cabello rubio y sedoso como el del abuelo rozándome la mejilla; mi mano pequeña peinándola frente al tocador; las noches de cuentos; las mañanas de besos en la puerta del colegio y las tardes en el parque. Visualicé sus vestidos y los zapatos de tacón con los que me gustaba jugar, las camisas de seda donadas a beneficencia cuando murió; los collares, anillos y pendientes que la abuela guardó en una cajita dorada que dejé en su casa. Las cosas de mamá y las piezas de madera talladas a mano por el abuelo serían lo primero que me llevaría de esa casa si finalmente me veía en la necesidad de alquilarla. En esa casa había toda una vida con todos los recuerdos de quienes ya no estaban.

—¿Estás bien?

—Lo intento.

Mentí. Sabía que el final estaba cerca y que pronto tendría que despedirme de ella por segunda vez. El primer adiós a la abuela lo asumí mejor de lo que esperaba. Llevaba años preparándome para el final. Pero para esa segunda vez no me sentía en absoluto preparada. ¿Por qué tenía que decirle adiós cuando podía quedarme en 1965, como Bill?

«Lo cambiarías todo. Sería una locura. Y no estás aquí para cambiar las cosas, sino para conservarlas y perpetuarlas. Para que Jacob nazca», me dije.

A las once de la mañana, cuando Aurelius se tomó un descanso en el banco, vino a tomar un café con Eleonore. La abuela hablaba con Dorothy Perkins, futura propietaria de una panadería en construcción situada dos calles más abajo y a la que conocería de niña, cuando la abuela aún seguía regentando la cafetería. Por eso me resultaba familiar. Al fijarme en el grupo, supe lo que iba a ocurrir. Supe que, de un momento a otro, entraría la persona que haría la fotografía que encontré en el siglo XXI y, aunque era algo que sabía que iba a suceder, me pilló desprevenida al no prever que ese día había llegado.

Aurelius y Eleonore, felices por la llegada de su retoño en el mes de junio del año siguiente, posarían divertidos dentro de unos minutos y su imagen perduraría en el tiempo, aunque acabarían escondidos dentro de una caja de latón bajo una tabla de madera del mismo suelo que pisábamos. Me miré en el reflejo plateado de la vitrina. Me reí de la diadema que llevaba puesta, la que me pareció ridícula en el futuro, pero con la que me resultaba muy cómodo trabajar. Había engordado un poco; dentro de unos años buscaría la diferencia entre la «tal Kate» y yo, y esos kilos de más serían cruciales para no verme tan identificada. Pero era yo. Claro que era yo.

El fotógrafo se llamaba Edward Power. Era un tipo enérgico de unos veinticinco años, alto y desgarbado, que nos informó de que estaba trabajando en una serie fotográfica. Los protagonistas eran los habitantes de Brooklyn en sus negocios días después del apagón del nueve de noviembre.

—Dentro de unos meses haré una inauguración. Aún tengo que encontrar una sala donde quieran exponer las fotografías, pero prometo venir y dejar una copia.

Aurelius y Eleonore se animaron rápidamente; a Dorothy Perkins le costó más porque decía que no iba bien arreglada para la ocasión, pero Beatrice la convenció de que estaba estupenda y no necesitaba ningún retoque.

—Cogeré esta tacita de porcelana con tu permiso, Beatrice —se le ocurrió a Eleonore, divertida.

—Claro, querida.

—¡Tiene que notarse que estamos en un café! —exclamó el fotógrafo, preparando el carrete.

«¿Cómo iba Bill a sobrevivir en esa época sin pantallas táctiles que le mostrasen cómo había quedado en una fotografía antes de ser revelada?», me pregunté en el momento exacto en el que Beatrice me agarró y acercó su cara a la mía; la señora Perkins emitió una carcajada fingiendo que el objetivo de la cámara no era importante para ella; Eleonore, con la taza de porcelana, simulaba divertirse y a Aurelius lo pillaron mirando con el rabillo del ojo los pasteles de la vitrina.

—3… 2… 1…

Cuatro disparos rápidos como fogonazos. La fotografía ya estaba hecha y mi cara de desconcierto y confusión al estar pensando en Bill sería percibida por mí misma cincuenta y dos años más tarde, cuando aún no sabía nada del viaje en el tiempo ni de los encuentros que el destino me tenía preparado.

LA SEÑAL

NORA

Noviembre, 1965

En el momento en el que Eleonore salió del café, Jacob entró guiñándome un ojo. Se dieron los buenos días y la mujer siguió su camino hacia la derecha sin dejar de acariciar su vientre, invisible tras el grueso chaquetón. La observaba desde el ventanal. Era la viva imagen de la felicidad. Su rostro rollizo se mostraba sonriente y despreocupado, como si nada malo pudiese ocurrir.

—¿Qué ocurre? —le pregunté a Jacob al verlo tan contento.

—Nada. ¿Me pones un café?

Le pedí que esperase un momento para tomar la comanda de un par de mesas nuevas. En una de ellas, cuatro ancianas tejían bufandas mientras esperaban sus respectivos cafés calientes. «Es el nuevo club», murmuró Beatrice, saliendo de la cocina para echarme una mano.

—¿Has dicho que quieres café, querido? —le preguntó a Jacob mientras yo estaba ocupada en las mesas.

—Gracias, Beatrice.

La abuela se dio la vuelta dispuesta a prepararle el café mientras yo le pedí cuatro más para las ancianitas y cogí un par de tartas, una de manzana y otra de zanahoria. Jacob no dejaba de mirarme; me resultó perturbador. Estaba diferente.

—¿Bill se ha ido? —le pregunté, cuando estaba dándole el primer sorbo a la taza de café.

—Sigue durmiendo. Anoche llegó tarde. Creo. —Habla en monosílabos, inseguro y sin saber qué decir.

Bill a veces no venía a dormir a casa. Se quedaba con Nick, que le había propuesto irse a vivir con él, pero antes tenía que conseguir una documentación falsa. Su intención era quedarse en 1965. Por amor. Y Jacob iría a 2017 conmigo también por amor, para vivir una vida maravillosa a mi lado que su «yo» del futuro le había garantizado pese a saber cuál era nuestro destino final. Mi destino final. Qué duro sería para Jacob el Boxeador. Pero Jacob no tenía nada que lo retuviese en 1965. Sin embargo, Bill parecía querer renunciar a mí, como si no le importase dejar atrás toda una vida. Me angustiaba la idea de aparecer en 2017 sin que él estuviera allí. ¿Qué les diría a sus padres y a Eve? ¿Por qué iba a arriesgarlo todo por un hombre al que acababa de conocer? ¿Tan fuerte era el amor que sentía por él?

—Sabe dónde está el portal. Si las cosas no funcionan, volverá —me consolaba a mí misma, ante la atenta mirada de Jacob, que guardaba un secreto que todavía no podía desvelar. Aun así, saber que me iría dejando a Bill en esa época no me consolaba.

Cuando entré en la cocina para vigilar el pastel que la abuela parecía haber olvidado por entretenerse a hablar con las ancianas, Jacob aprovechó para salir del café sin despedirse. Al apagar el horno y volver hacia la barra, extrañada por no haberlo visto salir, me percaté de que debajo de la taza había dejado un papel arrugado. Al leer su contenido noté una presión en la sien que me provocó un mareo y el corazón se me aceleró. Con las manos temblorosas, leí una y otra vez:

«Tenéis que volver. Esta noche a las 00:00h en el callejón.

J.».

—¿Sucede algo, querida?

—Nos ha vuelto a engañar.

—¿Cómo?

—No era Jacob el Boxeador. Era Jacob, mi hijo.

—¿Y qué dice la nota? —preguntó Beatrice, curiosa.

—Es la señal, abuela. Jacob y yo nos iremos esta noche. Volveré a 2017.

—Oh.

EL SABOR DE LAS DESPEDIDAS
y unas habichelitas

Noviembre, 1965

Casi todo el trabajo estaba hecho. La carta estaba llegando a su fin. Sería la última vez que el viajero recorrería las calles del Brooklyn de 1965. Para viajar a esa época, tenía que hacer dos viajes en el tiempo: el primero, desde 2057 hasta 2017; y el segundo, desde 2017 hasta 1965. Siempre viajaba a medianoche y esperaba a que llegara la hora para volver de nuevo a su época, en la que lo esperaba la mujer con la que pronto se iba a casar: Betty. Ella también había cruzado ese portal, sin saber que iba a viajar en el tiempo. Fue en septiembre de 1965. Pero había decidido quedarse en 2057 por la fascinación que le había producido todo desde el principio. Y, sobre todo, porque se había encontrado con un hombre que le recordaba al que tanto había amado, aunque al principio ignorara que se trataba de su hijo. Además, para viajar a

Irlanda ya no era necesario estar encerrada y mareada durante semanas en un transatlántico. Con solo con coger un avión llegaba en unas horas. «Yo debí nacer aquí, en este tiempo. Todo es mucho más fácil y lo tengo a él. ¿Qué más puedo pedir?», pensaba Betty cada mañana al ver a Jacob en la cama junto a ella. Entonces, se abrazaba a él y lo despertaba con besos y caricias para que siguiera con la importante misión que su propia madre, ya desaparecida desde hacía once años, le había encomendado para que la vida siguiese su curso. Para que él pudiera estar ahí, con ella, amándola como no lo había hecho ningún hombre de su tiempo. Y es que, pese a lo difícil que era coincidir tal y como ocurre con todas las grandes historias de amor, Jacob y Betty estaban destinados a encontrarse. Una carta que estaba llegando a su fin así lo decía en la decimocuarta hoja.

Ocurrió la noche del mismo día en el que la bella Betty se enteró de que Jacob el Boxeador tenía el corazón ocupado. La joven decidió esconderse en el callejón que estaba enfrente de su apartamento para ver si la mujer que ella conocía como Kate le había contado la verdad. Si estaban juntos, subirían a su casa a pasar la noche, pero, en vez de verlos, sintió que el cemento se movía y, al mirar hacia atrás, el movimiento de la pared y la luz la atraparon, transportándola al futuro. Ocurrió todo muy rápido, en apenas unos segundos. Se sintió mareada y aturdida. Cuando estuvo a punto de caerse, unos brazos la sujetaron y, al alzar la vista, lo vio. Era Jacob. Pero no era el que conocía y, por más extraño que pudiera parecer, lo supo enseguida. El Jacob que tenía delante le sonreía con amabilidad. Además, tenía unos hoyuelos muy característicos y la forma de su rostro era totalmente diferente. Eran idénticos, pero esas diferencias los hacían completamente distintos y Betty lo percibió con solo una mirada.

—¿Quién eres? —preguntó, hechizada por su magnetismo—. ¿Qué ha pasado?

No hicieron falta explicaciones.

Al salir al exterior, la recibió un sol radiante y un cielo azul despejado, así como una calle, conocida en 2057 como Wellington y no Front, con unos edificios altos de cristal y unas aceras mucho más anchas. Todo era muy diferente. Los coches también habían cambiado: no hacían ruido y eran más pequeños.

—Hace calor.

—Es agosto. Y los inviernos aquí ya no son tan fríos, no vas a necesitar chaquetas gruesas —respondió Jacob con tranquilidad, ayudando a Betty a despojarse del abrigo.

—¡Me gusta tu vestido! —le gritó una joven que iba con unos pantalones brillantes cortísimos que dejaban entrever las nalgas y una camiseta de tirantes.

—Va en *culotte* por la calle —se escandalizó Betty.

—Betty, mi nombre es Jacob. Bienvenida al año 2057. —¿2057? ¿Estás de broma? ¿Cómo sabes…? ¿Cómo sabes mi nombre? —balbuceó aturdida, necesitando todavía sus brazos para apoyarse en él y no caerse de la impresión.

Jacob sonrió. Era algo que tendría que contarle a la Nora de 2017 con el fin de que lo dejase por escrito y todo lo ocurrido fuese menos traumático para la que ya veía como el amor de su vida. La carta tenía razón. Bastaría un solo minuto junto a esa mujer del pasado para saber que era especial. Una mirada, una sonrisa, y su soledad impuesta le diría adiós. Tanto tiempo encerrado en un laboratorio lo había apartado del mundo, pero sabía que había llegado el momento, a pesar de estar cerca de los cuarenta, de darle una oportunidad a la vida. A Betty. Esos inmensos ojos azules, así como su voz aterciopelada y alegre no le pasaron desapercibidos y haría lo imposible por conquistarla. Ella ya lo quería, pero aún no lo sabía.

Betty, que miraba con fascinación todo cuanto había a su alrededor con la curiosidad de una niña, se llevó las manos a la boca, impresionada, al descubrir cómo vestían las mujeres en verano. También se maravilló al ver los aparatos que usaban para hablar algunos transeúntes, que eran de cristal como los edificios.

—Son teléfonos móviles.

Jacob le transmitió calma y eso hizo que Betty se sintiera como en casa y tuviera ganas de seguir descubriendo cómo era el futuro en el que se encontraba. Pronto decidió que quería permanecer allí para siempre. Por amor. Así, pensó que lo mejor era regresar a 1965 y acudir a la comisaría de policía para explicar que se iba de Brooklyn y que sentía las molestias que su repentina desaparición había causado. Jacob la ayudó. También le había dejado una nota a Beatrice en el café y una carta viajaba hasta su Irlanda natal para que su madre supiese que su hija iba a estar bien. Betty sabía que todo iría bien al tener a su lado a ese hombre del futuro que la miraba como si fuera lo más extraordinario del mundo. Además, sabía bailar.

NORA

Las despedidas siempre duelen aun cuando hace tiempo que se ansíen. Había soñado con esa señal para regresar a mi época casi desde que llegué. Me había gustado el viaje y, sobre todo, tener a la abuela y al abuelo tan cerca; conocer a un Aurelius joven y a «su chica»; ver en persona a los Beatles e ir a uno de sus conciertos más importantes; aprender a hacer pasteles junto a la mejor y admirarla aún más si cabe y, sobre todo, haber encontrado a Jacob. Nunca habría coincidido con él si no hubiera sido por el portal, que esa misma noche nos esperaba para viajar a 2017.

Volvía a casa. Y no lo hacía sola.

—¿Qué voy a hacer sin ti? —La abuela lloraba en la cocina.

Eran las doce del mediodía cuando bajamos la persiana del café y nos dimos un fortísimo abrazo.

—Volveré —le prometí, acariciando su vientre—. Pero no recordaré nada de esto. Abuela, es muy importante que no me digas nada y que el abuelo no se entere. Ahora lo sé. Creo que es así como debe ser. Él no puede saber nada.

—De acuerdo, querida. Pero puedes volver. Sabes dónde está el portal y podrías ir y venir sin problema.

—No creo que sea una buena idea. No hay que cambiar el transcurso de la historia y si tengo que irme esta noche, será por alguna razón. —Respiré hondo y acaricié sus jóvenes y fuertes manos evocando sin querer la imagen del último momento de su vida, en el que me aferré a ellas. En noviembre de 2016 esas manos no tendrían las uñas pintadas de rojo; las palmas serían rugosas debido a las manchas y costras de la edad y estarían débiles y muy arrugadas. Blancas como la nieve. Inertes y deprimentes—. Beatrice, tienes una vida fascinante por delante. La disfrutarás.

—Sobreviviré a mi hija —afirmó convencida. Me quedé en silencio, paralizada, y dirigí la mirada hacia su vientre—. Ya sé que no puedes decirme nada, pero lo sé. Lo veo en tus ojos. Estabas muy sola antes de venir aquí, ¿a que sí?

—Es importante que trates de convencerme de que me quede con la cafetería. Que me contagies tu pasión por ella. Así, al marcharte y no tener trabajo ni una buena situación económica, me encargaré de ella y hasta viviré en tu apartamento.

—Querida, si no te gusta trabajar aquí debes dejarlo.

—¿Dejar la cafetería? —Negué con la cabeza—. Jamás. Ahora que sé hacer los pasteles tan bien como tú me debo a mis clientes.

—Bueno, pero que no te absorba. Lo más importante tiene que ser la familia.

«Lo dice la mujer a la que conocí viviendo aquí», pensé.

—Abuela, sobre la fotografía que nos hicieron el otro día… —murmuré—. Cuando el fotógrafo te la dé, enmárcala y, si quieres, cuélgala en el café. Pero cuando yo nazca métela en una caja de latón y escóndela bajo la tabla de madera de ahí, la que está un poco suelta —le pedí, señalando el lugar exacto y siendo consciente de que todo lo que había descubierto en el futuro lo había provocado yo—. No me preguntes por qué, pero es ahí donde la tengo que encontrar para que despierte mi curiosidad. Escribe los nombres de las personas en el reverso de cada fotografía para no olvidarlos y en esa cambia mi nombre por el de Kate. Yo, la camarera torpe que derramó un café encima de John Lennon, siempre seré Kate. Y nunca me deis detalles sobre cómo os conocisteis John y tú. Dejadlo en un simple concierto.

—Kate. Vale —trataba de memorizar.

—Serás la mejor abuela del mundo.

—Tú no me vas a volver a ver más.

—No —negué. Y, a continuación, no pude evitar romper a llorar desconsoladamente. La abuela me volvió a abrazar y me aferré a ella, tratando de que ese instante perdurara para siempre en mi recuerdo.

—Querida, seguro que hemos tenido una vida maravillosa juntas y que hemos disfrutado de cada momento, ¿verdad? Quiero que te quedes con eso, con los recuerdos. Yo viviré con el recuerdo de estos meses a tu lado y, cuando vengas al mundo, sentirás todo ese amor que he sentido por ti desde antes de que nacieras.

La vejez es una condena y al mismo tiempo un milagro. Que yo supere los sesenta, algo que no hicieron mis padres por la maldición de…

—No te obsesiones con la maldición —la interrumpí.

—¿Quieres que volvamos a abrir el café o nos tomamos el día libre? —propuso.

—Quisiera despedirme del abuelo. Él también será increíble, ¿sabes? El poli bueno.

—¿Me tocará ejercer el papel de poli mala? —rio.

—Bueno, digamos que serás más estricta de lo que eres ahora, aunque te creas muy dura de pelar. También tengo que ver a Jacob para decirle que esta noche viajamos a 2017.

—Y tienes que despedirte de Bill, querida. No te vayas con este mal sabor de boca, no merece la pena. El orgullo no lleva a ninguna parte, Nora, y el arrepentimiento es el peor sentimiento del mundo. Haz lo que debas hacer sin esperar demasiado. La vida es corta y nunca sabes qué es lo que el destino te tiene preparado a la vuelta de la esquina.

—Lo sé.

Nadie mejor que yo para saberlo.

De camino al taller del abuelo nos encontramos con Bill, tan adaptado a la época en todos los sentidos que hasta daba miedo. Llevaba el cabello engominado hacia atrás como Nick y lo más novedoso de todo era que se había comprado unas gafas que no había visto hasta ese momento. La montura era finísima, casi imperceptible, y eran de color dorado. Las había sustituido por las de pasta negra con las que había viajado hasta aquí y se había olvidado de las gafas de colores estridentes que llevaba en 2017.

—Señoritas —nos sonrió, haciéndonos una divertida reverencia. Luego me miró y, al ver mis ojos llorosos, murmuró mi nombre— Nora… Nora, no puedes estar enfadada conmigo de por vida, por favor. Es mi elección, quiero que me entiendas.

—Ha llegado la señal. Jacob y yo nos vamos esta noche —le informé, incapaz de mirarlo a la cara.

Tragó saliva, suspiró y miró hacia el cielo.

—¿A qué hora? —preguntó.

—Cuando se abre el portal. A medianoche.

—¿Te despedirás de mí? —quiso saber, compungido.

Miré a la abuela, di un paso hacia delante y, sin pensarlo, le abracé. Mi amigo no tardó ni un segundo en corresponderme, acariciando mi cabeza cubierta por un gorro de lana negro.

—¿Qué voy a hacer sin ti? Eres mi amigo. Mi mejor amigo. Tú y yo contra el mundo, ¿te acuerdas? —gimoteé.

—Te esperaré. Estaré allí, te lo prometo.

Me separé un poco de él. Con el paso de los años habíamos forjado una especie de conexión silenciosa y sabía que, aunque perder a Bill sería como si me rompieran el corazón, era lo que él quería y debía aceptarlo. Deseaba que fuera feliz y, si no lo era en la época donde las tecnologías marcan las relaciones, era mejor que se quedase en los maravillosos años sesenta y viviera. Que viviera con intensidad.

—Sé feliz, Bill. Es nuestra despedida así que, por favor, no me lo pongas más difícil.

La abuela nos miraba en silencio. Parecía estar muy concentrada fijándose en la expresión afligida de nuestros rostros y en cada una de nuestras palabras.

—Estaré ahí —siguió prometiendo.

—Bill, de verdad, no prometas algo que no sabes si podrás cumplir.

—Sé que podré cumplirlo, Nora. Estaré contigo. No te va a dar tiempo a echarme de menos, pero a mí sí. A mí sí —repitió, enjugándose las lágrimas tras el cristal de las gafas—. Cincuenta y dos años no son pocos. Sin embargo, cuando llegues a 2017 estaré esperándote.

—¿Cómo lo tienes tan claro?

—Mi familia es muy longeva —explicó—. Mi bisabuelo murió con ciento cuatro años y su padre a los noventa y seis. Y eso no es todo. ¿Te acuerdas de lo que nos prometimos en la universidad? Que siempre estaríamos uno al lado del otro. Si tú vas, yo voy. Si yo voy, tú vienes.

—Ya hemos roto esa promesa.

—No. No la vamos a romper, solo debemos esperar y no puedo vivir cincuenta y dos años sabiendo que mi mejor amiga me dejó de querer por una decisión.

—Yo nunca te he dejado de querer.

Volvimos a abrazarnos, no sé durante cuánto tiempo, pero el suficiente para saber que nuestros caminos se separaban ahí. Viviríamos en dos épocas distintas, como si jamás hubiésemos coincidido en el tiempo. A menudo había imaginado envejecer junto a Bill; solíamos bromear con que seríamos dos solterones viviendo juntos para ayudarnos el uno al otro cuando llegasen los achaques de la edad.

—Y no podrá ser —me lamenté, apenas en un hilo de voz, sin dejar de mirarlo. Quería retener su cara en mi memoria pese a tener la posibilidad de verla en cientos de fotografías. Quise llevarme conmigo su sonrisa sincera y su mirada repleta de recuerdos y amor.

Cuando metí las manos en los bolsillos, me sorprendí al encontrar la carta que pensé en quemar y cuyo destinatario tenía delante. Recordaba exactamente lo que le había escrito: el deseo de que estuviera conmigo, acompañándome en el momento en el que había encontrado al amor de mi vida, un tipo llamado Jacob el Boxeador; el concierto de los Beatles o el hecho de poder disfrutar de mis abuelos sin que ellos supiesen quién era yo en realidad.

—Te escribí esto antes de que llegaras. —Alargué la mano y le di la carta. Me alegraba no haberme deshecho de ella y que mi amigo pudiese volver a acercarse a mí cada vez que le apeteciese leerla—. Gracias por haber sido mi amigo, Bill.

—Gracias por hacerme la vida tan bonita, Nora.

La abuela y yo emprendimos de nuevo el camino hacia el taller de John. Ella, aferrada a mi brazo, trataba de contener las lágrimas que yo no podía ocultar en cuanto me alejé de Bill. Sabía que él se había detenido en la esquina para observar cómo me alejaba y me rompía el alma tener que volver sin él porque cuando te acostumbras tanto a alguien, aunque a veces te desespere o no compartas sus ideas, es difícil imaginar tu vida sin esa presencia imprescindible para ti.

—A veces no pasa nada por mirar atrás, Nora —me susurró la abuela.

Miré hacia atrás para ver a mi amigo por última vez, pero ya no estaba.

Beatrice dio dos golpes enérgicos en la puerta del taller de John. Yo nunca había estado ahí. Cuando nací, el abuelo era propietario de uno más grande, muy próximo a la casa donde vivían e incluso había contratado a cinco carpinteros. No tardó mucho en abrirnos la puerta con su habitual mono de trabajo, repleto de pintura y astillas de madera.

—No os esperaba —nos saludó, dándole un beso en los labios a Beatrice y a mí una palmadita en el hombro.

—Kate ha venido a despedirse.

—John… —murmuré.

—¿Has estado llorando, Kate? —preguntó preocupado—. Pasad, por favor.

Entrar en su pequeño taller era algo mágico. Tenuemente iluminado por un par de bombillas que colgaban del techo, el suelo era de cemento y las paredes estaban recubiertas por estanterías de metal con pinturas y trozos de madera. Estaba trabajando en otra barca, la segunda que le encargaban de las cientos que haría a lo largo de su vida. A medida que avanzaba no podía dejar de mirar la bondad que reflejaban sus ojos. Y esa bondad lo acompañaría toda la vida.

—Si quieres llorar, llora. No te preocupes —me susurró la abuela al oído.

—Me da mucha pena dejaros, John —logré decir.

—Han sido unos meses intensos, ¿verdad? ¿Vuelves a Oregón?

—Sí.

—¿Volveremos a verte? —quiso saber, sin dejar de sonreír.

—Seguro —afirmé. Mi voz sonaba entrecortada, tenía un nudo en la garganta que casi me impedía hablar—. John, te espera una vida maravillosa.

—Lo sé —asintió, mirando a Beatrice—. Tengo al lado a la mejor mujer del mundo. Te deseo lo mejor, Kate. Ha sido un placer conocerte.

—¡John, dale un abrazo! —exclamó Beatrice, de repente.

Tímidamente, me acerqué al abuelo que, aún sorprendido por la petición de Beatrice, hizo un amago de ofrecerme la mano, pero el gesto se convirtió en un cálido abrazo que recordaría siempre. De esos abrazos que te reconfortan porque sabe a segunda oportunidad. Al separarnos, nos miramos a los ojos y supe que John, algún día, sabría quién era yo. Era inevitable. La mujercita a la que criaría lo mejor que supo se convertiría algún día en la chica que tenía enfrente y que no olvidaría. El abuelo era muy bueno para recordar una cara; siempre decía que cada persona mira de una manera distinta y que es, a través de esa mirada, donde puede descubrirse todo un universo inmenso e infinito que hará que te aproximes o desconfíes. Él confió en mí. En Kate. Confió desde el principio y lo hizo, sin saberlo, gracias a él.

—Cuídate, Kate —se despidió, mirando a Beatrice con extrañeza, como si mis ojos le hubiesen contado todo el futuro que tenía por delante conmigo.

BEATRICE

No puedo imaginar cómo debe sentirse Nora. Me gustaría, por un momento, estar dentro de su cabeza y saber cómo ve este Brooklyn, diferente al suyo, por última vez. Entiendo que debe ser complicado que volvamos a vernos de esta forma, más como amigas que como abuela y nieta. Si un solo viaje en el tiempo me dejó trastornada, no quiero imaginar que alguien pueda viajar de una época a otra sin verse cerebral o anímicamente afectado. Debe ser difícil.

Nora cierra los ojos en cuanto nos sentamos a contemplar el atardecer en uno de los bancos del puente de Brooklyn. Hace frío y la gente camina rápido con ganas de llegar a sus casas. Un niño se tira al suelo; coge una pataleta, dos y tres, y la madre, con infinita paciencia, lo recoge para llevárselo a cuestas aunque ya no se trate de un bebé. Como por inercia, acaricio mi vientre, ese que sé que en unos meses estará abultado porque será Anna, la madre de la mujer de ojos llorosos que tengo al lado, la que vendrá a hacerme la vida más feliz. Pero luego pienso en la posibilidad de sobrevivirla, algo que Nora no me ha negado, y quiero morir. ¿Tendrías un hijo aun sabiendo que sobrevivirías a él? Es lo más terrible del mundo, no quiero imaginarlo, pero lo pienso. Nora tiene razón. Nadie debe conocer su futuro.

Cuando ha abrazado a John se me ha roto el corazón. Quisiera preguntarle quién de nosotros dos se va a ir primero, aunque me da la sensación de que será él. Quisiera adelantarme a los acontecimientos, saber si sufriré mucho o lo aceptaré, si lloraré todos los días frente a su tumba, me encerraré en casa o seguiré viviendo feliz por los recuerdos que me han dejado quienes me han querido. Vivir consiste en construir futuros recuerdos.

Ojalá todo fuese como decía mi madre: «nos convertimos en estrellas». Pero, en cuestión de un par de segundos, sabedora de que estoy cometiendo el error de pensar en el futuro y que eso no nos permite disfrutar del presente, pongo las ideas en orden y el corazón se fortalece, sigue en marcha. Respiro hondo y abrazo a mi nieta, que apoya su cabeza en mi hombro en silencio, como si este momento valiese más que mil vidas.

Como si pudiésemos convertir este instante en algo eterno.

NORA

¿A qué saben las despedidas? A lágrimas saladas mientras contemplas por última vez un atardecer con esa persona. Duelen y te desgarran por dentro, aunque a veces esas despedidas sean necesarias para reencontrarte a ti misma o para volver al lugar del que procedes. Tarde o temprano llega el momento y no hace falta viajar en el tiempo para saberlo. Es mucho más que eso, es fantasía y realidad; lo que dices y lo que callas; los riesgos a los que te expones y los que evitas; las decisiones que marcarán un antes y un después en el camino que te espera. Este viaje no fue solo una historia de amor. Fue mucho más. Fueron varias historias de amor que traté de preservar en mi memoria como si así pudiese conseguir que no se esfumaran con el paso de los años mientras mi corazón continuase latiendo.

A las ocho de la tarde la abuela me acompañó hasta el apartamento de Jacob el Boxeador. Al abrir la puerta se mostró serio y preocupado, me abrazó y seguidamente besó a Beatrice en la mejilla con cariño.

—Nos quedan cuatro horas —anunció—. Me he encontrado con Bill. Me ha dicho que hoy es la noche.

Asentí mirando a la abuela, que cada vez estaba más encogida sobre sí misma. Como si cada minuto que nos acercaba a la hora fuera un tormento para ella.

—Hemos pasado un día muy agradable, ¿verdad, querida? —dijo, para romper el incómodo silencio que había inundado el oscuro salón de Jacob.

—El mejor.

—Alguien me aconsejó —empezó a decir Jacob— que viajar en el tiempo constantemente es un riesgo. Que no puedes ir de una época a otra a tu antojo y que yo no viajaba en el tiempo. Que yo no —repitió en un murmullo. Solo yo sabía quién se lo había venido a decir desde el futuro; él mismo.

—Y por eso no podréis volver como quien va a comer los domingos a casa de sus padres —constató la abuela—. Lo entiendo.

—Jacob, nuestro hijo, ha debido viajar mucho —dije—. De no haber sido así, no estaríamos aquí esperando a que llegase la hora de nuestra partida. ¿Por qué él sí y nosotros no, Jacob?

—El portal «1965-2017» se cerrará para siempre en unos días —anunció.

—¿Por qué no me lo has contado antes? —pregunté confusa.

Se encogió de hombros mirando a Beatrice. No hizo falta que dijera nada más. Al igual que la abuela, también lo entendía y lo aceptaba. Aunque eso implicaba una despedida para siempre; no un «hasta luego» o «te veré pronto».

Era un triste «hasta siempre».

23:50 horas

Había dejado la ropa de Beatrice bien doblada sobre su cama. Me sentía incómoda y rara vestida de nuevo con mis tejanos ajustados, la camiseta blanca de algodón, la cazadora de cuero negra con el llavero del trébol de cuatro hojas con mis llaves del futuro y las botas marrones. Jacob comentó que le gustaba la ropa y el moño deshecho en lugar de los peinados elaborados que había aprendido a hacerme para no llevarle la contraria a la época que estábamos a punto de abandonar.

Una vez más, abracé a la abuela conteniendo la respiración, como si así el tiempo se detuviese y pudiese quedarme para siempre entre sus cálidos brazos. Jacob, a mi lado, sujetaba una maleta que se había empeñado en llevar consigo. En ella solo había unos guantes de boxeo de cuero desgastado de color rojo.

Tic, tac. Mirada al frente.

Tic, tac. Un paso hacia delante. Una lágrima. Una última despedida. Un abrazo más, solo un abrazo más.

Tic, tac. Se oyeron pasos rápidos como ecos rebotando entre los bloques de ladrillo. Alguien venía hacia nosotros corriendo.

Tic, tac. Era Bill.

23:55 horas

—En unos días el portal se cerrará, Bill —le advertí con la voz quebrada—. No podrás volver a 2017, no habrá marcha atrás.

—Eso no cambia mi decisión, Nora —sonrió—. Soy feliz aquí. Déjame ser feliz. Te veo en 2017.

«No prometas algo que no sabes si podrás cumplir», pensé una vez más, esta vez guardándome las palabras y el orgullo para mí.

00:00 horas

Con las manos entrelazadas, Jacob el Boxeador y yo nos adentramos en el callejón, que empezó a iluminarse y atrajo toda nuestra atención.

«A veces no pasa nada por mirar atrás», me había dicho la abuela horas antes. Así que miré hacia atrás. Los vi a ellos. A la joven Beatrice y a Bill diciéndome adiós con la mano y advirtiendo que por sus mejillas, al igual que por las mías, también brotaban lágrimas con sabor a sal. Con el sabor amargo de las despedidas. Oímos el maullido de un gato. No podía ser otro que *Monty* que, seguramente, desde el cristal de la ventana del apartamento que en 2017 me pertenecía, nos observaba sin atreverse ya a viajar junto a nosotros.

—Agárrate fuerte a mí y no me sueltes —le rogué a Jacob cerrando los ojos.

—Nunca te voy a soltar.

2017

«Si en algún momento se te cruza alguien que te sacude el alma; agarra su mano, abrázate a sus besos, empápate en su tiempo. Aunque sea por un ratito, esos que duran toda una vida».

BRANDO. CARTAS AL TIEMPO
Mind of Brando

E 500

PROMESAS CUMPLIDAS

NORA

Mayo, 2017

Jacob, tan confundido como yo, miró a su alrededor. Nada había cambiado salvo los contenedores que, en vez de ser de latón como en 1965, eran de plástico. Tampoco hacía frío; calculé que debía ser primavera.

Era de noche. Un silencio desolador invadía Front Street y, al darnos la vuelta, sentimos el impulso de dar marcha atrás al ver cómo una sombra se cernía ante nosotros en la oscuridad. El movimiento de la pared de ladrillos y la luz habían desaparecido del callejón. El portal se había cerrado.

Se oyó el maullido de un gato viejo y la silueta que veíamos delante de nosotros se iluminó con el brillo anaranjado de una farola, mostrándonos su rostro arrugado y sonriente.

—Cuántas ganas tenía de veros, muchachos —dijo Bill, con un gato viejo entre los brazos que era el mismo que había viajado conmigo hacía unos meses hasta 1965; el mismo al que la abuela había llamado *Monty* y que, pese a los viajes y al tiempo, había conservado alrededor del cuello el lazo morado y la placa de madera con su nombre inscrito que el abuelo había hecho para él.

—Bill —murmuré emocionada, contemplando lo mucho que había cambiado su rostro con los años—. Has cumplido tu promesa.

—Te dije que te esperaría. Han pasado cincuenta y dos años, mi querida amiga. Tengo que contarte toda una vida, pero será mejor que descanséis.

—No —me negué—. No quiero descansar, quiero estar contigo.

Jacob, mareado y apoyado en la pared, sujetaba con fuerza la maleta, que se había visto perjudicada debido al viaje. El asa parecía haber sufrido un incendio pero, en su interior, los guantes de boxeo se habían mantenido intactos. Observaba la escena como un mero figurante mientras yo, aún conmocionada por tener delante a un viejo Bill, que debía tener ochenta y tres años, estaba impaciente por saber cómo había sido su vida. Cómo había vivido esos cincuenta y dos años que, para mí, habían transcurrido en unos segundos.

Palpé el bolsillo de mi cazadora echando de menos el chaquetón gris que yo misma me había dado una tarde fría de octubre del año 1965. Ahí estaban las llaves que abrirían el apartamento de la abuela. Mi apartamento. Los tres caminamos mirando de soslayo la cafetería con las persianas bajadas. Me asaltaron los recuerdos de otra vida.

Subimos el tramo de escaleras y, al abrir la puerta, sentí que me faltaba algo. Mi sillón orejero me recibía frío, como si no tuviese que estar ahí y en mi escritorio se encontraba el ordenador portátil, dos teléfonos móviles a su lado y una notita que Bill se apresuró a arrugar y a guardar en el bolsillo de su fina chaqueta de color verde militar.

—¿Qué es eso? —le pregunté.

—Una tontería que escribí antes de ir a buscarte a 1965 —rio. Tenía los labios más finos, usaba dentadura postiza y su nariz y sus orejas eran más grandes. Sus ojos eran brillantes y más pequeños; ya no usaba gafas de montura fina y dorada como en 1965, sino unas de pasta gruesa de color marrón más adaptadas a la época y a su edad. Tenía el rostro lleno de arrugas y el poco cabello que le quedaba era blanco como la nieve.

—Te veo bien, Bill.

—La vida me ha tratado bien.

—Perdonad, chicos. Todo esto es muy confuso para mí —interrumpió Jacob—. Me voy a dormir. ¿Es por ahí? —Cansado, señaló la puerta del único dormitorio del apartamento. Asentí.

Me besó y recordé las palabras de mi «yo futuro», que me advirtió que Jacob estaría enfermo durante un tiempo. «Yo no viajo en el tiempo», había dicho él. La sensación física era horrible, pero por algún motivo que ignoraba, a mí no parecía perjudicarme tanto como a él.

—Tenía razón —señaló Bill—. El portal se cerró al cabo de tres días en 1965. De hecho, es posible que aquí ya se haya cerrado, que esta sea la última noche y, por lo tanto, la última posibilidad que teníais de volver y que la vida siguiera el rumbo que debía tomar. Que debe tomar —rectificó pensativo—. Hay portales en todo el mundo —añadió, encogiéndose de hombros.

—¿Me conociste? Me refiero a mí, de pequeña.

—Nos vimos una vez, pero no creo que seas consciente de ese momento. De todas formas, tuve que desaparecer de la vida de tus abuelos, con los que mantuve durante años una bonita amistad, por si cambiaba algo de la historia. De tu historia. He tenido que contenerme de ser el creador de Facebook, Meetic… y forrarme —rio travieso, mirando con nostalgia su móvil, que seguía reposando sin batería junto al mío—. Sin embargo, siempre estuve ahí, Nora. Siempre.

—Siéntate, por favor —le rogué—. Cuéntamelo todo. Quiero saberlo todo.

—¿Seguro que no quieres descansar? ¿No estás mareada?

—Sobreviviré —respondí, mirando hacia la puerta entreabierta del dormitorio desde donde me pareció escuchar los ronquidos de Jacob, que había caído en un sueño profundo nada más tumbarse en la cama.

—Llega una edad en la que es mejor no dejar las cosas para mañana, desde luego. —Fijó la mirada en el viejo *Monty* y lo acarició con cariño—. Cincuenta y dos años, amiga. Nunca me arrepentí de quedarme. He sido muy feliz con Nick, pese a haber tenido que vivir durante años escondidos y soportar las burlas de quienes decían que no era normal que dos hombres de cuarenta años compartiesen piso en vez de formar una familia.

—¿Qué fue de Nick?

—Murió hace cinco años. Hemos vivido toda la vida frente a Prospect Park, en un bonito edificio barroco que ha ido viendo, al igual que nosotros, cómo los tiempos han cambiado. Sigo viviendo ahí. Sus padres fallecieron en un accidente en 1968, así que Nick heredó todas sus propiedades y nunca hemos tenido problemas económicos. La vida fue sencilla en ese sentido; él se despidió de su trabajo como recepcionista en el hotel, dejando de lado el orgullo de salir hacia delante sin la ayuda de sus padres, y yo pude permitirme dar tumbos en varios periódicos, sin muchas responsabilidades ni quebraderos de cabeza, hasta que decidí escribir un libro que me publicaron en 1993.

—¿Publicaste un libro? ¡Cumpliste tu sueño, Bill! —me alegré, dándole una palmadita en el hombro.

—Un único libro —murmuró y rebuscó en el bolsillo interno de su chaqueta, sacando una edición de bolsillo con la tapa blanda arrugada—. Pero no es en absoluto del género que crees.

—*La viajera del tiempo*, de Bill Lewis —leí, observando a la mujer de la portada, que tenía el rostro desfigurado. Tras ella, unas agujas de un viejo reloj marcaban la medianoche. Dentro de sus páginas se encontraba una hoja amarillenta, arrugada y desgastada,

503

que reconocí al instante. Era mi carta. La carta que pensé en quemar cuando la escribí, creyendo que jamás podría leerla y que le había entregado a Bill antes de irme.

—Es tu historia, Nora. Nuestra historia. Quiero que sepas que solo te tengo a ti y que en mi testamento apareces como única heredera.

—Bill…

—Nora, soy viejo. Me queda poco tiempo para reunirme con los que se fueron antes que yo.

—No. No. Me prometiste…

—Te prometí que cuando volvieras estaría aquí. Y he cumplido mi promesa. Pero tengo ochenta y tres años, he vivido toda una vida y estoy enfermo.

—No —seguí negando, aferrándome al libro que era, para mí, el sueño cumplido de mi amigo.

—Pasará. Y no podrás hacer nada para evitarlo. Ahora eres tú quién debe seguir el camino que prometimos recorrer juntos cuando éramos jóvenes y estábamos locos. Ese dinero servirá para hacer algo muy grande en el futuro, Nora. Confía en mí. Nada es casualidad; todo, en esta vida, sucede por algo.

Dos semanas más tarde

El día en el que enterré a Bill al lado de la tumba de su querido Nick, fallecido en 2012, cayó una tormenta típica de la primavera muy similar a la de la mañana que enterramos a la señora Pullman, en 1965.

Bill, antes de irse, me ayudó a tranquilizar los nervios de su familia por su desaparición, que habían denunciado hacía un mes. Me obligó a entregarle una carta que supuestamente había dejado en mi apartamento antes de marcharse y que él mismo se había encargado de escribir de su puño y letra. En ella les decía a los suyos que estaría bien. Que se había ido a vivir a un lugar remoto de Alaska y que, por favor, no lo buscasen. Que algún día, cuando menos lo esperasen, se volverían a ver. Lloraron durante lo que me pareció una eternidad, pero asintieron satisfechos al verme sana y salva y al saber algo sobre la desaparición voluntaria de su hijo. Nunca podrían haber sospechado que, en realidad, había cumplido ochenta y tres años y le quedaban muy pocos días en este mundo. Yo tampoco lo sabía pese a sus advertencias y constantes despedidas. Bill siempre fue muy dramático.

Pero ahí me encontraba, frente a la tumba de mi mejor amigo con un ramo de flores blancas. Fruncí el ceño al leer su año de nacimiento: 1934. Qué broma macabra. Sujetaba en los brazos al viejo *Monty* y estaba segura de que él también echaría de menos al que fue su compañero en los últimos años.

—¿En qué año naciste tú, viejo amigo? —le pregunté al gato, enjugándome las lágrimas con la intención de ir a ver las tumbas de mis padres, de mis abuelos y también las de mis bisabuelos. Y, por supuesto, la que nadie recordaba: la lápida olvidada y comida por la hiedra de Simon Allen. Sabía que no estaban ahí; tal y como decía la abuela, quería creer que se habían convertido en estrellas.

En cuanto me di la vuelta, *Monty* se revolvió con fuerza escapando de mis brazos y salió corriendo en la dirección contraria a la que tenía previsto ir. Fui tras él para no perderlo de vista. No tenía edad para ser un gato callejero y buscarse la vida por sí solo, aunque me sorprendía la capacidad que seguía teniendo para saltar. Era casi mágico. *Monty* corría y corría sin detenerse; más que un gato, parecía un leopardo ágil y veloz.

—¡*Monty*! ¡*Monty*! —grité hasta que me sentí aliviada al ver cómo se detenía al lado de una mujer corpulenta y mayor de cabello cano recogido en un moño, que lloraba frente a una tumba repleta de flores—. Lo siento, señora —me disculpé, agachándome y cogiendo a *Monty* de nuevo.

—No es posible —murmuró la mujer—. No puede ser verdad.

Me di la vuelta y, al verla, me costó reconocerla hasta que me percaté del nombre que estaba grabado en la lápida. Ahí yacía Aurelius y, por lo tanto, la anciana que tenía delante era la mismísima Eleonore, que debía recordar a la camarera de Beatrice de 1965 a la que todo el mundo llamaría Kate Rivers por una «confusión» que no se les dio nunca a conocer.

—Kate —murmuró—. Lo siento, no puede ser. Solo ha sido… —balbuceó, confundida, sin dejar de escrutarme con una expresión de sorpresa—. Te pareces a alguien que conocí hace muchos años.

—Kate Rivers —asentí resuelta, sin soltar a *Monty*.

—Exacto. —Seguía teniendo la voz más dulce del mundo y sus características mejillas sonrosadas. Usaba gafas, pero había llegado a una edad avanzada consiguiendo una tez envidiable, aunque con los inevitables surcos del paso del tiempo—. Lo siento, qué maleducada. Mi nombre es Eleonore. Debes ser nieta de Kate. ¿Qué fue de ella?

—Volvió a Oregón —inventé—. Eleonore…, mi abuela me habló de ti. —Y, al decirlo así, sentí que no mentía—. ¿Qué pasó? —pregunté sin rodeos, señalando la tumba de Aurelius.

Los ojos azules de la anciana quedaron inundados por las lágrimas, expresando todo un mundo de desolación, pero la vi dispuesta a contar su historia, quizá para desahogarse y dejar de cargar con esa pesada losa.

—Perdimos cuatro bebés —empezó a decir, atormentada por los recuerdos—. Dos años de fracasos y sufrimiento que convirtieron a Aurelius, con el que pensaba pasar toda mi vida, en un extraño con el que despertar por las mañanas se me hacía tan insoportable como acostarme con él por las noches. Así que, la mañana del tres de abril de 1967, cuando él se fue a trabajar al banco, cogí una maleta y me fui. Le dejé una carta encima de la cama en la que le deseaba que fuese feliz y volviera a enamorarse. También le dije que me entristecía que yo ya no pudiera ofrecerle esa vida con la que soñamos desde que éramos unos críos. No me fui muy lejos; me acogió una prima mía en Nueva Jersey, pero él nunca me vino a buscar. Aurelius y yo nunca llegamos a casarnos —recordó con tristeza—. No teníamos dinero, por aquel entonces él ganaba poco en el banco y se negaba a casarse por lo civil porque quería regalarme la boda de mis sueños. «Te mereces una boda de princesa», decía. —El llanto y la risa se entremezclaron en su viejo rostro desencajado y siguió relatando su historia— Pasaron los años, conocí a un hombre bueno y me casé con él, pero el sueño de tener hijos jamás se vio cumplido.

—Lo siento muchísimo —me lamenté.

—Siempre soñé con esa boda. De camino al altar veía la cara de Aurelius en vez de la de Robert, quien se convirtió en mi marido. Robert me quiso mucho, el pobre falleció hace tres años, pero yo nunca pude olvidar lo que tuve con Aurelius. Él fue el amor de mi vida, pero la vida es aquello que pasa mientras tú vas haciendo otros planes, ¿verdad? Eso dicen. —Suspiró, miró hacia el cielo nublado que nos estaba regalando unos minutos de tregua y sacó un pañuelo de seda del bolsillo con el que se enjugó las lágrimas—. ¿Cómo te llamas?

—Nora —respondí.

—Nora. Bonito nombre. No he dejado de visitar la tumba de Aurelius desde que me enteré de que falleció. Sé que no actué bien y que mi huida provocó un dolor incurable en su alma. De nada sirve arrepentirse cuando ya es demasiado tarde, pero es algo con lo que voy a tener que vivir ahora que estoy sola.

—Eleonore, regento la cafetería que anteriormente fue de Beatrice. Siempre tendrás las puertas abiertas.

—Te lo agradezco, pero Front Street me recuerda a una vida que no elegí. A todo lo que podría haber sido y no fue. Y eso siempre duele, sobre todo cuando una llega a cierta edad y dejan de existir las oportunidades. Allí donde has sido feliz nunca debes tratar de volver, ya sabes. Nora, ha sido un placer conocerte. Kate estuvo poco tiempo con nosotros, pero era una mujer muy especial. Es increíble lo mucho que te pareces a ella.

—Eso dicen.

—¿Puedo darte un abrazo?

Monty volvió a zafarse de mis brazos, como si supiera que me hacían falta para rodear a esa mujer que me pedía, solo por un instante, el reconfortante abrazo del recuerdo. El viejo gato se quedó bajo mis pies maullando, como si su intención fuese ser la banda sonora de ese momento en el que sentí que no solo estaba abrazando a Eleonore, sino también a Aurelius y a los maravillosos años sesenta que parecían pertenecerle a otra persona: a Kate Rivers.

LAS PRUEBAS TANGIBLES DE QUE ESTUVIMOS AQUÍ

NORA

Junio, 2017

Parecía imposible que un hombre grande y fuerte como Jacob, que tuvo el valor de enfrentarse a bestias en cuadriláteros asfixiantes, continuase con sudores, mareos, pesadillas nocturnas y altas fiebres que lo dejaban temblando en la cama.

—Deberíamos ir al médico —le decía, abrazándolo para tratar de reconfortarlo.

—Sabemos que no me voy a morir. —Me guiñaba un ojo y reía ante tal seguridad—. Además, mi documentación no serviría. Pone que nací en el año 31, así que me encerrarían y me usarían como conejillo de indias para descubrir la juventud eterna.

—En eso tienes razón.

—No se sabe nada de…

—No —negué—. No se sabe nada.

Llevaba varios días quedándome hasta tarde en el café por si aparecía el Jacob misterioso. Esperaba la visita de mi hijo, el viajero del tiempo. Uno de los protagonistas de la novela de Bill. Acostumbrada a la rutina diaria del café, me levantaba a las cinco de la mañana para tener a punto, a las siete, mis exitosas tartas artesanales hechas con la auténtica receta de la abuela Beatrice. La fotografía que nos habían hecho en noviembre de 1965 seguía presidiendo la pared donde estaba la cafetera. En la cocina tenía una fotografía en la que aparecían John y Beatrice abrazados y sonrientes. Lo primero que hacía era darles los buenos días, como si de verdad pudiesen verme y sentirse orgullosos de cada pastel que horneaba. Gracias a la herencia de Bill y al dinero que obtenía del alquiler de sus propiedades no me había hecho falta deshacerme de la casa de los abuelos. La visitaba siempre que me hacían falta, que era a menudo; siempre observaba con curiosidad la vitrina con las figuritas de madera talladas por el abuelo y recordaba aquellas veces en las que iba a ver a Beatrice al café antes de tener su primera cita en el restaurante italiano ya desaparecido Sicilia. Jamás había sentido interés por las fotografías antiguas y fue entonces, en mi primera visita a la casa de los abuelos desde que volví a 2017 y tras la muerte de Bill, cuando reparé en cada una de ellas, que estaban colocadas en el salón y en el hueco de las escaleras. La mayoría, en blanco y negro, me mostraban los rostros de quienes habían pasado un ratito por la tierra. Sus días aquí habían terminado, pero era la forma que el ser humano había hallado para que el tiempo no borrase las pruebas tangibles de que vivieron. Bill aparecía en dos de esas fotografías y me di cuenta de que, probablemente, por su decisión de quedarse con Nick en 1965 siempre habían estado ahí, pero ni siquiera él lo sabía cuando vino una vez a esa casa para trabajar juntos en el proyecto de final de carrera.

Por otro lado, la novela de Bill no me reveló ningún secreto que no conociese. Sí me hizo partícipe de sus historias de una manera más profunda que lo convirtieron en eterno porque, tal y como él mismo decía con humor, cada vez que un lector se sumergiera en su lectura, una parte de él cobraría vida de nuevo: la historia de amor prohibida entre Bill y Nick en mitad de los años sesenta, el feliz matrimonio de Beatrice y John y una viajera del futuro enamorada de un boxeador, que es capaz de dejarlo todo por ella gracias a una visita del futuro que le hizo abrir los ojos. Ahondó en los sentimientos en una novela coral cuyos escenarios protagonistas eran una cafetería llamada Brooklyn en lugar de Beatrice, la noria de Coney Island y el puente de Brooklyn al atardecer. Existía un portal en el tiempo oculto en un callejón por el que nadie transitaba debido al hedor que desprendían sus contenedores por el que viajaba un gato saltarín. Y luego estaba él, mi hijo, otro viajero de un futuro aún más lejano, que era el encargado de una misión: que todos los acontecimientos siguieran su curso porque la finalidad era su propia existencia por el bien del mundo. Me sonaba pretencioso y no entendí ese punto porque no dejaba nada claro. Pero cada vez que cerraba el café me quedaba absorta en la acera de enfrente por si volvía a ver su silueta queriendo captar mi atención. Ya no volvería a llevarme a un callejón cuyo portal se había cerrado para siempre, pero sí esperaba una explicación y, sobre todo, una presentación como era debido. Si del lugar de donde él venía yo ya no existía, estaba convencida de que para él sería mágico volver a verme, como mágicos habían sido mis días con quienes dejaron su huella aquí.

HASTA LLEGAR A TI

NORA

Junio, 2017

Eve, la prima de Bill, volvía a trabajar conmigo en el café. Por suerte, no hizo muchas preguntas. Creyó que me había marchado por la presión y el estrés y que el tiempo me había ayudado a replantearme las cosas. Fue la excusa perfecta para los clientes asiduos como Carmen, la vecina colombiana adicta a los tazones de chocolate, que seguía con sus vaivenes amorosos con su ex y Tom Beckett, nuevo novio formal de Eve, cuya oficina seguía siendo la última mesa del café.

Lo primero que Eve me dijo fue que se alegraba mucho de volver al Beatrice porque con sus anteriores jefes no tenía, en palabras textuales, «tan buen rollo» como conmigo y que seguía sin entender la huida de su primo a Alaska, cuando lo que de verdad quería era encontrarme y él, desde siempre, había odiado el frío y la nieve.

Un día vino a vernos su última cita, el culturista de los dientes negros que había conocido gracias a su mes gratis en Meetic. Dios…, ¿se puede echar tanto de menos a alguien?

—Vi la cara de Bill en las noticias hace un par de meses. ¿Se sabe algo?

—Se ha ido a Alaska —reveló Eve, sin mucho interés, mientras limpiaba la barra.

—No recordáis mi nombre, ¿verdad?

«No es tan tonto como parece», debió estar pensando Eve, conteniendo la risa.

—Charles. Ya me extrañaba a mí no verlo conectado en Meetic… ¿Y no dijo que se iba a Alaska hasta un mes más tarde? Eso suena muy raro, ¿no?

«Ahora resultará que tiene complejo de Sherlock Holmes», pensé.

—Es típico de Bill —añadí yo—. Siempre quiso irse a vivir a Alaska, aunque le preocupaba que no hubiera muy buena cobertura, pero seguro que pronto volverá.

Lo dije para creérmelo ante la atenta mirada de Eve, que sabía que Alaska no hubiera sido el destino elegido por Bill. Hubiese sido más creíble que dejara por escrito las Bahamas, por ejemplo. «Nunca dejará de sorprendernos», dijeron sus padres llorando.

«Volverá», repetí para mí misma, angustiada, mientras Charles se tomaba un café y picoteaba un trozo de tarta de zanahoria con ganas. Y yo miraba hacia la puerta cada vez que sonaba la campanita por si escuchaba la inconfundible carcajada de Bill diciéndome, con su voz estridente, que todo había sido una broma.

✗　　　Nada había cambiado. Los clientes iban y venían; en lugar de sentarse juntos a coser unas bufandas, jugar a las cartas o leer el periódico, miraban absortos sus teléfonos móviles, iPad's y ordenadores portátiles. Preferían eso a una buena conversación.

Recordaba a las chicas entusiasmadas por el último baile; las del siglo XXI resultaban aburridas. Con algo de suerte, algún cliente entraba con un libro bajo el brazo, pero dejaba de leer en cuanto la lucecita del móvil se encendía. Echaba de menos la ropa de Beatrice: sus zapatos planos de suela de goma, los leotardos que se empeñaba en que me pusiera cuando empezó a hacer frío y, sobre todo, sus vestidos. Esos vestidos vaporosos y suaves al tacto, con alegres estampados, formas geométricas y tonalidades vivas. Los había buscado por toda la casa, pero, en algún momento, se deshizo de ellos. No sé por qué. Sabía cuánto me gustaban. Me compré algunos en una tienda *vintage* del Soho donde aproveché para llevarme dos preciosos baúles que parecían ser del siglo XV y que, por lo visto, los preferiría a los armarios a partir de ese momento. Resultaban muy cómodos e ideales para los juegos de sábanas y las mantas.

Una mañana bajé al café con un vestido de color rosa chicle y unas divertidas fresas como detalle en el bajo de la falda. Eve me miró como si me hubiese vuelto loca y no volví a ponerme ninguno de los cinco que había comprado.

—Estás preciosa —me decía Jacob, animándome desde la cama. Aunque no me ayudaba nada verlo así.

—Los tiempos cambian. Aún tengo la esperanza de encontrar los vestidos de la abuela. Deben estar por alguna parte, no creo que los diera a beneficencia, aunque con ella nunca se sabe.

Me resigné a mis aburridos tejanos, a las Converse y a las cómodas y sencillas camisetas de algodón recordando que ya no estaba en 1965 y que la posibilidad de que Elvis Presley o los Beatles sonaran desde algún tocadiscos lejano era improbable; tanto, como volver a manchar de café los pantalones del ya fallecido John Lennon. Me mentalicé de que nunca más iba a ver a Aurelius ni a Eleonore; tampoco a la abuela detrás de la barra, ni a Betty, desaparecida sin dejar rastro, ni a la señora Pullman pidiendo su café ardiendo. Ni a Bill... ¿Cuántas veces, tras mi partida, se sentaría tras la barra acompañando a Beatrice? ¿Cuántas veces me añorarían como yo los empecé a añorar? A menudo, me abstraía contemplando la figurita de madera tallada a mano que el abuelo le había regalado por primera vez a la abuela. En esos momentos, me parecía verlo ahí, nervioso y dudando por miedo al rechazo.

—Yo también lo echo de menos —reconocía Eve, con una media sonrisa triste, cuando me veía ausente. Se refería a Bill, pero la tristeza se le pasaba rápido en cuanto veía entrar a su novio, que se pasaba todo el día en el café detrás de la pantalla del ordenador.

El teléfono de Bill no volvió a encenderse; lo guardé en un cajón. Al encender el portátil, se abrió un archivo Word con lo último que había dejado escrito: «Tú aún no has vivido lo nuestro». Al leerlo, entendí que diera lugar a confusión durante el tiempo que estuve desaparecida. Conocí a dos agentes: Backer y García; ambos parecían entusiasmados al verme porque Bill les había hablado mucho de mí.

—Y luego va él y nos pega ese susto —comentó Backer.

—Entre nosotros, estaba un poco chiflado —rio García.

Entendí por qué Bill dijo que eran dos ineptos.

Cuando me tumbaba en la cama junto a Jacob y miraba las redes sociales y la página del café que Bill había creado antes de viajar en el tiempo, él alucinaba con las pantallas táctiles y cómo, con solo deslizar un dedo, podía escribir mensajes y comunicarme con quien quisiera, aunque estuviera en la otra punta del mundo. No conseguía entender qué era el wifi y había expresiones que era incapaz de asimilar. También se quedó impresionado al ver la televisión de pantalla plana, con sus colores vivos y la cantidad de canales que había. Descubrió un canal donde emitían únicamente combates de boxeo y estuvo viéndolos mientras los mareos y la fiebre persistían.

—Me voy a tener que acostumbrar a todo esto. Pero no voy a volver a viajar en el tiempo nunca más —se prometió.

—Nunca digas nunca —reí—. Viajarás. ¿Acaso no recuerdas al viejo que te visitó en 1965?

—Cómo olvidarlo —murmuró—. Por eso me dijo que no viajábamos en el tiempo.

Apenas terminó la frase saltó de la cama y fue corriendo al cuarto de baño a vomitar lo poco que había ingerido durante el día. No entendía por qué se había puesto tan enfermo. Yo había viajado en dos ocasiones y no me había sucedido nada. Luego recordaría cómo mi «yo del futuro» se reía de la anécdota que yo estaba viviendo en ese momento y supe que, con el tiempo, era posible que Jacob también lo viera como algo cómico. Me apetecía que se recuperara para enseñarle el caluroso verano de Brooklyn de 2017. Que conociera a gente, bajase al café a por un batido de fruta y que volviese a entrenar. Que buscase trabajo como entrenador de boxeo o algo similar y que fuese feliz. Sus guantes colgaban del pomo de la puerta para recordarle quién fue, quién era todavía.

Sin embargo, tal y como dijo mi amigo Bill, nada sucede por casualidad. Si Jacob no hubiera estado enfermo, probablemente hubiese estado en el café el día en el que mi hijo, por fin, vino a verme.

A las once menos cuarto de la noche, Eve se detuvo en la puerta del café mirando al frente y volvió a entrar para advertirme que había un hombre oculto en la acera de enfrente. Era el mismo que había visto antes de mi repentina desaparición y estaba preocupada. Yo me reí, invadida por la felicidad. El corazón me latía desbocado porque sabía de quién se trataba. Era él. El tipo que decía que había venido desde Nueva Jersey solo para probar el mejor chocolate del mundo.

—Puedes irte tranquila, Eve —le dije, impaciente, mirando a través del ventanal del café. Pude distinguir su silueta en la noche —. Anda, ve. No te preocupes —insistí, al ver que no se iba.

—¿Es tu amante?

—¡No! —exclamé riendo.

—A ver cuándo se recupera tu novio. Tengo muchas ganas de conocer al tal Jacob.

—Seguro que pronto podrás conocerlo.

Le guiñé un ojo y ella suspiró. No estaba muy convencida de dejarme sola, pero, finalmente, se fue.

Al poco, sonó la campana de la puerta. Jacob, idéntico a su padre, metió las manos en los bolsillos de los pantalones y me miró con una amplia sonrisa y sus característicos hoyuelos. Parecía algo mayor que yo.

—Treinta y ocho. Año 2057… —murmuró a modo de saludo.

—Ven aquí…

Al apoyar su cabeza sobre mi hombro se derrumbó. Cuando nos separamos, colocó sus manos en mis mejillas y nos miramos fijamente. El abuelo tenía razón. Puedes ver todo un universo a través de la mirada de alguien y saber si es de fiar o no. Mi hijo era de fiar. Era un gran hombre y lo era gracias a mí.

—¿Quieres un chocolate caliente?

—Pensé que nunca me lo propondrías —rio.

Me senté junto a él y le cogí la mano. Tenía cientos de preguntas acumulándose en mi cabeza, sin saber por cuál empezar. Era impactante y difícil, pero Jacob estaba ahí para ponérmelo fácil.

—Todo lo has organizado tú con tus cartas. Ten, ahora las tienes que tener tú para escribir exactamente lo mismo.—Me entregó veinte folios amarillentos, arrugados y con los bordes quemados. Hizo un guiño y, al mirarlo de cerca y detenidamente, pude apreciar que sí tenía ciertas diferencias con Jacob el Boxeador: los labios más gruesos, los ojos más rasgados y algunas canas que su padre aún no tenía—. Lo primero que quieres saber es cuál es mi situación sentimental. Estoy a punto de casarme y te diré con quién.

—Con Betty —acerté a decir.

—¿Cómo lo sabes?

—Desapareció. Viajó en el tiempo, ¿verdad?

—Eso es, todo está explicado aquí. —Señaló mi extensa carta—. En ella me dices que voy a ser muy feliz a su lado. Ella no viajó por el portal que utilizaste tú, que ya sabes que está cerrado, sino por el del callejón que hay frente al apartamento en el que vivía papá, unas calles más abajo. Ese es uno de los portales que se mantienen con el paso del tiempo, desde el que pude llegar de 2057 hasta aquí. Desde donde yo vengo, los viajes en el tiempo no son solo ficción. No todo el mundo los encuentra, pero quienes estamos acostumbrados a utilizarlos no salimos perjudicados como Jacob el Boxeador. Tranquila, dentro de tres días estará bien y en dos meses estará trabajando en un gimnasio como entrenador de boxeo. Será el mejor, convertirá a chicos de pocos recursos en grandes boxeadores y se sentirá realizado. Es un hombre increíble y debes saber que te quiere más que a nada en el mundo.

—Lo sé —asentí emocionada y con un nudo en la garganta.

—Todo lo que hemos hecho ha tenido una finalidad. Y lo has hecho muy bien. Yo naceré dentro de dos años, algo que hubiese sido imposible si no hubieses viajado en el tiempo porque jamás habrías conocido a Jacob el Boxeador. —Asentí. Eso lo tenía claro—. Cuando te detecten cáncer, ya no habrá nada que hacer. Será tarde.

—Lo tengo asumido.

—Sé lo de tu visita. Volverás a 1965 cuando estés a punto, tal y como me dijiste, de seguir cuidándome desde las estrellas. —Su voz sonaba entrecortada. Fijó su mirada en la fotografía de noviembre de 1965 y respiró hondo para seguir contándome cuál era la finalidad de todo lo que habíamos hecho; el porqué de todas las coincidencias y de todas las parejas que se formaron para algo tan aparentemente sencillo como es existir. Quizá él tenga que venir al mundo para hacer algo tan grande como lo que escribió Bill en su libro: «Soy científico. Suena egocéntrico y raro porque el mundo es muy grande y entre todas las personas que han existido, existen y existirán, nadie es más importante que nadie, pero tengo en mis manos la cura del cáncer».

—Te escucho, Jacob.

—Cuando el cáncer se te llevó, me obsesioné. He vivido encerrado en un laboratorio desde que te fuiste. Ahorrarás el dinero que Bill te dejó en herencia porque sabrás cuál va a ser su finalidad y gracias a eso podré continuar con la investigación contra el cáncer, cuyo origen se remonta a principios de los años sesenta, cuando el botánico Arthur Barclay participó en un proyecto del Instituto Nacional del Cáncer de los Estados Unidos que buscaba descubrir propiedades antitumorales en las plantas.

»Hubo más de treinta mil muestras recolectadas. Barclay recogió quince libras de ramas, agujas y corteza del tejo del Pacífico. Monroe E. Wall y Mansukh C. Wani aislarían, a partir de la corteza, el ingrediente activo paclitaxel, considerada una de las sustancias anticancerígenas más importantes. Era primordial que todo esto fuese extraído de su fuente natural, la corteza y las agujas de un tejo, aunque para obtener un gramo de paclitaxel se requirieran diez kilos de corteza de tres árboles centenarios destinados a morir después del descortezamiento. No sería hasta años más tarde, en 1994, cuando se hiciese la primera síntesis completa de Taxol en el laboratorio. Fue complejo porque esta molécula era todo un reto para la química orgánica, pero se supo que el paclitaxel está presente en prácticamente toda la planta y en todas las especies de tejos. En 1993, Gary Strobel recogió muestras de varias plantas para realizar pruebas. Descubrieron un hongo en la corteza del tejo del Pacífico, en la parte noroccidental de Montana y Strobel se obsesionó con la idea de que los microbios producen en las plantas las mismas sustancias que sus huéspedes. Así que, después de cultivar el hongo y analizar su producto, en efecto, había producido taxol por sí mismo y, aunque se comprobó que se podía alargar la vida de un paciente de manera extraordinaria, no constituyó un medio para curar el cáncer. Nos ayudó mucho el desarrollo de nuevos métodos de producción, como la síntesis parcial a partir de precursores que se encuentran en el follaje, el cultivo de células de tejo *in vitro* o con microorganismos. Con el paso de los años y tras muchas investigaciones gracias a los recursos económicos, que me permitieron contratar a un gran equipo de científicos que estuvieron conmigo horas y horas en el laboratorio, sí hemos conseguido lo que ahora, en tu época, es un sueño y lo será durante varias generaciones: la cura del cáncer.

Apenas entendía nada de lo que me decía, pero verlo hablar con tanta pasión sobre su trabajo y saber que en el futuro mi propio hijo sería el descubridor de la cura del cáncer me cautivaba por completo.

—Conseguí evitar la resistencia al taxol —prosiguió— actuando sobre el sistema inmunológico del paciente. Dentro de un año, en 2058, existirá la cura para esta enfermedad y todo será gracias a estas cartas, a los viajes en el tiempo, a Bill y, por supuesto, a ti, mamá —terminó de explicar emocionado.

—Me siento muy orgullosa de ti, Jacob.

—Y yo de ti, mamá.

Metió la mano en el bolsillo del pantalón y sacó una documentación que certificaba que Jacob el Boxeador había nacido en 1983 en lugar de 1931.

—Tendréis una vida muy feliz.

—Aunque ya no crea en la maldición de Simon Allen, sé que no superaré los sesenta años —me entristecí.

—Vuelve a escribir esta carta. En realidad, es como si lo hicieras una y otra vez, una y otra vez... Los viajeros en el tiempo somos eternos, es un bucle que nunca termina —me animó.

—Hasta llegar a ti —sonreí, dándole un último abrazo.

Solo me faltaban dos años para verlo por primera vez.

LA VIAJERA DEL TIEMPO

Septiembre, 2019

A las treinta y siete semanas de embarazo, el doctor le había recomendado a Nora Harris reposo absoluto. Pero casi cada tarde dejaba a Eve a cargo de la cafetería Beatrice para escaparse con Jacob a contemplar el atardecer desde el puente de Brooklyn, como si se hubiese convertido en una tradición que había que cumplir. Abrazados, se dejaban hechizar por el juego de colores que les ofrecía el cielo hasta bien entrada la noche, en la que aparecían las estrellas centelleantes desde donde Nora quería creer fervientemente que la observaban aquellos que la habían amado.

En el momento en el que una estrella fugaz se dejó ver en el cielo, Nora Harris rompió aguas. Sufriendo fuertes contracciones, se dirigieron rápidamente al hospital. Una mezcla de pánico y felicidad se apoderó de la pareja, que estaba impaciente por vivir el momento más especial y único de sus vidas.

23:00 horas

Nora, tumbada en la camilla sin soltar la mano de Jacob, estaba dando a luz.

—¡Ya está aquí! —exclamó el doctor—. Venga, un último empujón, Nora.

Tras el grito desgarrador de Nora, se oyó el vigoroso llanto de un niño salido de sus entrañas que el doctor se apresuró en colocar sobre su pecho.

Jacob llegó al mundo a las once de la noche. La pareja no podía creer estar viviendo por fin ese instante tan ansiado: tener en sus brazos a un niño muy especial, un viajero del tiempo que en el futuro lo daría todo por salvar al mundo de una terrible enfermedad que llegaría a ser tratada como una gripe.

Jacob besó a Nora, acarició la cabecita gelatinosa del niño y le dio las gracias en un murmullo. ¡Cuánta razón tenía su «yo del futuro» cuando le aseguró que le esperaba una vida maravillosa junto a esa mujer!

—¿Cómo se va a llamar este niño tan guapo? —preguntó la enfermera, a punto de cogerlo en brazos para proceder a limpiarlo y pesarlo.

—Jacob —respondieron al unísono Jacob y Nora sin dejar de mirar con adoración al bebé, que volvió a romper en llanto cuando la enfermera lo separó de su madre.

Lorena Franco

El doctor, concentrado y con el entrecejo fruncido, volvió a situarse frente a Nora.

—Nora, no hemos terminado, así que no te relajes. —Nora asintió feliz pese al dolor—. Venga —la animaba el doctor—, un último esfuerzo. Ya casi está, tiene prisa por salir.

Nora empujó con todas sus fuerzas hasta que el llanto del segundo bebé resonó en la sala mezclándose con el de su hermano, con el que se llevaba cinco minutos de vida.

—¡Una preciosa niña! —sonrió el doctor, satisfecho con el peso y la buena salud de los gemelos.

Cuando Nora tuvo a la niña sobre su pecho inclinó la cabeza para poder mirarla bien y lo hizo con todo el amor del mundo, como instantes antes había hecho con Jacob. Volvió a enamorarse, en un solo día, por segunda vez. Había leído que el parto es la única cita a ciegas en la que puedes estar segura de que conocerás al amor de tu vida. Tenían razón.

«La vida, a veces, te puede sorprender, querida —solía decir la abuela Beatrice con una sonrisa—. Nunca des nada por sentado y deja que todo, absolutamente todo, te asombre».

—¡La parejita! —exclamó la enfermera, colocando a Jacob en brazos de su padre—. ¿Cómo se llamará esta preciosidad?

Nora y Jacob se miraron y, sin dudar, ambos contestaron al unísono:

—Beatrice.

Me pregunto si las estrellas se iluminan
con el fin de que algún día,
cada uno pueda encontrar la suya.

El Principito

Claro que si

A Perfecion

AGRADECIMIENTOS

El proceso de escritura de *Perdida en el tiempo* ha sido uno de los más intensos y especiales que he vivido a lo largo de mi carrera como escritora. Ha sido largo el tiempo que he vivido con Nora, Beatrice, Jacob, John..., tratando de comprenderlos, de mimarlos y de darles el pasado y el futuro que les pertenecía, mezcla de fantasía y realidad, en una trama donde mi intención ha sido crear un mundo que os apasione y espero, porque os lo merecéis todo, haberlo conseguido. Es por eso que agradezco muy especialmente a los lectores que os sumergisteis de manera especial en *La viajera del tiempo* porque, sin vosotros, los que os enamorasteis de Lia, Will y Patrick, difícilmente existiría esta segunda novela que forma parte de *la Trilogía del tiempo*.

Valoro cada mensaje que me enviáis, cada una de vuestras fotos en redes y todo vuestro tiempo, cariño y apoyo, así como el ruido y la publicidad que me hacéis recomendando mis libros. GRACIAS por haber dado vida en vuestra imaginación a *Perdida en el tiempo* y deseo que nos reencontremos en la siguiente historia, las que están escritas y disponibles y las que aún nos quedan por compartir.

Al todo equipo de Amazon, mi primera casa. A Paola Luzio por creer en mis viajes y en mí; por tratarme siempre con tanto cariño como autora y amiga.

A Justyna Rzewuska, mi agente. Por darme alas y fuerza; por el entusiasmo que me demuestras en cada historia que te envío y tus consejos siempre sabios y acertados que sigo a rajatabla.

A mis padres, como siempre, por todo.

A mis hijos, lo mejor que me ha pasado en la vida.

A mi marido, por tu infinita paciencia.

A Marley, mi querido «cachorro», al que nunca nombro pero que, fielmente, me acompaña bajo el escritorio durante las largas horas de escritura y hasta me permite retrasarme diez minutos cuando le toca comer.

Y, por supuesto, a los amigos lectores que sé que habéis llegado a este apartado: Elisabeth M. S., Mariví González, Yolanda Morato, María Hernando, Pep & Elisabeth, Rosa Vázquez, Noelia Hontoria, Carmen Sereno, Diana Galí, Enrique Vidal, Sol Taylor, Estefanía Yepes, Agustín Kong, Erika Ramos, Joaquim Colomer, Elena Fuentes, A.V. San Martín, Leticia Meroño y a mis primas: Estrella, Belén, Mari, Puri y Vanessa.

Sé que sois muchas las personas a las que me dejo, pero espero que me perdonéis y os lo pueda compensar muy pronto con un café.

Made in the USA
Middletown, DE
03 April 2018